女帝

卷二

第一章 絕不放過

不知道皇帝打算讓哪位皇子跟她同去，如果是齊王也就罷了，倘若是梁王……

白卿言望著靈堂搖曳的燭火，眼底殺氣森然，那軍功她依舊可以奉送梁王，不過梁王這條命就得留在南疆了。只是，若梁王留在大都，白卿言走的怕就不能那麼放心了。那便要好好想想辦法，要麼將梁王按死在大都，要麼將梁王的命帶去南疆。

「雖說，陛下追封了鎮國王！但逝者已逝……一切喪儀還是從簡吧！」大長公主手裡捧著聖旨，望著滿院子的棺材，閉上眼淚流滿面，「讓我國公府英雄早日入土為安！」

大長公主走至靈堂前望著鎮國公府的牌位，心中滿是愧疚。倘若她能在丈夫出征時，動用了皇室暗衛暗中跟隨保護，說不定能救下哪怕只有一個人！

「不渝，陛下沒有忘記你的功勞！百姓也沒有忘記過你的恩情！你安心的走吧！我會替你守著白家！守著……守著……」話還沒說完，面色蠟黃無血色的大長公主似是支撐不住，向後踉蹌一步。

「祖母！」

「母親！」

「大長公主！」

「快！請太醫！」靈堂前因為大長公主突然暈厥亂成一團，國公府門前自發來弔唁鎮國公一家的百姓心又提了起來。國公府可不能再有人出事了啊！靈堂只留下秦朗在看顧，秦朗心亂如麻，為他的父親忠勇侯秦德昭擔心，也為大長公主擔心，臉色很不好看。

長壽院擠得裡三層外三層。直到太醫和洪大夫相繼診斷，說大長公主只是憂思過度，這幾日又未曾休息好，一屋子的人這才放下心來。

「世子夫人不必憂心，我開副藥，讓大長公主靜養就是了。」太醫十分恭敬對董氏道。

「多謝太醫！」董氏紅著眼頷首。「既然母親沒事了，就讓孩子們先去前面靈堂守著吧！那裡現在只有二姑爺一個人在不合適……」三夫人李氏用帕子按了按眼角，同董氏商量。

「秦嬤嬤，你去和孩子們說一聲母親沒事，讓她們去前頭吧，別在這裡守著了！」董氏對秦嬤嬤道。秦嬤嬤應聲退出正房，匆匆來了長壽院偏房暖閣，將太醫的話同幾位姑娘說了。

白卿言頷首：「那就好，勞煩秦嬤嬤轉告母親，前面靈堂有我們姐妹，讓母親和嬸嬸好好侍奉祖母就是了，如今祖母是我們國公府的主心骨，絕不能倒下。」她扶著春桃的手立起身，望著凍得臉色發白還沒緩過來的三個幼妹又道：「小五、小六、小七，先在這裡歇一個時辰。讓人給她們熱碗羊乳，端些點心來給她們墊墊，正是長身體的時候不能餓著！」

正用帕子抹淚的秦嬤嬤連連點頭：「好，大姐兒放心。」

從長壽院出來，走在白卿言身側的白錦繡便眉頭緊皺說道：「長姐，這旨意中對信王所罰與長姐回來時所說不同，我細細琢磨了旨意之後，總覺得皇帝有所謀，可所圖是什麼我左思右想不得其解……」

「如今南疆大敗，皇帝雖先一步派人去求和，穩住局勢，可昨日宮門下鑰前召見了戶部尚書，暗地裡怕是已經準備要打硬仗。」

白錦繡睜大眼：「難不成……」

她點頭：「那日大殿之上，我同皇帝說，願意去南疆，軍功讓與皇帝的皇子……」

「長姐！」白錦繡一顆心提了起來，用力握住白卿言的手。

「憑什麼啊！」四姑娘白錦稚沉不住氣，衝到白卿言面前喊了一聲，「長姐憑什麼要讓軍功於皇子！」

「你嚷什麼嚷！」白錦桐一把扯住白錦稚，「小聲點兒！」白錦桐心裡清楚，南疆長姐是定要去的，不論以何種方式。

白卿言勾唇拍了拍白錦繡的手：「我如今武功盡失，就算去也只是出謀劃策而已，別怕！這次皇帝重罰信王，便是向白家示好。」皇帝之所以派信王監軍，不就是為了讓他的皇子拿軍功嗎？她的退讓……正好退在了皇帝的癢處，皇帝不會不同意。

「可憑什麼?!」白錦稚死死咬住唇，紅了眼，「長姐你身體本來就不好，掙下軍功憑什麼要給那個狗皇帝的兒子！」

白卿言看著白錦稚惱怒的樣子，心境還算平和。

在皇帝面前，她將去南疆的藉口說得冠冕堂皇……說是去守白家世代灰軀糜骨守衛的山河，所以可以軍功不要雙手奉送。可實則，她去南疆……是為了經營白家根基，是去告訴白家軍，告訴大晉的將士，不論何時，白家都與他們同生死共患難。

「等事情塵埃落定，我從南疆回來之後，用軍功向皇帝換一點好處，讓你二姐成為這大都城內第一個超一品的誥命夫人！想必皇帝也不會不答應，算起來咱們也不虧！」

「長姐?!」白錦繡一臉意外。白錦稚緊皺的眉目也舒展開來，頗為驚訝。

二姐成為超一品誥命夫人，那秦朗……白錦桐一向敏銳，她壓低了聲音問：「長姐的意思，是要替二姐夫拿到忠勇侯的位置？」

「秦德昭敢在南疆糧草上動手腳，誰又能説不是和已經叛國的劉煥章勾結在了一起？畢竟劉煥章假借以糧草被困鳳城誆騙祖父，行軍記錄又有記載，稱劉煥章對鳳城糧草府穀官説糧草已直入大營！説他們沒有聯繫……誰信啊？」

「對啊！」白錦稚雙眸放亮，「劉煥章怎麼知道糧草有問題的？那只能説明秦德昭早同劉煥章有了勾結，早就知道內情了啊！」

白卿言笑著朝白錦桐望去：「你看……小四都能想明白的道理！旁人就想不到嗎？」

「可……這萬一要是真的，會不會牽連二姐?!」白錦稚又問。

「秦德昭雖然不是絕頂聰明，但也絕不是個蠢到無可救藥的人，他不會讓忠勇侯府陷入那等境地！」

「大姑娘，馬車備好了。」佟嬤嬤手裡拿著件黑色的斗篷，上前福身道。

「長姐要出去？去哪兒？」白錦繡問。

她伸手從佟嬤嬤手中接過斗篷，道：「去大理寺獄中，看一看那位忠勇侯秦德昭，你們好好守靈堂。」

見白卿言扶著佟嬤嬤的手要走，白錦稚不放心，追了兩步：「那我陪長姐去吧！」

瞅著白錦稚一臉緊張的模樣，她心頭發軟：「隔著牢門他還能將我怎麼著了不成？更何況……我兩位乳兄跟著，他們兩人可都是武功頂好的！」

「那……那我送長姐出門。」白錦稚挽住白卿言的手臂。她沒攔著白錦稚，任由白錦稚磨了一路，快走到角門門口時，她才道：「祖父追封鎮國王的聖旨剛下，想必一會兒大都城的親貴都要上門弔唁，你我兩人都不在太引人注目，你大伯母若問起來，你二姐三姐也不好遮掩。」

白錦稚張了張嘴，最終還是不情願點頭。目送白卿言扶著佟嬤嬤的手上了馬車，白錦稚抱拳對肖若海兄弟二人行禮：「勞煩兩位照顧好長姐。」

肖若海、肖若江抱拳，對白錦稚長揖到底：「四姑娘放心。」

望著馬車越走越遠，白錦稚垂眸盤算，白家突逢大難，大伯母、長姐支撐白家如此之艱難。如今長姐和皇帝達成協議要去南疆，她也應該同長姐一起去南疆，好歹能護長姐周全。

白錦稚下意識向腰後伸手，才想起自己的鞭子被長姐收繳了。她緊緊抿著唇，當初是怕在大都城傷了人命她才用鞭的，要是去南疆的話……還是紅纓槍好用吧！

偌大的書房內，皇帝歪在金線繡金龍盤飛的流蘇團枕上，屏退左右只留下了齊王一人。

皇帝手裡端著杯熱茶，垂眸用杯蓋壓了壓浮起的茶葉，不緊不慢道：「你這次謹慎一點兒，不要如信王一般自作聰明！但……到底白卿言只是一個女流之輩，她提的任何戰法你都要同諸位將軍商議，諸位將軍都覺得可行你才能下令！」

齊王心跳速度極快，他知道這是父皇在為他鋪路自然喜不自勝：「父皇放心，兒臣自知從無沙場征戰的經驗，一定多聽取白大姑娘和諸位將軍的意見，絕不貪功冒進！」

皇帝陰沉沉的視線抬起，看了眼面色鄭重並未顯出雀躍之意的長子，用杯蓋壓茶葉的動作一頓，道：「南疆戰事一了，不論勝敗，白卿言便不用跟著回來了……」

原本皇帝念在白卿言同白素秋有幾分相似的分兒上，的確存了饒白卿言一命的意思，可昨夜他做了一個夢，夢見一隻能言人語的三眼白虎將他撲食後，睡臥在他的龍床之上。他被驚醒，想起那三眼白虎看他的眼神竟與白卿言如出一轍，再想到白卿言姓白，屬虎，他整個人立時便驚出一身冷汗。

齊王微怔，抬頭朝皇帝方向看去：「父皇?!」

「朕說的，便是你想的那個意思。」皇帝將茶杯蓋子蓋上。

齊王十分有眼色上前接過皇帝手中的茶杯，放在几案上，內心有幾分不忍，低聲說：「父皇，可若白大姑娘能勝，那便是大功一件，而且這白大姑娘不貪功，兒臣以為……不如留她一命。」

「你心存仁厚，這很好。」皇帝側頭凝視規規矩矩立在自己身旁的長子，語調低沉，「可這個白卿言不能留，她的心裡和眼裡……都少了對皇室的敬畏之意。她若敗了，以死謝罪算朕寬厚。她若勝了，這樣的人將來若生了反心，便是心腹大患！為長遠之計……自當未雨綢繆。」

齊王想到抱著行軍記錄竹簡，在國公爺靈前起誓的堅毅女子，他咬了咬牙跪於皇帝面前又道：「可父皇，白家世代忠骨，白大姑娘此次更是墨經從戎，忠義之心天地可鑒！兒臣想為白大姑娘求個情！還請父皇饒她一命……」

皇帝看著叩首求情的齊王，惱火之餘又有些許欣慰，欣慰這孩子不同於信王……他心中留有一點慈悲，能為白卿言求情，日後也必能容得下信王與梁王一脈活路。

「你給朕站起來！」皇帝聲音嚴厲，「此事不必再議！」

「父皇！若白大姑娘真的勝了，那便是不可多得的良將，留下白大姑娘於我大晉有益無害！兒臣知父皇對白大姑娘的猜忌，兒臣有一策……或可兩全其美！」齊王抬頭，鄭重道，「不如，讓白大姑娘嫁入我皇家，出嫁從夫，如此……白大姑娘便是皇廷之人，又怎能生了反皇室之心？」
皇帝眉頭一跳，細細思量了片刻，視線又落在長子齊王身上，他眯起眼問：「你可是見白卿言容色無雙，所以……」
齊王臉色一白，心慌意亂連忙叩首：「兒臣絕無此意！兒臣已有正妃與側妃，難不成還讓白大姑娘入府為妾嗎？白大姑娘是父皇親封的鎮國王嫡長孫女兒，只有正妃之位才能配得上啊！」
「正妃……」皇帝身子略略向後靠了靠，「那便是梁王了……」
「兒臣正是此意！」齊王抬頭接話。
緘默片刻，皇帝才幽幽看向跪在地上不敢起來的齊王，道：「如此，此次……朕讓梁王同白大姑娘一同去南疆可好？」皇帝漆黑眸色陰沉不定，如被朦朧月光蒙上了一層清冽之色。
齊王幾乎不敢猶豫，挺直了脊梁，一字一句：「既然此次兒臣雖為統帥，卻不需兒臣行統帥之責，那麼……這個統帥換了誰都可以！只要是有利我大晉的，兒臣怎會不願意！正好趁此機會，讓梁王同白大姑娘培養培養感情！將來白大姑娘便是我大晉一把鋒利的劍刃。」
皇帝眉目舒展，看了齊王良久，才開口：「容朕想想，你先下去吧！」
「是！兒臣告退！」齊王從大殿內退出去後，皇帝身邊侍奉的高德茂悄悄進來給皇帝換了一盞茶，壓低了聲音道：「陛下，宸妃娘娘派人給陛下送了親手做的玉蔻糕，陛下要嘗嘗嗎？」
「高德茂，你說大長公主那個嫡長孫女兒，朕……要是讓她嫁給梁王當正妃怎麼樣？」皇帝目光飄忽，似在問高德茂，又似在問自己。
高德茂裝傻笑了一聲：「哎喲，那陛下可真是給了白家天大的恩德啊！梁王殿下那可是陛下的皇子，誰能嫁給陛下的皇子那都是幾世修來的福分！」

見皇帝瞇了瞇眼，高德茂突然話鋒一轉：「只是陛下，這白大姑娘身有頑疾，聽說子嗣緣分上有些福薄！讓白大姑娘當梁王殿下的側妃都是陛下您實打實的抬舉白家，陛下是天子心存仁厚，念在白家男兒皆亡的分兒上……給白大姑娘體面讓白大姑娘當梁王殿下的正妃。可老奴是個小人，心眼兒小，私心裡啊……就覺得太過委屈陛下的龍子了。」

皇帝視線朝高德茂看去，忍不住低笑一聲：「你這拍馬屁的功夫是越來越好了！」

「老奴這都是肺腑之言！」高德茂對著皇帝笑得跟一朵花兒似的。

大理寺牢獄之中，常年潮濕陰暗處處泛著霉味。即便是白日裡，不點燈也暗的不見天日。

忠勇侯秦德昭盤腿坐於燈火灰暗的牢房之內，還算鎮定。從龍之功自古不容易拿，從他計畫透過梁王而上信王這條船之前……他就明白，信王贏他榮耀，若信王輸，他也會滿盤皆輸。

秦德昭做事一向先為自己留後路，這次之所以無所畏懼敢一搏，是忠勇侯府有保命的丹書鐵券在。糧草運出大都城從他手中轉交出去之前，至少明面兒上是上好的新糧，該滅口的他已經滅口，收尾乾淨。如今糧草有失，就算查下來他也只是一個失職之罪，禍不至牽全族。

「白大姑娘，忠勇侯人在這裡，但探視時間不宜過長，還請白大姑娘體諒一二。」獄卒哈著腰低聲道。白卿言乳兄肖若江上前，笑盈盈給獄卒遞上銀子：「請兄弟們喝茶。」

「這可使不得！」獄卒連忙推辭，情真意切，「我等在這繁華帝都，皆受鎮國公府兒郎守護，只恨不能報償一二，如今怎可收大姑娘錢財?!不可不可！」

秦德昭睜開帶著紅血絲的雙眸，見那搖曳燭火之下，取下斗篷黑帽的竟是五官清豔的白卿言。他唇抿成一條直線。已經在這大理寺獄中待了一天一夜，秦德昭身上那藏青色的斜襟長衫雖然還算乾淨，可臉上到底已顯出疲憊姿態。望著獄卒已然離開的背影，秦德昭低笑一聲：「那獄卒……也是白大姑娘收買的人心啊！」

「這人心是白家用命收買回來的，忠勇侯若願捨命……這人心亦可歸於忠勇侯，只可惜……」白卿言抬手解開斗篷取下遞給佟嬤嬤，手握素銀雕花手爐立在獄門之前，「忠勇侯家風一向惜命，怕捨不得啊。」

秦德昭臉色沉下來：「白大姑娘屈尊來這牢獄間，不會就是為了諷刺本侯幾句吧？」

她深深看了秦德昭一言，朝背後伸手……肖若海將懷中名冊拿出放入白卿言手中，佟嬤嬤搬了一條長櫈，用帕子擦乾淨了扶著白卿言坐下。

肖若江打開隨身攜帶的食盒，拿出筆墨錦帛，執筆跪坐於地。

幾人行事有條不紊，可秦德昭卻看不出個所以然來，難不成……這白大姑娘是要來審他?!

「沈西耀，九品錢糧官，於宣嘉十五年臘月初一，死於醉酒失足落水，年四十六……」

白卿言念出這個名字時，秦德昭的手便下意識抓緊了衣裳，他死死盯住白卿言，竭力讓自己保持冷靜。

肖若江落筆寫字的速度很快，幾乎是在白卿言念完便已經在錦帛上書寫完畢。

「李三海，膠州糧草府穀管，於宣嘉十五年臘月初六，夜宿花樓，飲酒過多而亡，年三十八。」

白卿言每念一個名字，秦德昭的心就亂一分。尤其是白卿言念的這些人，都是參與了貪墨年前送往南疆糧草……且已經被他滅口的人。這些人，白卿言都是怎麼知道的?!
這本名冊裡，白卿言只挑著裡面已死之人來念，果然見獄中秦德昭臉色大變。
念完了那些死了的人，白卿言合了名冊問肖若江：「都記下了嗎？」
「都記下了！」肖若江說完，將錦帛拿起來遞給白卿言看。
白卿言看完又將錦帛遞給肖若江，這才看向牢房裡的秦德昭道：「今日一早，陛下下旨，追封我祖父為鎮國王，我父為鎮國公。劉煥章抄家滅族，信王及其子嗣貶為庶民不說，信王本人也要被流放永州永世不得回朝了……」
秦德昭喉頭翻滾，死死咬著後槽牙。
「你說……我要是把這份名單交上去，陛下又會如何處置你？」白卿言抖了抖手中的錦帛，眼底並無笑意，「梁王若知我今日來大理寺牢獄中見過你後，便得到了這麼一份名單，梁王又會不會著急殺人滅口啊？」
秦德昭睜大了眼，他死都想不到白卿言竟然知道背後還有梁王！
梁王是信王的人，如今信王被貶為庶民流放，梁王肯定要想盡辦法自保……秦德昭想起自己下令殺了李三海沈西耀等人時的情景，如果他是梁王……也必是要殺了知情最多的人自保。
「劉煥章遠在南疆，是如何得知糧草有問題，以那不翼而飛的糧草為藉口騙得南疆軍內大亂？是否忠勇侯早已和劉煥章勾結？若如此……劉煥章是叛國，忠勇侯又該是什麼罪過？若忠勇侯咬出梁王，梁王又該是怎麼樣的罪過？」
白卿言語調慢條斯理，卻讓恐懼如同涓涓細流一般，悄無聲息游走至秦德昭四肢百骸。
「或許我白家兒郎的死，在陛下看來微不足道，甚至陛下盼著我白家兒郎死絕，可大晉數十萬銳士因你等私慾葬身南疆，以致大晉一代強者只能卑躬屈膝向西涼南燕求和，割地都是小事，大晉一旦認輸，大樑、戎狄便隨時會撲上來，你說陛下心裡恨不恨？」

皇帝不滿白家，秦德昭心裡清楚，正是因為清楚，他才敢在糧草上動手腳。

可白卿言的話沒錯，皇帝想讓白家死……可沒想讓這數十萬將士陪著白家死！

秦德昭咬緊了牙，雙眸通紅看向白卿言：「白大姑娘這話是什麼意思，秦某不明白。」

「忠勇侯不明白不要緊，很快……梁王便會讓你明白！」白卿言也不欲同秦德昭廢話，站起身將錦帛交至肖若江，命他將錦帛收進食盒裡。「忠勇侯好自為之吧！」

見白卿言要走，秦德昭手心緊繃，喊道：「白大姑娘！」

可白卿言腳下步子未停，秦德昭心一慌，再不見剛才從容自若的鎮定模樣。

他踉蹌起身衝到門口，可只能看到白卿言決絕離開的背影，那架勢看起來是真的不想從他這裡知道什麼，或詐出什麼來。秦德昭一時慌亂失措，雙手緊緊抓住欄木，喊道：「白卿言！我是秦朗的父親，白錦繡的公公！我若出事……你以為他們倆逃得開嗎?!」

這話果然讓白卿言停下腳步，她回頭，燈火下忽明忽暗幽沉深邃的讓人看不到底：「所以啊，多虧忠勇侯夫人那麼一鬧，我白家才費了那麼大勁讓他們搬出忠勇侯府！秦朗有陛下和皇后娘娘的讚譽，再大義滅親將這份名單交上去，有我祖母大長公主出面作保……秦朗也就是當之無愧的忠勇侯了。日後，我定會讓我二妹好好謝謝忠勇侯夫人……」

秦德目眥欲裂：「白卿言！你……你好狠毒的心腸！你竟然要秦朗子告父！這是大不孝！」

「狠毒?!」白卿言眉目間染了一層深不見底的冷寒，「你等為滿足一己私慾在帝都玩弄陰謀心計，致使我晉國多少兒郎命喪南疆?!他們本是懷著一腔熱血保家衛國的，卻不是堂堂正正死在敵國兵刃之下，而是死於你們這些為王為侯者的私慾算計中，數十萬兒郎……他們的孝誰來盡?!難道指望侯爺你嗎?!」稍稍平靜了情緒，白卿言回過頭凝視前方，道：「比起狠毒……我難望侯爺項背。」說完，白卿言帶著佟嬤嬤、肖若海、肖若江兩兄弟朝大獄之外走去。

秦德昭此時內心惶惶，急著想要見到梁王的人陳情，卻又怕梁王的人來了便是滅口……他得在秦朗將那份名單遞上去之前，見到梁王的人，如此……才能保住他一命！

可是，這位梁王……天下人皆知他是陛下最懦弱無能的一個皇子，但骨子裡……他卻是一個心腸極為狠辣之人。當初，讓秦德昭料理乾淨李三海等人，便是梁王的主意。梁王說，只有死人……才能徹徹底底保守秘密。

秦德昭手心立時起了一層粘膩細汗，脊背寒意叢生。丹書鐵券可沒法把他的命，從梁王手中救出來。且他要是死在這獄中，任誰也不會懷疑到那個懦弱無能的梁王身上。今日白卿言來看他，不問糧草去向，竟是為了……要他的命嗎?!

秦德昭閉上眼，拳頭死死攥緊，該如何保命?!如何……保命啊！

大理寺獄門前。佟嬤嬤一手拎著食盒，一手扶著身著黑色斗篷的白卿言從大理寺牢獄出來，剛走了兩步佟嬤嬤腳下一絆……食盒跌在地上，裡面的紙墨筆硯跌了出來。

肖若海驚呼一聲，匆忙撿起險些被墨沾汙的錦帛，見錦帛被墨水沾染了一些，用衣袖沒有擦掉，皺眉捧給白卿言看。

立於暗處的梁王下屬高升，遠遠看過去……只見那錦帛上密密麻麻記了些字，他耳朵動了動，閉眼細聽。

「這個沈西耀的名字被弄汙了，要不大姑娘先回府，我重新謄抄一份讓秦德昭重新畫押？」

肖若海說。

「罷了，弄汙了一點而已，再進去被人發現了難免再生波瀾，回吧！」說著，白卿言便走下高階，上了馬車。

高升將自己身影隱於轉角，直至那簡陋的馬車走遠，才匆匆提步跟上。

百姓聽說大理寺圍了忠勇侯府，將忠勇侯秦德昭抓入大理寺，紛紛感慨幸虧當初白家二姑娘同秦朗從忠勇侯府搬了出來，此次才能免受牽連。

還有和大理寺獄使有親戚關係的百姓打聽到，說障城太守稱運往南疆前線糧草被雨水沖泡打開後竟發現全是蕎麥皮，這摺子一個月前就抵達，但被信王壓住了，直到昨日傍晚才被送達聖前，皇帝發了好大的火，讓必需徹查糧草一事。

在鎮國公府陪妻子為國公爺守孝的秦朗，眼看著跪在他腳下哭得不能自已的吳嬤嬤，負手而立，清雋的眉目間看不出情緒。

那日忠勇侯夫人蔣逢春被忠勇侯秦德昭送走，臨走前蔣逢春死活哭求將心腹吳嬤嬤留了下來，託吳嬤嬤照顧她的一兒兩女。到底多年夫妻，秦德昭看蔣逢春抱著兒子哭得不能自已，想著不過是一個照顧兒子女兒起居的嬤嬤，便也同意了。

忠勇侯府遭難，眼看著大理寺圍府不讓進出，吳嬤嬤腦子轉的快，借了白府的威勢說要給秦朗送剛做好的衣衫才得以出來。

雖然秦朗搬出了忠勇侯府自請去世子位，也是他們忠勇侯府的大公子。圍了秦家的侍衛想到秦朗是白家的姑爺，又只是一個僕人婆子送衣服而已，便命人跟著一路來了。

「大理寺圍府誰都不讓進出，小公子嚇得直哭，兩位姑娘也手足無措！求大公子看在這些年夫人待公子還算妥帖的分兒上，救救您的妹妹和弟弟吧！」

鎮國公府正門口的石獅子之下，吳嬤嬤跪在秦朗面前，頭都碰青了。

「吳嬤嬤，如今我已經不是忠勇侯府的世子，我只是一介白衣……有心也無力，嬤嬤與其在這裡求我，不如求求母親的母家蔣家，說不定還有餘地。」秦朗聲音徐徐。

「大公子可以救的！可以救的！陛下對白家還是很看重的，只要大公子請大長公主在陛下面前說一句話，那比什麼都管用啊！」吳嬤嬤滿目期待望著秦朗。

白錦繡聽到這話心中怒火陡升，正欲起身，卻被白錦桐按住了。

「三妹?!」白錦繡側頭疑惑看著眼神深沉的白錦桐。

「秦家的事情，自有二姐夫解決，若他連一個老刁奴都處理不好，這般無禮的要求都無法推拒，以後如何護二姐？又如何……坐穩忠勇侯的位置？」白錦桐道。

白錦繡想起白卿言走前的話心有不安，她到目前為止還從未想過秦朗還可以坐上忠勇侯之位。

白錦繡還未回神，便聽得秦朗一聲歎息：「吳嬤嬤，母親當初縱容兩位妹妹傷了錦繡，不認錯不說，還拿大長公主最疼愛的嫡長孫女……子嗣艱難說事。如今大長公主喪夫，兒孫也無一保全，傷心欲絕病倒，忠勇侯府出事……我怎還有臉求到大長公主跟前？」

秦朗話說得很客氣，意思卻很明瞭，不願意求大長公主。

「我們忠勇侯府和鎮國公府可是姻親啊！好歹讓大長公主先撐著……給侯府說說情啊！」吳

嬤嬤淚流滿面。

白錦稚太陽穴直跳，一直默念要忍要忍，可聽到這句話著實是忍不住了，站起身立在門口吼道：「讓我祖母拖著病軀，忍著喪夫、失子、失孫之痛給你們侯府說情，你哪兒來的臉？」

「何為恬不知恥，今日白錦桐領教了！」一身孝衣的白錦桐負手立於高階之上，將白錦稚拉至身後，緩緩走了下來，「當日忠勇侯府兩位小姐欲要我二姐性命，忠勇侯夫人擅自打死我二姐身邊陪嫁丫頭，又用孝字強壓我二姐不得訴苦申冤！我白家靈堂擺在這裡，幾日都不見忠勇侯來祭拜，也不知是心裡愧疚怕我白家亡魂索命，還是人性涼薄！現在出了事……一個老刁奴也敢提什麼姻親關係?!」

吳嬤嬤全身一哆嗦，見白錦桐一步一步走下鎮國公府高階，跪著向後退行了一步。

白錦稚沉不住，立在那高階之上怒喊道：「大理寺圍了忠勇侯府，正是因為忠勇侯負責送至南疆前線的糧草有問題！白家二十多口棺材還擺在這裡，我十七弟腹部被剖開裡面盡是樹根泥土！忠勇侯安排的糧草到障城就變成了蕎麥皮！沒送到前線就不知所蹤！你哪裡來的狗臉……哪裡來的底氣在這裡讓我祖母撐病軀去給忠勇侯府求情?!」

秦朗身側拳頭收緊，心中亦是愧疚難當，畢竟忠勇侯是他的父親。

白卿言換了一身孝衣，剛到靈堂便聽到吳嬤嬤這一番言論，眸中殺氣凜然。

她從靈堂後走至人前，冷冷道：「堂堂晉國大長公主，難道是你忠勇侯府的奴才嗎？可以隨意任由你們驅使？即便是病了也得爬起來給你們求了情再説……忠勇侯府好大的派頭啊！」

吳嬤嬤一見白卿言心就發怵，頭碰的咚咚直響：「老奴不敢！老奴萬萬沒有這個意思！」

絡繹不絕來鎮國公府門前祭拜的百姓，聽了忠勇侯府嬤嬤這不要臉的言辭，有人當即就啐了吳嬤嬤一臉。「這老狗可真是臉大！」

「張口就要大長公主拖著病軀去給他家求情！人家白家靈堂擺在這裡直至忠勇侯被抓入獄之前都不見來上柱香，這會兒出事就想起人家鎮國公府了！」

「可不是，軍糧全都是蕎麥皮，沒運到南疆就不見了，白家十歲的小將軍肚腸裡全是泥土樹皮，他們忠勇侯府還敢讓大長公主去陛下面前求情，好生不要臉！」

「要什麼臉啊！怕忠勇侯府早就不知道臉字怎麼寫了！」有漢子雙手抄進袖子裡，「當初那忠勇侯夫人還在時，就敢動人家二姑娘嫁妝，主母都這般做派，想想那忠勇侯府蛇鼠一窩，能有個什麼好東西！」那漢子剛說完，就被自家婆娘拽了一把，示意他秦朗還在呢。漢子這才縮了縮脖子，跟著自家婆娘匆匆離開。

「秦朗，你與二妹妹隨我來，我有話同你們說……」白卿言繃著臉道。

秦朗頷首，回頭望著跪在地上哭聲不斷的吳嬤嬤道：「回去吧，好生照顧弟弟妹妹！大長公主悲痛欲絕，我身為孫婿不能替其分擔已覺愧疚不已，怎能還讓大長公主為侯府之事費神？」

吳嬤嬤還要說什麼，秦朗卻不能再容她敗壞忠勇侯府名聲，拂袖厲聲道：「弟弟妹妹如今只是不能自由出入忠勇侯府，不曾有性命之危，軍糧一事聖上自有公斷，事關國事，我等不應置喙，回去吧！」說完，秦朗便抬腳邁上鎮國公府高階，不欲與吳嬤嬤再做糾纏，上前扶著白錦繡跟上白卿言的步子離去。

「大公子！大公子求您救救二公子和兩位姑娘啊！那可是大公子您的嫡親弟妹啊！大公子您可不能這麼狠心啊！」吳嬤嬤哭喊道。

白錦桐看著還立在那裡的侍衛道：「你等還不將忠勇侯府這婆子帶回去，是準備事情鬧大了，真的驚動我祖母，驚動陛下嗎?!」

負責看守忠勇侯府的侍衛一驚，也顧不得男女有別，抱拳同白錦桐致歉後便拖著哭喊不休的吳嬤嬤回了忠勇侯府。隱在人群之中的高升看著秦朗同白卿言離開，立時想到大理寺獄門前那份名單，頭皮一緊忙趕回梁王府。

白卿言將白錦繡與秦朗帶到院中假山涼亭之中，讓佟嬤嬤將那份寫於錦帛之上的名單遞給秦朗。秦朗粗略掃過一眼，看到這上面的人盡死，心中立時明白是怎麼回事兒：「這可是……年前經手南疆糧草官員名單?!」

「對，這麼多經手南疆糧草的官員……竟然這麼巧，都在兩個月內死於意外。」白卿言手指有一下沒一下敲著石桌。

肖若江抱拳對秦朗行禮後，道：「二姑爺，這名單是半個時辰前，我們隨大姑娘去大理寺獄中，從侯爺處得到的。」

秦朗心中翻起滔天巨浪，這就說明糧草出事父親早就知道，甚至……可能真的是父親動的手！秦朗坐不住猛地站起身，來回踱了幾步：「大姑娘，你可……有辦法讓我見父親一面？」

肖若江垂著眸子：「為保忠勇侯之安全，二姑爺還是不要見的好！」

秦朗瞪大眼睛：「這話的意思是父親背後，還有人指使?!是誰?!齊王?!不……齊王為人寬厚，就算是與信王奪嫡，也絕不會做出這種事情！是信王?!」

白卿言垂著眼瞼，看吧……不會有人猜到，忠勇侯背後之人是那個懦弱聲名在外的梁王。

「不論是誰，忠勇侯未曾明言，這都不是你該過問的。」她緩緩抬起視線看向面色慘白的秦朗，「你是個聰明人，從小便是忠勇侯世子，想必你應當知道世子之責當以滿門榮耀為重，個人性命榮辱次之！忠勇侯把這份名單交給你，便是希望你能夠挑起大樑，承擔家族重擔。」

不論如何忠勇侯始終是秦朗的父親，坦然直言……她自問對秦朗沒能信到這個分兒上，也不認為秦朗為了白家的公道能連他的親生父親也捨棄。哪怕這個父親曾經縱容繼母刁難於他，曾經……視他為無物。

「大姑娘。」秦朗喉頭聳動，「父親可還說什麼了？」

「侯爺只說……有愧於白家，其他的什麼都沒有說，可我回來的路上細細琢磨，我今日去見侯爺之事怕是瞞不住，這名單上面的人應該都是侯爺派去滅口的，定然有跡可循，你若想守住忠勇侯府的光耀，便需要細細想一想這些人死前的日子侯府有哪些人員調動，以侯府大公子的身分問清楚，儘快拿著這分名單去大理寺！」

秦朗面白若紙，拼盡全力冷靜下來盤算。去大理寺揭發父親嗎？可是……父親該怎麼辦?!

在軍糧上動手腳，致使白家滿門男兒因此喪命南疆不說，數十萬將士也沒了。

而且，劉煥章……是用糧倉誆騙了信王和鎮國公！糧草……秦朗一口氣沒有上來，險些跌倒在地，若不是扶住了身後的石桌，怕是已經腿軟撐不住了。劉煥章叛國，這可是滅族的罪啊！

「看你如此反應，應該是想明白了你父親此案和劉煥章之間的聯繫！」白卿言眉目間裏霜夾雪，「這便是我今日去獄中見你父親的緣故，畢竟……我二妹妹嫁給了你，若秦家真有事，我二妹妹也無法逃脫，所以……即便是軍糧出事，即便我再恨忠勇侯，也必須為了我妹妹走這一趟。

我祖母有一句話說的很對，死了的人已經死了，活下來的人才重要。」

秦朗這才回神，慘白著臉對白卿言長揖到地：「多謝大姑娘！大姑娘救我秦家大恩，秦朗此生必報。」他直起身，看了眼坐在墊著墊子石凳上的白錦繡，狠下了決心道：「不如，我先寫一封和離書簽了字，錦繡先拿著，如果秦家真的出了事，也好……」

「大郎你說的這是什麼話?!」白錦繡眼眶更紅了，「夫妻本是同林鳥，大難來時各自飛嗎？那前幾日大都城紛紛揚揚都在傳我白家要倒楣的時候，你怎麼不給我一封和離書呢?!」

看到秦朗對待白錦繡還算有情有義，她心中可也放心不少：「你和錦繡若還是夫妻，此事鬧出來後今上或許能看在祖母和白家眾人犧牲的分兒上，對忠勇侯府留情，這……你可知道?!」

「我知道！」秦朗點頭。他看向白錦繡：「錦繡，我欠你良多，只是不想連累你！」說著，秦朗便紅了眼：「況且此次，父親做下的事情，讓白家諸人……我實在愧對白家！」

「本是夫妻，說什麼連累不連累的?!事是公公做的又不是你！我是同你成親過日子，又不是同公公！你能為了我搬出忠勇侯府，我難道要在你困頓時捨你而去？白家兒女忠義傳家，危難時棄你而去，我做不到！至於你……我們有夫妻之情，我更放不下！」白錦繡語氣十分堅定。

「秦朗，如今該是你當起忠勇侯府擔子的時候了！忠勇侯此次定免不了一死，可侯府的滿門榮耀卻有可能續存。」白卿言握著手中暖爐，平靜道，「若你行動夠快，或……可在你父親背後之人滅口之前驚動今上，只要今上關注且提審你父親，也許能讓你父親多活幾日親自贖罪。」

秦朗緊緊咬著牙，點頭：「我知道了，多謝大姑娘提點！我這就回忠勇侯府。」

白卿言頷首。

待到秦朗走遠，白錦繡這才轉頭望著白卿言：「長姐……那名單真是忠勇侯給的？」

她視線凝望著秦朗消失的方向，幽幽開口：「幸虧……忠勇侯同秦朗並不親近，子不知父，父不知子，否則今日這番說辭，怕是騙不過秦朗。」

在秦朗心中，即便父親更偏愛幼子，可形象還是高大偉岸的。

如今白卿言編排出秦德昭迷途知返，要犧牲一己，以保家族平安的說詞，讓秦朗大義滅親來維持門楣榮耀不絕，秦朗以己之心度秦德昭之腹，又怎麼能不信?!

果然是矇騙秦朗的，白錦繡歎氣。

她不是瞭解忠勇侯，而是太瞭解長姐。糧草出問題，連累白家滿門男兒盡損，長姐是無論如何都不會放過秦德昭的。再者，長姐說了要推秦朗上忠勇侯位，自然已心有成算。

「你是否覺得長姐如今行事，同秦德昭他們無不同，連自己的妹夫都算計其中……」

白錦繡搖頭：「是這世道，人人都在算計，逼得長姐這樣忠直磊落之人也不得不算計。」

白卿言側頭望著白錦繡眉目間帶著極為淺淡的笑意：「祖母說葬禮從簡，是該想想如何寫祭文了。等事情都塵埃落定，一切都會好起來。」

今天從她出府去大理寺獄開始，高升就跟在她身後，怕此時已經回去稟報梁王了，梁王必會有所行動。她猜以梁王小心謹慎的個性，秦德昭怕是連今晚的月亮都見不到了。接下來，若是國公府當家主母董氏累倒，國公府上下鬆懈，梁王便會覺得機會到了……

若此生，他還要行上一世誣衊祖父與敵國通信之事，定會動手安排。只是那個劉煥章不知是已經被梁王攥在手心裡，還是在南疆哪個角落苟且……靜待時機回大都城攀誣祖父。

「乳兄……」白卿言喚了肖若江一聲。

「大姑娘吩咐！」肖若江並未因白卿言一聲乳兄托大，很是恭敬。

「乳兄輕功極好，替我去一趟大理寺卿府上，就說秦朗會替他解決南疆糧草案的麻煩，望他看在秦朗無辜又是白家女婿的分兒上，替秦朗在今上面前說說好話，白家感激他的恩德，他日必報！」曾經祖父為替御史大夫簡從文翻案時，如今的大理寺卿呂晉還只是七品大理寺丞，那一案呂晉嶄露頭角後才步步高升，如今官至正三品大理寺卿。白卿言想，大理寺卿呂晉怎麼也會看在祖父的分兒上，看在白家滿門男兒皆滅的分兒上，賣白家一個面子。

坐在火爐之前的梁王閉著眼，聽高升稟報今日白卿言見過秦德昭的事。

梁王烤火的手攥成一個拳頭，眉頭緊緊皺著，忍不住劇烈咳嗽了幾聲，再睜眼眸底殺氣凜凜：「這麼說，秦德昭都告訴白卿言了？」

「大理寺獄之外，屬下的確看到那老嬤嬤沒拿穩的食盒掉在地上，裡面是筆墨紙硯！聽他們說起錦帛上的名字也對得上……」

高升話音剛落，就聽管家老翁敲門：「殿下，高侍衛的人在外面著急請見高侍衛。」

「殿下？」高升似在詢問梁王是否先去見一下。

梁王攏了攏黑色大氅頷首：「先去看看什麼事。」

高升稱是出去，不過片刻又回來。

他對梁王行了禮，接著道：「殿下，派去看著國公府的人回來說，我走後不過一柱香的功夫，秦朗從國公府後角門離開，回了忠勇侯府！屬下的人已去詢問我們在忠勇侯府的暗樁，看看秦朗回忠勇侯府做了些什麼。再有，國公府主母董氏在靈堂上體力不支暈倒，現下國公府人心惶惶！」

梁王突然抬眼看向高升：「大長公主撐不住了，董氏……也倒下了?!」

「屬下倒認為不至於是倒下了，一般來說人就算是撐不住……也都是提著一口氣等諸事皆了，一口氣散了，這才會倒下。白家大事小事這位主母都處理的井井有條穩而不亂，估計是太過勞累。」高升對董氏十分欽佩，話語間帶了幾分敬意。

也是，白家突逢大難，留下的全是女眷。雖說白卿言倒是剛強，可國公府到底是董氏才是當家主母，從除夕夜消息傳回來，董氏悲憤交加怕是一刻也無法安心休息，又得處理國公府諸事，還要應對白家宗族之人，力竭也正常。可這當家主母一倒，國公府下人必然也會跟著亂，梁王腦中靈光一現：「盯著國公府的人說，國公府人心惶惶？」

高升點了下頭。

梁王緊緊攥著拳頭，望著火盆出神，他沒有忘記年前就是這位主母將國公府整治了一番，這才讓國公府跟個鐵桶似的什麼消息都傳不出來，什麼消息也遞不進去。此時這位主母倒下，國公府人心惶惶，他們必然可以趁亂聯繫上春妍。

梁王思及此心頭發熱，眼底灼灼：「劉煥章人到哪兒了？」

「劉煥章人已經安頓在城外隱蔽山洞中。」高升道。

梁王細細思量之後，壓低了聲音開口：「立刻派人去國公府和春妍取得聯繫，告訴春妍……本王對白大姑娘十分愛重，對她也有憐惜之意，可如今白大姑娘因為那個叫紅翹的丫頭對本王心存芥蒂，所以需要她幫忙將幾封本王寫給白大姑娘的情信，想辦法送到國公爺書房裡……」

「屆時，本王會設法讓人發現這幾封情信，將事情鬧大。本王會同世子夫人董氏說……國公爺早就發現本王愛慕白大姑娘，扣下了本王寫給白大姑娘的這幾封信，說等南疆歸來便為本王與大姑娘做主成親，讓本王與大姑娘再不可私下通訊，以免敗壞了白大姑娘的名聲。不曾想國公爺在南疆出了事，既然這幾封信面世……本王也願意承擔責任，迎娶白大姑娘為正妃！等白大姑娘過門，本王納她為侍妾。」

高升望著自家主子，論起擺弄人心……他們家主子當屬一流，幾封信必需放置在國公爺書房的緣由也安排的清清楚楚，若春妍對自家主子有心，必會遵從。

梁王起身，走至書架前拿出早就仿寫好且封臘的信遞給高升：「叮囑春妍不要拆開這幾封信，以國公爺的格調絕不會私拆晚輩信件，這件事需穩妥辦好，否則前功盡棄，白大姑娘怕是會越發厭棄本王！」

「是！」高升雙手接過這幾封信。聽到管家老翁敲門的聲音，高升連忙將信裝進胸前。

「什麼事？」梁王皺眉，忍不住咳嗽了幾聲。

「殿下，高升侍衛的副首田維軍回來了，請見高升侍衛。」管家老翁道。

高升抱拳對梁王說：「田維軍去忠勇侯府聯繫暗樁的。」

「讓人進來……」梁王裹著狐裘走至爐火前坐下。

很快，身上帶著寒氣的田維軍疾步進門，單膝跪地抱拳道：「王爺，高大人，小人去忠勇侯府買通大理寺的護衛，藉口探看府中老舅娘是否安全見了暗樁一面，聽說秦朗回府之後，招了忠勇侯身邊得力的幾個幕僚管事進書房密談，不許任何人靠近。」

「看來，秦德昭是見信王被貶流放，以為無法再得從龍之功，打算全盤托出了。」梁王如鷹隼般的眸子盯著火盆，「秦德昭此人……留不得了。」

「王爺放心，屬下親自去辦！」高升立刻攬下此事。

話音剛落，童吉便端著一碗冒著熱氣的苦藥進來：「殿下……該喝藥了！」

「去吧！」梁王對高升說了一句，坐直身子準備喝藥。

大理寺獄中，秦德昭閉眼不看放在牢房門口的水飯，只盤腿坐在稻草之上一動不動。秦德昭生性小心謹慎，生怕梁王在水飯裡下毒要他的命。

突然聽到有腳步聲停在他牢房門前，秦德昭手一緊，睜開眼朝門口望去，只見獄卒身後站著一個穿著斗篷的人。秦德昭心頭一緊，故作鎮定站起身，理了理沾了雜草的斜襟直裰，問道：「敢問先生何人？」

「大人您慢聊！」獄卒對那人恭敬行禮後轉身離開。

那人取下斗篷帽子，秦德昭一看竟然是梁王身邊的高升，感受到了來自高升眼底最冷淡的殺意，他不免心跳快了幾拍。秦德昭沉住氣，負手而立，保持著氣度道：「高大人，勞煩您轉告梁王殿下，白卿言已知在糧草上動手之人名單，怕是要藉機生事發難，還請殿下早作準備。」

高升視線掃過門口原封不動的水和飯菜：「侯爺可知，秦大公子已經帶著您給的那份名單，還有秦家忠僕，去大理寺門前擊鼓了？動作如此之快……難道不是得了侯爺的指點？」

秦德昭臉色一白，已經猜到秦朗被白卿言給騙了。

「高大人莫要信口開河，那名單並非本侯給了白大姑娘，白大姑娘今日來，就坐在這裡謄抄了一份名單，什麼都沒說什麼都沒問便走了，白家怕是早已經掌握了這份名單，以白大姑娘心智……殿下需小心啊！」秦德昭表忠心，「至於那逆子，本侯就是被提審，也定是一個字都不會說！此事與本侯無關，本侯將軍糧交出去的時候可是好好的！」

「這麼說來，侯爺對殿下很是忠心了？」高升聲音冰涼無任何起伏。

「不僅是對殿下忠心，也是為了保命！認下來……少不了一個死字！不認，苟延殘喘也算是活著。」秦德昭定定望著高升，此時一味表忠心反倒顯得虛偽，圖保命才顯真誠。

高升抽出腰間短刀，秦德昭被驚得向後退了兩步，身體撞在牆壁上：「高大人！」

「殿下曾對侯爺說過，這世上只有死人才能保守秘密！」說完，高升幾乎是一瞬便移至秦德昭面前，吹毛斷髮的鋒利短刀沒入秦德昭腹部，秦德昭張大了嘴卻發不出一絲聲音，眼前只生下獄內牆壁之上搖曳的燭火。

高升摟著秦德昭的頸脖，動作極為緩慢扶著秦德昭蹲跪下來，平靜的眸子無絲毫情緒。直到秦德昭緊緊拽著他衣袖的手鬆開，高升才放開秦德昭，將腰間鑲嵌著寶石的鞘藏進秦德昭的鹿皮靴子中。刀是一把好刀，輕而易舉穿透秦德昭的皮肉，刀柄堵住傷口，一絲血都沒有流出來。

高升戴好斗篷轉身離開，那獄卒前來鎖門，竟像是什麼都沒有看到一般離開。

從年三十南疆戰況傳回之後，大都城一件事接著一件事，絲毫不給人喘息的機會。

年前才自請去世子位的秦朗，在看守忠勇侯兵士的押送之下，攜秦家忠僕正跪於大理寺門前，手捧一份錦帛名冊，高呼為南疆糧草案大義滅親呈上證據。

此案皇帝尤為關注，大理寺卿呂晉命人將秦朗及秦朗帶來的秦家忠僕請進大理寺，詳細詢問。

秦家忠僕在看到那份名單後，已信了秦德昭要犧牲自己讓秦朗這位大公子守住忠勇侯府榮耀的說詞。如今他們已視秦朗為秦家新主，自然按照秦朗剛才同他們在書房商議的那般統一言辭。

秦德昭的幕僚稱，秦德昭是因見別人押運糧草都有利可圖，因此才生了貪墨之心。但因心底有愧，又是第一次做貪墨這樣的事情，露出了許多馬腳被下面的人拿住把柄。原本以為滿足了大家便相安無事，不成想糧草只要到一處，一處便要抓著秦德昭的把柄剋扣，越到後面的官員膽子越大，逐步將上好的軍糧調換成麥麩。

最後這些人更是膽大包天，連那些麥麩都在運至鳳城之前全部換成銀兩，眼見事情鬧大，忠勇侯怕連累到自己，才起了殺心。幕僚詳細交代自己曾經為秦德昭出過什麼主意，忠勇侯府的護衛又是如何將這些人滅口，一下子吐了個乾乾淨淨。

大理寺卿呂晉拿了忠勇侯府忠僕的供詞，將人關押入獄，準備進宮面見聖上。

秦朗與忠勇侯府不和，這事早在秦朗搬出忠勇侯府時已經人盡皆知，更何況秦朗是皇帝和皇后都稱讚過的世族子弟表率，又有白家請他保下秦朗，大理寺卿自是不能怠慢秦朗，便將秦朗安置在偏廳，讓秦朗暫時先在大理寺候著。秦朗遵從，跪地稱愧對皇恩，求大理寺卿轉告聖上，願將忠勇侯府家產係數上繳國庫，以此為父贖罪一二。

大理寺卿呂晉看著秦朗滿面羞愧的模樣，又想到鎮國公府管事找到他說的那番話，點了點頭：「秦大公子放心！」大理寺卿原本以為這將會是一個特別棘手的案子，沒想到還沒開始審，忠勇侯的兒子就把證據送到了案前來。大理寺卿也算對秦朗心存了幾分感激，所以在回稟皇帝的時候，大理寺卿不著痕跡替秦朗美言了幾句。

皇帝並未看大理寺卿交上來的證詞，他閉眼聽大理寺卿將事情來龍去脈講完，頓時怒火中燒。

「忠勇侯真是好大的膽子！」皇帝咬緊了牙，怒火中燒，大罵秦德昭的話正要出口，卻像突然想通了什麼關竅，猛地站起身來。「劉煥章是用軍糧誆騙了信王，可劉煥章人在前線……又是怎麼知道這糧草到不了鳳城的?!」皇帝眉心緊皺。

大理寺卿恭敬行禮道：「據忠勇侯家僕交代，這份名單上記錄的，都是已經被做成意外身死的官員名單！還有一位未死……便是劉煥章妻弟孫毅明，去年臘月初一秦德昭派出去的人沒有能將孫毅明殺死，反倒露了痕跡，死了兩個護衛！巧的是……這個案子京兆尹安靖國曾同臣提起過，說查遍了孫毅明結過仇的人，也沒有查出來個所以然！現在看來……京兆尹手中的案子，倒是可以結案了。」

劉煥章的妻弟?!皇帝屈起指節，用力敲了敲桌子，隱隱透出殺氣。

「微臣以為，忠勇侯秦德昭應如忠勇侯府幕僚所言，怕不過是為了點銀子！秦德昭也是頭一次做這種事情，他沒想到會被下面的人拿住把柄，下面那些小人自覺上面有忠勇侯這樣的大人物頂著，便肆無忌憚越做越過分！秦德昭這才聽從了他府上那位幕僚的主意，痛下殺手以撇清自己。」大理寺卿聲音徐徐，「更何況……忠勇侯府和國公府乃是兒女親家，為自己兒子著想，秦德昭也不會真的謀害自己親家。」

皇帝覺得大理寺卿說得有理，凝視著殿內紅漆圓柱，目光幽沉：「你說的……有理！」

「剛才微臣來回稟陛下之前，秦大公子跪請微臣轉告，想將忠勇侯府一應家產上繳國庫，以此來替父親贖罪！微臣倒是想起陛下讚許秦大公子為世族子弟表率的話來，秦大公子大義滅親，捨孝盡忠，的確是正直忠義之人，若我大晉多些這樣的兒郎，何愁不興旺啊！」

「呂愛卿……這是在為秦朗說情?!」皇帝聽出大理寺卿呂晉話中意思，卻不以為然，「這到底是為盡忠大義滅親，還是為了自保，兩說！」

「陛下，微臣相信陛下的眼光，秦朗是陛下讚許過的好兒郎！微臣亦在大理寺多年，什麼樣的人物都見過！卻很少見有兒郎能有秦大公子那般清明的目光！微臣願意相信秦朗的確是個難得的忠義兒郎，而非奸詐狡猾之徒！」

大理寺卿呂晉這些話有幾分肺腑之意，秦朗目光清明透亮，的確不像大都城內那些老油條一般的紈褲。皇帝聽了大理寺卿的話，想了想，側頭吩咐高德茂：「去讓謝羽長把秦德昭給朕提來，朕親自審問。」

「是！」高德茂匆匆告退出殿，命御林軍統領謝羽長去提秦德昭。

不過多時，謝羽長竟一人回來，回稟皇帝秦德昭自盡於獄中。

大理寺卿呂晉睜大了眼，嚇得立時跪地：「陛下！都是微臣看管不力！請陛下恕罪！」

皇帝死死咬著牙，沉默片刻問：「可曾留下遺書之類的東西？」

「什麼都沒有留下，臣去的時候人還是熱的，應該剛死沒有多久！」謝羽長道。

皇帝脊背靠在龍椅上閉上了眼，心頭煩躁不已。

忠勇侯秦德昭畏罪自盡於大理寺獄中的事情，又在大都城掀起一層風浪。

秦朗坐於大理寺內，聽到父親自盡的消息，險些摔了手中的茶杯。他以為他已經夠快了，拿到名單他便立即回侯府與父親的幕僚商定說詞，他以匕首抵著脖子才得以帶著父親的幕僚、護衛來大理寺認罪，原本想著在天黑之前讓此事傳至天聽，必能讓父親多活幾日。

可，竟還是晚了。若父親非被滅口，而是自盡，那父親便是在決意保住秦家滿門榮耀時，就已有了必死的決心。

不多時，大理寺卿呂晉回來，他看著面色蒼白的秦朗，說了句節哀：「陛下已經命人將劉煥章妻弟孫毅明捉拿歸案，待審問孫毅明後，若能洗脫了你父與劉煥章勾結的嫌疑，忠勇侯諸人才能自由出入，你且先回忠勇侯府，不要胡亂走動！」

秦朗恭敬對呂晉長揖到地：「晚輩，可否帶家父回府安葬？」

呂晉搖頭：「陛下要查你父死因，如今你父屍身還不能歸家。」

秦朗身側的手緊了緊，再次對呂晉行禮。

離開大理寺，秦朗讓隨從去給白錦繡報了個信，他得回忠勇侯府準備父親喪儀，但一進忠勇侯府怕就難以出來，叮囑白錦繡好好留在白家為國公爺守孝。

此時，鎮國公府主子都聚在大長公主的長壽院內。

皇帝下旨冊封鎮國公為鎮國王，按理說葬禮規格還得提高一個檔次。

可那日在皇宮，大長公主已同皇帝說過，葬禮簡辦。皇帝給了鎮國公體面追封為王，何嘗不是因為大長公主自請去爵位的許諾在前?!故白家需更加謹慎謙卑，才能得以保全。

大長公主精神不大好，半倚著西番蓮紋的薑黃色大團枕，強撐坐於軟榻之上，撥弄著腕間纏的一串沉香木佛珠：「就定在初十出殯吧！」

董氏點了點頭，那滿院子的棺材擺在那裡，一看到便會想起丈夫、兒子屍骨無存，那痛時時割心，不如早日下葬，或許眼不見便不那麼痛了。

大長公主話音剛落，蔣嬤嬤便匆匆進門，行禮之後道：「大長公主，傳來消息忠勇侯在獄中自盡了，如今二姑爺已經回忠勇侯府準備喪儀，剛才二姑爺派人來傳信，說就讓二姑娘留在白家莫要回忠勇侯府。」

劉氏沉不住氣，驚得一下站起身來，絞緊了手中的帕子，心提到了嗓子眼兒：「這……這會不會連累姑爺？」白錦繡下意識看向坐於燈下半垂著眸子的白卿言。

她手裡捧著半涼的茶杯，心裡明白這是梁王動手滅口了。

「二嬸兒別急，若是會連累秦朗，秦朗怕走不出大理寺。」她擱下手中杯子，「秦朗是陛下和皇后娘娘親自讚譽過的世族子弟表率，陛下不會自搧嘴巴。更何況……此次是秦朗大義滅親，盡忠捨孝，我估摸著……等事情了了，後面還有嘉獎。」

大長公主點了點頭，對自己這個侄子大長公主也算是瞭解：「阿寶說得不錯，你且放寬心，不論如何還有我在，斷不會讓錦繡的姑爺出事。」劉氏這才點頭，含淚對大長公主道謝。

從大長公主院子裡出來，白卿言挽著董氏的手臂陪董氏一邊往院外走，一邊低聲說：「母親放心將府內一應調度交由我，我一定將白府看牢，必不出亂子，母親就好好準備初十的事。」

董氏攥著白卿言的手輕輕揉搓：「你做事謹慎，母親很放心，就是怕你太累。」

同董氏分別後，她在去靈堂的路上問佟嬤嬤：「看著春妍的人，可說那兒有動靜了嗎？」

「還沒有！」佟嬤嬤扶著她的手，低聲說，「倒是昨日，春妍到老奴這裡來哭哭啼啼，說知道錯了，想回到姑娘身邊伺候，還塞給了老奴一只金鐲子，老奴收下了。」

朱漆雕花的長廊裡，掛於簷下的白燈隨風輕輕擺著。白卿言捂著手爐，神色平靜溫和。

春妍是因為什麼被挪出清輝院的，國公府上下都清楚，自然不會給春妍什麼好臉，要不是春妍有平日裡白卿言賞她的那些物件兒和銀子撐著，她怕是連一口熱水都喝不上。眼看著傍身的東西……快被那起子拜高踩低的下人明偷暗搶拿光了，她這才想起清輝院的好處來。

重生回來後，她一直在想，上一世梁王是如何將那幾封仿了祖父筆跡的信放入祖父書房的。能出入祖父書房的人不多，除了祖母大長公主之外，便是她。她思來想去便想到了春妍身上，前生她對春妍信任有加，春妍與春桃是她面前最得臉的大丫頭，倘若春妍藉口要替自己從祖父書房拿東西，或藉口替自己將祖父書房裡的書還回去，趁機將信藏於其中呢？

前生在祖父書房搜出那幾封信時，她已被董氏送出大都城，具體細節不甚清楚，全憑猜測。如今她已經做好了局請君入甕，那便將春妍重新放回身邊，派人仔細盯著她。

片刻後，她幽幽開口：「這幾日倒是想起了那油茶麵的滋味，可不論是大廚房、小廚房，還是春桃、春杏她們，都做不出那個味。」

佟嬤嬤早已活成人精，自是聽明白了白卿言的話，只道：「往年冬日裡，春妍那丫頭喜歡做油茶麵這個吃食，得了大姑娘不少賞！大姑娘想這個味兒了，老奴便去提點提點春妍，權當沒有白收她送的金鐲子！」

「嬤嬤去辦吧！春桃陪我去靈堂就行了。」她說。

春妍聽佟嬤嬤說，今日白卿言想吃油茶麵，眼淚一下就湧出來了，忙給佟嬤嬤磕頭：「多謝佟嬤嬤指點！多謝佟嬤嬤指點！」

「咱們為奴為婢的，能攢下些可拿得出手的物件兒不容易，我總不能白收你的金鐲子。」佟嬤嬤眉目間帶著幾分凌厲，「不過話我可說在前頭，若是大姑娘真念舊情准你回清輝院，你皮給我緊著點兒！要是再犯……不等姑娘開口，我就先料理了你，到時候你可別說嬤嬤無情。」

「知道了！知道了！嬤嬤放心，奴婢定然不會再犯，只全心全意侍奉大姑娘！」春妍說著又從懷裡摸出幾顆白卿言賞的金花生遞給佟嬤嬤，情真意切，「這是奴婢最後一點兒私房，還是去年大姑娘賞的！就算是春妍答謝嬤嬤了！」

佟嬤嬤收了金花生，低笑一聲又道：「大姑娘在靈堂守靈，到了後半夜肯定又冷又餓！」

春妍雙眸一亮，重重叩首：「多謝嬤嬤提點！」

子時剛過。白卿言讓身上還有傷的白錦稚帶著三個妹妹回去休息，她與白錦繡、白錦桐在靈堂內守著。佟嬤嬤拎著一個黑漆描金食盒進來，悄悄跪至白卿言身後：「大姑娘，您和二姑娘、三姑娘用點兒東西吧！否則撐不住的。」

「嗯！」她點了點頭，「錦繡，錦桐……過來用點東西。」

姐妹三人坐在一旁，見佟嬤嬤打開食盒，白錦桐被香氣吸引的湊了過去：「好香啊……」

「油茶麵！」白錦桐頗為意外。

佟嬤嬤笑著應了一聲，給三人一人盛了一碗，從食盒裡拿出幾碟新做的爽口小菜。

白卿言端著小碗嘗了一口，側頭問佟嬤嬤：「今日這油茶麵是誰做的，味道倒是和春妍做的一般無二。」

佟嬤嬤規規矩矩跪坐在一旁，雙手交疊放在小腹前，低聲道：「正是春妍那丫頭做的！那丫頭聽說大姑娘讓院子裡做了油茶麵，可總覺得不對味兒。想著大姑娘在靈堂守靈辛苦，便做了油茶麵送過來。」

白錦桐低笑一聲，嘴裡吃著春妍做的油茶麵，卻一點兒都沒有吃人嘴短的意思，冷笑道：「我看是想求長姐放她回清輝院吧！我可是聽說了，這丫頭這段時間日子可不好過。」

白卿言抿唇不語，將一碗油茶麵吃完，放下碗勺用帕子擦了擦嘴，這才道：「春妍人呢？」

「還在外面候著。」佟嬤嬤說。

白錦桐冷笑：「果然……」

「她想回清輝院，便讓她回去吧，叮囑她安分些，別在我眼前晃。」白卿言說完起身，繼續去守靈，倒是看不出喜怒。

佟嬤嬤待到白錦繡和白錦稚用完，這才收拾了碗筷拎著食盒沿長廊來了垂花門處，春妍扶著牆急不可耐向前走了兩步：「嬤嬤！大姑娘可說要見我了？」

佟嬤嬤端著架子，將食盒遞給春妍，用帕子沾了沾嘴角，道：「大姑娘念舊情，這是你的運道！收拾收拾回清輝院吧！安分些，別在大姑娘眼前晃悠，你若能安安分分待上一年半載，想必大姑娘還是會念你的好，重新提拔你到身邊也說不定。」

「謝嬤嬤提點！謝嬤嬤提點！」春妍喜極而泣，用手捂著嘴直哭。

「好了！快去收拾東西吧，明天一早回清輝院。」

「好！」春妍千恩萬謝之後，拎著食盒離開，只覺日子總算是苦盡甘來了。

佟嬤嬤看著春妍走路還有些不利索的背影，眸底一片冷清之色，甩了帕子轉身朝靈堂走去，給白卿言覆命。

「老奴專門叮囑她明日一早回清輝院，按照那蹄子不肯吃虧的個性，既得了大姑娘恩准，明日……定要大張旗鼓回清輝院，好好出一口氣。」佟嬤嬤低聲道。

佟嬤嬤說話時，白卿言沒有讓避著白錦繡和白錦桐。

白錦桐聽著睜大了眼：「長姐？你讓春妍回清輝院不是念舊情？難不成……有什麼謀劃。」

她恭恭敬敬將香續上，磕了頭跪於一側，才道：「嬤嬤讓人盯住了春妍，春桃你這幾日同春妍多親近親近，你如今是我面前最要緊的大丫頭，你同她親近一分……她便能宣揚成五分。」

「大姑娘放心，奴婢曉得。」春桃點頭。

「我估摸著，初十出殯那日，春妍怕是要給咱們帶來一場大熱鬧，且看著吧！」白卿言對兩個妹妹道。不論是梁王或是春妍，若想生事……自然是趁著國公府最忙亂的時候生事。初十出殯的消息放出去，要麼梁王會提前尋上春妍，讓她趁初十國公府諸人緊著出殯事宜時，亂中作怪！要麼就是在初十尋上春妍，讓她想辦法當日便將信放入祖父書房。不論如何，初十出殯這日，這兩人必有所行動。

靈堂上黑漆金字的牌位，在燭火搖曳之中格外醒目。她看向祖父和父親的牌位，只求若祖父和父親真的在天有靈，保佑初十那日讓她一舉將梁王那個小人按死，如此……她才能放心去南疆。

第二章　毒殺忠僕

初九，天還未亮。大長公主便將幾個兒媳婦都請了過去，說白卿玄的事情。

高臺上的燈芯被挑的極高，在琉璃罩內輕輕搖曳，將這一室映得極為亮堂，也將大長公主憔悴的神色，照的一清二楚。

大長公主一夜未眠，左思右想此事還是要下個決心。畢竟明日出殯，總需要一個摔孝盆的人。

「我知道你們都不喜歡這個庶子，我也不喜歡。可他的確是老二的血脈，白家僅剩的男丁。」大長公主聲音徐徐，「此次將這庶子接回來，他那娘就不留了，讓他留在我身邊，我親自教導。老二媳婦兒若願意，便將他記在你的名下，若不願意……將來你們一個在朔陽，一個在我身邊，眼不見心不煩。」

幾個兒媳婦兒望著大長公主，都不吭聲，聽大長公主徐徐說著。

「左右，明日出殯之後，我便會進宮請去白家爵位，必不會讓爵位落在這個庶子頭上，也能將退的姿態做足。將來若天佑我白家，讓老五媳婦兒生個男子，他長大後再入仕途，我白家今日之退所積攢的聲名，必會成為他一大助力！」

「母親已經考慮清楚，那便接回來吧！」董氏開口道。

董氏做了大長公主這麼多年的媳婦兒，太瞭解大長公主，大長公主將話說成這樣分明就已經下定決心，再勸怕也無用。再說，那日女兒白卿言也說了，白家落難那庶子逃走，等皇帝處罰信王的聖旨下來，那庶子定還是要回來的，她心裡早有準備。

「那便這樣吧！我讓蔣嬤嬤備車去接人，明日之後你們和孩子們就能好好歇一歇了。」大長公主冰涼的手指攥緊了手中的佛珠，眉目一如既往的慈善，「這些日子，辛苦你們了！」

白錦稚帶著三個幼妹前去替換了白卿言同白錦繡、白錦桐，讓她們去小憩一會兒。

回了清輝院，她洗了把臉沒有急著去休息，詢問了紀庭瑜今天的情況，知道紀庭瑜已經醒來只是失血過多太過虛弱，她到底是鬆了一口氣。

「大姑娘守了一夜，快些歇一會兒吧！」春桃看著眼底紅血絲密布的大姑娘心疼不已。

她搖了搖頭，立在書桌後，想為祖父父親他們寫祭文，可提筆蘸墨，卻遲遲沒有落筆。她腹有百章之言想說與祖父他們聽，卻都不能宣之於口，只能在心裡說說罷了。

一個時辰後。春桃伺候白卿言洗淨手上的墨汁睡下，才輕手輕腳從房內出來。

回了清輝院的春妍和佟嬤嬤打過招呼，見到春桃出來對春桃露出笑容湊上前：「春桃我又回來同你作伴了！」

「噓……」春桃做了一個悄聲的姿勢，想起大姑娘交代她親近春妍，這才扶著春妍走至一旁，壓低聲音道，「大姑娘守了一夜剛歇下，你小聲些。既然回來了，以後可別再做傷了大姑娘的事情，否則我第一個不饒你！」

春妍挽住春桃的手臂，道：「我還記得大姑娘說你為我求情的事情，幾次想向你道謝，可你一直在忙。」

春桃心裡膩味極了，硬生生忍著：「明日府裡還有的忙，你身子不俐落就在屋裡別出來，省得礙事，也別在大姑娘眼前晃悠！」

這話要是往常，春妍定是要給春桃甩臉子的，可今日卻是笑臉應聲：「我知道了！佟嬤嬤讓我和銀霜那個小傻子住一起，可我總念著我們以往的情分想和你住，等府裡大事過了你能不能同春杏說說，讓她和我換一下啊！」

春桃在心裡冷笑，她那裡可是一等大丫頭的住處，這春妍莫不是當她是個傻子，嘴裡說念著往日情分想同她一起住，心裡是惦念著那分大丫頭的榮耀吧。

「再說吧！」春桃撥開春妍挽著她的手，「我還要給大姑娘辦事，你先去安置。」

說完，春桃便朝清輝院外走去。

春妍也不計較，她想到剛才那起子作賤過她的小人聽說她得了大姑娘的恩准回清輝院時……那目瞪口呆的表情，她就覺得痛快。春桃是個榆木疙瘩，哪有她機靈？等大姑娘心裡的氣順了，她春妍還是大姑娘身邊的一等大丫頭。

春妍回到清輝院，佟嬤嬤念在春妍身上有傷沒有安排什麼活計，只讓她指點指點銀霜規矩，銀霜倒是乖乖聽話給春妍行了禮。可春妍看到銀霜那個小傻子就心煩，人懶懶地趴在床上一會兒指派銀霜給她倒水，一會兒讓銀霜給她剝瓜子，一會兒又要銀霜給她捏腿。

銀霜傻乎乎的，春妍讓幹什麼就幹什麼，春妍看銀霜這才順眼了許多。

晌午佟嬤嬤過來問銀霜規矩學得怎麼樣，銀霜耿直道：「學了給她倒水，還學了給她剝瓜子……」銀霜想了想又補充道：「還有給她捏腿！」

春妍一張臉漲紅，見佟嬤嬤臉色沉了下來，心虛呵斥道：「你胡扯什麼呢？不過讓你倒了一次水你就在佟嬤嬤面前編排起我了！佟嬤嬤……這規矩我可是不敢教了！」

銀霜雖然腦子不大靈光，可也是個有脾氣的姑娘，瞪大了眼三步並作兩步一把就將有傷在身的春妍推倒在地：「倒了八次水！不是一次！」銀霜可都記著呢，這春妍第一次嫌她倒的水涼，第二次嫌熱……一直到第八次春妍才說過關。

春妍瞪著銀霜，紅著眼看向佟嬤嬤：「嬤嬤你看她！」

佟嬤嬤差點兒繃不住笑，還以為銀霜這丫頭推倒了春妍要說什麼呢，結果就是糾正了一下是倒了八次水不是一次。可該訓還是得訓，佟嬤嬤板著臉訓銀霜：「說話就說話，動什麼手！姑娘面前難不成你也要這般不成體統？行了……也別在這裡學規矩了，聽春桃說你有一把子好力氣，正好來給我搭把手，走吧！」

春妍眼睜睜看著佟嬤嬤帶走了銀霜，可嬤嬤也沒有給她指派活計，她心裡更慌了，剛回清輝院卻被晾在這裡算是怎麼回事兒?!春妍倒是想追出去，可剛被銀霜推了那麼一下撞倒傷口，這會兒疼得她腰都直不起。

「春妍姑娘，門口有人找，說你今兒個早上回來的時候把東西落下了，特地給你送過來。」同睡大通鋪的丫頭回來，笑著同春妍說了一聲。

見春妍繃著張臉一聲不吭扶腰往外走，連一句謝也沒說，那丫頭立時耷拉下臉，氣呼呼拿過了放著繡繃的簸籮朝春妍離開的方向啐了一口：「呸，還當自己是大姑娘跟前的大丫頭呢！」

春妍一出來，見門口立著個面生的婆子，眼神戒備：「我什麼東西落下了？」

「春妍姑娘！」那婆子笑盈盈對春妍行了個禮，「我是受人之託，梁王府上的侍衛來找您，說有要事同您說。」

春妍一怔，挨過板子還沒好全的地方又開始作痛，可心卻是更痛。她咬了咬下唇，眼眶子一下就紅了，這些日子梁王殿下聯繫不上她一定很著急吧！可是，她才剛被接回清輝院，要是此時去見梁王殿下的人被發現了，佟嬤嬤肯定要打死她。

「我……我養傷這些日子，耽誤了清輝院好多活計，著實走不開，有什麼話勞煩您傳達一下，我就不出去了！」春妍忙從袖子裡掏出幾個銀子塞進那婆子手裡。

那婆子掂量了一下分量，笑盈盈道：「那成，老奴就替姑娘跑一趟。」

在門外等候的高升沒等來春妍，聽那婆子說：「春妍姑娘養傷的這些日子，清輝院落下好多活計都等著春妍姑娘回來安排，春妍姑娘實在是脫不開身，有什麼話您盡可告訴老婆子，老婆子雖不識字，可替您和春妍姑娘傳話是肯定沒問題的！」

高升聽完抿著唇一語不發的轉身回了梁王府，將此事告知梁王：「屬下怕國公府內有暗衛高手，恐打草驚蛇壞了殿下的事情，便沒有擅自闖進去。」

雖說此次高升並沒有見到春妍，可去了一趟國公府倒也不是一無所獲，至少知道白卿言念舊情已經讓春妍回了清輝院，如此……春妍行動起來便更為方便。

高升見梁王繃著蒼白無血色的臉，低聲道：「殿下，此事已不容再耽誤了，劉煥章聽說劉府諸人被下獄的事情在城外待不住，已經喬裝回城！萬一要是劉煥章被抓住……這幾封信還沒有放入國公府，那就功虧一簣了。」

梁王穿著一件絳紫色的斜襟直綴，坐於書桌之後，將寫壞的一幅字揉了丟在一旁，惱火劉煥章的不知輕重，一時氣急咳嗽了兩聲，牽扯的胸前傷口發疼。

「殿下?!」高升面色一緊，「我去讓人喚大夫過來！」

梁王抬手阻止高升，單手覆在心口處，稍作平復後，一雙陰沉沉的眸子望著高升，啞著嗓子道：「看守劉煥章的人不論是誰，讓他自去領罰……」

「是！」高升抱拳稱是。

梁王雙手撐在書桌上，怒火無法平復又砸了桌上的白玉鎮紙。

春妍不見高升大約也是因為以前沒有和高升來往過，那便……只能叫童吉去了，童吉是自己身邊貼身小廝，春妍必然會見。

想到這裡，梁王面色陰沉高聲對門外喊道：「叫童吉過來！」

不過多時，忙著親自給梁王煎藥的童吉就跑了進來：「殿下，您喊我！」

「把信給童吉！」梁王說。

高升聞言，將懷中的幾封信遞給童吉。

童吉懵懵懂懂接過幾封臘封好的信，看向梁王。

「一會兒……」梁王話一出口又抿住了唇，今日高升已經去找過春妍，若此時又派童吉去找春妍太引人注目，他改口道，「明日國公府出殯，你帶著這幾封信去找春妍。」

梁王將之前想好的說詞說與童吉聽，童吉聽完死死攥著手中的信，替自己主子不值當。

「明日國公府出殯，應該又忙又亂，你告訴春妍絕不可錯過這次時機，否則至少半年內尋不到這麼好的機會，讓她務必將信放入國公爺書房！」梁王見童吉眉頭緊皺，厲聲問，「我說話你聽到了沒有！」

「殿下！那個白大姑娘上次說您是小人，說就算是嫁貓嫁狗冥婚也不嫁給殿下，殿下又何苦非要這個白大姑娘不可?!這白大姑娘除了一副皮相好看之外有什麼好的！子嗣緣那麼淺薄，您何苦來的?!您是咱們大晉尊貴的皇子，要什麼樣的姑娘沒有啊！」童吉低聲勸自家主子。

「你這是想來作我的主了？」梁王因為劉煥章私自回大都城的事情，心底怒火中燒，語氣難免凌厲。

「主子！」童吉立時跪下，「童吉不敢！童吉是真的替主子委屈！我們殿下這樣貴重的人物……她白家大姑娘在殿下面前有什麼可傲的！就怕主子這樣低聲下氣把這白大姑娘娶回來，她將來越發囂張欺凌到主子頭上！」

梁王狠下心腸，對自小陪著他不離不棄的童吉道：「你若真對我忠心，便好好去辦這件事！事情辦砸了……你就收拾東西走吧！我梁王府也不留你了！」

童吉臉色一白，緊緊抿著唇，眼淚就在眼眶裡打轉，還強忍著不敢哭出來，委屈的不行。

「出去吧！」梁王看著童吉那樣子，聲音軟了下來。

童吉忙慌用袖子抹了把眼淚，給梁王叩首後，哽咽道：「既然主子喜歡這白大姑娘，小的就一定讓春妍姑娘把這事兒給主子辦成了！主子……小的自小就在主子身邊，主子千萬別趕我走！童吉以後一定乖乖聽話，不給殿下添亂！」

梁王心有不忍，啞著嗓子說：「事情辦好了，便不趕你走了！」

「多謝殿下！」童吉小心翼翼將信揣進懷裡，恭敬退了出去。

童吉雖說百般無用，可梁王還是將童吉留在身邊，只因童年情分！

不遺餘力將白家拉下神壇，只為了償還當年佟貴妃同二皇子的恩情，這便是高升願意追隨梁王的原因。高升看了眼梁王，垂下眸子恭敬說：「劉煥章不能帶進王府，還是屬下親自去盯著劉煥章，免得他又有什麼異動。」

「去吧……」梁王疲憊捂著胸口，在椅子上坐下，臉色比剛才還要難看。

白卿言睡了不過一個多時辰便起身。

春桃用銅鉤挽起帳子，看向坐在床邊穿鞋的白卿言，擔憂道：「大姑娘每日就睡這一個多時辰，怕是熬不住啊！」

候在廊廡之下捧著溫水銅盆、帕子、痰盂、漱口香湯的丫鬟們魚貫而入，伺候白卿言起身洗漱。春杏帶著一排拎著食盒的丫頭進屋擺膳，等白卿言換好衣裳從屏風後出來時，春杏又帶著一眾丫頭規規矩矩退了出去。

春桃替白卿言盛了一碗雞湯小米粥，放在白卿言面前，低聲道：「今日大姑娘剛歇下沒多久，便有人來尋春妍，不過春妍沒去見。門口婆子說那梁王府的侍衛出手很是闊綽，就是生得一副冷面模樣，有些嚇人。」

原本就是在意料之中的事情，白卿言並不意外。她低頭喝了一口清淡的小米粥，叮囑：「不要驚動了春妍，暗中把人看住了，她那邊有任何動靜，隨時來稟！」

「奴婢知道！」春桃鄭重點頭。

立在門外伺候的春杏見白錦繡過來，忙迎了兩步行禮：「二姑娘。」

「長姐可是起了？」

「正是呢，大姑娘正在用膳，我這就去通稟……」

春杏還沒有來得及打簾，就見春桃已經挑簾出來：「大姑娘讓我來迎一迎二姑娘！春杏……讓人給二姑娘添副碗筷。」

春杏應了一聲。

白錦繡將手中暖爐遞給青書，囑咐青書就在外面候著，自己進了屋。

春桃為白錦繡盛了一碗小米粥，便退出上房，讓姐妹倆安靜用膳。

她見白錦繡愁眉不展，捏著筷子遲遲沒有下箸，問：「擔心秦朗？」

「長姐，大理寺卿呂晉與我們白家並無交情，如今我白家更是男兒無存，呂晉此人風評雖好可人心隔肚皮……會幫秦朗嗎？」白錦繡眉頭緊皺，側身看向白卿言。

「往日裡，我們身處後宅不知前朝事，你會擔憂實屬正常。」她擱下筷子，用帕子擦了擦唇，柔聲細語同白錦繡慢慢分析，「這幾年朝臣在儲位之爭上多偏向皇后嫡出的信王，信王可謂炙手可熱，甚至可以說若無南疆之事，按照之前形勢……將來問鼎大位的多半是信王！朝中那些會審時度勢的大臣紛紛追隨，可這位大理寺卿呂晉卻始終中立不參與其中，且幾次信王之人犯在他手裡，他都鐵面無私毫不容情，原因無非有四。」

「一，此人心中尚存氣節。二，此人或許心中另有明主。三，此人深諳純臣方為官場立身之道。四，此人無進取上進之心。」

白錦繡放下手中筷子，點了點頭，道：「可若無進取上進之心，何以短短數年晉升大理寺卿？」

她頷首：「先說其一，若這呂晉是心有氣節，他便是看在白家忠義男兒為護國護民馬革裹屍的分兒上，也會護上一護白家的女婿！若是其二，在呂晉心中……名正言順炙手可熱的嫡子信王不是明主，那……要麼呂晉利慾之心極大，要的是從龍之功！這樣的利慾小人，看在祖母大長公主的分兒上，也會願意賣國公府一個人情！要麼他輕蔑信王的品格，這樣的人心中必有氣節。」

「若他深諳純臣之道，便不能參與黨爭，不能參與到奪嫡中去。如今信王雖然被貶為庶民，可信王府上幕僚誰願意同信王這條大船一起沉了？那些幕僚定是想盡了在糧草之事上推敲做文章，企圖為信王翻身，你說呂晉會甘願成為信王手中的刀刃嗎？」

白錦繡認真聽完白卿言為她掰開揉碎的分析，一臉恍然，心中大駭：「長姐，竟將人心算得如此細緻。」

廊廡裡掛著的素白燈籠與素縞翻飛，屋內罩著雕花銅罩的火盆中……炭火忽明忽暗燒得極旺，可卻安靜的針落可聞。她緊緊握住白錦繡的手，低聲叮嚀：「這披了一層繁華外衣的大都城，其實與南疆戰場並無不同！那裡是真刀真槍，血戰肉搏，刀槍箭雨中，僅有一腔孤勇者死，有勇有謀者贏！大都城內是陰謀詭計，爾虞我詐，被這繁華迷眼，醉生夢死者亡，能算無遺漏，善斷人心者勝。錦繡……你留於大都，必定比我和三妹都難！」

自得知祖父、父親、叔伯和眾兄弟身死南疆之後，白錦繡頭一次清清楚楚明瞭的感知到……從今往後無人再護著她們，嬌慣她們了。以前有親長兄弟在，何須長姐如此精於心計?!

長姐字字句句沒有說她錯，可她已深知自己錯在哪裡……那日長姐教訓小四，已經說了白家如夜半臨淵，她卻沒有將此話深刻至骨髓。不是長姐算得太過細緻，而是她想得太過膚淺。

今時今日，何止是沒有餘地容得小四率性而為，也沒有餘地容得她如以前那般疏懶……遇事不肯極盡費神的反覆思量，得過且過。如今長姐還在大都……往後可就只剩她一人了。

白錦繡口中如同咬了酸杏一般，她起身對白卿言行禮：「今日是錦繡……想得淺了！日後定不再犯，長姐放心！」

「好了，用膳吧！」她伸手拉著白錦繡坐下。

白錦桐這幾日正安排謀算日後行商該如何行事，實在疲乏，睡了兩個時辰才醒。得知長姐和二姐早就去了靈堂，她忙慌慌起身墊了兩口點心，就穿上孝衣出門。

白錦桐疾步沿著白絹素布裝點的長廊往靈堂小跑，遠遠瞧見祖母身邊的蔣嬤嬤身後跟著一個外院婆子，兩人臉色凝重，步履匆忙，往長壽院方向走去。

她心中存了幾分疑惑，一到靈堂便將此事說與白卿言她們聽。

「祖母那裡別不是出什麼事了吧？」白錦稚睜著一雙圓圓的眼睛，頗為擔憂。

「今兒個早上我聽我母親說，祖母說明日出殯不能沒有人摔孝盆，要把那個庶子接回來，約莫是那個庶子的事情吧！」白錦繡道。

不容姐妹幾人多說，又有人上門弔唁，白卿言一行人跟著叩首還禮。

明日國公爺出殯的消息傳出去，登門來祭奠的人越發多，她們更是脫不開身。

長壽院內。

大長公主靠坐在西番蓮紋五軟枕上，聽完跪在地上的僕婦顫抖著說完莊子上的事情，她纏著佛珠的手一把扣住身旁黑漆桌角，睜大了眼，不可置信提高了音量：「你說……那個孽障做了什麼?!」

僕婦被大長公主通身氣勢嚇了一跳，忙重重叩首，哆哆嗦嗦道：「公子他……他今日一早，非要紀家新婦伺候他早膳，後來……後來不知怎得，紀家新婦竟一頭碰死在房中，公子他被傷了臉氣急之下將那……紀家新婦砍成幾段，命……命人丟出去喂狗，可那新婦是良民之身……」

「孽障！」大長公主一巴掌拍在黑漆小桌上。非要人家新婦伺候，逼得新婦一頭碰死，還能是為了什麼?!大長公主氣得手都在抖，忍著心頭洶湧怒火問：「那個孽障叫那新婦去侍奉的事情，知道的人多嗎？」

那僕婦點了點頭：「老奴已經打聽過了，公子要紀家新婦去侍奉的事，莊子上的人都知道了，初七那日嬤嬤遣人將公子送到莊子上，公子在馬車上瞧見了紀家新婦生得漂亮，當時就說要人來伺候，那新婦不願意，公子還發了好大的脾氣。莊子上的人怕公子發怒連累他們，好多人都去勸解紀家新婦了。今兒個一早莊頭家的婆子帶著莊子上幾個與紀家新婦交好的婦人，又去勸了兩句……說公子要走了，讓紀家新婦去侍奉用個早膳，對她家男人在國公府的前程也好，紀家新婦才去了！沒想到竟……竟然死在了那裡！」

蔣嬤嬤上前輕撫著大長公主的脊背，道：「莊頭已將知道這新婦之死的人全部捆了扣住，遣了前去接人的兩個婆子回來稟報此事，等待大長公主決斷。」

「這個畜生怎麼能如此惡毒?!」大長公主氣得胸口劇烈起伏，怒火之下心更是涼了一截，老二這庶子……竟被教導成了這副狠毒做派。若不是看在這庶子說不定便是國公府最後一個男丁，她當真不願留下此等比畜生還不如的孽障。

蔣嬤嬤示意跪在地上的婆子出去，盯著那婆子叩首出去後，蔣嬤嬤才皺著眉頭說：「大長公主，還有更棘手的！死的那個新婦……是紀庭瑜年前剛娶的媳婦兒！」

大長公主急火攻心，一把扯住蔣嬤嬤的手腕，竭力壓低了聲音：「紀庭瑜?!那個前幾日冒死為國公府送回行軍記錄竹簡的紀庭瑜?!」

「正是這個紀庭瑜！都是老奴不好……竟然把人安排到了這個莊子上！這要是讓大姐兒知道

了，可怎麼是好啊?!」蔣嬤嬤握住大長公主的手，見大長公主臉上血色一瞬褪盡，攥著佛珠的手直顫，忙輕撫著大長公主的手背，「大長公主，您先別急……」

死了一個良民不要緊，是新婦也不要緊，可偏偏是紀庭瑜的新婦！妻室被辱而死，只要是個血性漢子怕都不會就此忍下。這紀庭瑜為白家能捨生忘死，心中還沒有幾分血性嗎？

此事要是讓大孫女阿寶知道了，怕是要翻天覆地，那庶子……還能有命活?!

大長公主緩緩鬆開蔣嬤嬤的手，繃直挺立的脊背緩緩佝僂，閉眼靠在軟榻之上，指尖冰涼。

她雖然對老五媳婦兒肚子裡的孩子存了厚望，可大長公主私下問過太醫院院判黃太醫，黃太醫說話保守……只說很大的機率可能是女胎。真如此，這庶子……可是白威霆最後一點兒血脈了。

她這輩子都愧對白家，愧對白威霆，是真的想替他守住那一點點血脈，否則白卿言這一代之後，白威霆……不就斷了香火了。此事剛發生，趁著還沒有鬧開，若想瞞死……便得儘快決斷。

莊子上的人都知道這畜生要紀家新婦去伺候的事情，就算將知道紀家新婦已死的人都滅了口。可若今兒個接回這畜生，紀家新婦就突然消失的乾乾淨淨，難保等紀庭瑜回去旁人不會亂嚼舌根。到時候紀庭瑜若是來國公府要人，必然會驚動她的大孫女兒，以阿寶的能耐這事兒定然瞞不住。

可皇城腳下，總不能將莊子上數百人盡數滅口，那紀庭瑜回去後難不成就不生疑了？

想到紀庭瑜，大長公主攥著佛珠的手驟然收緊。

殺百人隱藏此事，不如殺一人釜底抽薪。只要紀庭瑜一死，沒有來國公府要人，就讓莊子上的人以為紀家新婦跟隨紀庭瑜來了國公府伺候紀庭瑜了吧！

只要能瞞得住阿寶，其他人……大長公主都能以強權壓住。

紀庭瑜受了那麼重的傷，救不過來……也不足為奇。

殺人，大長公主自幼在宮廷長大不是沒有做過。可殺了對白家有恩之人，這般狼心狗肺恩將仇報，她良心如何能安？大長公主眼角沁出濕意，可那孽障到底是她的孫子！她的孫子死了夠多了！真的……不能再死了！她必需給白威霆留一脈，哪怕死後閻王要她刀山油鍋向紀庭瑜這樣的忠勇之士謝罪，她也認了！孫子和恩人之間，她只能選孫子，愧對恩人了。

大長公主心中有了決斷，語氣深沉得如同沁了幽井冰水：「莊子上知道新婦已死的人，都不用留了。將那個孽障接回來，對外就說……紀家新婦跟隨那孽障回國公府照料紀庭瑜了，你安排個同紀家新婦年紀相仿的女子進府，讓她裝得像些。紀庭瑜傷重……今日半夜起便昏迷不醒，明日國公爺下葬後……忠勇之士紀庭瑜撐不住去追隨國公爺，紀家新婦傷痛欲絕殉情。就如此……了結這件事吧！」

大長公主三言兩語之間，便定了紀庭瑜的生死。

蔣嬤嬤明白，大長公主以雷霆之速處理這件事，為的是在大姐兒還揪心白家喪事騰不出精力和手時，將此事結果迅速了結。蔣嬤嬤打小跟著大長公主，知道大長公主一旦有了決斷，誰也勸不動，可還是忍不住道：「大長公主，如此做法將來要是被大姐兒知道了，大姐兒怕是要……要和您離心啊！」

「那就別讓阿寶知道！」大長公主睜開發紅的眼，攥著佛珠的手一個勁兒的顫抖，「永遠別讓阿寶知道！」否則，她該如何面對孫女。

她是從深宮之中長大的女人，從不敢說手上未沾過無辜之人的鮮血，可她內心最齷齪陰暗的一面卻不願意讓最疼愛的孫女看見。明知孫女已對她處處忍讓，明知孫女惦念著與她的骨血情親才容了那庶子一命！孫女為了白家世代守護的這片土地……為了她才願意臣服不反，明知她若殺了紀庭瑜……必會將孫女兒逼至她的對立面。

可以阿寶的秉性，若知白卿玄那個孽障逼死了紀庭瑜的髮妻，斷斷不會容下那孽障活命！那麼多的明知……她還是不得不這麼做。因為她貪心，存了那麼一絲僥倖，僥倖希望即能保住那個庶子，又能保住她同阿寶的祖孫情。大長公主神情悲痛，終還是落下了淚。

大都城的天徹底黑下來時，白卿玄回國公府了，只有一個人，大長公主將白卿玄的生母留在了莊子上。

大長公主並未親自見白卿玄，只讓蔣嬤嬤傳話給白卿玄，讓他自去靈堂守靈，見到長姐白卿言務必恭敬順從，若違逆長姐……白家大事過後定要重罰。

白卿玄面上恭恭敬敬稱是，跟著蔣嬤嬤一起去了靈堂。一見白卿言，白卿玄便長揖行禮，低著頭不願讓人看到臉上被女人指甲抓撓出來的傷：「長姐安好，二姐安好。」

白錦稚一看到跟在蔣嬤嬤身後的白卿玄，火氣立時沖上頭頂，冷笑一聲：「不是跑了嗎？怎麼……陛下追封祖父的旨意下來，又覥著臉回來了？」

白卿玄眉頭挑了挑，垂眸掩住眼底的狠色，跪於靈堂前不吭聲。

「大姐兒、二姐兒、三姐兒、四姐兒，大長公主讓玄哥兒今夜過來守靈，你們快回去休息吧！」

「如此甚好！」白卿言也沒有客氣，扶著春桃的手站起身，視線掃過白卿玄臉上的血痕，對妹妹們道，「我們回吧，明日出殯還有得忙。」

回到清輝院，春杏忙讓丫鬟捧了溫水過來，伺候白卿言洗漱，又安排丫頭擺上幾樣清淡的小食，讓白卿言好歹吃點兒東西再睡。

「下午紀庭瑜可曾醒來過？」她用熱帕子擦了臉，轉頭問春桃。

正在整理床鋪的春桃咬了下唇，克制著鼻酸將被子抖得更大力了些，答非所問故意笑著岔開話題：「我聽說今日紀庭瑜的媳婦兒來了，說要親自伺候紀庭瑜，我偷偷去瞅了一眼是個頂漂亮的娘子呢！」佟嬤嬤交代了，紀庭瑜突然陷入昏迷的事情暫時不能讓大姑娘知道，紀庭瑜是白家功臣，洪大夫必定會盡心救治，沒得讓大姑娘跟著一起白操心，這些日子大姑娘每日就睡那麼一兩個時辰已經夠累了。

紀庭瑜年前娶了新婦的事情，前幾天她聽盧平說過。

她將帕子遞給丫鬟，轉過頭來叮囑春桃：「紀庭瑜家中無長輩，想必新婦一人在家心裡也不安，讓他們夫妻團聚也好，吩咐下面的人禮待紀庭瑜妻子。」

「大姑娘放心，夫人得知紀庭瑜妻子過來了，便讓秦嬤嬤親自去提點過，下面的人對紀庭瑜的媳婦兒很是恭敬。」春桃已將帳子放了下來，「大姑娘快用點東西就歇著吧！我點了些助眠的香，明日還有的忙呢！」

從年三十消息傳回來，一件事接著一件事，她的確很是疲乏，可心裡卻放不下錦桐說今日蔣嬤嬤帶人匆匆去祖母長壽院的事。

「春杏，你叫佟嬤嬤進來我有話要問她。」

「是！」春杏福身退出去。

她坐於方桌之前，端起黑漆小桌上的溫水喝了兩口，剛用了兩塊點心，佟嬤嬤便來了。

「大姑娘。」佟嬤嬤行禮。

「事情查問清楚了嗎？」她端起羊乳喝了一口。如今府內一應調度董氏都已全權交給白卿言，佟嬤嬤是白卿言身邊最得臉的嬤嬤，查問起這些事情來十分順利。

「查清楚了，今日蔣嬤嬤帶進府的那個婆子是外院的姓祁，今日蔣嬤嬤遣了幾個婆子去莊子上接二爺的庶子，那個祁婆子就是其中一個！不過不知道為什麼後來是那祁婆子一個人回來要見蔣嬤嬤，再後來蔣嬤嬤就把人帶到了長壽院。從長壽院出來那婆子又去了莊子上，隨後才同二爺的庶子一起回來的！後來老奴再去找這個婆子，就找不到了！一起去莊子上接人的婆子、馬夫竟都不在！」蔣嬤嬤說完又補充了一句，「對了，紀庭瑜的媳婦兒，也同這個祁婆子還有二爺的庶子一道回來的，聽說紀家就在這個莊子上。」

去接那個庶子……卻又一個人回來，匆匆見了祖母，第二趟才將這庶子接回來，這事本來就透著古怪。如今去接人的婆子、馬夫都不見了，這裡面要是沒文章她不信。不是她草木皆兵，而是如今白家絕不能行差踏錯。二叔那個庶子本就不是一個老實的，不論他又闖了什麼禍或做了什麼孽，她都必須全部知曉才能有對策，這樣白家不至於突然被人拿住把柄，被打一個措手不及。

如今去莊子上接人的下人都不見了，明顯是莊子上有事發生，有人想將此事瞞住，越是如此……她便越是不能裝做不知，睜一隻眼閉一隻眼。

她抬眼看向佟嬤嬤：「此事，嬤嬤還未驚動蔣嬤嬤吧？」

「若剛才大姑娘沒有喚春杏來叫老奴，老奴就準備去長壽院問問蔣嬤嬤了，畢竟大姐兒關心祖母是再正常不過的事情。」佟嬤嬤低聲道。

「嬤嬤去吧！一會兒不論蔣嬤嬤說了什麼，嬤嬤都要記清楚了，一會兒定要字定不差的告訴我！」

「是！」

見佟嬤嬤出門，她也放下筷子起身，強撐起精神：「春桃，拿大氅，我去見一見紀庭瑜的妻子。」既然紀家正巧在那庶子待的那個莊子上，紀庭瑜的媳婦兒肯定知道莊子上發生了什麼事，之所以讓佟嬤嬤記清楚蔣嬤嬤說的每一個字，不過是想知道這紀庭瑜的媳婦兒到底是站在哪一頭的。倘若蔣嬤嬤和紀庭瑜媳婦兒每一個字都說得相差無幾，那便是提前對好了說詞，背誦牢記在心底用來對付她的，那麼……莊子上的事她便得派人細查。

「大姑娘！」春桃眼睛發紅。

她回頭見春桃抱著她的狐裘大氅咬著下唇立在那裡不動，伸手拿過大氅，低聲問：「怎麼了？」

「大姑娘！」春桃突然跪在地上，眼淚吧嗒吧嗒往下掉，哭出聲來，「其實紀庭瑜不好！今兒個下午紀庭瑜媳婦兒來之前，紀庭瑜突然怎麼叫都叫不醒！佟嬤嬤已經派人去請洪大夫了！佟嬤嬤心疼大姑娘這些日子辛苦，不想讓姑娘白白擔心叮囑我不讓說……」

她只覺全身的血液直沖上頭頂，脊背僵直了那麼一瞬，立即疾步出了清輝院門。

「大姑娘！」春桃一路跑跟在白卿言身後，扶住白卿言，哭著認錯，「都是奴婢不好，奴婢錯了！奴婢不該瞞著大姑娘，大姑娘您慢些！」

白卿言人到紀庭瑜這裡時，並不見洪大夫，只有一個陌生的郎中正坐在方桌前的油燈下打盹。看到面色慘白沒有血色的紀庭瑜閉眼躺在那裡，怒火直沖天靈，頭皮都是麻的：「人呢?!洪大夫人呢?!守在這裡伺候紀庭瑜的人呢?!」

郎中被嚇了一跳，突然驚醒險些摔倒在地，看到眼前身著孝衣面色陰沉的女子，知道這是主家連忙行禮。

一個年輕婦人手中端著剛熬好的藥匆匆從門口進來，睜著圓圓的眼睛，不知所措看向白卿言。

她轉身，看到一個婦人打扮的年輕姑娘手中捧著湯藥，惶恐不安看向自己，聲音壓不住：「你是紀庭瑜的媳婦兒？」

「回答大姑娘，民婦是紀柳氏！」那年輕婦人忙福身行禮，低垂著眼瞼不敢直視白卿言。

「洪大夫人呢?!」她壓著怒火問。

「聽說被請走了……」年輕婦人說。

她淩厲的眸子凝視垂眸不敢抬頭的紀柳氏，眼神冷如寒冰：「春桃你速去我母親那裡，命人速拿我母親的帖子去請黃太醫！」

「是！」春桃忙跑出院子。

「紀庭瑜怎麼樣了？」她壓著心頭翻湧的情緒，問大夫。

「這……這……這漢子失血過多，救治不及時……」

這野郎中的話和洪大夫的話全然不同，她沒有這個心思繼續聽下去，掀了簾子出來高呼一聲：「來人！」

守在外院的伺候婆子忙小跑進來：「大姑娘！」

盧平本在巡夜，不想遇到瘋跑前往董氏那裡的春桃，知道紀庭瑜這裡的情況忙趕了過來，誰成想還沒進院門就聽到白卿言怒火沖天的喊話聲，也進了院子，行禮：「大姑娘！」

「洪大夫被誰請走了?!」她問那婆子。

白卿言周身殺氣畢露，嚇得那婆子忙跪倒在地：「回大姑娘的話，是永定侯府的小公子腿摔折了到現在還沒醒，永定侯夫人聽說洪大夫是太醫院院判黃太醫的師兄，就求到大……大長公主處，原本是說洪大夫去看上一看就回來了，不知道為何這麼久了，還沒回來！我們府上派人去請了，可是……可是他們說永定侯府小公子矜貴，必需等他們小公子醒了才放洪大夫！」

一聽這話，她攥緊了拳頭，永定侯府真是好大的膽子！

她聲音止不住拔高：「盧平你帶兩隊護衛速去永定侯府給我把洪大夫接回來，若黃太醫在那裡一併給我帶過來！若永定侯府敢攔，就告訴他們……紀庭瑜是為我白家、為我祖父、為數萬白家軍捨命護竹簡回來還他們以清白的忠勇之士！是我白家的恩人！誰敢和紀庭瑜搶大夫就是和我白家過不去，我白卿言將傾畢生之力將其全族斬盡！別說一個小公子……就是雞犬也別想留！若永定侯府還攔……不論拔劍殺人還是血染永定侯府，半個時辰之內必需給我把人帶回來！一切罪責我白卿言一人承擔！」

「盧平領命！大姑娘放心，半個時辰之內人帶不回來……盧平提頭來見！」

盧平對白卿言行了一禮，轉身吩咐跟在他身後的護衛：「留在這裡聽大姑娘吩咐！」

「是！」護衛聲音極高。剛才白卿言的話他們都聽到了，白家的大姑娘為了捨命護竹簡回來的紀庭瑜不惜同永定侯府翻臉，如此強硬的將大夫搶回來，放眼大都城能有幾家，這讓為他們白家護衛的男兒們心中如何能無動於衷?!

屋內年輕婦人瑟縮在角落，端著湯藥的手不住在抖。

那郎中不安看了眼床上毫無血色的男人，雙腿發軟……

她死死攥著拳頭，鎮定下來，吩咐：「給我端把椅子過來！將屋內紀柳氏同那個大夫給我請出來！」

紀柳氏同郎中被請出來時，白卿言正坐在廊廡下，院內兩排帶刀護衛分列兩側，看起來氣勢格外嚇人。

郎中立時腿就軟了，直接跪在地上叩首哭喊道：「不關我的事！大姑娘，真的不關我的事！我只是突然被請了過來，我說了我醫術不行，是你們府上嬤嬤說我只是過來走個過場，反正人是要死的！」

反正都是要死?!她一把扣住椅子扶手，脊背陣陣發涼，這是有人想要了紀庭瑜的命！因為紀庭瑜送回了行軍記錄竹簡?!還是因為……旁的?!

她指甲幾乎要嵌進木椅扶手裡，怒色駭人，聲音高昂：「去查，今天是哪個嬤嬤把這個郎中給帶進來的！查到了直接把人給我捆了帶過來！若敢不從打死了直接拖過來讓這郎中指認！」

「是！」一個護衛應聲疾步出門。

她視線不由自主，落在角落已經縮成一團的紀柳氏身上：「紀柳氏……」

紀柳氏忙上前跪在白卿言面前：「大姑娘，我……我什麼都不知道啊！」

「你我素未蒙面，倒是清楚我是白家大姑娘……」白卿言平靜冷漠的聲線如裹著一層寒霜，「我問你，今日派人去莊子上接白家那個庶子回來，可曾發生什麼事了？」

那紀柳氏低著頭，慌得眼睛亂轉，聲音壓得極低道：「回答姑娘，不曾發生過什麼事的……」

看在紀庭瑜的分兒上，她對紀柳氏的態度已經竭力克制：「你好好想想，我身邊的嬤嬤已經去問了，一會兒嬤嬤回來回稟的要是和你說的不一樣，你可知道會有什麼後果？」

「大姑娘，我就是一個普通婦道人家，府上的嬤嬤說讓我跟來伺候我男人，我就來了！我真的什麼也不知道啊！」

她望著紀柳氏的眼神越來越冷，緩緩靠在椅背上：「去個人在清輝院門口候著，見到佟嬤嬤讓她過來！再讓我的大丫頭春杏給我拿個手爐，今夜……還長著呢！」

紀柳氏打了一個寒戰，艱難吞咽了一口唾液。

很快佟嬤嬤隨春杏一起過來，春杏行了禮便忙上前將手爐遞給白卿言。

「你進去守著紀庭瑜，把爐火燒旺些。」她拿過手爐吩咐春杏。

「是！」春杏連忙挑簾進屋。

「嬤嬤可在蔣嬤嬤那裡問出結果了？」她望著佟嬤嬤。

「問出來了！」佟嬤嬤快步走至白卿言身邊，「蔣嬤嬤說，是大長公主要將那庶子的母親留在莊子上，可那庶子不願意，鬧著不想上馬車回來。」

她看向紀柳氏：「紀柳氏，此事你可知道？」

紀柳氏將身體匍伏的更低：「民婦不知！」

白卿言聽到如此回答，抿唇不再問……

廊廡之下，素白色的燈籠搖晃，滿院子的人，卻安靜的只能聽到風聲。

突然大開的院門之外，有燈火極速朝這個方向而來，她下意識立起身，看到盧平背著洪大夫、後面的侍衛背著黃太醫跑來。看到人的那一瞬，白卿言提到嗓子眼兒的心終於稍稍有所回落，下意識迎到了門口：「洪大夫！快看看紀庭瑜！」

洪大夫從氣喘吁吁的盧平背上下來，見面色蒼白的白卿言也在，拱了拱手就隨白卿言一起往裡走：「大姑娘，紀庭瑜怎麼樣了?!怎麼會突然又昏迷！我走的時候不還好好的?!」

隨後被年輕護衛背過來的黃太醫也下了地，他這一路被顛了一個七葷八素，官帽都歪了，可也顧不上儀容，扶正官帽，拿過護衛手中的藥箱就跟著往裡走。

一見太醫都來了，那郎中嚇得抖成一團，臉色白得連一點顏色都沒有了。

洪大夫一進門，顧不上坐下就撈起紀庭瑜的胳膊診脈，手一搭上脈……洪大夫的臉都白了：「怎麼會中毒了?!」

「什麼?!中毒?!中了什麼毒?!」隨後進門的黃太醫忙放下藥箱湊上前，翻看了紀庭瑜的眼仁，又掰開紀庭瑜的口，看了舌苔，湊近嗅了嗅紀庭瑜的口中氣息。

「一日眠！」

「一日眠！」

洪大夫同黃太醫異口同聲。一日眠，此毒毒如其名……中毒一日便會毒發身亡，這毒也算是溫和讓人中毒之後昏睡，在睡夢中死去。「應該用量不多，中毒也不深！發現的也早，否則……唇色該變了！你來寫藥方……我來施針！」洪大夫對黃太醫道。

白卿言只覺腦子裡嗡嗡直響，紀庭瑜竟然在白家，在她的眼皮子底下出事！

她咬緊牙關，恭敬福身對洪大夫和黃太醫行禮：「這裡就拜託兩位了！春杏你們在這裡聽洪大夫和黃太醫吩咐，平叔跟我出去審一審那郎中！」

說完，白卿言帶著一身駭人的肅殺之氣，緊緊握住佟嬤嬤的手踏了出來。

前去查是哪個嬤嬤帶這郎中回來的侍衛一進門，抱拳對白卿言道：「大姑娘，說帶這個郎中進府的是祁嬤嬤，祁嬤嬤家中有事不在府中，是否要上門拿人？」

佟嬤嬤聽到祁嬤嬤的名字，忙對白卿言道：「祁嬤嬤便是今日去莊子上接二爺庶子的嬤嬤，就是她先回來見過大長公主，後來又將紀家媳婦兒帶了進來，今天老奴去問的時候……外院也是說祁嬤嬤家中有事。」

祁嬤嬤，那庶子，長壽院，大長公主……這一條線串起來，還不明顯嗎?!祁嬤嬤和紀庭瑜能有什麼深仇大恨必須要紀庭瑜死的?!可是祖母呢?她又為什麼非要對白家有恩的紀庭瑜死?想到此事是大長公主所為，她本就不平靜的心又被澆了一勺熱油，手都在抖。

她陰沉如冰的眸子看向跪在院中直打哆嗦的郎中：「一日眠，你帶進來的?」

郎中嚇得直叩首：「大姑娘饒命啊！不關我的事啊！我來的時候人就已經這樣了！大姑娘明鑒啊！我……我只是來做個樣子！你們府上的嬤嬤知道啊！」

她強壓下怒火，視線看向全身打顫的紀柳氏，咬牙切齒道：「給我把這個郎中的手指關節，一節……一節砸碎！若他還不說實話，就把他全身每一個關節都敲碎！就在這個院子裡……砸！」

盧平走過去一腳將那郎中踹趴在地上，狠狠踩住郎中脊背：「動手！」

「大姑娘饒命！大姑娘饒命啊！」郎中驚恐嘶喊，可脊背被盧平死死踩著根本動彈不得。

兩個護衛疾步而去，按住那郎中的兩隻手，一個護衛手執石塊，揚起落下乾脆俐落……骨骼碎裂的聲音，伴隨著那郎中痛不欲生的淒厲喊聲，響徹國公府上空。

紀柳氏被嚇得魂不附體，縮在那裡哭都不敢哭出聲，身體之下已經是一片淡黃色的水漬。

郎中疼得一邊哭一邊喊：「大姑娘饒命！我都說……毒不是我下的！我來的時候那人已經昏迷了！我以為就守著人死了就行，我真的不知道是中毒啊！我對天發誓啊！若有假話無後而終啊！我說的都是實話啊！」

突然，那郎中看向紀柳氏，如同看到了希望一般喊道，「這個婦人！就是這個婦人……那個嬤嬤送我來這裡要走的時候，我聽到那個嬤嬤對這婦人說，等這男人一死什麼的……我沒聽太清楚！毒肯定是這個婦人下的！真的和我無關啊！」

白卿言冰涼的視線朝紀柳氏看去：「紀柳氏……」

聽到白卿言喚她，紀柳氏渾身一個寒戰：「大姑娘明鑒！我沒有下毒！我……我可以以死以正清白！」說著，紀柳氏拔下頭上的簪子就要自盡。

佟嬤嬤大驚：「快攔住她！」

護衛眼疾手快一腳踹飛了紀柳氏手中的簪子，將紀柳氏制住。

白卿言臉色越發寒涼：「看起來，你不怕死……怕得是生不如死！」她已逐漸冷靜下來，既然知道這紀柳氏對紀庭瑜無情，她也就不用看在紀庭瑜的分兒上留情了。

紀柳氏整個人抖如篩糠，看著被踢遠的簪子，眼淚斷了線似的往下掉。

她在椅子上坐下：「紀庭瑜是你的丈夫，為什麼要害他？你若不說……我有的是手段讓你說，指甲蓋和腳趾甲蓋裡釘鐵釘，十指連心……多少硬漢都撐不過，你要試試嗎?!」

紀柳氏身子一下就軟了，從頭涼到腳，血液如同凝固了一般。她喉頭發緊，哭著爬至白卿言腳下：「大姑娘饒命！大姑娘饒命！我……我也是被逼的！我根本就不是紀柳氏！我叫玉蓮是莊頭王萬更的庶女，我爹用我娘的命要脅我，讓我假冒紀柳氏等到紀庭瑜一死就自盡假裝殉情，我要是不這麼做，我娘就要死！大姑娘……我不想死，可我不能眼睜睜看著我娘死！」

玉蓮顫抖著從懷裡掏出一個白瓷瓶：「這就是那個嬤嬤給我的！她說若大姑娘明日出殯之前來了，就讓我找機會給紀庭瑜服下！大姑娘……我什麼都說了！我真的也是逼不得已！我不求大姑娘饒命，只求姑娘給我一個痛快！求大姑娘給我一個痛快吧！」

她拿過泛著清冽著光的白瓷瓶，用力攥緊，問：「紀柳氏呢?!」

「紀柳氏已經死了……」玉蓮哭著一股腦什麼都交代了，「國公府的公子看上了紀柳氏，想要逼迫紀柳氏屈從，誰知那紀柳氏頑抗掙扎不過竟一頭碰死在了屋裡，公子……公子就把人砍成幾節，命人將紀柳氏的屍體丟出去喂狗，我和我娘看到了這事，我爹說我要是裝作紀柳氏把這件事遮掩過去了，我娘就能活！否則……我們都是一個死字！」

她那一瞬，冷得渾身麻木，體內因怒火沸騰如岩漿的熱血剎那間涼的透澈，比這隆冬時節穿堂而過能凝水成冰的寒風還涼。所以，祖母要替那庶子遮掩，這才是紀庭瑜必死的理由。所以，在祖母的心裡，一個心腸狠辣連畜生都不如的庶子，要比為白家捨生忘死的忠義之士重要！祖母這樣的作為……與皇室對白家所做所為，有何區別?!

春桃剛走到門前，便聽到玉蓮那些話，腳下步子一頓，抬眼看著立在廊燈之下臉上血色盡褪的白卿言，旁人不知道大姑娘和大長公主的祖母情，可她清楚。

白卿言整個人陰沉的如同被蒙上了一層寒霜，眼底洶湧著濃烈的殺意：「將這玉蓮和這個郎中捆了，就扣在這個院子裡，沒有我的命令，任何人都不能從這個院子裡帶走任何人！你們給我把這裡給守住了！」說完，她抽出近前護衛腰間的長刀，朝院外走去。

「護住這個院子！」盧平叮囑一句匆匆跟上白卿言，追至白卿言身後勸道：「大姑娘，明日鎮國王、鎮國公他們要出殯，國公府眼下不能亂，只要紀庭瑜沒事，不如明日再說！」

只見周身帶著濃烈戾氣殺意滔天的白卿言未答話，手握長刀，緊抿著唇一語不發疾步前往靈堂方向。

國公府雖然大，可白卿言剛才又是讓盧平帶護衛隊去搶人，又是在院內打殺，早就驚動了闔府上下，來來往往的僕婦、下人被周身殺氣的大姑娘驚到，紛紛脊背緊貼著牆壁趕忙讓出道路，駐足望向白卿言。

白錦桐聞訊第一個就要往靈堂趕，人還沒來得及趕到，隔著長廊就見白卿言提著劍往靈堂走。

「長姐！」白錦桐一躍翻出長廊，朝白卿言追去，「長姐你提刀是要去殺那個庶子?!出了什麼事？」見白卿言握刀的手用力到骨節泛白，腳下步子生風，白錦桐從未見過長姐如此失態過，就連竹簡送回來時長姐都沒有這樣克制不住。

白錦桐一把扣住了白卿言握刀的手，鄭重道：「長姐！不論長姐要殺誰……錦桐執刀，絕不失手！」白錦桐語氣堅定。

她看著妹妹果斷堅決的目光，眼眶發燙。她喉頭一哽，用力握住白錦桐的手，咬緊牙道：「你別怕……長姐心中有數！」

白卿言怒火攻心提刀而來弄得府上人盡皆知，就是要讓她的祖母大長公主知道，她已知曉此事！若祖母還想動紀庭瑜，除非先殺了她。祖母不費吹灰之力在紀庭瑜與那庶子之間選了庶子，那今天她便親自要了那個庶子的命，她倒要看看祖母是不是要為了那個庶子動用暗衛來對付她！

現在她去靈堂無非是兩種情況……一種是那庶子在靈堂，也許此事也並非祖母所為，是那庶子的親生母親，或者是玉蓮的莊頭父親害怕紀家新婦已死的事情被紀庭瑜得知，所以買通了國公府去接那庶子的僕人做下此事。那她便一刀了結了那個畜生再了結那個庶子的母親，和那個莊頭。

一種是那庶子不在靈堂，那便是在她讓人查是誰帶那個郎中入府之時祖母就知道了，提前將那庶子挪走，那這一連串的事情串起來就十分明朗，是祖母要紀庭瑜的命。

她心中澎湃著滔天盛怒，也有讓人骨縫發寒的悲涼，更有對祖母最深最讓人難過的失望，可她絕不能失去理智方寸大亂，重生歸來她每一步都走的極為小心，大局未定，還不到她能方寸大亂的時候！

白卿言拍了拍白錦桐的手，緊攥長刀疾步去了前廳，踏入靈堂。庶子果真不在。可她沒有料到，等候她的是雙眸含淚的大長公主和蔣嬤嬤。她的心向下沉了又沉。

「大姐兒……」蔣嬤嬤喚了一聲便哭出聲來。

在沒有看到大長公主那一刻，即便那個庶子已經不在靈堂，她心中還可以存一絲幻想……或許要紀庭瑜命之事並非祖母所為，祖母只是在為那個庶子母子倆所為遮掩！

她握著刀的手直抖，寒意從心底陣陣漫出來，連她自己都沒有發現她的眼眶已然通紅。她提刀大張旗鼓而來，是為了讓大長公主看到她要殺那庶子的決心，要護著紀庭瑜的決心。大長公主在靈堂等她，又何嘗不是為了讓她看到她要護著那個庶子的決心？

「祖母！」

「大長公主！」

白錦桐與盧平對大長公行禮。

大長公主望著白卿言手中明晃晃的那把刀，面色如常溫和從容，還是那副慈悲的模樣，開口：「你們都從靈堂出去吧，離遠些……我與阿寶有話要說！」

「是！」

白錦桐與蔣嬤嬤、盧平一離開，大長公主抽出三根香，握著香的手直顫怎麼都沒有辦法對準火苗，她稍作平復之後又重新抬頭，瞇著朦朧淚眼終於將三根香點燃：「阿寶，祖母讓你失望了……」

「失望二字……祖母用的實在輕了！」她緊攥著手中長刀，靜靜望著她那位祖母，失望到極致整個人詭異的冷靜了下來，只是整個人像被浸在了帶冰的冷水中，冷到全身都麻木了，「若無紀庭瑜捨命護竹簡，祖父剛愎用軍的汙名便扣在頭上死不瞑目，白家一門忠烈……魂魄難安！他是對白家有恩的忠義之士！而祖母您……為替一個畜生都不如的庶子遮掩他逼殺紀庭瑜妻室，又揮劍辱屍這樣人神共憤的事，竟然要紀庭瑜的命！世上哪有如此恩將仇報狼心狗肺是非不分之人?!」

大長公主身子僵了僵，慢吞吞將香插入香爐之中。「祖母這一輩子，一直都在虧欠別人！為了皇室，虧欠你祖父，虧欠我的兒子，虧欠我那些孫子。為了白家香火，虧欠對白家有恩的紀庭瑜……」大長公主喉嚨哽咽，「拆東牆補西牆！祖母也是狼狽的很……」

大長公主轉過身來，鬢邊銀髮在燭火下格外清晰，她絲毫不掩飾自己的疲老之態，語音沙啞：「阿寶，原本祖母不想讓你看到祖母最不堪的這一面，也不想讓你看到祖母雙手沾血的樣子！可對祖母來說……白家的血脈要比一個忠僕來的尊貴，祖母只能捨棄忠僕選這個庶子。」

尊貴?!聽到這兩個字，她生生壓在心底的怒火直沖太陽穴。

她抬頭，望著大長公主的眸中肅殺冷冽：「白家人的尊貴從來不是在血統，而是尊貴在世家氣節，尊貴在世代薪火相傳……生為民死殉國的赤膽之心！尊貴在骨子裡的捨身護民的忠勇！那庶子他有什麼資格被稱作白家人?!紀庭瑜那是為我白家求公道連命都不要的忠義之士！那才是真的尊貴！那個庶子為白家做過什麼?!就因他體內留著白家的血，就因他姓白，他的命就比其他人的高貴?!」

「那……你想要什麼？」大長公主漸漸挺直了脊梁，大長公主的威儀悄無聲息壓向白卿言，「如今紀庭瑜新婦已經死了，你難道還真要為了一個普通百姓，要致白家最後的血脈於死地嗎？」

她絲毫不怵大長公主，緊緊攥著拳頭上前一步，被搖曳燭火映亮的雙眸灼灼：「白家最後的血脈？五嬸肚子裡的不是白家血脈嗎?!我不是白家血脈嗎?!白錦繡、白錦桐、白錦稚、白錦昭、白錦華、白錦瑟，她們哪一個不是白家的血脈?!」

大長公主提高音量：「可你們都是女子，將來嫁入別家，怎繼承家業?!給你祖父留根?!」

「怕白姓血脈會斷，招婿上門不成嗎?!」她厲聲問，「難道您的孫女們……她們體內白家的血液，都比那個庶子少了嗎?!」

曾經大長公主無數次教導……告訴她這世道對女子苛刻，女子生來艱難，可國公府……從不以男女論英雄。但其實，在大長公主心中，孫子和孫女還是有所區別的吧！

被逼至啞口無言的大長公主定定望著白卿言，惱羞成怒：「阿寶，你到底要幹什麼?!」

她摔了手中長刀，高亢的語音擲地有聲：「我要一個公道！為白家忠僕紀庭瑜要一個公道！為紀柳氏要一個公道！」

靈堂內，良久的沉默後，大長公主幽幽歎了一口氣道：「阿寶，這個世道並不存在什麼天公地道！你們都是大晉國大長公主的孫子孫女，是鎮國公府的血脈，這就註定了你們與普通老百姓不同！你們從小錦衣玉食……有的百姓卻食不果腹，你們屋內隨隨便便一個擺件兒要的銀子，或許就是普通六口之家十幾年的嚼用，要說公道……這公道嗎？人生來就有貴賤高低之分，那庶子即便大奸大惡之徒，可他是你二叔的種，他就是比別人貴重！」

「是！祖母說得不錯！我們是自小錦衣玉食是比普通百姓過的好！可白家子嗣……年滿十歲便需隨長輩前往沙場征戰，馳馬舉劍沙場與敵軍血戰廝殺，普通百姓誰家十歲孩童上戰場?!我們是享了人間富貴！難道我沒有用這一己肉身還嗎?!」她抬手指著靈堂之上的牌位，「難道弟弟們不是用命……償了百姓奉養之恩?!」

大長公主看著因為憤怒和恨意全身顫抖的孫女，緊緊抿著唇。

「祖母要殺紀庭瑜，與皇帝要殺我祖父……殺我父親殺我叔叔兄弟又有何區別?!」她眸中含淚，提起白家已死的英靈，心口絞痛幾乎嚼穿齦血字句帶血，道，「難道這個世間越是忠勇心存大義之士便越是不能存活?!祖父死於磊落正直不願折節趨炎附勢！白家男兒死於心存萬民寧戰死亦不願棄民逃生苟活！紀庭瑜便要死於對白家恩深義重?!是不是在這個世上，心存良善，心存忠義之人，便註定不得好死?!」

白卿言如剜心椎骨，語聲鏗鏘有力，一字一句質問得大長公主心慌手指發麻。

大長公主藏在袖中的手一個勁兒的抖，提起丈夫和兒子、孫子，她心如刀絞。

是啊……阿寶說的每一個字都沒有錯！白威霆死在磊落正直不肯屈膝折節，不肯與那趨炎附勢之流同流合汙。白家男兒死於不願意棄百姓不顧，他們各個都是為了護身後數萬生民而死！紀庭瑜……正是因為他對白家恩深義重，大長公主才不得不殺他！如果他只是一個普通忠僕，大長公主便可以權勢強壓，以名利誘惑，他何須死啊！

白卿言雙眸猩紅，在這靈堂之前，恨意洶湧滔天。她這位祖母，骨子裡和皇室那些人有什麼分別?!是了，她是大長公主……她即便是嫁入白家同祖父生兒育女，她始終還是當朝大長公主！

大長公主長長歎了一口氣，無力問道：「你當真要殺白卿玄?!」

「血債血償，殺人償命！天經地義……」白卿言話音俐落。

大長公主仰著頭，老淚縱橫：「可那是你的弟弟啊！他姓白啊！」

「紀庭瑜是為白家捨命的忠僕，他的妻子被這畜生折辱而死！論法、論理、論情他都該死！」她眸子深幽的看不見底，「品格低賤連禽獸都不如的東西，祖母千萬別侮辱白這個姓氏，讓祖父蒙羞死不瞑目了！」

聞訊而來的董氏、二夫人劉氏、三夫人李氏，還有白錦繡、白錦桐、白錦稚都在外面焦急候著。

五夫人齊氏被丫頭扶著，一過來便問：「怎麼回事兒?!我聽下面的人說……阿寶提刀要殺人?!

是不是要殺那個庶子?!」

白錦桐一直候在這裡，事情的前因後果盧平和蔣嬤嬤已經全部都告訴她了。她已知曉那個庶子，意圖奸汙紀庭瑜的新婚妻子，紀庭瑜的妻子一頭撞死在了門柱上，而白卿玄那個該千刀萬剮的畜生，竟然折辱屍身讓人死無全屍！難怪今天他來靈堂時臉上有抓痕！

白錦桐氣得全身都在顫抖！紀庭瑜回來那日，白錦桐一直跟著長姐，她知道紀庭瑜為了白家做到了何種地步，紀庭瑜可是連命都不要了，為白家拼一個公道！可祖母……竟然為了要替那逼死了紀庭瑜新婦的庶子遮掩，要殺紀庭瑜！她轉過頭已然淚流滿面，她心中尚且如此悲憤難過，長姐一向與祖母情深……還不知心裡難受成什麼樣子！

靈堂裡沉默了很久之後，大長公主終於還是退了一步：「阿寶，你若是願意相信祖母，這件事交給祖母處置，等白家大事過後，祖母會還紀庭瑜一個公道！可否？」

拋開讓人迷眼的祖孫情，讓她相信一個要毒殺紀庭瑜的人能還紀庭瑜公道?! 她不信！她死死咬著牙，整個人陰鬱的如同蒙上了一層冷霧：「祖母若是願意信我，便不會把那個庶子藏在莊子上，讓他害了紀庭瑜的新婚妻子。」

大長公主閉了閉眼，嫡長孫女這話就是不肯信她了……

「祖母要麼現在便將那個庶子交出來，我拎著他去紀庭瑜床前一刀宰了他！要麼……祖母就好好把他藏起來，否則……我一旦找到，定會讓他生不如死，後悔來這世上一遭！我是祖母一手帶大，祖母當瞭解我言出必踐！」

她凝視老態畢現的大長公主，眼裡燃燒著怒火灼灼，悲痛與激憤填胸。

「又或者，祖母為了那個庶子，連我都可以捨！現在便可讓暗衛殺了我！」她雙眼紅得嚇人，但全都是堅定和不服輸，「我今日便當著白家英靈的面發誓，我與那庶子……這世上只能二存其一！他不亡！我不得好死！」

「阿寶！」大長公主目眥欲裂。

門外董氏聽到女兒的誓言嚇得險些衝進來，卻又硬生生忍住，眼淚如同棉線。

她看著面前這位曾經寵過她，愛過她，她高熱不退便願意折壽十年換她平安的祖母，心口的血像被這冬日裡寒冷的溫度凍住了。她跪地，對大長公主重重一叩首：「祖父曾說，當斷不斷必受其亂，今日……多謝祖母，讓我能徹底了斷！」

大長公主如被長劍貫穿心口，身形搖晃險些站不住：「阿寶，你這是要斷了和祖母的祖孫情分?!」

她死死咬著牙一語不發，叩了三個響頭，起身往靈堂外走。

「阿寶！阿寶……」大長公主急切喚著白卿言，可她頭也未回。

從靈堂出來，看到母親和嬸嬸還有妹妹都在，冷風一激熱淚竟然怎麼都忍不住。終於，還是和祖母走到了這一步！

「阿寶……」董氏走上臺階，輕輕攥住女兒冰涼入骨的手。

「阿娘，我沒事。」她聲音哽咽沙啞，「我想去……看看紀庭瑜。」

董氏點了點頭：「去吧！這裡有母親在！」

不願再讓母親、嬸嬸和妹妹們看到自己懦弱狼狽的模樣，垂著眸子行禮，抬腳朝後院走去。

佟嬤嬤、春桃與盧平行禮後連忙跟上白卿言。

「長姐！」白錦稚喊了一聲要追，卻被白錦桐拉住。

「長姐是不願讓我們看到她軟弱的樣子，你先等等！」白錦桐說。
「可……可長姐哭了！」
白錦繡回頭看了眼燭火通明的靈堂，垂下眸子：「是啊……長姐哭了，與至親骨血異軌殊途，長姐的心裡是真正的苦如黃連，如鈍刀割肉讓人寢食難安。」
蔣嬤嬤望著白卿言離開的方向早已經淚流滿面不知如何是好，她勸過大長公主……殺紀庭瑜之事若是被大姐兒知道，祖孫倆必然要生嫌隙，可蔣嬤嬤怎麼也沒有料到大姐兒竟然如此決絕，要斷了和大長公主的情分！蔣嬤嬤顧不得許多，忙衝進靈堂裡，生怕大長公主出了什麼意外。
「那庶子不能留！」五夫人齊氏突然開口，「我去同母親說！」說著，五夫人扶著後腰進了靈堂。
「錦繡、錦桐、錦稚辛苦你們三個過一會兒去看看你們長姐，別讓她……太難過了！告訴你長姐你們祖母這裡，我們來勸！」董氏輕聲叮嚀。
「是！」白錦繡福身行禮，帶走了兩個妹妹。
「大長公主！」蔣嬤嬤驚慌失措的聲音出來。
董氏和二夫人劉氏、三夫人李氏三人皆是一驚，提著襖裙下擺也匆忙進了靈堂。
董氏見大長公主昏厥在靈堂裡，喊道：「快！拿我名帖去請太醫！秦嬤嬤叫人過來抬母親回長壽院！」
靈堂裡霎時亂成一團，可董氏為白卿言的名聲絕不能讓大長公主與白卿言靈堂對峙後暈厥的消息傳出去！她一把拽住要匆匆出去叫人的秦嬤嬤道：「大長公主是與我們憶起公公，傷心不能自已暈倒的！記住了?!」

秦嬤嬤連連點頭。

後院。白卿言進了院中，那血流不止的郎中虛弱癱倒在地，冒充紀柳氏的玉蓮跪在那裡一個勁兒的哭。見到白卿言回來目不斜視往屋內走，玉蓮連忙膝行上前喊道：「大姑娘！求你給我一個痛快！讓我死吧！」

她腳下步子一頓，拳頭緊攥著，轉過頭對盧平道：「平叔，你命人帶這個玉蓮回莊子上，將莊頭王萬更一家全部看管起來，厚葬紀庭瑜的妻室紀柳氏！再讓秦嬤嬤派一個得力的管事過去，細查這幾年王萬更都做過什麼，證據搜集完全，以國公府之名交於官府處置！」

「是！」盧平抱拳應聲。

「大姑娘！大姑娘求您就在這裡殺了我吧！不然我娘就活不成了！求您了！」玉蓮滿目驚恐。

她側頭看向玉蓮，聲音平淡如水：「你娘，怕早已經先你一步下黃泉了！」

殺人滅口。祖母怎麼會留下玉蓮母親這個知情人?!他們給玉蓮安排了一條死路，玉蓮的母親同樣也是死路一條。這世上最真的情，是甘願用自己的性命換親人苟且偷生，可不應把親人生死交至別人之手！更不該還要用別人的命去換。

玉蓮睜大了眼：「不會的！不會的！我爹答應了我的！」

「那你就自己回去看看！帶走吧……」說完，她抬腳踏入內室。

此時，藥已給紀庭瑜灌下，紮了針，白卿言進門時紀庭瑜正趴在床前大口大口嘔著黑血。

「好好好！吐出來就好！吐出來就好！」洪大夫也不嫌棄，一邊給紀庭瑜順背一邊欣慰道。

白卿言提到嗓子眼兒的一顆心終於回落。

黃太醫讓春杏將紀庭瑜吐出的黑血端走，給紀庭瑜號了脈：「幸虧中毒不深，還好……要是這一夜都沒有人發現，那就真是華佗在世也救不回來了！」

「多謝黃太醫，多謝洪大夫！」她鄭重行禮。

「大姑娘這是哪裡話，我們乃是醫者……醫者治病救人乃是天職！」黃太醫拱了拱手坐至桌前，「我來開些清毒溫補的方子！」

那夜，白卿言坐在紀庭瑜房內，靜靜望著面無血色的紀庭瑜，不知等紀庭瑜醒來該如何對紀庭瑜說那庶子害了他新婚妻子的事。

太醫為大長公主施了針，大長公主轉醒服了藥後再也無法入眠。她倚著彩色絲線繡製的海棠花靠枕，讓蔣嬤嬤從暗格中拿出調動暗衛的半塊黑玉龍紋玉佩，細細摩挲著。

蔣嬤嬤生怕大長公主要動用暗衛箝制白卿言，那樣大長公主和白卿言的祖孫情誼必然會被消磨的一乾二淨，她含淚跪在大長公主床前：「殿下！老奴知道殿下心裡苦，您是想給白家留根，可大姐兒說的對啊！咱們國公府女兒郎各個都是頂天立地的！哪一個留在家中招婿都比那個庶子強啊！大姐兒是您一手教養疼著寵著長大的！難道……您真的要為那個庶子要斷了您和大姐兒的祖孫情嗎?!好在現在紀庭瑜無事，還有挽回的餘地……殿下千萬不可再護著那個庶子了啊！殿下想想剛才大姐兒靈堂上發的誓！難道殿下真的要大姐兒死嗎?!」

再次聽到蔣嬤嬤稱呼她為殿下，大長公主用力握緊手中的玉佩，想起孫女兒阿寶跪地三叩首與她斷絕情誼的模樣，心頭如撕裂一般疼痛難忍，閉上眼滿臉淚痕。

這個世界上，本就沒有什麼兩全之事……她太貪心，想要保住那個庶子，還想要她和阿寶的祖孫情誼，因此弄得阿寶與她反目，發誓要殺了那個庶子。

我與那庶子……這世上只能二存其一！他不亡！我不得好死！

想起阿寶靈堂之上發的誓，大長公主手一抖，全身都是冷寒。

不，她做不到為了那個庶子，讓阿寶死……

阿寶是她的心頭肉！是她揣在懷裡捂大疼大的！她不能！二選其一，她只會選阿寶……

不論是出於為白家，還是為了自己的私心！那樣一個禽獸不如的齷齪東西，如何能與她的阿寶比?!阿寶以她自己的命做籌碼時，她便已經輸了！

想起今日靈堂裡孫女兒的那一番話，大長公主終於意識到自己老了。

哪怕祖父、父親叔父兄弟們盡數葬身，白家突逢潑天大難，她的孫女兒依舊還能守住本心，保持心中那分疏朗正直，保留良善底線！白家立世之根本的氣節與硬骨她更是兼具一身。

大長公主心痛之餘又很欣慰，欣慰她雖滿手血腥，可還好……阿寶不是如此，阿寶才是真真正正的白家人！

「你起來吧！」大長公主睜開眼，神色疲憊，「你把這半塊玉佩交給阿寶，以後這支已經訓練好的暗衛我交於她了！」

蔣嬤嬤終於喜極而泣：「哎！老奴一定好好和大姐兒說！」

「你告訴阿寶，那庶子……等明日出殯之後，她想怎麼處置便怎麼處置！我……不再攔了！」大長公主長歎一聲，心酸至極，聲音低啞，「讓她別記恨我這個祖母！我老了很多事情上，容易被血緣和愧疚蒙蔽雙眼。」

丑時，佟嬤嬤邁著小碎步進屋，對白卿言行禮後道：「大姑娘，大長公主身邊的蔣嬤嬤來了，說要見大姑娘。」

她凝視著床上呼吸已然均勻的紀庭瑜，放下手中火熱的手爐，對還守在這裡的洪大夫道：「有勞洪大夫守著紀庭瑜，我去去就來！」

「大姑娘回去歇一個時辰吧！出殯之事……還有的要忙，紀庭瑜情況已經安穩，老朽必不會讓他有事！」

她頷首福身，拿了手爐披好大氅從爐火旺盛的房中出來。

冷風迎面撲來，見蔣嬤嬤立在門口，她握緊手中的手爐，抬腳出來。

「大姐兒……」蔣嬤嬤迎上前行禮之後，眼淚就簌簌往下掉。

「嬤嬤有話快說，我乏的很了。」她有氣無力的話音裡透著幾分冷意，全然沒有平日裡對蔣嬤嬤的親近。

蔣嬤嬤走至白卿言跟前，雙手捧著半塊黑玉龍佩遞給白卿言：「大姐兒應該知道大長公主手中有一支皇家暗衛！這是號令暗衛的黑玉龍佩，暗衛只聽從半塊龍佩所持者的號令！明日出殯之後魏忠便會來拜見大姐兒，以後只聽從大姐兒號令，大長公主讓老奴將此玉轉交給大姐兒，還說……明日出殯之後，大姐兒想如何處置那庶子，她不再過問！」

見白卿言不接玉佩，蔣嬤嬤碎步走至白卿言身邊抬手扶住她的手：「我陪大姐兒一邊回清輝院一邊說！」

「我去靈堂。」白卿言說。祖父、父親眾位叔叔弟弟那裡不能沒有人守著。

蔣嬤嬤點了點頭，扶著白卿言往靈堂方向走：「大姐兒……大長公主說她老糊塗了，被血緣和愧疚蒙蔽雙眼，讓大姐兒別記恨她！大姐兒……老奴跟了大長公主一輩子，只聽大長公主認過兩次錯，都是對大姐兒認的！大姐兒讓大長公主在您和那庶子之間做選擇，可大姐兒是天上的雲……是大長公主的心頭肉，那庶子賤如泥塵，何德何能能與大姐兒相提並論?!」

深夜寒風最是涷人，卻不比人心涼來的更刺骨。再熱的話，都暖不回人已死的心。

「這一次，大長公主更是將手中暗衛隊交了出來。大姐兒……大長公主這就是給大姐兒看她的誠意，大長公主不日就要去皇家庵堂清修，大姐兒要回朔陽，說句不好聽的……以後祖孫倆再見或許就是陰陽相隔！大長公主老了……活不了幾年，就請大姐兒多多諒解一二！白家男兒都已經不在了，剩下的人不可再離心了！」蔣嬤嬤語重心長。

「嬤嬤這話，可曾勸過大長公主了？」白卿言聲音涼的讓蔣嬤嬤手指發顫，大長公主……而不是祖母，大姐兒這真的是要斬斷和大長公主的情誼?!

「大姐兒！」蔣嬤嬤咬了咬牙緊握白卿言的手，「毒殺紀庭瑜這主意是嬤嬤給出的！大姐兒要是不解氣，奴婢……這就回去自盡償還！還求大姐兒不要再恨你祖母了，好不好?!」

她腳下步子一頓，看著蔣嬤嬤陡然就想到了那個為了救母來毒殺紀庭瑜的玉蓮。

她從蔣嬤嬤手中抽回自己的手，定定望著蔣嬤嬤：「嬤嬤，這世上最蠢的事，便是以自己的性命為代價，將自己心中分量貴重之人的性命或是未來交於他人之手！嬤嬤還是活著好好伺候祖母吧！暗衛隊……我收下了，只是嬤嬤我與祖母之間除了這個稱謂，情分是定然回不到過去了。」

白家諸人還需要祖母大長公主的庇護，只要大長公主不再護著那庶子，她便也不用做的太過決絕。畢竟……曾經的祖孫情，不曾作假。只是如今也的確是各路不同，再回不去了。

她拿過蔣嬤嬤手中半塊玉佩，轉身朝靈堂方向走去。

蔣嬤嬤淚眼朦朧立於燈下，看著白卿言同佟嬤嬤和春桃漸行漸遠歎了一口氣，最終祖孫倆還是起了隔閡，怕是這輩子都無法再消除了。

白卿言走至靈堂前還未進去，便停下步子，她轉頭對佟嬤嬤道：「嬤嬤替我同平叔說一聲，挑十幾個武藝高強的護衛守在靈堂外，只要那個庶子一進靈堂不論是誰帶著，立時給我拿下脅制住，不得有誤！」

「是！」佟嬤嬤頷首稱是。

她抬腳進了靈堂，只見原本該回去休息的白錦繡、白錦桐、白錦稚都在。

「長姐……」白錦繡站起身。

那一瞬，她眸子便紅了：「你們怎麼在這裡？」

「總不能讓祖父、父親、叔伯兄弟這裡無人守著。」白錦桐道。

「長姐！」白錦稚走到白卿言身邊，鄭重道，「明日……我必定會一刀了結了那個庶子！長姐放心！」

她勾唇輕輕撫了撫白錦稚的髮頂：「我們姐妹，就在這裡陪陪祖父他們。」

第三章　梁王小人

初十，大雪半夜突降，將整個大都城被籠罩在深重朦朧之中。

寅時一刻天還未亮，鎮國公府已是炊煙嫋嫋，僕婦和丫鬟婆子們角門進進出出。各院粗使的丫頭或拎著描梅花熱水銅壺或拎著黑漆描金的食盒，在廚房魚貫而入魚貫而出，輕手輕腳沿著素絹白燈籠裝點的曲徑回廊各歸各院，井然有序。

今日，皇帝下旨追封的鎮國王鎮國公同白府諸位爺和公子出殯，需在太陽升起之前，將人下葬。寅時末，白府闔府上下全都聚集於前廳。

秦嬤嬤扶著雙眼紅腫的董氏進靈堂時，幾位夫人和孩子們都已經到了。

「五弟妹，今日下雪路滑不好走，你身子重，便不要去了。」董氏望著腹部高聳的五夫人齊氏道。

齊氏輕輕扶著腹部，哽咽開口：「我和孩子……得送白家英雄最後一程！」

隨後，一身白衣拄著虎頭杖的大長公主也扶著蔣嬤嬤的手而來。

「母親……」

「祖母……」

眾人福身行禮。

「母親，您也要去？」董氏問。

大長公主點了點頭，視線落於白卿言身上，卻見白卿言低垂著頭，並不看她，也不似平日裡那般上前扶住她，心中悲傷難以抑制，她道：「送我白家男兒最後一程，我撐得住！」

董氏長歎一口氣，打起精神道：「郝管家，開門吧！」

「開門……」郝管家一聲吼，伴隨著木門吱呀聲，掛著白燈素縞，氣勢宏大的鎮國公府六扇的朱漆大門齊齊打開。

可董氏不曾想到，鎮國公府門外……竟然聚集了那麼多提燈而來的百姓！還有勳貴人家的年輕或年邁的官爵之士，他們靜靜立於雪中，就在這鎮國公府黑漆金字的門前。沒有人告知他們鎮國公府出殯的時辰，他們早早便來這裡候著……想要送一送這一門忠烈之士。

董氏看到弟弟董清嶽一身戎裝，同幾位朝內武將立於最前方，頭戴孝布手提明燈，姿態挺拔英朗。這讓董氏想到除夕那夜百姓陪同白家在這裡等候消息，想到初五那日全城百姓提燈冒雪，同白家在南門迎白家英雄回家。董氏心中情緒翻湧，淚水終於再也繃不住。

昨夜董清嶽一夜未睡，穿梭於朝中諸位武將之家，動之以情曉之以理請諸位將軍同他前來親扛棺木，送鎮國王白威霆一程。

見府門打開，手執明燈的董清嶽放下羊皮燈籠，行軍禮單膝跪地：「末將董清嶽，恭送鎮國王、鎮國公與諸位少年將軍！白家軍之魂，永生不死！」

立在董清嶽身側的武將石攀山紅著眼抱拳跪地：「末將石攀山，恭送鎮國王、鎮國公與諸位少年將軍！白家軍之魂，永生不死！」

「末將江如海，恭送鎮國王、鎮國公與諸位少年將軍！白家軍之魂，永生不死！」

「末將甄則平，恭送鎮國王、鎮國公與諸位少年將軍！白家軍之魂，永生不死！」

「末將張端睿，恭送鎮國王、鎮國公與諸位少年將軍！白家軍之魂，永生不死！」

快馬而來的戎裝武將一躍下馬，跪於後方，高呼道：「末將劉宏，恭送鎮國王、鎮國公與諸位少年將軍！白家軍之魂，永生不死！」

二夫人劉氏看著門外立於鵝毛大雪之中，一個個跪下恭送白家英靈的武將，終於繃不住哭出聲來，整個人都軟靠在白錦繡的懷裡，捶胸痛哭，為死去的丈夫，為已逝的兒子！

三夫人李氏更是哭得不能自已。

反倒是白家十七公子回來那日悲痛欲絕，欲撞棺而死的四夫人王氏，她靜靜立於一角，雙手交疊放在小腹之前，雙眼早已失去了神采，如同木偶不知悲喜。

五夫人齊氏轉過身去，死死咬著唇，嘗到了血腥味也不敢鬆口，生怕克制不住哀嚎出聲。

立在門口的百姓，皆跪地哭喊，哀嚎聲震天，高呼鎮國王、鎮國公……高呼白家滿門本是大好年華，卻為護民而亡的少年將軍們。

郝管家用袖子抹去眼淚，克制著哭腔，高唱：「跪……」

長街百姓早已經跪哭泣不成聲，白家諸人亦緩緩跪下。

「拜……」白卿言含淚叩首，一拜……她向白家英靈立誓，定會捨命護白家遺孀一世周全。

「再拜……」她含淚二叩首，二拜……她向天地立誓，定要讓虧欠白家者血債血償，此仇不報誓不為人！

「三拜……」她以頭叩地，三拜……她向祖父立誓，此生她將承襲祖父志向，盡她所能護百姓周全，還天下太平。

「誦祭文，明諸公生平……」

蕭容衍一身狐裘立於眾人之後，靜默凝視，彷彿鵝毛大雪不能近身的方外之人。

大晉的皇帝不明白……這百年將門鎮國公府，功高蓋主不假，可這國公府實乃是大晉脊梁！白家一倒……便是除大晉國之履鞋，卸大晉國之甲冑。亂世之中，列國爭雄，各自為戰，蕭容衍敢斷言，白家諸將一亡，這雄霸一方的晉國，必定無緣問鼎天下江山。

遙遙而望，他見白卿言起身，下意識向前挪了一步。只聽女子的聲音清亮鏗鏘，平靜如溫水而過，不若她幾次人前開口那般發聾振聵，綿綿孺慕之情藏於其中讓人觸動情腸。

大長公主望著門外哭聲撼動天地的百姓們，看著那戎裝而來恭送鎮國公府英烈的武將們，忽而就想起父皇過世之時。那時的百姓也哭……百官也哭，卻哭得不如這般情真意切。

她緊緊攥著佛珠的手緊了又鬆開，心中早已不知是何滋味。白家……比皇室更得人心啊！

明明是極為簡單的葬禮，明明沒有通知任何人下葬時辰，可朝中武將、都城親貴還有最普通的百姓，他們卻都來了，聲勢雖不如當年她的父皇出殯時那麼浩大，卻比那時更為催淚，更為讓人觸動情腸。

她忽而就想起幾個時辰前，在這靈堂之內……她的孫女兒說，白家的尊貴不在血統，在氣節，在薪火相傳生為民死殉國的赤膽之心，在捨身護民的忠勇！

所以，百姓是真的記得白家，念著白家……白家的立世之本，在為民、忠義這四個字。

大長公主閉上眼，想起丈夫白威霆的字……不渝。

孫女念祭文的聲音在她耳邊響起。

「吾問祖父，何以不渝為字？祖父答曰，願……還百姓以太平，建清平於人間，矢志不渝，至死方休。」

淚水，順著大長公主的眼角滑落。

「吾父，生為世子，每每戰事傳來，身先士卒！吾母常憂夜不能眠，循循勸之，吾父道……國若有戰，民若有難，白家兒女責無旁貸，皆需身先士卒，捨身護民，此乃白家氣節風骨，與白家軍黑帆白蟒旗一般，絕不可倒，方能鼓舞士氣，滅犯我晉民之賊寇。」

「吾生而嫡長，十七子皆為吾弟，諸子生不同時，有長幼之分，志若一轍，無出長短。若有問生平所求，必答曰……海晏河清，天下太平！」

「白家諸子皆承家族風骨，忠烈、磊落、耿直、頂天立地，仰不愧天，俯不怍人，以肉身報大晉百姓之奉養，以性命護邊疆生民得以生還之一線之機。」

門外百姓、清貴與武將們，雙目含淚，有失聲痛哭，有衣袖拭淚，亦有挺立腰身雙眸霧水朦朧者。白家忠義，自在人心。蒼天厚土，人神共鑒。

白卿言嘶啞著嗓音讀完祭文，含淚跪於火盆之前，將祭文投入火中。

大長公主側頭低聲吩咐：「蔣嬤嬤……把人帶上來！」

總得有人摔孝盆，摔了孝盆之後……大長公主便會將庶子交於白卿言，是殺是剮都隨她了。

蔣嬤嬤頷首稱是，對靈堂外喊了一聲：「把人帶進來！」

很快，兩個膀大腰圓的護衛跟隨著那庶子進來。

誰知白卿玄剛一進這靈堂正廳，還沒來得及走到大長公主跟前行禮，突然一隊不知道從哪兒竄出來的護衛直接將白卿玄擒住，按跪在靈堂之中。

突如其來的劍拔弩張，嚇得蔣嬤嬤立刻將大長公主護至身後，各位夫人身邊的忠僕亦是做出護主的姿態。

就連跪於門外的董清嶽等武將都驚得站起身，一把按住腰間佩劍，蓄勢待發欲拔劍而入。

大長公主扣住蔣嬤嬤高高抬起護著她的手臂，抬眼朝面色冷清毫無意外之色的白卿言看去，大長公主心中頓時了然，便知這是白卿言的安排。

「你們是誰?!你們想幹什麼?!我可是白家唯一的孫子！未來的鎮國王！你們敢和我動手是不想活了嗎?!放開我！否則等我繼承王爵定要你們死無葬身之地！」

聽到那庶子狂妄的嘶喊，大長公主顫抖著囁喏的嘴唇，閉上了眼……扣著蔣嬤嬤的手緩緩鬆開。當著這麼多白姓的面就敢如此張狂！這狂妄豎子，著實……該死！

白卿言眸底殺意滔天，緊緊咬著後槽牙冷眼看向白卿玄，就像看到了浸滿毒汁的腐臭爛肉，厭惡和怒火交織，眸色深沉：「鎮國王?!王字……三橫一豎，上頂天，有厚德流光之品格，下立地，能建撫民定邦之功業。憑你……也配稱鎮國王?!」

白卿玄被人按跪在靈堂之中，十分不服氣，幾次欲掙扎起身，又都被按跪了回去，憤憤不平緊咬著牙，又帶了幾分得意：「呵……我如今是國公府唯一的男人！你願意也好，不願意也罷！我都是鎮國王！等我承襲王爵，我要你……」跪地叩首求饒。

後話，白卿玄吞了回去。他依仗的無非就是如今白家只剩他一個男丁，所以才敢如此張狂！

可大長公主昨日讓人接他回國公府，明確讓那位蔣嬤嬤傳達要他尊敬這位嫡長姐，他如今先忍下一時，將來定要給他這位不能生育的嫡長姐，安排一個極好……極好的歸宿，才算不枉費他今日所受之辱！

「你想要長姐怎麼樣?!」白錦稚上前咬著牙，惱怒到那庶子要敢說出什麼不敬的話來，立時讓他斃命！

白卿言視線掠過大長公主，最終落在白卿玄身上，冷聲道：「有什麼樣的才德，才能當什麼樣的位置，你無才無德不知禮義廉恥，心狠手辣畜生不如，何談鎮國?!不能護百姓周全，也就罷了！哪怕你是個堂堂正正的小人我國公府也認！可你手段殘忍毒辣，意圖奸汙捨命替我白家忠烈洗刷冤屈護送竹簡的恩人紀庭瑜之妻，紀柳氏寧死不從撞柱而亡，你卻動手毀屍命人將其屍身拖出去喂狗！你這樣的畜生配得上白姓?!也敢自稱鎮國王?!」

門外的百姓無人不知紀庭瑜此人，那日紀庭瑜斷了一臂，一身鮮血從快馬上跌落下來，九死一生替白家送回了記錄行軍記錄的竹簡，這……才讓鎮國公洗脫了剛愎用軍之名，才讓信王之流伏法！

百姓大驚，那庶子到底是個什麼妖魔鬼怪？白家突逢如此大的喪事，他身為唯一的男丁，不在靈前盡孝，竟然還要強逼人婦行那苟且之事，逼得人自盡不說還要毀屍把人拖出去喂狗！事情敗露竟還妄圖承襲鎮國王之位！他都不怕報應？不怕那紀柳氏化作厲鬼找他索命嗎?!

白家男兒各個忠義，怎麼就出了這麼個不仁不義不忠不孝的畜生?!

白卿玄看了眼門外已然義憤填膺的百姓，心中一慌朝大長公主望去，想讓大長公主救他。他可是白家最後一個男丁了，這白卿言大庭廣眾之下說出此事讓他無法做人，就是讓白家無法做人？祖母怎麼能忍得?!

白錦桐上前一步，擋住白卿玄朝祖母求救的視線，冷冷看著那庶子。

白卿玄心中惶惶不安，卻色厲內荏仰著脖子道：「我知道……你們因為我是庶出瞧不上我！可我如今是鎮國王白威霆剩下唯一的血脈！唯一的孫子！你們怎麼敢如此對我?!你們就不怕祖父死不瞑目，就不怕白家絕後嗎?!」

白錦桐冷聲道：「真要你繼承王爵，祖父才真是要死不瞑目！我白家子孫哪一個不是上過戰場保家衛國之後，才坦然受百姓萬民奉養！祖父帶走白家滿門男兒血戰疆場，難道就是為了給你這個畜生不如的蛇蠍讓路，讓你躺在祖先功勞簿上享福嗎?!」

大長公主心中悲痛，緊緊攥著手中虎頭杖，眼見這庶子如此張狂，心生悔意……阿寶說得對啊，這樣的畜生……留下他就是白家的禍患！

白錦繡悲慟難耐，上前手指黑漆金字的牌位：「他們才是我白家的好兒郎！他們生於鎮國公府啟蒙之時便知……身為國公府子嗣身為白家兒女的責任擔當！祖宗功勞就算比天厚，他們也沒有一個依靠祖蔭留在在這繁華大都享福！他們都選擇奔赴九死一生的戰場捨身護民！那才是鐵骨熱血的白家兒郎！」

說罷，白錦繡朝著大長公主的方向跪下叩首：「祖母！白家即便自請去爵位，也決計不能讓這樣的衣冠禽獸、鼠膽敗類，辱這鎮國二字！今日我白家英靈葬禮之後，求祖母入宮自請去爵位，莫要讓此不仁不義畜生不如的宵小之徒，抹黑我白家門楣！」

大長公主緩緩頷首。

白卿玄不可置信睜大了眼：「你們不能這麼做！你們是瘋了嗎？自請去爵位……難不成白家百年的榮耀你們都不要了嗎?!」

「白家百年榮耀，是因世代為民捨命！你……不配！」白卿言擲地有聲，「平叔！將這庶子捆下去，等白家忠烈下葬後處置！」

白大姑娘一句百年榮耀，是因世代為民捨命，讓百姓哭聲更盛……

大長公主聲音徐徐：「你祖父他們出殯……不能沒有人摔孝盆，讓這畜生……摔了孝盆，大事過後，祖母將他交給阿寶處置，可好？」

「這等不仁不義不忠不孝的狗東西！有什麼資格替我祖父摔孝盆！難道我白家的晚輩都死絕了嗎?!」白錦稚怒髮衝冠上前一腳踹在白卿玄的心窩處，將他踹倒在地，「讓奸汙逼死我白家恩人髮妻的人摔孝盆，我怕祖父、大伯死不瞑目！」

明明都要出殯了，白家突然又出一亂事。

「白家英靈的孝盆我來摔！自古不讓女子摔孝盆，不就是因為怕女子將來嫁入別家嗎？我白卿言今日在祖父、父親靈前立誓，生為白家子孫，死為白家亡魂，此生不嫁！祖母，如此……我有沒有資格摔這個孝盆?!」白卿言一雙灼灼目光望向大長公主。

「我同長姐一起摔！白錦桐立志成為可以撐起白家的女兒郎，此生……絕不嫁於他家！」白錦桐亦道。

大長公主看著白卿言和白錦桐，白錦稚亦是躍躍欲試上前要起誓，頷首道：「你們姐妹一起摔吧！」

白錦繡已經是外嫁之身，立在一旁不曾上前，白卿言、白錦桐與白錦稚握著孝盆。

門外隨董清嶽而來的戎裝將軍們從側門而入，頂替了白家護衛立於各個棺木之側。

其餘武將立於國公府門前兩側，在紛紛揚揚的大雪中，靜靜等候摔了孝盆起棺。

「孝盆摔得越碎越好，我們姐妹同心協力，讓祖父、父親和眾叔叔兄弟們走好！」她看著兩個妹妹道。

一、二、三，高呼之後，姐妹三人一起摔碎孝盆。

董清嶽咬牙，高呼：「起棺！」

「起棺……」

「起棺……」武將渾厚如鐘的聲音一聲接一聲，洪亮如雷，棺木一口接一口離地而起，又一口接一口從國公府門而出。

大長公主手握虎頭杖，立於正門之前……看著那一身身戎裝而來的戰將肩扛國公府英靈棺木。看那陸續而來身著鎧甲的武將手握長劍，自發護衛在丈夫白威霆與白家諸子的棺木兩側！長街上全都是提燈帶孝的百姓，棺木所到之處百姓皆跪，高呼「恭送鎮國王、鎮國公與諸位少年將軍！」，真情實感哭得悲傷不已。

劉氏哭得站不住，被羅嬤嬤和白錦繡攙扶著立於大長公主身後。

李氏摟著白錦稚絕望失聲，淚如雨下。

大長公主生而至今，從未見過這樣的葬禮。

漫天的大雪，漫天的紙錢，茫茫一片讓人看不清前路，哭聲卻能為人引路……

她不知道此時，在深宮之中的皇帝，是否聽到了這大都城百姓撼動人心的哭聲，若是聽到了……不知道他做何感想，他會不會後悔，後悔因為他的疑心葬送了這白家一門的忠烈。

「大長公主……」郝管家上前輕喚了一聲。

大長公主視線落到整裝待發的白家護衛身上，深吸一口這隆冬寒氣，開口：「走吧！」

白卿言側頭交代佟嬤嬤：「府上之事交託秦嬤嬤和佟嬤嬤了！」

秦嬤嬤與佟嬤嬤紅著眼行禮稱是。

白卿言跟在母親董氏身側，走下鎮國公府高階之時……目光不經意撞上蕭容衍幽邃不見底的視線。隔著鵝毛大雪，她輕輕頷首同蕭容衍致意，謝他能來送白家英烈。

蕭容衍亦是頷首回禮。

大長公主先行，帶著白家遺孀，冒雪跟於棺木之後浩浩蕩蕩朝著墓地徒步走去，她始終沒有等來阿寶與她同行。

蕭容衍只帶一護衛兩匹馬，牽著韁繩緩步跟在送葬隊伍身後，他見跪於長街兩側的百姓紛紛起身尾隨在白家護衛隊之後，手提明燈相互攜手攙扶亦步亦趨，心中陡然感慨萬千。

他此生從未見過這樣的葬禮，不是君王……勝似君王。

送葬隊伍從大都城南門出。南門守正立於高牆之上，望著茫茫大雪黑夜無際之中，一整條長街上全都是提燈立於兩側的百姓，燈籠暖澄澄的團光將那二十多口棺材映亮，在這黑夜之中格外醒目。

被百姓震天的哭聲感染，南門守正胸腔情緒奔騰，熱淚翻湧。他手握腰間佩劍攜守城門兵士走下城牆，讓人將正在營房裡輪班休息的兵士也喚了出來。

見排成一排的棺木緩緩而來，立在城門外的南門守正同幾百守成兵士，行軍禮單膝跪地，以拳擊胸。「恭送鎮國王、鎮國公與諸位將軍！」幾百兵士動作如出一轍，洪亮之聲異口同音，竟有戰場殺伐的如虹氣勢。

那一路走的極長，天即將放亮時終於抵達。

下葬，埋土，叩拜……白卿言立於墓碑之前，含淚望著那一口口棺材消失在視線中，心中悲痛不已。

從此世間再無一身浩然正氣的鎮國公，再無……才學武藝驚豔大都的白家十七兒郎。

快馬而來的家僕為了不引人注目，老遠便下馬，匆匆行至白卿言身後，壓低了聲音道：「大姑娘，梁王身邊那個小廝來了，花了重金請看門婆子傳話要春妍出府一見！那婆子正在府上候著，佟嬤嬤命小的快馬而來詢問大姑娘如何處置。」

果然來了……她就知道梁王耐不住，定要在今日白家出殯之時趁亂生事。

她雙手交疊於小腹之前，挺直脊背凝視著祖父、父親與白家諸人的墓碑，緩緩開口：「梁王身邊的人見不到春妍是不會走的，讓佟嬤嬤不用著急，等送葬回城的白府諸人和都城百姓進了長街，再讓守門婆子去通知春妍童吉在門外等著見她！若是兩人只是有所言語，讓人留心他們說了什麼，若是兩人交換什麼物件……務必在眾目睽睽下將兩人捆了，送至大長公主與諸人面前。」

「是！」家僕應聲之後對著墓碑三叩首，這才起身匆匆離開。

還有五天，白錦桐就要離家，她心中不安：「長姐……五天後我就要離家了，我心中不安，我怕家中再起事我不在……」

「別怕，家中有我母親，不會有事的！」白卿言說。

只要今日，能將梁王之事處理妥當，白家便也沒有什麼天大的事情了。

白錦桐抬眼，看向眼中含淚如定海神針立在人群最前方的董氏。

劉氏、李氏、齊氏已經哭的不能自已，王氏的失魂落魄雙目呆滯宛若無從悲喜，董氏依舊挺直脊梁，冷靜而穩重。

想起這些日子以來，大伯母一力撐起白家，遇塌天禍事白家亂成一鍋粥，大伯母卻能有條不紊應對，將一應事宜安排的井井有條，她還有什麼不放心的?!

董清嶽帶戎裝武將親自掩埋了白家諸位忠骨，他將鐵鍬插入腳下凍土之中，望著鎮國公白威霆的墓碑，眼含熱淚開口：「佩護我之甲冑，與子同敵同仇……」

白家軍軍歌！佩護我之甲冑，與子同敵同仇，兩句一出，白卿言嘴裡如同咬了一口酸杏，酸澀悲痛銜冠，眼前一片模糊。

「握殺敵之長刀，與子共生共死……」更多武將跟著董清嶽將悲痛化作震撼人心的歌聲，吼唱著。

她抬眼朝舅舅望去，在眼中積聚盤桓的眼淚霎時如決堤般狂湧而出。

「衛河山，守生民，無畏真銳士。不戰死，不卸甲，家國好兒郎……」

原本都還能挺住的白錦繡和白錦桐終於忍不住……放聲大哭。這首她們出生起便聽便學的歌，一唱起，彷彿便將她們拉回那壯懷激烈的戰場，拉回披戰甲挎長刀立誓死不休戰的出征前夜。

大長公主手已經抖得握不住拐杖，熱淚奔湧……

不戰死，不卸甲！

白家男兒，都做到了！

連小十七那樣的小兒郎，都做到了！

放眼天下，有誰家……能做到白家這般忠勇為國大愛為民？此時此刻，大長公主心中已然悔恨不已，曾經……兄長問她，諸子中誰可立為儲君，她薦了今上，是覺今上仁厚心胸寬廣。可她不曾料到，今上坐上九鼎高位之後，竟變成這般猜忌不休之人。

白家的馬車早早就到了，家僕扶著哭得無法站立的主子上了馬車，百姓跟在緩緩慢行的馬車之後，哭聲要比來時更小一些。

大長公主倚著馬車內的團枕，眼淚就沒有斷過。

亦是淚流滿面的蔣嬤嬤替大長公主倒了一杯熱茶，勸道：「大長公主莫要再哭了，仔細壞了眼睛。」

大長公主閉著眼搖了搖頭，喉脹痛哪裡還喝得下茶水。

白卿言、白錦繡、白錦桐和白錦稚四個姐妹同乘一車。

白錦稚沒有隨軍出征，同將士們唱這首軍歌的經歷，聽到這首歌雖悲痛……卻不如白卿言、白錦繡和白錦桐這般撕心裂肺，歌聲一起便是要人命的刻骨銘心。

看著三位姐姐雙眸通紅閉眼不言的模樣，白錦稚心中難過：「長姐……」

白卿言緩緩睜開眼，對白錦稚道：「一會兒回城，秦嬤嬤和佟嬤嬤會擒了同梁王身邊小廝私下見面的春妍，若這兩人是交接信件之類的東西，小四……等他們交代清楚，你便撕開信件當眾誦讀。」

「春妍那個賤婢還敢和梁王府人來往?!」白錦稚怒不可遏，一拳砸在身旁軟枕上，「要我說長姐你當初就不該留她！就應該直接一頓亂棍打死了事！」

「長姐說留著春妍有用，可是等著今天？」白錦繡望著白卿言問。

她點點頭：「若今天真有什麼信件……你們聽了，便知道在背後要覆滅我白家之人是誰了！」

「長姐是說……梁王?!」白錦桐瞬大了眼。

白錦稚亦是不能相信：「可梁王只是一個懦弱無能的皇子而已！冊封為王是諸王子中最晚的不說，要不是前年宮宴上西涼使臣叫錯了稱謂，怕是陛下都想不起來給他封王！」

「這便是梁王值得你學的地方！」她定定望著四妹妹白錦稚，「梁王能以懦弱膽小和無能怕事，將自己偽裝得無懈可擊！有了懦弱無能這層外衣……很多事人都懷疑不到他的頭上，他便可光明正大在暗地裡為所欲為。小四……你可明白？」

白錦繡看著長姐眸中凌厲的冷冽殺意，面色逐漸泛白，她以為……梁王對長姐情根深種，甚至不介意長姐子嗣緣薄一心求娶長姐：「長姐……可是有什麼誤會?!」

「是不是誤會，一會兒看了就知道。」

守在國公府後角門的童吉雙手抄在袖口裡，冷得一會兒跺腳，一會兒往雙手上哈氣揉搓已經快要凍僵的耳朵。

「童大爺……要不然，您上馬車等著吧？」梁王府馬夫低聲勸童吉。童吉搖了搖頭，梁王殿下吩咐他要將此事妥帖辦好，否則就要趕他走，他心急如焚……這件事沒有辦好，怎麼在馬車裡坐得住？

想到這裡，童吉眼眶都紅了，他背過身去擦了把眼淚：「我就在這裡等！」

不過一會兒，角門突然打開了，出來的還是剛才傳話的那個婆子，童吉心往下沉了沉：「春妍姑娘呢？沒法出來？」

「您放心，春妍姑娘隨後就來，我這不是怕您等急了，先來和您說一聲，您不知道……我是多難才避開所有人的視線把話傳給春妍姑娘。」那婆子抄著手，笑咪咪說。

童吉心中鄙夷，不就是要銀子麼?!

童吉又從心口摸出幾塊碎銀子遞給那婆子，臉上掩飾不了心中鄙夷，連客氣話都沒有說出來，被凍得通紅的臉繃得緊緊的。

只見婆子歡天喜地收了銀子，道謝後又縮進角門將門關上。

童吉本來都要追上前啐那婆子一口，可是一想到懷裡揣著的那幾封信，想到梁王叮囑了務必交到春妍手中，硬是忍了下來。那婆子又撈了一筆銀子，滿面喜氣回到火盆燒得極旺的門房裡數銀子，秦嬤嬤和佟嬤嬤說了……這些銀子她盡可以留著，府上還要給她記一功，這樣的好事她自然歡喜。

數完銀子，那婆子小心翼翼將銀兩藏好貼身放好，端過一碟花生坐於火爐旁煨紅薯吃。

很快，有人便來通知那婆子可以去通知春妍了。

那婆子腳下俐落，很快就去了清輝院。

這幾日佟嬤嬤沒有給春妍派活計，大姑娘和春桃又一直在靈堂，春妍連一個在大姑娘面前露臉的機會都沒有，心裡焦急不安一頭紮進廚房，準備做幾樣大姑娘平日裡喜歡吃的點心，讓大姑娘惦記起她的好，重新安排她去身邊伺候。

清輝院灑掃的丫頭一溜煙從院外小跑進小廚房，拍了拍肩膀上的落雪，回頭朝著春妍道：「春妍，外面有一個婆子喚你。」

春妍皺著眉正要說沒空，可不知為何突然想到了梁王，她放下手中煽火的蒲扇理了理髮絲從廚房裡出來朝門口走去。果然，一出來便看到了昨日替梁王向她傳訊的那個守門婆子。

見春妍出來，那婆子匆匆走到了無人處，春妍會意跟上，心裡惴惴不安，手裡使勁兒絞著帕子。「可是……梁王殿下有什麼話？」春妍耳朵發紅，心裡真真兒思念那金尊玉貴英武非凡的男子。

「是呢是呢！春妍姑娘老奴這可是冒著風險來給您傳信的！您將來要是攀了高枝可要記得老奴的好啊！」那婆子笑咪咪道。

春妍連忙從手腕脫下一個鐲子塞到那婆子手心裡：「知道嬤嬤冒了風險，春妍感激不盡！嬤嬤還是快些說吧，別一會兒讓旁人看到了！」

婆子掂了掂手中鐲子分量，悄悄藏進袖子裡，才道：「門外梁王殿下身邊的童大爺來了，說要見您，剛才一直有人我脫不開身，好不容易抽了空才能過來，童大爺都等了好一會兒，我來前替姑娘去看過了，童大爺還在！好像有極重要的事情和姑娘說！姑娘快去吧！」

說完，那婆子左右看了看又匆匆離開。

春妍心裡一團亂麻低頭拍了拍自己素色襖裙上並未沾染的麵粉，理了理髮絲這才匆匆朝著門口的方向疾步走去。

見春妍離開，銀霜從樹上一躍而下，悄悄跟在春妍的身後。

佟嬤嬤交代了銀霜，一旦春妍離了清輝院就立刻跟去，記住春妍和誰說過什麼話，只要能一字不落就有糖吃！

春妍一路小跑，快到角門門口時停下平了呼吸，理好頭髮衣裳這才從角門出來。

看到有馬車，春妍一下慌了：「殿下也來了嗎?!」

「你怎麼才出來！」童吉見春妍出來，忍不住出聲抱怨。

「對不住！那看門婆子得避開人，我就出來的晚了些！」春妍一雙眼睛止不住往馬車上瞟。往日裡梁王來都是乘坐的僕從所用馬車掩人耳目，春妍便以為梁王在。

「殿下沒來！你不用扯長脖子看了！」童吉心裡窩火說話也不客氣，「殿下有事交代……」

說著，童吉將懷裡揣著的幾封信拿了出來，將梁王叮嚀的話一字不漏說與春妍聽。

當童吉說梁王對她也有意，春妍越聽心跳越快，臉紅不已。

「事成之後，白大姑娘嫁入王府，殿下便會向白大姑娘討了你，納你為妾！所以此事不容有失……這信你也不可拆開看，否則就露餡了！畢竟以國公爺的品格斷斷不會拆開晚輩的信件私下窺看。」童吉叮囑，「殿下千叮嚀萬囑咐，你可千萬要記住！」

春妍手有些抖，殿下說要納她為妾……她心動不已，可要將這信件放入國公爺書房的確是有難度，但……若是能成為殿下的女人，這險她怎麼也得冒。

況且，她們家大姑娘這樣子嗣艱難的女人能嫁什麼好人家？梁王殿下那可是皇子，傾心於她，還有什麼姻緣能比跟了殿下更好?!她這麼做……也是為了大姑娘！

想到這裡，春妍不再遲疑，從童吉手中接過信件：「你轉告梁王，奴婢一定會想辦法將信件放入國公爺的書房！」

「殿下說，今日國公府出殯是最好的時機，錯過就不知道要等到何年！到時候……若中途大姑娘的婚事有變，那可就無望了！你千萬切記。」童吉怕春妍前怕狼後怕虎，特意又說了一遍。

若大姑娘婚事有變，那她可就再也見不到梁王殿下了，春妍臉色發白，一下便知曉了此事的緊迫性。她手裡緊緊攥著幾封信，點頭：「你讓殿下放心，今日我定將此事辦妥，辦妥後我會想辦法找人傳信給殿下！」

白家去送葬的隊伍回來正路過深巷前頭的路口，童吉回頭看了眼，忙道：「也別找人傳信了！我就在這裡候著……送葬隊伍已經回來了，再耽擱就沒有機會了，你快去放好了立刻來同我說一聲！」

童吉話音剛落，角門突然大開，十幾個護衛同粗使婆子一下子湧出來將手握信件的春妍，連同童吉和梁王府的馬夫一起拿下！

「你們幹什麼?!放開我！我可是梁王貼身小廝你們敢對我不敬?!」童吉高聲呼喊道。

雖說國公府後角門人跡罕至，可此時白家去送葬的隊伍已經回來，正從這條深巷前面的巷口路過，童吉這一聲高呼倒是引得不少人駐足朝深巷裡看來。

佟嬤嬤雙手交疊放在小腹前，本就肅穆的臉陰沉沉的，她望著春妍開口道：「春妍，你好大的膽子，上一次為什麼挨板子的都忘了嗎？真是好了傷疤忘了疼啊！還敢私下同梁王府小廝來往不說，竟然還意圖假借國公爺之名……用這幾封信，強逼大姑娘不得不嫁於梁王，你真是好大的膽子，好大的能耐！」

被粗使婆子按住跪在地上的春妍嚇得全身發抖：「嬤嬤！嬤嬤我沒有！我沒有！」

「人證物證俱在你還敢否認！當我老眼昏花了嗎？」佟嬤嬤氣得聲音高高吊起，「早知上一次就該活活打死你！」

「嬤嬤饒命！我這是為了大姑娘啊嬤嬤……」春妍哭求。

佟嬤嬤冷哼一聲：「茲事體大！事涉皇子與我們家大姑娘，咱們還是去大長公主面前好好斷一斷！」佟嬤嬤凌厲的視線如刀掃過春妍，又落在童吉身上：「押著他們！就從這巷子繞出去，去正門……把他們交給大長公主處置！」

佟嬤嬤說完，前面帶路，白家護衛押著春妍、童吉、梁王府馬夫，牽著梁王府的那車一路朝正門走去。

「你們放開我！我是梁王府的奴才，輪不到你們國公府抓我！放開我！」

被押著前行的童吉一邊走一邊高喊。

春妍的雙腿發軟，想到二姑娘身邊明玉的結局嚇得只顧哭喊認錯：「佟嬤嬤奴婢錯了！你饒了我吧！我再也不敢了！求您放了我，別帶我去大長公主面前，大長公主知道了奴婢就沒有命了啊！佟嬤嬤我是你自小看大的……求嬤嬤放奴婢一條生路啊！」

佟嬤嬤卻彷彿鐵石心腸一般，帶著護衛、粗使婆子一路朝巷口去，在眾人矚目之下直直朝著鎮國公府正門走。

大長公主剛被蔣嬤嬤扶著下了馬車，就見佟嬤嬤突然疾步上前，直愣愣跪在大長公主面前，高聲哭喊：「大長公主要替大姑娘做主啊！」

大長公主一愣，轉頭看向已經下了馬車的白卿言，只見白卿言也一臉茫然，步履匆匆朝著佟嬤嬤的方向走來：「佟嬤嬤出了何事?!」

百姓送白家遺孀回來還未離去，見白家剛剛將英烈下葬，又起波瀾，都駐足探頭想知道個所以然。

「大姑娘！大姑娘救我！」春妍看到白卿言激烈掙扎著要衝出來，又被粗使婆子按住，眼看著白卿言頭也不回往前走，她心生絕望，呼喊扶著白卿言的春桃，「春桃……你救我！你救救我啊！我曾經救你一命……求你也救救我！」

春桃聽到春妍的呼喊聲，眼中含著熱淚，冷下心腸頭也不回。

大姑娘這一路走的有多難，春桃不是不知道，春妍作為自小陪著姑娘長大的丫頭不知道幫襯，反倒每每給大姑娘添亂，意圖敗壞大姑娘名節強逼大姑娘嫁於梁王，簡直罪不可恕。

佟嬤嬤朝著白卿言的方向重重叩了個頭，又對大長公主叩了個頭，這才道：「這春妍上一次背著大姑娘私下同梁王身邊的小廝來往……請大姑娘私下裡見梁王，夫人因此整治了內院，發賣了五家子奴僕。大姑娘念在春妍從小伺候的分兒上網開一面，留了春妍一命！誰想到這個賤蹄子不知道感恩，竟然又私下裡見梁王殿下的貼身小廝！巧不巧被銀霜這個小丫頭發現了來稟了我！」

大長公主對這件事早就有所耳聞，心裡還覺著阿寶對下人太過心軟，但到底是阿寶清輝院中的奴婢，她也不好置喙，現在看來奴就是奴……絕不能因心軟縱容！

「老奴帶著護衛和粗使婆子到了角門口，就聽見梁王殿下這貼身小廝對春妍說，讓她趁著國公府出殯大亂，將梁王殿下寫給大姑娘的幾封情信放入國公爺的書房中，還細心叮囑她不可將信拆開……以國公爺的品格不會私拆晚輩信件，到時梁王會設法讓人發現這幾封情信將事情鬧大！」

大長公主被驚得睜大了眼，這是要壞阿寶名節！

佟嬤嬤話音又快又穩：「梁王的小廝說，梁王會對夫人謊稱……國公爺早就發現他愛慕大姑娘，扣下了他寫給大姑娘的信，說等南疆戰事一平回來後便為梁王與大姑娘做主成親！還說到時這幾封信面世大姑娘名節壞了，他會站出來承擔責任迎娶大姑娘，等大姑娘過門便納這個賤蹄子為侍妾！這賤蹄子真就答應並收了信，那信還在那賤蹄子手中握著，老奴還沒來得及拿過來！」

白錦稚雖然剛才在馬車之上已經被白卿言叮囑過了，可乍一聽了梁王這陰險的打算還是耐不住走過去一腳將春妍踹翻在地，又一腳踹翻了童吉。「好大的狗膽！竟然敢設計我長姐！」白錦稚低著頭四處找趁手的傢伙，打算先打這童吉一頓再說。

原來如此，原來上一世……梁王是這樣說動了春妍，許以侍妾之位，所以春妍才幫梁王行此事，讓國公府滿門忠烈……背負著叛國之罪死不瞑目。

白卿言視線掃過被春妍緊緊捏在手心裡的信，又看向一直咬著牙忍痛沒有吭聲的童吉，故意開口激童吉：「先是讓春妍傳話……稱想借閱我祖父親自批閱過的兵書，以此邀我相見！男女有別我不見，顧忌彼此顏面，我只讓春妍將高祖皇帝批註過的兵書贈予梁王，望梁王知曉我不欲與他來往的意思，不再糾纏！可惜……梁王並未領會我意！」

「不過幾日，梁王又來請見，我母親因此發落了白家十數家僕！結果一計不成，梁王再生一計，竟安排梁王府女婢來我府門前誣衊我與他有往來！今日更是趁我白家出殯處心積慮出此下作手段，全然無廉恥之心，想假借我已逝祖父之名，行騙婚之實！是也不是?!」

聽到白大姑娘出言侮辱梁王，童吉再也忍不下去，忍著心口疼痛，梗著脖子喊道：「你不過是一個無法生育的老女人，我們殿下傾心於你……是你幾輩子修來的福分！這滿大都城……除了我們殿下，還有誰能費盡心機只為娶你！我們殿下對你這般情深?!你竟這般不識好歹！」

她冷笑，童吉承認了就好。

她溫涼不驚聲音透著極寒：「那日在我白府之前，我說的還不夠清楚嗎？即便梁王是皇子，可我白卿言就是瞧不上他那般小人行徑，嫁豬嫁狗也絕不嫁他！梁王不但不反躬自省，反變本加厲，手段越發齷齪，還有沒有一點廉恥之心？簡直是衣冠禽獸！」

童吉聽聞白卿言罵梁王，怒火中燒，目眥欲裂，聲嘶力竭吼道：「你竟然稱我們殿下衣冠禽獸！我看你才是豬狗不如狼心狗肺！你根本就配不上我們殿下！」

「我打死你這個滿口噴……」

白錦稚正要上前怒罵，便被白錦繡死死拽住，白錦繡聲音清亮徐徐：「既然你覺得我長姐配不上梁王，我長姐也瞧不上你們梁王！你又何苦替梁王跑這一趟，居心叵測做這等毀人名節之事？你做了……這便為不義！你身為梁王僕從，不知規勸你主子磊落行事，反助紂為虐，此為不忠！你這等不忠不義之徒……有什麼資格辱罵我長姐?!」

「大長公主……大姑娘！」春妍哭喊出聲，「殿下對大姑娘一片真心！求大長公主和大姑娘明鑒！奴婢這都是為了大姑娘的以後著想！大姑娘子嗣艱難，這大都城清貴人家誰願意娶這樣的正妻?!只有殿下……他不論是國公府顯赫，還是國公府男丁皆亡榮耀不再，殿下從未變過對大姑娘的一片癡心！大姑娘細想，大都城除了殿下……誰還能對大姑娘如此費盡心機啊！」

如此深情，如此費盡心機，只為了求娶心上人，正如春妍所言……哪怕國公府榮耀不再，梁王依舊對白大姑娘初心不改，這……應當算得上是深情了吧?!

百姓有心軟者，心中已有動容。

「好一個梁王！好一個費盡心機！我竟不知世上還有把齷齪行徑當做深情來看的！」董清嶽眉目間盡是怒氣。

「聽你這意思，只要是願意為了長姐用手段的，長姐都得謝他深情，不論他做出何等事情，哪怕是毀我長姐名節，假借祖父的名義強娶，我長姐都得感恩戴德的順從了？這是誰家的道理?!」白錦桐怒氣填胸，尾音不住往上揚。

「請媒人上門這等光明正道你梁王不走，偏要三番兩次行這小人行徑，還敢說什麼以正妃之位求娶我兒！簡直滑天下之大稽！」董氏再也忍不住憤怒道，「我白家難道是攔過你梁王的媒人不成?!汙人名節猶如害人性命，這樣的癡心……我兒可真是萬萬擔待不起！」

白錦稚想起馬車上白卿言的交代，甩開白錦繡的手上前從春妍手中一把奪過那幾封還沒有拆封的信：「我倒要看看，這信中梁王是如何對我長姐訴衷情的，還不讓人拆開看！」

說著，白錦稚已經撕開了其中一封，念道：「鎮國公大人，惠書敬悉，晉國南疆排兵布陣……」

「這不是寫給長姐的情信啊！」白錦稚霎時想到長姐馬車上所言，一瞬睜著大眼抬頭看向大長公主同白卿言，「梁王……這是要栽贓祖父通敵叛國，才讓春妍把書信放入祖父書房的！」

白卿言眸色沉沉，寒涼入骨的視線看向哭得上氣不接下氣的春妍，咬緊了牙關：「接著念！」

「晉國南疆排兵布陣，吾王已知，欽派王遠哲將軍與西涼大將雲破行共議大計……鎮國公親筆書信吾觀後完璧奉還，還望鎮國公安心，吾等絕不為鎮國公留後患。」

白錦稚讀完，果真在信封裡找到了另一封信，可是……那並不是國公爺的親筆書信。

「祖母！這後面附上了一封書信……可根本就不是祖父的筆跡！」白錦稚道。

大長公主的手都在顫：「把……把信拿過來！」

白錦稚三步並作兩步將信送到大長公主手中。

「這是……這是高祖皇帝的筆跡?!」大長公主是皇室的嫡出公主，自然見過宮中存有量極少的高祖筆跡。

待大長公主看過那封所謂國公爺親筆信之後，白卿言也接了過來……不出白卿言所料，那書信竟然真的是高祖的筆跡。梁王可真的是不讓她失望啊！

信中將她的祖父「鎮國公」將排兵布陣細數告知南燕郡王不說，還稱這一次帶十七子上戰場，是要將兵權牢牢把控在白家手中，要讓白家成為晉國的無冕之王。字字句句，皆都正正好點在了皇帝懷疑白家之處，難怪……上一世皇帝下旨處置白家那樣雷霆。

她心中血氣翻湧，對大長公主跪了下來：「祖母，年前二妹妹出嫁前那夜，梁王託春妍借要祖父批註過的兵書為藉口邀我想見，我給梁王的便是高祖親自批註過的兵書，希望梁王知道我白家不欲與梁王有所往來！剛才梁王身邊小廝已經承認，不知……梁王是否誤會那是祖父的筆跡，仿之欲害我白家！」

她雙眸含淚：「都說梁王懦弱無能，可他這等行徑……哪裡無能了?!梁王並非是要逼婚，而是要顛覆我整個白家啊！我白家到底與梁王何怨何仇？他竟心狠手辣做到這一步！我白家滿門男兒為國捐軀，可他竟還要栽贓白家英靈一個叛國之罪！還要我白家遺孀的命！今日幸虧銀霜發現了春妍與梁王小廝私會，否則……後果不堪設想啊！」

這件事太大了！大到大長公主心頭的血涼了又涼！今日若非佟嬤嬤發現這春妍同梁王小廝私會一舉將兩人拿下，只要這幾封信進了國公府，那……國公府便是有嘴也說不清了！

滿街的百姓亦是大驚，好歹毒的梁王！這幾封信是哪裡來的，百姓們都在這裡親眼見證！怕是梁王連他身邊這個小廝都給騙了，這小廝還以為這信是情信，以為梁王這是不惜敗壞白家大姑娘名節也要娶白家大姑娘入王府……對白大姑娘深情一片，那小廝剛剛還為梁王鳴不平……不成想這書信居然是要誣賴已逝的鎮國公叛國，這要是大姑娘身邊的丫頭真的貪圖王府侍妾之位，將這幾封書信放入國公爺的書房，後果當真不可想像！

白家英烈蒙上汙名不說，就連白家遺孀怕都要無法保全啊！

「難怪梁王要叮囑春妍不可拆信！原來這信根本就是要覆滅我白家的！祖母今日本就打算進宮面聖，自請去爵位！孫女請祖母今日進宮務必請今上還白家一個公道，護白家遺孀平安吧！」白卿言重重叩首。

「阿寶，你先起來！祖母定會護著你們的！」大長公主含淚哽咽道。

童吉的臉都白了，他怎麼都想……殿下明明說那是情信，怎麼就變成通敵之信了呢?!那信一直是他揣在懷裡的，也是他親手交給春妍的！「不是我們殿下！那信……那信不對！肯定是你們……是你們栽贓我們殿下！」童吉掙扎喊道，「我們殿下明明說是情信！」

「真沒有見過這麼倒打一耙的！難不成是我們追到梁王府……強逼梁王來我國公府送信的

嗎?!是你自己追到我們國公府角門和府上丫頭私會，難不成是我們也能未卜先知先準備好這些毀我白家名聲的信?!」白錦稚憤怒之際，只恨腰後無鞭，不能狠狠抽這梁王走狗一頓。

她轉頭看向童吉，冷聲開口：「即是如此！那不如我們一起去大理寺斷一斷此案！」

說罷，白卿言對還未離去的百姓行禮：「不知諸位誰願做人證，證我白家僕從不曾更換過此信……隨我一起去大理寺擊鼓狀告梁王?!」

她一向不懼將事情鬧大，此事是她做局不假，可這信卻是出自梁王府，就算是再詳查……也只能落在梁王的頭上。

「我願意為國公府證清白！」有人高呼。

有婦人亦道：「這信是四姑娘當著眾人的面拆開的！我們都看到了！我願意為人證！」

「我親眼看著這位嬤嬤帶著人從府內衝出來壓制了這小廝和這婢女，直接帶了過來，信一直在這婢女手中握著，無人更換！我願作證！」

「我也願意！梁王這狼心狗肺的東西，國公府兒郎為國馬革裹屍，他還要攀誣陷害！我看……說不定就是這梁王和敵國勾結，才害死了鎮國王他們！」

「我等受白家世代庇護，願意為白家作證求青天明鏡，哪怕讓我挨上一百棍一千棍！我也絕不讓白家忠烈受辱，絕不讓白家遺孀蒙不白之羞！」

白卿言看到群情激憤的百姓之中，有人悄悄朝人群外擠，眸子瞇了瞇……

事情鬧得如此大，梁王的人定然要回去報信。

上一世，梁王便是用這幾封信同劉煥章一起發難，這才將汙名坐實扣死在了白家的頭上。

這一次她用南疆糧草那份名單引蛇出洞，梁王便著急讓春妍趁今日白家大亂將信帶入白家，放入祖父書房。憑此，白卿言便已敢斷定劉煥章此時人不在南疆，而是在梁王手中！在大都！

沒有劉煥章舉發祖父叛國，皇帝又能有什麼理由冒天下之大不韙讓禁軍圍了白府搜檢白家?!這幾封信又怎麼才能面世?!她讓佟嬤嬤一旦抓住春妍便在人前鬧開，就是為了讓梁王知曉此事。

以她對梁王和杜知微的瞭解，以她推演了梁王和杜知微知道此事之後……短時間內的無數種籌謀安排，她篤定梁王和杜知微定會先想辦法將梁王從此事之中完好無損摘出來。

可畢竟信是梁王貼身小廝送來的，那唯一能將梁王摘出來的方式，便是梁王稱說此信和梁王無關，梁王寫的就是幾封情信，給童吉時便是情信，他只是為了逼白大姑娘下嫁，稱說他也不知道童吉為什麼送來的會是這樣的信。

童吉嘛，自然也是應該被蒙在鼓裡什麼都不知道！

否則梁王貼身小廝同劉煥章勾結，梁王更是脱不開關係。

那最好的替罪羊，自然就只剩下劉煥章了……那麼不論是威逼也好，利誘也罷，梁王總得拿出一個章程，不論是親自去，還是派人去總得同劉煥章商議！如此，她派人盯死了梁王府，就能夠找到劉煥章，在他們還來不及商量對策，便一舉將劉煥章拿下。

這一步棋，白卿言走的有些險。曾經她同白錦繡説過，在這陰謀詭計爾虞我詐的大都城內，能算無遺漏，善斷人心者……才是最終勝者。若是在刀槍無眼的沙場上戰死，那是命運使然，半點不由人！可若是在這大都城被陰謀詭計算計而輸，那便是蠢，死的不值。

更別説，她此生占了對梁王杜知微瞭解的先機，若還是無法勝梁王杜知微之流一籌，那可真是枉費了老天爺讓她回來一遭！她又有什麼臉面在祖父靈前發誓護白家遺孀周全?!

白卿言側頭看向乳兄肖若海，見人群中的肖若海目光亦是注視著那個著急離開的漢子。

四目相對，白卿言對肖若海頷首。

肖若海帶著十幾個僕從迅速分散跟在梁王府僕從之後，直直朝梁王府走去。

百姓深受感染，義憤填膺，紛紛表態願給白家作證，以正鎮國王和白府清白，將國公府門前吵得熱火朝天。

董氏心中大為觸動，喉頭梗塞，眼眶通紅，胸腔之中澎湃著難以抑制的情緒，白家諸子甘為百姓捨命，百姓亦願為白家正清白。

民心所向，大都城裡難再找出第二個這樣的世家。

「阿寶，這信交給祖母，祖母這就進宮在陛下面前為我白家討一個公道！」大長公主手裡緊緊攥著那幾封信，義憤填膺，攥著虎頭杖的手指節泛白，「蔣嬤嬤，進宮！」

董氏鄭重對大長公主行禮後開口：「我與母親同去！」

如今白家大事已畢，董氏無需在府中坐鎮，若為白家討公道……怎能少了她?!

「我與大長公主、阿姐，同去！」董清嶽亦道。

「我也去！」白錦稚高聲喊道，「我也同祖母同去！」

五夫人齊氏護著肚子，被身邊嬤嬤扶上高階，紅著眼眶，語聲堅定：「我也與母親同去，白家英烈剛剛入土，便被居心叵測狼心狗肺之人栽贓誣陷，是可忍，孰不可忍！我等白家遺孀……就是死也絕不能讓忠魂蒙冤！」身懷六甲的五夫人哽咽之聲透著堅韌，那誓要為白家英烈討公道的決心，感染眾人，百姓紛紛應和。

「對！不能讓白家忠魂蒙冤！」有義士高呼。

「不可都去。」大長公主輕輕拍了拍董氏的手，出言制止，「我們是去求陛下，而不是去逼迫陛下！你們就在家裡等候我回來！」

「既然祖母不讓我等同去，那我等……便在武德門外等候吧！」白卿言清雅如畫的容顏肅穆，一雙黑亮的眸子如同隆冬極寒的夜裡凝成的冰晶，讓人不敢逼視的驚豔奪目，「若陛下有傳召要對峙，也好勞煩諸位為我白家做個見證！」

大長公主攥著虎頭杖的手收緊，望著目光沉著幽深的大孫女兒，阿寶這是不信她，她們祖孫到底是離了心啊！她這孫女兒怕是打定了主意，以民心、民情來護衛白家，寧願用形勢逼迫今上，也不願意依仗她這個祖母。寧願信和她毫無干係的百姓，也不願意信她這個祖母。

大長公主身形幾不可察的晃了晃，心不斷向下沉。

丈夫、兒子和孫子離去之痛，加上孫女兒離心之痛……大長公主險些堅持不住。

可如今眾目睽睽之下，並不是說她們祖孫之事的好時機。

不等大長公主再開口，白錦稚已先一步抱拳朝著百姓長揖到地：「求各位義士隨我等在武德門外等候，若陛下意欲對質，請諸位為我白家見證！」

「四姑娘不必如此！即便四姑娘不說……我等也必會隨白家遺孀一同前去武德門！」

「對！我等同白家遺孀一同前去！要是陛下偏袒不理，我等就為白家敲登聞鼓！絕不讓白家英烈蒙冤！我們走！」

不等白家遺孀動身，反倒是百姓們已經先熱火朝天的吵嚷著，結伴往武德門方向走去。

「長姐！我們也去吧！」白錦稚眼底火苗簇簇，望向白卿言。

「祖母坐馬車，應當比我們更快！我們就在武德門之外……等候祖母好消息。」白卿言淺淺對大長公主福身，聲線冷靜從容。

「阿寶……」大長公主喚了白卿言一聲，「你若是怕祖母偏袒梁王，便隨祖母一起進宮吧！」再去武德門喊冤，這行徑與初七敲登聞鼓逼迫皇帝，實出一轍。

不能再讓白卿言帶著百姓逼到武德門，上一次皇帝已經因為白卿言帶人去敲登聞鼓……被逼無奈處置信王而遷怒白卿言。這一次若是白卿言隨這些百姓去了，就算白卿言不出頭，皇帝也會將百姓再次圍武德門之事算在白卿言的頭上。

皇權君威，不可挑釁。

大長公主怕到時候明著皇帝顧忌民心不敢對白卿言做什麼，暗地裡卻對白卿言痛下殺手。

「長姐，我認為你應當隨祖母進宮……以防陛下聽信梁王推脫之詞，此人若真是以懦弱無能來偽裝自身……那心計便極為深沉，不得不防！」白錦繡低聲對白卿言說，「宮外有大伯母和我等，宮內……便拜託長姐了。」

白錦繡覺得白卿言進宮與梁王對質更為穩妥，省得梁王裝作唯唯諾諾的樣子將此事推脫乾淨之後又借勢向皇帝求娶，聖旨一下長姐連轉圜的餘地都沒有。

「長姐！宮外有我們你放心！」白錦桐亦道。

上一次白卿言在武德門前挨了一棍的事情，董氏現在想起來都揪心不已，她並不是僅僅只管住後宅那一畝三分田的無知婦人，也知道此次去武德門之事不能再由白卿言出頭。

木秀於林，風必摧之。

行高於人，眾必非之。

鎮國公府白家的前車之鑒就在眼前，董氏不能再讓女兒步後塵。

「阿寶，隨你祖母進宮去吧！」董氏緩緩開口，「宮內交給你，宮外有母親！」

她如何能不知道，此次母親和妹妹們是不想讓她再做強逼皇帝的出頭鳥。

白錦繡說的對，梁王詭詐，祖母對皇室本就心重，若是一時心軟，或者同皇帝達成什麼協定將此事化小，此次便白白布局一場。

只是，白卿言也並非全然沒有防備，若是祖母這一次真的還是心向皇室，那麼她便用最愚蠢最簡單的法子，殺人放火！宰了梁王，再一把火將梁王府燒了。

可不到萬不得已，她必不能用此法，梁王身邊有一個武功深不可測的高升不說，行此法……必會留下痕跡，她沒有完全的把握一擊將梁王斃命，萬一自家人反被梁王的人活捉更是將白家百年盛譽葬送。

更重要的是梁王一死會有什麼樣的後果，她沒有完全的把握掌控在自己的手中。

如今跟隨在梁王身邊的都曾經是二皇子的舊部，二皇子當年身邊能人異士眾多，後來白卿言隨梁王上戰場之時見過不少，杜知微就是其中一個。

為梁王謀劃，讓梁王裝傻充楞明著以信王馬首是瞻……暗中蟄伏積攢軍功，等信王同齊王爭得兩敗俱傷……梁王便可帶軍功歸來走入皇帝眼中的，便是杜知微。

對杜知微此人，白卿言十分忌憚。

更別說，若真兵行險招做了殺人之事，則需白家忠僕捨命，甚至牽連無辜！

這是無可奈何之下的最下下策。

她靠近白錦繡耳側，細心叮囑了一番，白錦繡雙眸放亮，頷首：「長姐放心！錦繡明白！」

皇帝一心想要做一位比先帝更賢明的聖明君主，名留青史，自然在意虛名，這是皇帝最大的弱點。既如此，那便讓白錦繡帶著百姓大肆稱讚聖上不徇私情，秉公滅私！面對嫡子信王也毫不容情，乃天下最為聖明的國主皇帝！

讓白家諸人帶著百姓們高呼，相信皇帝必會公正處置意圖誣衊白家的梁王！百姓盛讚的話傳入皇帝的耳中，貪圖虛名的皇帝本就不甚喜愛梁王這個唯唯諾諾的皇子，難道不會為了一個好名聲處置梁王嗎?!

白卿言要讓百姓給皇帝將帽子戴的高高的！逼迫，不是只有上次敲登聞鼓那般氣勢強橫，行硬碰硬之法。德行的高帽往往更讓人聞風喪膽，又不得不戴。

皇帝坐在至尊之位，比任何人都懼怕百姓的悠悠眾口，史官的筆誅墨伐。

她頷首，鄭重行禮：「那便辛苦母親和諸位嬸嬸妹妹了！」

目送母親和諸位嬸嬸妹妹，一起隨同大都百姓朝武德門的方向走去，她這才隨大長公主上了馬車。

祖孫倆坐於車上。頭髮花白彷佛一夕老了十歲的大長公主閉著眼，薄唇抿得緊緊的，手中不斷撥動著沉香木雕琢的佛珠。

白卿言亦是規規矩矩坐在一側，沉靜如水。

梁王今日在府中坐立不安，童吉已經去了好幾個時辰，他每每派人去探……都說童吉還立於國公府角門之外等候，並未見到國公府女婢。如今雖說高升制住了劉煥章，可劉煥章擔心妻兒家眷，已經耐不住要去舉發鎮國公白威霆叛國。

只要今日春妍能將那幾封信成功帶入國公府，哪怕不是國公爺的書房，只要信在鎮國公府……加上劉煥章的證詞，以他父皇對白家的忌憚，還有對白卿言這幾日行徑的不滿，白家這個叛國的汙名就能定下了！錯過這次機會，他便不知道什麼時候才能將白家踩進泥裡。

至於利用白卿言之事，等白家女眷全數被捉拿，他再想辦法救出白卿言和白家一兩個女眷，他就不相信白卿言不會對他死心塌地。

梁王心中情緒翻湧，閉上眼劇烈咳嗽了幾聲，裹緊了自己身上的大氅。

再睜眼，梁王眸中盡是冷戾之色。

只要能毀了白家的百年聲譽，也算是為佟貴妃還有二皇兄報仇了！

至於利用白卿言得軍功為以後拿下至尊之位鋪路，他此刻倒是對這樣的想法淡了許多。此次遭遇行刺，傷了他的心肺，還不知道日後有沒有那個命坐上那個位置。白卿言如今對他更是毫不掩飾的厭惡，當著百姓的面稱說冥婚也不願意嫁他，梁王實在想不明白……他到底是什麼地方做的不夠好，竟讓白卿言對他的態度突然大變。

「殿下！殿下出事了殿下！」梁王府管家的老翁立在書房門口高呼。

梁王眉頭緊皺：「進來說！」

梁王府管家連忙進來，行了禮後道：「殿下，童吉去國公府角門見白大姑娘那個貼身婢女，被國公府的嬤嬤逮了一個正著，正巧碰到送葬隊伍回來，事情鬧到了大長公主的面前，結果您寫的那信當眾拆開，竟然是鎮國王同南燕郡王來往信件，裡面一封所謂鎮國王的親筆信卻是高祖皇帝的筆跡！白家大姑娘當眾說您曾經找她要過國公爺批註過的兵書，她為了表明不欲和您往來的意思，將高祖批註過的兵書給了您！」

高祖批註的兵書?!白卿言給他的那本，居然是高祖批註過的兵書?!

梁王拳頭緊緊攥在一起，心臟劇烈跳動了幾下，險些站不穩向後踉蹌一步。

「殿下！」梁王府管家連忙上前扶住梁王，「殿下您要不要緊?!」

梁王頭疼的厲害，心口突突直跳，像是要撞裂他剛剛癒合的傷口似的。

「童吉呢?!」梁王下意識問道。

「大長公主帶著信件和童吉，還有那個婢女去宮裡面見陛下了！」梁王府管家聲音都在顫抖著。

進宮了?!他得冷靜下來好好想辦法！即便是高祖的筆跡，也可以說是行事謹慎的白威霆同南燕君王來往時用的是高祖筆跡，只是這信是從童吉身上搜出來的，這個就比較麻煩了。

梁王府管家慌得不行：「殿下，這可怎麼辦啊！這一定是有人要誣衊殿下啊！童吉一定是著了別人的道了！殿下若能撐得住……還是要進宮和陛下解釋一下啊！」

臉色陰沉的梁王突然抬眼看向管家，電光石火間想到了一個絕好的說詞，他用力握了握管家的手。他給童吉的一定是情信，他只是仰慕白家大姑娘想要迎娶她而已，至於童吉手中的信是怎麼變成國公爺同南燕郡王的信他一概不知，只要在父皇面前裝傻，裝受到了驚嚇，裝什麼都不知道就好。

就讓高升以救下劉家滿門為條件，帶著劉煥章去敲大理寺的鼓，親證鎮國公叛國。說他冒死回來為的是讓真相大白於天下，所以才在得知梁王意圖之後換了童吉手中的情信。雖然有行軍記錄在，可劉煥章冒死回來指正已故的白威霆，世人怕也要多思量幾分，父皇也就有藉口重審此案。

信王乃是父皇嫡子，父皇和皇后難道就不想保全信王嗎?!劉煥章的出現，便讓信王之事有了轉圜餘地。即便父皇只想做聖主明君……不願意承認自己下旨為白威霆封王的聖旨錯了，因此放棄了信王這個嫡子。可劉煥章的出現，總能給白家這忠義的盛名留下一抹汙痕吧！

梁王閉眼細細思索，只要這一次將他摘乾淨了，將來他可再徐徐圖之。只要命在……他總能將白家那層忠義之皮給撕下來，把白家踩進泥裡，讓萬人唾棄。

時間緊迫已不容梁王多想，他對管家道：「叫田維軍立刻過來！快！」

「是！」管家匆匆出門去喊田維軍。

梁王起身走至書桌前，提筆給高升寫了幾句話，吹乾墨跡剛疊好信，田維軍就匆匆而來。

梁王將信交給田維軍：「時間緊迫來不及同你交代讓你傳話！去把這個交給高升，讓他照著辦！不得有誤！性命攸關！快！」

田維軍見梁王面色沉重陰沉，接過信揣進懷裡，不敢逗留立刻出門。

田維軍從角門出來一躍跨上馬匹，飛馳而去，沒有留心身後傳來的口哨聲。

守在梁王府各個出口的國公府十幾名護衛，聽到肖若海的暗號哨聲，極速朝聲源處而來，一路飛馳追在馬後……只可惜田維軍一心向前，全然沒有注意到身後多名朝他追來的身影。田維軍狂奔至北巷偏僻處的一家紙紮祭品鋪子，下馬。

肖若海舉起手打了個手勢，很快功夫極好的護衛們在田維軍敲門之時，就已悄無聲息將鋪子圍了起來。

鋪子不大且看起來有些年頭，十分破落。

田維軍來不及拴馬急急抬手敲門，肖若海一雙鷹隼似的眸子死死盯著田維軍，門剛一開，肖若海高舉的手用力一握。四五個護衛從屋頂一躍而下，鐵鍊在田維軍剛開口發出第一個音時便已繞住田維軍的頸脖，兩個護衛用力一扯，便活擒住正準備開口的田維軍。

突如其來的變故帶著濃烈的危險氣息，屋內高升在聽到屋頂發出動靜之時，身體就先一步做出反應……後退的同時以掩耳不及迅雷之速拔劍，

見田維軍被制住，高升點腳從屋內一躍飛出，劍氣逼人卻不是救人，而是直直朝著田維軍而去。高升動作極快，快到白家護衛只能看到一道虛影衝過來，還未來得及拔劍，高升的劍鋒便已沒入田維軍心口。

可高升卻想不到，他的劍端才沒入田維軍肉身不過半寸就無法再進，他側頭對上肖若海沉著冷靜的瞳仁，一瞬便感覺到來自肖若海的強烈威脅感，高升極速點腳一躍飛出護住那道門。

兩人短兵相接，幾乎是在電光石火間完成，快到武藝極高的白家護衛只能看到一道殘影，兩人便結束交鋒。

高升望著一手長劍一手短刀的肖若海，心中大為驚駭，這個人能阻止他的快劍不說，竟然一手長劍一手短刀！若剛才高升退的稍有遲疑，肖若海手中的短刀一定會插進他的頸脖。

高升心頭萌生了一種難以言喻的喜悅，就像是立在高山之巔終於棋逢對手！

不過，如今不是較量的好時候，他有自己的責任和使命。

不給高升喘息的機會，肖若海已經先行進攻，白家餘下護衛早已衝進了那紙紮祭品的鋪子。

屋內刀光劍影之後傳來劉煥章吃痛的喊聲，高升眸子一瞇竟甩不開肖若海。

護衛依計行事，抓住劉煥章便帶著他往武德門的方向走，門口高升聽到動靜轉而進屋，肖若海也追了進去。

裡面殺伐聲不斷，田維軍也從剛才高升要殺他的震驚之中回過神，嘶吼掙扎卻怎麼也掙不脫白府護衛。「你們是什麼人?!」田維軍鮮血不斷從心口往外冒。

一個護衛想起剛才田維軍似乎想要從心口拿出什麼東西來的動作，大手往田維軍心口探，果然拿出了一張紙，展開看了眼，眼睛睜得老大，惱怒之餘用刀柄直接砸在田維軍的腦袋上，將田維軍打暈了過去。

「媽的！太陰毒了！竟然想給我們國公府安一個通敵之罪！小看梁王那個狗雜種了！」

護衛將信紙疊好放在心口處：「我們依計行事，先帶這個走狗去武德門！快！」

高升聽到外面要帶田維軍去武德門的話，想衝出去，可這個肖若海真是難纏的緊，滑不留手又像是沾在身上的泥巴讓人甩不脫，高升想到了已經被活捉的劉煥章眸色陰沉，劉煥章此人……留不得了！

屋內劍拔弩張，血肉橫飛……

肖若海不得不承認高升武藝奇高，他帶來的都是國公府的頂級高手護衛，可是高升竟然能在以一敵十的情況下，連殺三個護衛，就連肖若海都受了傷。

屋內血腥味濃重的讓人作嘔！

高升佯裝要進攻肖若海，一個轉身……手中長劍脫手而出直直紮入剛要被護衛帶走的劉煥章身體裡，一劍貫穿前胸後背，不留絲毫餘地。

高升不能讓國公府的人拿劉煥章做文章，若劉煥章將同梁王密謀之事合盤托出，本就不得皇帝寵愛的梁王怕是要死無葬身之地了。可如此高升的脊背也暴露在肖若海的攻擊範圍，肖若海不欲傷到高升，長劍偏了幾分穿透高升的肩甲。

劉煥章睜大了眼，噴出一口鮮血，低頭看著穿透自己的長劍，回頭看到面露殺色的高升，眸中難掩不可置信，氣絕。肖若海長劍穿透高升肩胛骨，短劍緊抵高升的喉管，將人押著跪倒在地，卻沒有動手殺人，他看重高升的身手，喘著粗氣意欲替白卿言招攬：「你身手很好，何苦跟著梁王這樣下作小人？大可棄暗投……」

肖若海話音未落，高升竟以頸撞短劍，顯然報了必死決心，心中惜才的肖若海大驚短刀避了一避，高升藉機掙脫，一把抽出穿透劉煥章的長劍，從窗口越出……要去截殺田維軍。

肖若海暗咒一聲，追了出去，與重傷流血不止的高升再次糾纏在一起。

第四章　夢中相見

皇宮內，皇帝聽著大長公主的哭訴，目光從信件中抬起，看向乖覺立在大長公主旁的白卿言。

大長公主哭得不能自已，淚眼婆娑道：「白家英靈剛剛下葬，梁王迫不及待就出如此下作的手段要給白家扣上汙名！白家諸子為國捨身，是陛下親封的鎮國王、鎮國公啊！此等栽贓陷害的行徑……到底是為了給已死之人的抹黑，還是要暗指陛下有眼無珠……錯把叛國之人當做忠臣追封王爵啊?!」

皇帝視線從白卿言身上收回，看向大長公主……

不得不說，大長公主最後這一句話，說到了皇帝的正癢處。他處置了嫡子信王，追封白威霆鎮國王，得到了天下讚譽！倘若這幾封信真的送進國公府白威霆的書房，那天下人該怎麼看他？被白家愚弄在鼓掌之中，竟連嫡子都處置了，結果所謂忠臣竟然是叛國的罪人！那天下人只會覺得他這個天子無能，只會覺得他這個天子容易哄騙！皇帝心中騰騰火氣，怒不可遏。

「陛下，梁王殿下到了，人就在門外……」高德茂低聲在皇帝耳邊道。

「把那個畜生給我叫進來！」

高德茂側身讓小太監出去喊梁王進來，面容蒼白的梁王弓著身一臉怯懦從門外進來，一看到皇帝陰沉的面色好似腿都發軟，直接就跪在了門口，還是小太監攙扶著才走到正中間跪下。

他怯生生看了眼大長公主和白卿言，這才開口：「兒……兒臣給父皇請安。」

皇帝看了眼前這個唯唯諾諾的兒子，視線又落在面前這幾封信上……猜測梁王這樣膽小懦弱的性子，真的能做出這種……模仿人筆跡栽贓國公府叛國的事情來？

皇帝視線又不由自主落在一直垂眸不語的白卿言身上，可這若是白卿言設的一個局，她又是圖什麼？難不成白家滿門男兒盡死，她也要他這個皇帝的兒子也都死？

皇帝太陽穴跳了跳，先是信王，現在又是梁王……「安?!朕哪兒來的安?!」皇帝語氣幽沉，「畜生！說！為什麼要讓你的貼身小廝買通國公府女婢，將這樣的信放入鎮國王書房中?!」

梁王渾身一個哆嗦重重叩首，倒像是被嚇壞了忙不迭承認：「父皇息怒，兒臣……兒臣實在是太過傾慕白大姑娘，可是白大姑娘十分厭憎兒臣，兒臣這才出了這樣的昏招！求父皇寬恕！」

皇帝瞇起眼，手指有一下沒一下敲著擱在几案前的信：「傾慕白大姑娘，所以……仿鎮國王的筆跡寫了一封通敵叛國的信，要放入鎮國王的書房?!」

梁王瞪大了眼，臉色慘白若紙：「父皇何出此言啊?!兒臣寫的只是幾封給白大姑娘的情信啊！兒臣只是想假借鎮國王之名，強……強逼白大姑娘嫁於兒臣而已啊！」

「陛下手中這幾封信……是梁王貼身小廝送到我們國公府角門，這小廝剛將信交至我們府上丫頭，就在眾目睽睽之下被拿下，信也是在眾目睽睽之下被拆開誦讀的！陛下若是不信……大可以傳召梁王的貼身小廝與那賤婢詢問！」大長公主哽咽望著皇帝道。

「是……是兒臣讓童吉去的！可是兒臣給童吉的分明是情信啊！」梁王彷彿慌張不知道如何自證清白，忙慌慌哭著叩首膝行爬上前，「父皇不信可以問童吉啊！兒臣就是有天大的膽子也不敢做出這樣的事啊！」

皇帝瞇了瞇眼道：「把人帶進來。」

很快，被結結實實捆著的童吉和春妍都被帶了上來。童吉還好怎麼說都是從小跟在梁王身邊，也不是沒有見過聖上，可春妍整個人都嚇得魂不附體生怕聖上一句話小命就沒有了，鵪鶉似的縮在那裡一個勁兒的抖，連掉個眼淚都怕被皇帝砍了，忍著不敢哭。

「童吉……你快和父皇解釋，我給你的到底是什麼信！怎會變成仿鎮國王筆跡的信啊！」

「殿下，奴才不知啊！」童吉也嚇得直哭，和梁王一個德行，「奴才也不知道為什麼情信會變成白家四小姐讀的那樣！」

白卿言緩緩開口：「梁王殿下將信交於你後，你可曾離過身？或是碰到什麼人，告知他梁王殿下讓你將情信交給國公府婢女的打算？若梁王殿下是冤枉的，只有你照實說，才能查出真相。」

童吉急著替梁王正清白，忙道：「沒有沒有！我對天發誓絕對沒有！殿下給我之後，信我不曾離身！也絕對不曾告訴其他人！當天晚上我懷裡揣著這幾封信，因為替殿下委屈一夜未睡！對了……此事高升也知道！這幾封信就是高升當著殿下的面交給我的！」

想到高升，童吉突然轉過頭望著梁王。「殿下！殿下您之前是不是讓高升去找春妍了？奴才聽國公府角門的那個嬤嬤說……咱們府上一個冷面侍衛去找過春妍了，可是春妍沒出來見！高升身手奇高……定然沒有人能從他手中換信！那只能是高升要害殿下啊！」童吉越說臉色越白，幾乎篤定了就是高升陷害梁王，哭喊道，「奴才從高升手中拿到這封信之後……高升出府就沒有回來啊！奴才早就說過高升那樣的人不能留在殿下身邊，他肯定是跑了……」

梁王心裡咯噔了一聲，他全然沒有料到童吉竟然會扯出高升來！

白卿言眉頭跳了一下，童吉咬出高升對她來說倒是意外之喜了。

高升是已逝的二皇子舊部，當年二皇子為了救下佟貴妃母家，意圖舉兵逼宮，被皇帝射殺在武德門內，二皇子身邊能逃脱的便去投靠了梁王，梁王身邊留著二皇子舊部皇帝該怎麼想?!

「即是如此，那便請陛下傳召梁王身邊的侍衛高升，問一個究竟吧！看到底是有人要挑撥梁王與我白家不和，還是梁王殿下真的要致白家於死地！」白卿言恭恭敬敬對皇帝行禮後道。

皇帝望著從容鎮定的白卿言，還未開口就聽到遠處傳來「咚咚咚——」震人的鼓聲。

登聞鼓立於武德門近百年，一直都是擺設象徵，從未有人真的敢去敲這登聞鼓。可今年也不知道犯了哪路風水，一個年都沒過完登聞鼓就被敲了兩次，這樣下去還怎麼得了?!

皇帝心中火大至極，煩躁難安，話音也止不住拔高：「誰又在敲鼓！」

「陛下息怒，老奴已經遣人出去問了，稍後便會有人來稟！」高德茂脊背也是一層冷寒。皇帝氣惱咬了咬牙：「派人去梁王府把那個叫高升的給我帶來！要是不在府上……讓刑部去抓！」

梁王垂眸在心中盤算，大約是高升知道他被傳進宮，所以讓人帶著劉煥章來敲登聞鼓狀告鎮國王叛國，雖然不是依計行事，但也可行！這下……便能夠將他和童吉，完完全全摘乾淨了。

看到梁王悄悄鬆了一口氣放鬆脊柱，白卿言雙手交疊於小腹之前輕輕收緊，只望一切順利。

武德門外，肖若江將登聞鼓敲得震天響。肖若海受了傷，跪坐在一旁，雙眸死死盯著高升。活捉高升……死了六個國公府高手，他左臂險些廢了，可見此人能耐！

被活捉的高升，已死絕的劉煥章，還有田維軍，三人被國公府護衛死死的壓跪在武德門前。

田維軍咬著牙，眼眶發紅看向高升：「高升，高大人！你竟要殺我?!」

高升面無表情道：「你既已被擒，徒留生變，不如就此了結，也免得你進牢獄受苦！」

田維軍睜大了眼，目眥欲裂，這話……是曾經梁王對他說過的！

那個雷雨夜，梁王命他一箭射穿了同生共死過的兄弟，見他有所遲疑，梁王便是這般對他說……既已被擒，徒留生變，不如就此了結，也免他進牢獄受苦。

田維軍張了張嘴欲辯駁，卻又生生將話咽了回去。這本就是梁王的一貫作風，以前梁王能讓他射殺他的兄弟，今日又為何不能讓他當做兄弟的高升來殺他?!果然是天道輪迴，報應不爽！

白錦桐手中拿著白家護衛從田維軍身上搜到的梁王親筆書信，為避免皇帝為護子私藏，當著眾百姓的面誦讀……

「事生變化，命你以劉煥章全族性命為籌碼，要脅劉煥章至大理寺自首，向大理寺卿承認童吉懷中信件由他更換。其換信之目的在為坐實白威霆通敵叛國！務必要劉一口咬定捨命回大都狀告鎮國王，只為自己求一個公道！他若不從，或意欲以全盤托出與我等合作之事要脅，本王必要劉家全族與他黃泉相聚。若劉追問行軍記錄已曝光之事，讓他不必憂心，本王有後招！」

百姓聽白錦桐誦讀完，心中驚駭……這是誰啊?!自稱本王……難道真的是梁王?!

白錦桐讀完心中惱火不已，白錦稚一腳踹在高升受傷的肩膀上，將高升踹得跌倒在地，怒火沖天的雙眸含淚：「說！你等同劉煥章合作了什麼事?!與南燕郡王通敵的是不是梁王?!是不是因為你們通敵叛國……所以才致我白家男兒無一生還！」

百姓聽到白錦稚這話，早已經義憤填膺，嘴裡叫嚷著要將這三人五馬分屍，他們想起白家留在南疆不曾回來的男兒們，想到白家才十歲的第十七子……更是雙眼通紅，恨不能立刻提刀再殺劉煥章一次。

高升是個硬漢咬著牙要站起身，又被壓得單膝跪地，就那麼面無表情目視前方。

前方的武德門，他的主子二皇子同他的兄長，都死在了那裡。

很快一個白家護衛匆匆而來，掩唇在肖若海耳邊說了一句：「京兆尹知道在大都城找到了劉煥章，已動身進宮向陛下請罪。大理寺卿呂晉府上老翁說，呂晉聽聞梁王要栽贓國公府通敵叛國……大長公主攜信件進宮時，便已經動身出發，恐怕現在人已經快到御前了。」

高升耳朵動了動，側頭朝肖若海望去，這時心中才了然……梁王他們怕是中了白家的計了。

高升挺直的身子微微彎下了些。

很快武德門的守門將士就被帶進了殿內，回稟皇帝。

皇帝一看到守門武將就不由怒從中來，厲聲問：「誰在敲登聞鼓?!」

「回陛下，是白家忠僕。」

皇帝一聽，陰鷙的眸子朝白卿言看去：「你又出什麼么蛾子，朕難道沒有在這審此案嗎?!」

白卿言抬頭，裝作驚愕：「陛下，臣女……難道在武德門嗎？」

皇帝：「……」

大長公主看著皇帝越發陰沉的表情，下意識抬手將白卿言拽到身後護住。

「怎麼回事兒還不說！」皇帝將心頭怒火撒在了守門武將身上。

「回陛下，白家忠僕死戰一番，抓到了劉煥章和梁王府的兩個侍衛，不顧身上的傷來敲登聞鼓，稱要為白家申冤，狀告梁王通敵叛國，要栽贓忠烈！」

白卿言心中大定，交疊放於小腹前的手緩緩鬆了力道，凌厲的視線睨向梁王。

「劉煥章?!」皇帝帶著玉扳指的手一緊。

梁王全身一抖，立刻哭喊：「冤枉啊父皇！父皇你要為兒臣做主啊！兒臣就是有天大的膽子也不敢做下如此事情啊！」

梁王嘴裡哭喊著冤枉，心裡飛快盤算該如何應對。「父皇！兒臣沒有啊！」梁王全身都在顫抖，一把鼻涕一把淚，將一個懦弱無能貪生怕死的小人演得淋漓盡致。

「把人都給朕帶上來！朕親自審！」皇帝咬著牙開口。

「是！」守門武將看了眼哭喊不休的梁王，抬頭又道，「還有一事，劉煥章已經死了。是梁王府的侍衛為了滅口而殺，另一個梁王府侍衛被擒後，也險些被那個叫高升的侍衛滅口。」

「給朕把人帶上來！」皇帝一把將几案上的茶杯揮落在地。

「是！」守門武將連忙退了出去。

梁王哭得更委屈惶恐：「父皇，兒臣真的沒有啊！父皇你要相信兒臣啊！」

小太監邁著碎步疾步而來，恭敬道：「陛下，大理寺卿呂晉求見陛下。」

「讓呂晉進來！」皇帝被梁王哭得頭疼。

很快，肖若海連帶高升、田維軍被帶了上來。已經死透的劉煥章已身死帶進宮不吉利，便留在宮外，皇帝派去查認的人隨肖若海、高升、田維軍，一起回來，跪下稟報：「回稟陛下，微臣讓人提了劉煥章妻女前去認人，死的是劉煥章無疑。」

「高升！你為什麼要害殿下?!要不是殿下收留你你早就死了！殿下對你那麼好……你為什麼要陷殿下不義?!」童吉一看到高升就恨不得咬那個冷面鐵心的男人一口。

高升緊抿著薄唇，跪於殿中一聲不吭，任由鮮血浸濕了身上玄黑色的衣衫，還未止住的血滴滴答答跌落在光可鑒人的地板上。

皇帝看著高升，瞇起眼只覺好似在哪裡見過此人。

「父皇！兒臣真的沒有做下如此畜生不如之事啊！兒臣自小膽小……父皇您是知道的啊！」梁王繼續哭訴。

「閉嘴！」皇帝惱火吼了一聲，他怎麼就生了這麼一個懦弱不堪的兒子。

梁王與童吉都被嚇得縮成一團，不敢再出一聲。

白卿言立於大長公主身後，靜靜看著，心中漠然無任何波動。

皇帝捏了捏眉心，皺眉對大理寺卿呂晉道：「呂晉，你來問！」

呂晉對皇帝恭敬行禮之後，看向肖若海：「你是抓住了劉煥章和梁王府的護衛？」

肖若海頷首：「是草民！」

「前因後果，你細細說來……」

一身是血的肖若海不見絲毫畏懼之色，恭敬叩首後，道：「前頭梁王貼身小廝怎麼約見我們大姑娘貼身婢女春妍的事情，草民不知。草民只知道今日送葬隊伍剛回來，大姑娘身邊的管事嬤嬤就押著婢女春妍，同梁王身邊的小廝，求大長公主為大姑娘做主！說梁王要讓春妍將殿下寫給姑娘的情信放入鎮國王書房中，梁王自會設法讓人發現那封信，然後以國公爺曾說出征回來便為梁王同大姑娘辦喜事的說法為由求娶大姑娘，順便納了這個叫春妍的丫頭為妾室！春妍便答應了！那叫童吉的小廝還叮囑春妍不要拆開信件，因為拆晚輩信件不是鎮國王的作風。童吉說他就在後角門等著，讓春妍速速去放然後與他說一聲！」

肖若海說話調理分明，聲音徐徐，讓人很容易聽得明白。春妍聽到這裡終於再也忍不住心中恐懼，想哭著向白卿言求情，又懼怕皇帝威嚴，幾度都要昏死過去。

「結果我們家性情耿直的四姑娘……想看信中到底寫了什麼能逼我們大姑娘嫁於梁王，就當眾拆開來看！不成想……內容竟是鎮國王私通敵國的信件！後面還附上了一封所謂鎮國王的親筆信，可那親筆信卻是高祖皇帝的筆跡！」肖若海抬眼朝著童吉看了一眼，「事情到此，大人可詢問梁王貼身小廝是與不是。」

呂晉看向童吉與春妍：「是與不是？」

春妍眼淚吧嗒吧嗒往下掉，張了張嘴竟然緊張的發不出一絲聲音。

童吉倒是諾諾弱弱點了點頭：「是這樣的，可是……」不等童吉繼續，肖若海繼續道：「草民當時立在高階之上，看到有神色慌張之人擠出人群匆匆離開，覺得其中有蹊蹺，便帶了一隊人跟上，不成想竟然看到那神色慌張之人進了梁王府！草民派一人回去向主子稟報，等候吩咐。誰知不過半柱香的功夫，就見此人從梁王府匆匆出來，快馬飛馳而去……」

肖若海看了眼田維軍：「於是，草民便帶人悄悄追了上去想一探究竟，誰知追到了一個紙紮祭品的鋪子前，竟聽到了劉煥章的聲音！劉煥章通敵叛國害我白家滿門男兒，仇恨當前……我等白家忠僕欲活捉劉煥章！誰知梁王府這位身手奇高的大人，眼看著從我等手中救不下劉煥章，便一劍將劉煥章殺了！大人可詢問梁王府這兩位護衛，是與不是。」

高升神情不變，跪在那裡一聲不吭。

田維軍垂下頭顱不吭聲。

肖若海停下不語，給高升與田維軍辯解的機會，兩人都不說話，呂晉道：「你接著說……」

肖若海這才接著剛才的話繼續說：「那位身手極高的大人殺了劉煥章後，又見我等活捉了從梁王府來報信的護衛，轉而又要殺這護衛。說來也好笑，竟是我等捨命拼死護下了這位去報信的梁王府護衛，並從這護衛身上搜出了一封書信。書信所書……是要用劉煥章全族性命為籌碼，要脅劉煥章去大理寺自首，承認童吉懷中信件是劉煥章更換！還要他務必一口咬定換信的目的是為了坐實鎮國王叛國！信件在此，大人也可詢問這兩位梁王府護衛，以鑒草民所說是否屬實。」

肖若海說著從懷中拿出那封信，高高舉過頭頂……

梁王心中大駭，怎麼都沒有想到劉煥章會被白家忠僕發現，他下意識抬眼朝著白卿言的方向看去，誰知……竟看到白卿言那雙清明從容的眸子亦是正望著他。

腦中一瞬有什麼劃過，他突然想起白卿言從秦德昭那裡拿到的那份名單。難不成，他中計了?!

「陛下！這高升要殺劉煥章和田維軍大人！肯定是他陷害殿下的！陛下您明鑒啊！」童吉哭著對皇帝叩首，「信我是從高升手中接過來的！是他！一定是高升！」

童吉的哭喊聲，讓梁王心底愈發寒涼。

呂晉走上前，從肖若海手中接過信看了一眼，神色大驚！竟然是梁王親筆書信！

「這……」呂晉忙轉身望著皇帝道，「陛下，這字跡像是梁王親筆所書！」

白卿言一怔，親筆書信?! 杜知微怎麼能讓梁王出如此昏招，留下親筆書信……就等於將證據拱手他人，杜知微斷斷不會有此紕漏！

皇帝見梁王臉上血色一時間褪的乾乾淨淨，連哭也不會了，幾乎嚼穿齦血：「拿過來！」

梁王的字跡，作為梁王的父皇又怎麼會不認得?!看到那封信皇帝氣得手都在抖，呂晉見狀上前道：「陛下，臣以為……筆跡可仿，不如請老帝師譚松老大人同壽山公兩位在書法造詣上堪稱大成者來判別一番！而且這紙張同紙上的墨跡也需好好查一下，以免冤枉了梁王殿下！」

帝師譚松已致仕，這些年在家中頤養天年，為人德行厚重，皇帝信得過。

壽山公，是大都城裡有名的閒人，其書法造詣在大都無人能出其左右。

「去請！」皇帝鐵了心今日便要把這個案子斷清楚。

高德茂連忙命人去請帝師同壽山公。

呂晉又問高升：「你可有話要說？」

高升搖了搖頭。

童吉見狀，扯著嗓子怒罵：「高升你這個狼心狗肺的東西！當年要不是我們殿下收留你……」

「童吉！」梁王出言阻止童吉再說。高升是二皇子的舊部，這要是讓皇帝知道是他收留了當年二皇子府的漏網之魚，他必死無葬身之地。

「殿下！您還要護著他嗎?!他都要這麼害您了?!」童吉說完，像是想到了什麼，忙轉頭對著皇帝叩首，「陛下！肯定是高升害我們殿下！他以前是……」

「童吉你給本王閉嘴！」

一向懦弱的梁王厲聲中帶著滔天的陰沉戾氣和怒意，令人心驚，連那高坐的皇帝都被驚到。

白卿言望著梁王心中冷笑，梁王一向將懦弱無能演繹的如火純青，精湛程度比城南西苑唱戲的伶人還要入木三分，不成想竟也有如此失態的時候。

「殿下?!」童吉也被一身戾氣的梁王嚇住，眼淚都凝滯在眼眶裡。

只是一瞬，梁王身上暴戾的氣息如同從未出現過一般消散，跪著膝行朝皇帝爬去：「父皇！父皇，兒子有多膽小父皇當比任何人都清楚?!就算是給兒子一萬個膽子，兒子也不敢勾結敵國啊！兒子只是想要救信王哥哥！求父皇明鑒！」

白卿言抬了抬眉，卻也不太意外。梁王原本明著就是投靠信王一方，將此事全部推托到信王的身上倒也不無可能，畢竟……與秦德昭也好，與劉煥章也好，他都是假借信王的名義下命令往來。

她朝著皇帝福身行禮，道：「陛下，既然梁王殿下已經承認此乃親筆所書，可否讓祖母與臣女一觀梁王書信的內容?!」

皇帝一聽到白卿言的聲音，心底就煩躁，隨手將信丟了過去。

白色的紙張飄飄然跌落在地，她也不惱，俯身撿起信紙大致流覽後，送到大長公主的面前，也好讓大長公主知道，梁王如何算計欲致白家於死地的。

剛才被兒子氣勢一時驚駭到的皇帝，反覆琢磨了梁王的話，想到他話中兒子二字，心底到底顧念起了父子情分，哪怕憤怒至極，也只是一掌拍在桌上，吼道：「混帳東西！你都做了什麼還不從實說來！」

「父皇是知道的，信王哥哥是嫡子，所以兒子一直都同信王哥哥走的近，這些年多虧哥哥照顧！哥哥被父皇貶為庶民後，兒子焦急萬分！就在這個時候信王哥哥府上的幕僚找上了兒子！」

梁王用衣袖抹了把鼻涕眼淚：「信王哥哥的幕僚找到兒子……求兒子救哥哥一命，早前兒子就同哥哥說過，喜歡……喜歡白家大姑娘，還同白家大姑娘身邊的婢女來往之事，不知這個幕僚是怎麼知道的，便……便給兒子出了這個主意救哥哥！」

「起初兒子也覺得這麼做不妥！」梁王說到這裡小心翼翼朝著大長公主的方向看了眼，聲音弱了下去，「那幕僚說……鎮國王已死可哥哥還活著，救哥哥要緊！否則流放之地苦寒，哥哥嬌生慣養長大，定然受不住！父皇……那是兒子的親哥哥啊！是父皇最看重的嫡子！兒子不論如何都想救哥哥一命！所以才……從了！」

皇帝緊緊扣著座椅扶手的手緩緩鬆了些力道，若是……為了救信王，皇帝倒是覺得情有可原：「那幕僚人呢?!」

「回父皇……那幕僚同兒臣說，他見過秦德昭之後就離開大都城，可……」梁王像是想到了什麼極為害怕的事情，身體抖了抖，「可後來，秦德昭就死了那幕僚也不見了，兒子……兒子真的是怕極了！」梁王眼淚鼻涕一起往下流，整個人看起來若膽小無能的鼠輩一般。

這般裝傻充愣的梁王，無非是想把一切都推到了信王的頭上，專程牽扯上秦德昭……更是把如今呂晉正在查的糧草案也推到了信王頭上，反倒是將他自己摘乾淨了。

「劉煥章又是怎麼回事兒?!」皇帝指著高升和田維軍，「這兩個總是從你梁王府出來的吧！這信總該是你寫的吧！」

「劉煥章在大都城也是信王哥哥府上那個幕僚告訴兒臣的，那幕僚讓兒子派人看管住劉煥章，他走之前叮囑兒子，要在確定那幾封信放入鎮國王書房之後，命人帶劉煥章去敲大理寺的鼓，告鎮國王叛國，這樣……就可以將哥哥從整件事中摘出來了，兒子這才叫高升去看管劉煥章。」

梁王小心翼翼抬眼看了眼面色陰沉的皇帝，又一臉害怕的低下頭去：「原本，兒子是打算等信放入鎮國王府上之後，就帶著劉煥章來見父皇，再在父皇面前給白家求個情，反正鎮國公一家兒郎都已經死了，父皇又一向仁厚定不會要了白家遺孀的命，我……我也能救下哥哥。」

「直到今天這幾封信被白家四姑娘當眾讀了出來，兒子知道不能如願大事化小，只能鬧大了……才能救下信王哥哥。父皇……兒子只是想救哥哥！」梁王說著又看向大長公主，哭得十分悲切，像個孩子一般，「姑祖母，白家兒郎已死，人死不能復生，您真的……要讓我哥哥也賠上一條命嗎？我們……是一家人啊！」

皇帝握著座椅扶手的手微微一顫，雖說……他這個兒子又蠢又膽小，可到底還是一副赤子心腸，只想救自己的兄長而已，他又有什麼可責怪的?!

大長公主死死抿著唇，半晌才緩緩開口，語音中盡顯老態疲憊：「殿下，皇室之事……哪有只論家理的？天子犯法尚且與庶民同罪，更何況……聽殿下剛才的意思，似乎信王同此次糧草之事也有關係？」

說到這裡，大長公主哽咽哭出聲：「我那排行十七的小孫，被敵軍剖腹……腹中盡是泥土樹根，若有糧草何須死的如此慘烈?!為奪軍功……強逼白威霆出兵迎戰，老身尚且能夠理解信王欲建功立業之心！可自斷大軍糧草，這是為何？難不成這也是為了搶功所以要坑害自家將士？」

大長公主抖了抖手中的信：「老身另有不解，殿下信中所書，稱……劉煥章若不從或意欲以全盤拖出與殿下合作之事要脅，殿下必要劉家全族與劉煥章黃泉相聚！劉煥章又同殿下合作了何事啊？」

「就是……攀誣鎮國王之事。」梁王一副霜打茄子的模樣頹然跪坐在自己腳上，濕漉漉的通紅眼仁看向皇帝，「父皇，兒臣真的只是想救哥哥，兒臣知道父皇最看重就是哥哥，兒臣不能看著哥哥受苦，也不想看著父皇傷心！」

還真是至純至孝啊，白卿言垂著眼。

「殿下大謬！」大長公主拄著虎頭杖站起身來，凝視梁王，鄭重道，「世家大族立世之本，便是名聲二字！信王如今尚無性命之憂，殿下卻意圖敗壞白家名聲保全信王榮華，此為一錯！白家諸人捨身忘死，護大晉江山，殿下身為皇子不心存感恩，反恩將仇報，欲使忠烈蒙羞史冊留汙名，此為二錯！皇子乃陛下之子，有可能繼承皇位，犯此二錯……讓天下如何看我大晉皇室?!而後誰敢為大晉捨生忘死，誰敢擁護林家皇權?!」

梁王一副大夢初醒的模樣，一時間涕淚橫流，對著皇帝重重叩首：「父皇……是兒子無知！兒子知錯了！兒子真的知錯了！父皇知道兒子一向膽小懦弱，我沒有想這麼多，我只是想救哥哥！誰成想給父皇闖了如此大的禍！」

大長公主轉身望著皇帝：「陛下，老身見殿下信中言辭犀利果斷，殺氣逼人，可不甚像……無知懦弱毫無城府之人啊！還是說……這信是別人口述，殿下親筆所書的？我家忠僕說，他們追形跡可疑之人到梁王府，半柱香的功夫便出來了！想來呂晉大人派人去問一問梁王府僕從，當時梁王在哪兒，是否一人，便清楚這信上的意思出自梁王還是旁人。」

梁王心頭一顫，低著頭一個勁兒的抖不敢抬頭，想到自己親筆寫下的那封信他閉了閉眼，的確是慌亂之下的敗筆！

可梁王不願認輸，他心中飛速盤算，剛才他已稱信王府上幕僚，殺了秦德昭之後離開……

「若是，梁王救兄心切又無知被人利用倒也罷了！若是順水推舟另有所圖……心機如此深沉，陛下便得好好考量了！」大長公主徐徐開口。

一直被大長公主護在身後的白卿言不吭聲，她知道祖母這是要在皇帝的心中埋下一顆懷疑梁王的種子，一旦人心底有所懷疑，往日裡細小微弱的蛛絲馬跡便會被不經意放大。

祖母比她更瞭解皇帝此人，只要皇帝發現梁王並不是如同平時表現那般懦弱無能，而是在藏拙，那麼皇帝再聯想到當年梁王與二皇子過從甚密，到今日梁王布局設計要栽贓白家叛國，又裝作怯懦的模樣……不著痕跡將秦德昭之死，南疆糧草案同信王綁在一起，皇帝會怎麼想?!

定是覺得，他這個兒子能耐可真是大了！大到已經跳脫他的瞭解和掌控。

這樣一個有繼承皇位資格，且心計深沉演技精湛，不在他掌控之中的皇子，還能留嗎?!

難道，皇帝就不怕……梁王會在他毫無防備的情況下撕掉這身綿羊皮，露出本來的兇狠之貌，同二皇子一般起兵逼宮要了他的命，奪了他的皇權?!

「姑祖母！我一直對姑祖母禮遇有加，雖稱不上孝順……也總惦記著姑祖母，姑祖母為何害我?!」梁王抬頭，猶如不知所措的受驚小獸，滿目被至親之人背叛的傷痛。

大長公主挺直腰脊，望著梁王，義正言辭道：「殿下，我是你的姑祖母，可更是這大晉的大長公主！先國……後家！對白家如此……對任何人都是如此！」

已經年邁的大長公主聲音裡透著悲切，哽咽開口：「陛下，我老了……十五我便去皇家清庵為國祈福。以後怕也護不住白家這些孩子！可到底是忠勇之士的遺孀，過完年開春之後便讓她們回朔陽老家！白家家風清明，世代忠骨，從無一尸位素餐者，既然如今白家男兒皆身死，爵位無人繼承，我便替白家在這裡自請去爵位，只求陛下能保全白家遺孀一生平安順遂！」

大理寺卿呂晉抬頭望著大長公主與表情一直從容的白家大姑娘，他可是聽說白家找回來了一個庶子，怎麼……要自請去爵位了?!

白卿言上前扶住大長公主，壓低了聲音對大長公主道：「祖母，我看那個侍衛很是眼熟，倒像是曾在二皇子麾下的侍衛……」她聲音並不大，似與祖母在竊竊私語，音量恰好能使皇帝聽到。

二皇子，這三個字一直是皇帝心中之痛，他猛地抬頭：「你說哪個侍衛？」皇帝的話雖然是問白卿言，視線卻已經直直朝著高升的方向看去，似是想到什麼人皇帝驚得站起身來。

皇帝的心突突直跳，難怪覺得這個侍衛眼熟，當年二皇子造反……二皇子身邊最得力的幹將高遠險些一刀斬了皇帝的腦袋，到現在他還記得那帶血刀刃貼著頭皮擦過的感覺，到現在還忘不了高遠那冷肅陰森的五官。

「你和逆賊高遠是什麼關係?!」皇帝高聲問。

「家兄，二皇子護衛隊高遠。」高升絲毫不畏懼，直視皇帝，宛若一心求死，「於宣嘉七年，被射殺在武德門，九族皆滅，只存餘一人。」

皇帝視線震驚無比轉向梁王，只見梁王亦是一臉錯愕的望向高升。

梁王的錯愕，不是裝出來的，他是真的沒有想到高升會自己承認身分。

事已至此，高升必然是活不了了。他心中一瞬間便是百轉千回，果斷對皇帝叩首：「父皇！兒臣……兒臣不知道高升的身分啊！」

皇帝緊緊握著拳頭，平靜了心情後緩緩坐了下來，悄無聲息攥住了龍椅的扶手。

大長公主看著皇帝的表情，慢條斯理對皇帝行禮後道：「陛下，此事已經鬧到如此地步，大都城百姓人盡皆知，此時武德門外百姓高呼陛下乃明君英主，深信陛下能夠還白家公道，盛名之下要做到名副其實才能盡得人心啊！該怎麼處置梁王，全憑陛下明斷！」

大長公主攜白卿言福身，正欲同皇帝行禮告退，就聽童吉哭著道：「大都城人盡皆知，還不是你們白家鬧的?! 要不是白四姑娘當眾讀信又邀百姓為白家作證，百姓怎麼會聚集到武德門外……」

聽到這話，白卿言壓了幾個時辰的火終於再也壓不住：「照你這話的意思，梁王想要對我白家為晉國捐軀的英靈潑髒水，我們白家就得恭恭敬敬接了這盆髒水?! 梁王要假借我祖父之名強迫我嫁，我四妹拿到信……難不成還要歡天喜地的親自放入我祖父的書房?!」

童吉話堵在嗓子眼兒裡出不來，一張臉憋得十分難看。

「若不是我四妹當眾拆信，怕還引不出梁王這封親筆信……也看不出與我同歲的梁王，竟是如此的殺伐決斷，謀略果敢！更不知道……梁王殿下唱戲的本事如此精湛超群！白卿言甘拜下風！」她冷冷發笑。厚顏無恥之流她不是沒有見過，可的確是沒有見過無恥的這麼理直氣壯之人。

梁王身側的手收緊，還是那副又蠢又膽小的模樣：「父皇！兒臣冤枉啊！」

皇帝看著梁王，想起剛才梁王呵斥童吉閉嘴時周身那股子逼人的戾氣，再想起那個白虎殺他的夢，梁王與白卿言同歲！屬虎！最終，皇帝視線落在高升身上，手指不由自主收緊。比起白卿言一個女流之輩，他的兒子梁王……倒是更有可能肖想這皇帝之位。

「你這些年，都被梁王庇護在梁王府？」皇帝靠在團枕上，鎮定自若詢問高升。

「是！」高升回答，「但梁王並不知我身分。」

「那今日，為何你又承認了你的身分？」

「梁王當年收容大恩，高升不能恩將仇報。」高升十分坦然。

肖若海倒是沒有想到高升還有這一層身分，只在心中暗暗可惜，不能替大姑娘將此人收服，若此人能護大姑娘，不久的南疆之行……姑娘的安危也就多一重保障。

呂晉看著跪在高升身邊似乎思緒萬千的田維軍，問：「你有何話說？」

田維軍朝哭的全身都在抽的梁王，閉了閉眼道：「沒有……」

「父皇，父皇你一定要相信兒臣啊！」梁王還在痛哭。

「呂晉，這個高升……還有那個護衛，和梁王身邊的小廝，全部交給你審！不論你用什麼方法……務必在他們身上審出些東西出來！」皇帝抬眼，陰沉沉的眸子朝梁王看去，「梁王先關入大理寺！待審問了這三人之後，依法定罪！」

梁王瞳仁一顫，全身緊繃，不論什麼方法……那便是任何折磨都可！

「父皇！父皇！兒子傷還未痊癒，求父皇讓童吉跟著兒子！父皇要關也好要怎麼都好！總得給兒子身邊留一個伺候的人！」梁王心中方寸大亂，以頭搶地重重叩首求情。

「殿下！」童吉眼淚吧嗒吧嗒往下掉，也看向皇帝求情，「求陛下讓奴才伺候殿下吧！不然……派個人伺候殿下也是好的！」

「還不把人帶走！」皇帝咬牙切齒高呼。

侍衛從殿外而來，奉命押著高升和田維軍往外走，童吉見侍衛拖住了哭喊著「大姑娘救我」的春妍，他忙往梁王身邊膝行跪爬哭喊：「殿下！童吉不在您要按時吃藥！好好保重身體！」

兩侍衛毫不容情拉住童吉往外拖：「殿下！保重啊殿下！」

梁王聽到童吉的聲音裡全都是哭腔驚恐……還不忘叮囑他吃藥，不敢回頭，只用力在青石地板上磕頭：「父皇！童吉和兒子一樣自幼體弱，怕是受不了大刑！求父皇饒過童吉吧！」

「為正你清白……那三個人不得不受刑！奴才而已，你不必求情。」皇帝垂眸看著不斷叩首的梁王，心中那點子骨血親情，隨著那個夢不斷的重播而消散。

梁王撐在身體兩側的手用力收緊，手背青筋暴起，光可鑒人的青石地板上，映出梁王緊咬著牙恨意滔天的陰狠模樣。

「帶下去！」皇帝中氣十足。

高德茂一揮拂塵，侍衛連忙將梁王也帶了下去，呂晉也行禮退出大殿回大理寺審案。

叫喚著冤枉的梁王，被侍衛拖出大殿，眸色便沉了下來，猩紅的眸子陰鬱可怖。

皇帝看向大長公主和白卿言，半晌幽幽歎了一口氣：「朕的兒子不爭氣，讓姑母受累了！」

大長公主搖了搖頭：「多謝陛下為白家主持公道，事既已畢，老身這就帶著孫女兒離宮了。」

「姑母先行，朕有幾句話要同白大姑娘說，姑母殿外稍後。」皇帝道。

大長公主沉默了片刻，這才行禮轉身，肖若海連忙上前扶住大長公主。

待大長公主出去之後，白卿言上前規規矩矩跪在大殿中間，垂著眸子，一副聆聽教誨的模樣。

「大長公主要去皇家庵堂清修，你送大長公主去後，便同齊王起身去南疆……」皇帝手指摩挲著玉扳指，「議和使臣已經出發，三國正坐下來商議議和條件，這段時間想必暫時不會起戰事！去南疆的路上你好好想想，此戰只能勝不能敗！敗了……你就不用回來了！朕的意思你可懂？」

「陛下，若臣女勝了，想在陛下這裡求一恩典。」她恭恭敬敬叩首。

皇帝瞇了瞇眼：「講……」

「若勝了，請陛下冊封我二妹，秦朗之妻白錦繡，超一品誥命夫人！白家遺孀悉數回朔陽，可我二妹妹已嫁於秦朗，忠勇侯府又出此大事，我一孀實難放下我這性格柔弱的二妹妹，故而……白卿言斗膽，請陛下念在白家忠勇的分兒上，賜我二妹妹這分體面。」

皇帝看著跪於大殿中央，雙眸沉著平靜，彷彿勝券在握的女子，唇瓣動了動，頷首：「准了！」

她叩首謝恩之後又對皇帝道：「南疆得勝之後，白卿言便回朔陽，今日進言……陛下為長遠之計，應多多提攜新銳將才。」

皇帝略微混濁的雙眼恍惚了一瞬，彷彿看到了白威霆與他進言時的模樣。

白家，到底還是忠義傳家的吧！皇帝不自覺又想到那年宮牆之下，他許白威霆此生不疑的誓言，心中不免酸澀，他擺了擺手示意白卿言出去，心中對白卿言的殺念到底是少了。

就在白卿言已走至門前時，皇帝突然開口：「白卿言，你此次去南疆，若中途叛國……」

白卿言藏在袖中的手微微收緊，不等皇帝說完轉過身來，對皇帝行禮後道：「南疆此行，前有祖父乃為臣盡忠，後有白卿言是為子盡孝！」

忠，孝……白威霆的確是為他盡忠了，正如白卿言所說那般，白威霆帶走白家滿門男兒不為白家留餘地不為子孫留後路。

活著的人，但凡思及他虧欠過的已故之人，憶起的都是已故之人的好。

白威霆的忠義之心，讓皇帝心中愧疚難當。

再看白威霆這孫女，她應當是鐵了心要去為她白家男兒復仇的吧！

皇帝更心軟了些：「去吧！」

「臣女告退。」

大長公主立在大殿門口朱漆紅柱旁，握著虎頭拐杖的手心起了一層膩汗，心提到了嗓子眼兒，生怕白卿言剛烈頂撞皇帝，讓皇帝生了殺心。

思緒在心中千迴百轉的大長公主回頭看向緊閉的殿門，餘光不經意掃到了一身汙血的肖若海，不知是大長公主心中不安的緣故，還是肖若海本人不夠引人注目，大長公主這才注意到身後有一個肖若海。她問：「今日捉拿劉煥章之事，阿寶知不知情？」

肖若海忙躬身，依舊是大殿內那副溫潤從容的音調，緩慢道：「回大長公主，大姑娘非神又豈能未卜先知？」

肖若海沒有說實話，因大長公主為白家庶子殺紀庭瑜之事……大姑娘已經同大長公主反目，肖若海信不過大長公主，他的主子……只有大姑娘一個。

不過一盞茶的功夫，大殿門再次打開，白卿言完好無損從大殿內出來，大長公主吊在嗓子眼兒的一顆心終於回落，忙向前走了兩步，一把拽住白卿言的細腕：「陛下和你說了什麼？」

「叮囑我去南疆只能勝不能敗，敗了就別回來了。」

白卿言語調平靜又稀鬆平常，大長公主卻驚得身形不可察的晃了一晃：「什麼?!」

聽到這話，大長公主還能不明白皇帝的打算?! 明著派人過去商談議和之事，暗地裡卻打算派白卿言過去反撲。面對南燕西涼聯合的大軍，若是兵力未損……白家男兒與白家軍盡在，還可一戰！可如今戰將已死，殘兵苟存，如何與南燕西涼大軍相抗?! 白家滿門男兒已經全數葬身南疆，皇帝怎麼能連白卿言都不放過?!

大長公主雙手克制不住的顫抖，轉身要進去大殿求情：「我去同皇帝說！」

「外有強敵虎視眈眈，內無強將江山堪憂，南疆……我必要去。」

天色已經沉了下來，氣勢恢宏的宮殿廊下，宮人正將碩大的如意宮燈一盞一盞點亮。

白卿言纖細單薄的身姿立於忽明忽暗的搖曳燈火之下，風骨傲然，從容不迫，又無所畏懼。

大長公主望著孫女漆黑如墨的眸，那裡……透著堅韌剛強的冷光，勃勃野心被藏於一層堅定不屈的沉穩之中，盡是為將者的風華同威嚴。大長公主心中陡生不安，可想起那日孫女稱為白家世代護衛之民不能反之言辭，她心緒稍穩又如困獸陷入家國兩難之間。

白卿玄被捆了丟進柴房裡，整個人惶惶不安。

已入夜，還沒人來給他送水送飯，外面護衛安靜的簡直像個死人。

他來回在柴房裡走來走去，湊在門前對外叫罵：「我告訴你們，你們最好放我出去！我是白家最後一個男丁，獨苗！你們現在張狂，等我出去了……一定要殺了你們！還要殺了那個白卿言！你們給我等著！」

門外帶孝的護衛如同聽不見一般，靜靜守在外面一語不發。

白卿玄坐立不安，想起大長公主今日的態度，想必爵位是不要想了，那……他們會不會殺了他?! 白卿玄頓時被自己這個想法驚出一身冷汗，應當不會吧！他可是白家最後一個男丁了！正想著，白卿玄聽到外面有腳步聲傳來，他立刻站起身。

柴房的門打開，只見白錦繡、白錦桐帶著一眾護衛僕從而來，白卿言隻身立在柴房門外，不曾進來。

原本處理這庶子，是白錦繡一人前來，畢竟這是她父親留下的孽障。可祖母喚諸人去長壽院，她路上遇到了長姐同三妹。她本意是讓長姐和三妹等一等她，不成想三妹白錦桐硬拽著長姐一起來了。

雙手結結實實被困在身後的白卿玄向後退了兩步：「你們想幹什麼?! 我可是國公府唯一的男丁了！你們……難不成還敢殺我嗎?!」

從滿江樓前第一次見，再到這庶子強逼紀柳氏撞牆而亡，又將紀柳氏斬首分屍……命人將屍身拋出去餵狗！這庶子的所作所為，已經遠遠超出了白卿言的容忍。

原本她念在這庶子是白家血脈的分兒上，可以給他一個痛快，可如今……她已經不容這庶子死的這麼便宜。

此等心狠手辣的畜生，該死於他折磨別人的手段。

她綳著臉，手握手爐立在門口不願踏入那柴房一步。

「殺了你，未免太過便宜。」白錦繡眸底帶著凌厲冷色，「聽說你很喜歡美人壺，既然如此……我便將你變成美人壺！」

白卿玄臉上血色盡褪，十分沒有底氣：「你敢！」

白錦桐沉著臉開口：「大都城內喜歡這些玩意兒的士族子弟不在少數，我等必會將你送給最精通喜好此道的公子，每日必會有人為你塗脂抹粉，讓你成為最漂亮的美人壺，供人玩樂！」

「你們敢！我是白家最後的男丁！我是白家最後的男丁！我是要繼承鎮國王爵位的！」

白卿言面色陰沉寒涼，連冷笑都懶得給那庶子，看著白卿玄就像看著沾染了穢物的物件兒，漫不經心抖了抖大氅上的落雪，視線失焦的朝長廊望去。

「還做夢呢?!」白錦桐眼底掩不住的嘲弄，「祖母已經自請去爵位，最晚明日聖旨就會下來！而你這個逼死白家恩人的庶子，今夜白府便會對外宣稱你挨不住家法……已經身亡！」

白錦繡多看父親這庶子一眼，都覺得噁心，側頭吩咐：「灌藥！」

見兩個護衛端藥進來，白卿玄不住向後退：「你們敢！我是國公府唯一的獨苗，祖母怎麼可能捨得我死！一定是你們這幾個賤人背著祖母害我！」一個護衛擒住掙扎不已的白卿玄，一個護衛直接卸了白卿玄的下巴把那一碗啞藥悉數灌入白卿玄的嘴裡，又將白卿玄的下巴裝了回去。

白卿玄腿軟跪地，劇烈的咳嗽，使勁兒的想要把那苦藥嘔出來，可不論如何都無濟於事，嗓子灼燒似的疼痛傳來，白卿玄疼得倒地打滾，歇斯底里喊著救命，可聲音卻越來越小……越來越啞，直至什麼聲音都發不出來。

「砍斷他的雙臂和雙腿，止住血，小心別弄傷他這張臉，丟去九曲巷，王家少爺看到如此細皮嫩肉的小官，自會好生招待！」白卿言說完不願意在此久留，轉身離開。

九曲巷王家少爺，出了名的貪殘又喜愛長相極為俊俏的小官，這些年死於王家少爺之手的賤籍小官不知幾何，白卿玄到了王家少爺手中，怕是要過得生不如死了。

白錦繡見白錦桐還立在原地靜靜望著痛哭掙扎的白卿玄，側頭喚了她一聲：「錦桐？」

眸色冰涼的白錦桐從柴房內出來，對守在門口的護衛道：「這庶子揮劍砍斷紀柳氏的屍身命人丟出去喂狗，那就如法炮製……砍了他的手臂和腿，讓他睜大眼親眼看著他是如何被喂狗的！」

那護衛一怔，想起這庶子對紀庭瑜新婚妻子所為，咬了咬牙：「三姑娘放心！」

白錦桐頷首，她抬眼望著行走在白燈同素絹搖晃飄零遊廊中的兩位姐姐，疾步追了上去。

白卿言正側著頭，對白錦繡徐徐說著：「銀霜那個孩子，雖然看起來笨拙，可有一把子好力氣，也忠心，平日裡只有個吃零嘴的喜好，等佟嬤嬤略教一些規矩便讓她去你身邊伺候。長姐知道你武功不差，可有銀霜在便多一層保障，你一人在大都，我也放心些！而且南疆之行凶險……我也著實沒有辦法將她帶在身邊。」

白錦繡點了點頭：「長姐放心，我會照顧好銀霜，出門在外一定帶上銀霜。」

「有銀霜能夠頂上一段時間，你便有時間可以調教自己能用起來得心應手的人。」

「長姐去南疆帶上小四吧！」白錦桐步行至白卿言身側，擔心長姐去南疆後身邊無人用，便道，「今日小四將祖父送她的那杆銀槍翻了出來，只怕……長姐要是不准，她可要偷偷去了！那妮子膽子大著呢。」

白卿言微怔，思索了片刻才道：「我想想。」

姐妹三人一路行至長壽院時，董氏和五夫人齊氏還未到。

蔣嬤嬤讓人給幾位姑娘上了羊乳和點心，不多時董氏同五夫人使一起進了上房。

屋內炭盆燒得極旺，蔣嬤嬤知道白卿言畏寒，讓小丫鬟拿銅制長夾往火籠裡添了幾塊銀霜炭，罩上鏤空雕花的銅罩，往白卿言的方向挪了挪，這才帶著一眾下人退出上房。

坐在蓮紋八福軟墊上的大長公主，倚著金線繡製的祥雲團枕，低聲開口：「白家大事已了，我已稟明聖上自請去爵位，白家遺孀回朔陽，十五那日我便去皇家庵堂清修，身邊就留三姐兒錦桐伺候。明日老大媳婦兒派幾個得力管事回朔陽修繕祖宅，想必等到全部修繕好晾曬晾曬，能住人得到五六月份了。屆時老五媳婦兒生了孩子做完月子，你們便隨老大媳婦兒回朔陽老家。」

此事大長公主早就透了口風，董氏、二夫人劉氏、三夫人李氏、四夫人王氏和五夫人齊氏早就知道，並無什麼異議。況且，白家留於大都城，的確是遭他人算計不斷。

今日幸而梁王意圖栽贓陷害白家通敵之事未成事，否則……這白家一門怕是都不能存活了。

「還是……你們有人想要回母家的？」大長公主睜眼柔聲詢問，並無責怪的意思。

屋內無旁人，連蔣嬤嬤都在門外守著，大長公主無非是給想離開白家的兒媳留顏面罷了。

「母親……」二夫人劉氏紅著眼揪著帕子，哽咽開口，「兒媳沒有存要離開白家的心思，可錦繡人在大都，兒媳不想離開，要不兒媳陪母親一起去清修吧！」

劉氏的丈夫、親子包括庶子都死在了南疆，就只有白錦繡這麼一個心肝兒肉，不能時時見到，不能知她是否安好，這讓劉氏怎麼能放心?!

白錦繡握住劉氏的手，低聲勸道：「母親，陛下雖說追封祖父為鎮國王，那也是因為我白家做出了退出大都的姿態，祖母是大長公主留在大都是自然，我已嫁做秦家婦自然也不能離開大都！可母親不同……至少目前母親是必需隨大伯母一起走的！所幸還有幾個月的時間，又不是讓母親立時就走！」

「二伯母倒不必著急，將來的事情誰也說不準！說不定日後我們白家還能回來！」白錦桐心知長姐謀劃，安撫劉氏道。

劉氏死死握著女兒的手不吭聲，一旦回了朔陽要再回到大都……哪裡就那麼容易了?!

「老二媳婦兒，你先跟你大嫂回朔陽，若真放不下錦繡想回大都，三年孝期一過，我親自同親家商議，作主給你一封放妻書，讓你回母家，可好？」大長公主放下姿態，語氣輕緩同劉氏商議。

婆母將姿態做得如此低，劉氏心有戚戚，含淚道：「母親，我真的不是想要放妻書，我只是放心不下錦繡！想著一回朔陽……和錦繡離得那麼遠！罷了罷了！回朔陽就回朔陽，同三姐兒說的，也不是沒有回大都的機會！」

劉氏話音剛落，就見蔣嬤嬤打了簾子進來，她立於翠玉珊瑚鑲嵌的八寶屏風後不曾進來，只低聲道：「大長公主，朔陽老家的白岐雲老爺路上遇劫，狼狽折返回來，全身是傷，稱國公府贈予宗族的銀兩被劫，求國公府做主。」

白錦桐知道此事乃是長姐授意，端起茶杯喝茶不吭聲。

「被劫了?!哈哈……連老天爺也看不過眼了！」白錦稚忍不住幸災樂禍，站起身問，「全身是傷，殘了沒有?!」屏風外的蔣嬤嬤被白錦稚弄得哭笑不得：「前院來稟，老奴還未曾去看過。」

白卿言垂眸冷嗤了一聲，不緊不慢道：「我白家遺孀皆女子，爵位還在時，在朔陽宗族面前尚且式微保不住白府家業，如今沒了爵位……孤兒寡母還能怎麼給宗族做主？更何況當初祖父靈前我曾說過，堂伯父懷揣四十五萬兩銀子回朔陽，路上難免不穩妥，請他們等喪事結束，派人護送他們回去，他們非要自己走！如今稱說被劫了……不找當地官府衙門，反倒來白家，怕不是還要打我母親和諸位嬸嬸嫁妝的主意吧？」

一向潑辣的劉氏用帕子按了按自己眼角淚水，惱火道：「我看阿寶說的對！不去找當地的官府衙門，找咱們有什麼用？咱們現在已經沒了爵位，一家子寡婦怎麼給他做主?!當初他拿了銀子要走，阿寶沒勸嗎？還是宗族真真兒的想把咱們嫁妝也搶走，將咱們孤兒寡母逼死才甘心?!讓他滾！」

倒是董氏不急不緩開口：「算時間……兒媳猜，這位族堂兄應當已去過當地衙門，此時回來應該是想借母親大長公主的威勢，來強壓地方官員為他找銀子。」

大長公主難道對宗族就沒有火嗎？真當大長公主是他朔陽宗族的牛馬可以任由他們驅使?!

大長公主眸色一暗，身形鬆散靠著團枕，語調平緩：「我老了，十五便要去皇家清庵靜修，餘下的心力……除了國公府諸人的事情能夠管一管，其餘雜事，無心亦無力。」

這話的意思便是告訴白岐雲，她不想管宗族之事，但若事涉她的這些孫女兒，她定不會坐視不理，這何嘗不是告誡宗族，不要想著在朔陽可以隨便欺負她的孫女兒和兒媳們。

「說到白家家業……」白卿言側身看向董氏的方向，「義商蕭容衍仁義，還未派人來催繳一應帳目契約。可我白家不能因蕭先生仁義，便耽擱此事。既白家大事已了，母親……派管事去蕭府商議對帳交付地契鋪子的日子吧！」

「阿寶說的對，老大媳婦兒此事宜早不宜晚。」大長公主道。

董氏起身對大長公主行禮：「母親，兒媳先去安排此事，再去安頓了族堂兄。」

「辛苦了！」大長公主真心誠意對董氏道。

董氏離開後，大長公主讓白卿言留下，其餘人回去休息，畢竟折騰了這麼久白家諸人都已疲憊不堪。

白錦繡挽著劉氏的手臂從長壽院出來，陪劉氏往回走，嬤嬤丫鬟都離得較遠，白錦繡壓低了聲音同劉氏說話：「母親不用擔心我一人留在大都城，祖母還在！且忠勇侯已死，蔣氏此生不得回侯府，我必不會受欺負。」

劉氏含淚握住女兒的手：「可眼下秦朗世子位沒了！你……一個人母親實在是放心不下！」

「母親……」白錦繡雙眸通紅，反握住劉氏的手，「若母親是為了女兒，那便隨大伯母回朔陽，母親衝動易怒凡事要多聽大伯母的，大伯母霽月風光又護短，必會護好母親！母親……靜待來日，錦繡定會在大都城內恭候母親與大伯母回來。」

「錦繡，你這話的意思……母親怎麼有些聽不明白？」劉氏有些茫然，可心卻提到了嗓子眼兒，「你……你是不是要做什麼危險之事?!」

「母親，涉險的不是我，是長姐！」白錦繡用力握緊母親的手，一步一步腳下步子走的極為堅定，「長姐她要去南疆了！此事日後定是瞞不住母親，所以我今日便提前先同母親說了，母親不要外傳。」

「什麼?!」劉氏心頭一跳。白錦繡壓低了聲音：「長姐是祖父稱讚過的天生將才！皇帝想要長姐去收拾南疆的爛攤子，長姐應了！且在陛下那裡為女兒求了恩典，長姐要用此次南疆之行的軍功請陛下冊封女兒為超一品誥命夫人。」

劉氏腳下步子一頓，睜大了通紅的眼，怔愣片刻搖頭：「不行！那不能讓你長姐去！你長姐已經不是當年那個武藝拔群……能手刃敵軍大將頭顱的小白帥了！且南疆都是殘兵敗將！你長姐去了萬一……萬一也回不來了，你這超一品的誥命能拿得安心，娘可無法面對你大伯母了！這不行！絕對不行！」

小白帥……是當年白卿言手刃蜀國大將軍龐平國後，白家軍軍中諸將士對白卿言的戲稱。

「娘！」白錦繡緊握著劉氏的手，「皇帝聖旨不可違！且去南疆為祖父、眾叔伯兄弟復仇，乃是長姐所願！長姐雖然武功盡失，可心智謀略無雙，我信長姐！娘你也得信長姐！」

劉氏心中慌亂心酸又窩心無比，白卿言去南疆前還為白錦繡求了一個超一品誥命，是真的將白錦繡在大都城的艱難和前程放在了心上。

「娘，你若心中難安……便在府中求神拜佛，祈求神佛與白家英靈，護長姐平安歸來！南疆艱險，長姐臨行前也不忘設法護我，往後朔陽也不見得會太平，娘一定要護好大伯母！」

白錦繡瞭解自己的母親，雖說大伯母內蘊剛強不必她娘親護，可她總得給劉氏找些事來做。

長壽院內。白卿言端坐在大長公主身旁，看著正在叩首的魏忠。

琉璃罩中的燭火燃的熱烈，直直往上躥。魏忠跪在正中，垂眸不曾抬頭直視大長公主與白卿言。

已風燭殘年的大長公主，銀髮梳的齊整，手握佛珠，一副慈悲為懷的溫善樣貌，眼底卻是殺伐決斷之色：「此次大姑娘奔赴南疆，你等必要護大姑娘全身而退不得有誤！我已將半塊黑玉龍佩交於大姑娘，從此……你等與我這個老太婆子再無關係，大姑娘才是你們的主子，你等需捨命相護！」

聽完大長公主的話，魏忠略微抬眼，視線落在白卿言腳下繡鞋上，轉向白卿言的方向，鄭重叩拜：「魏忠見過主子！」

剛才這魏忠進來之時，白卿言細觀他氣息和步伐，應當是個相當厲害的練家子。

魏忠已年逾四十，右手斷了一指，可整個人看起來十分精神硬朗，聲音相比平常男子更為細一些，未曾蓄鬍。她心中大致猜到，魏忠怕是早年隨祖母一起入白家的太監，那他便不是暗衛隊的首領，只負責聯絡。

「正月十五祖母要去皇家清庵，勞煩魏忠叔安排暗衛隊首領與我見上一面。」白卿言說。

魏忠既已認主，自是只聽白卿言吩咐，叩首後道：「不敢當主子勞煩二字，主子放心，魏忠定然安排妥當，不讓人察覺。」

魏忠走後，大長公主看著不曾到她身邊來的白卿言，雙眼泛紅：「去了南疆，一切小心！」

白卿言起身行禮：「祖母放心，若無他事，卿言便先退下。」

大長公主抿著唇，容色悲切，良久點了點頭：「這段日子，最辛苦的便是阿寶，阿寶去歇著吧！」

見白卿言規規矩矩行禮從上房退出去，大長公主唇瓣囁嚅淚水終還是從眼角滑落。

「大長公主……」端著一碗羊乳紅棗茶的蔣嬤嬤邁著碎步饒過屏風，抬手撥了珠簾進來，見大長公主落淚，上前柔聲勸道，「從二姐兒出嫁開始，大姐兒每日都不停歇，今日大事已畢，大姐兒想必已是心力交瘁。」

不見大長公主吭聲，蔣嬤嬤眼眶愈發紅了，她強撐著打起精神笑道，「大長公主不想用晚膳，老奴瞧著上次大姐兒送來的紅棗還有，讓人給大長公主煮了一碗羊乳紅棗茶，大長公主可要嘗嘗？今日的蒸糕也不錯，不如也給您上一碟？」

良久，大長公主搖了搖頭：「給阿寶送去吧！」

白卿言看過紀庭瑜後，由已經包紮了傷口的肖若海陪著往清輝院走。

「肖若江已經帶人先一步出發去南疆，沿途會陸續派人快馬回來同大姑娘稟報消息，力求在大姑娘到達南疆之前，將南疆狀況盡數掌握。」肖若海跟在白卿言身側慢半步的距離，微微頷首彎腰姿態恭敬道，「另外，大姑娘交代之事已經查清楚了，梁王府上那位叫杜知微的幕僚，在二姑娘出嫁那日替梁王擋刀，不治身亡。」

她腳下步子一頓，死了?!廊間白絹素布在她眼前飄搖一晃，想起梁王那封親筆信。

總算知道，為何梁王會出此紕漏。梁王此人唱戲扮相入木三分，心計也深，可到底不如杜知微那般……有掌控全域並設套謀劃的能耐。杜知微之死她的確深覺可惜，看來梁王的確是命不該絕，前生有她二妹白錦繡擋刀，此生有杜知微捨命，活下來的總是梁王。若梁王身邊已無杜知微，此人……她倒不必那麼放在心上。

她回頭看著已經換了一身乾淨衣裳的肖若海：「辛苦兩位乳兄了！」

「為大姑娘辦事應該的！」肖若海遲疑了片刻，還是撩開衣襟下擺跪地叩首，「今日同梁王護衛高升交手，屬下意欲替大姑娘招攬，手下容情，不成想連累三位兄弟枉死，還望大姑娘恕罪。」

白卿言從未怪肖若海。她將肖若海扶了起來，道：「乳兄早已猜出南疆之行皇帝會要我性命，所以……想我身邊能多幾個得力之人相護，乳兄急於招攬人才……無非是想將我毫髮無損帶回來，不愧對父親，我懂。」

肖若海始終彎腰俯身，姿態恭敬，聽白卿言提起她的父親，身子俯的更低了些，垂著泛紅的眸子不吭聲。

「乳兄回去休息吧，十五送走祖母去皇家清庵之後，我們便要準備去南疆了。」她低聲道。

「送大姑娘回清輝院，屬下便回。」肖若海堅持。

她未阻攔，點了點頭。

肖若海立在清輝院不遠處，目送白卿言進了清輝院這才轉身離開。

白卿言進門，春桃替她脫了大氅，低聲說道：「大長公主剛才派蔣嬤嬤來，說是大姑娘晚上沒有吃好，大長公主惦記著讓人給大姑娘送來了羊乳紅棗茶和點心。」

她立在火爐前，伸手烤了烤火，餘光掃過小几上放著的羊乳紅棗茶和香氣幽淡的梅花蒸糕，沉默片刻終究是讓人撤了。

剛才見的那個魏忠是祖母的人，白卿言不打算用。

盧平是白家護衛隊極得威望之人，得留給母親。

至於那暗衛隊……三妹白錦桐不日遠行，身邊雖說派了人，但出門在外身邊武藝精湛非凡的高手越多，越能夠保她萬全。

春杏挑了厚厚的毛氈簾子進來，俯身行禮後問：「大姑娘備水嗎？」

忙碌了這些日子，白家諸人下葬，梁王也已入獄……她心中那股子勁兒一卸，整個人只覺疲乏不已。「備水吧。」

春杏得了話，俯身出門安排丫鬟婆子們備水。

那夜，白卿言睡得極不踏實……她夢到了南疆戰場之上，她的祖父、父親、叔叔和弟弟們。

夢到血流成渠，到處都是殘肢斷骸，到處都是血戰拼殺的嘶吼聲，武器碰撞處的火花就擦著她的雙眼而過，可她不敢眨眼。

她一瞬不瞬看向遠處蒼穹之中那黑壓壓一片，數萬利箭如鋪天蓋地的蝗蟲帶著破風的呼嘯聲極速而來，她踩著血土和成的泥水朝那屍山之上不斷砍殺敵賊的身影衝去：「爹爹！快跑！」

她剛爬至爹爹身邊，還未觸碰到爹爹的鎧甲，就聽「咻咻」的聲音從耳邊而過，爹爹猛地轉身以肉身將她護於懷中壓倒，她耳邊是利箭穿透鎧甲入肉之聲。

她驚懼萬分睜大了眼，看著面色鐵青死死咬著牙的爹爹，用力抓緊了爹爹胸前護胸，淚如泉湧：「爹！爹爹！」

「阿寶，爹爹曾想……等天下太平，帶著你和你阿娘還有阿瑜，遊山水寫詩賦，過過尋常人家最普通的日子！可爹爹要失信於你阿娘，也再無法護著你了。」

箭雨中，她望著爹爹英俊儒雅的臉上帶著笑意，輕輕抬手抹去她臉上的淚水：「爹爹的阿寶長大了，要替爹爹守好你阿娘，莫復仇，莫含恨，安穩餘生，能活便好！」

眼看著爹爹的身影如流沙隨風而逝，她心中亂成一團，五內俱焚，慌亂伸手去抓……可什麼也抓不到！

「阿姐！」

聞聲，她猛地回頭，看到胞弟渾身是血立於屍山之下，她瘋了般朝胞弟衝去：「阿瑜！」

明知道，爹爹和弟弟早已身故。

明知道，這只是一個夢，催人心肝，讓人五臟俱焚的夢，可她還是不願意醒來！

因為這裡有她的親人在！

白卿瑜滿是鮮血的臉上露出懊悔的笑容，低聲哽咽：「阿姐，阿瑜答應得勝班師要為長姐奉上南疆最漂亮的鴿血石，阿瑜要食言了！」

她一把抱住胞弟，閉上眼放聲大哭：「阿姐不要鴿血石！阿姐不要！阿姐只要阿瑜好好的！阿瑜……阿瑜！」

「阿寶……」

聞聲，她回頭：「祖父！」

祖父身著平日裡在家練功時的衣裳，如往常那般笑著朝她招手，眉目慈祥和藹。

她手中拽著弟弟的手陡然一空，面前再無弟弟身影，她喉嚨發緊只能含淚一步一步朝祖父走去，悲痛欲絕跪於祖父面前，抱住祖父的腿放聲痛哭：「祖父！祖父……」

祖父彎腰輕輕撫了撫她的腦袋，牽著她的手，蒼老和藹的聲音徐徐帶著安撫人心的力量：「阿寶護住了妹妹，撐住了白家……祖父甚是欣慰，祖父以阿寶為傲。」

她死死咬著牙用力搖頭，不……她做的不夠好！她配不上讓祖父為傲，她若能早一點振作，不把自己當做病秧子養著，能早一點從頭恢復武功，便能與祖父他們並肩去南疆……說不定可以用她一死換白家哪怕一二位親屬平安。
祖父笑得越發溫潤慈祥：「阿寶可知，祖父平生何願啊？」
「海晏河清，天下太平……」
祖父點了點頭，聲音裡是飽經滄桑之後的慈悲柔腸：「寧為太平犬，莫作離亂人！生逢亂世，百姓所求……無非太平二字。阿寶可願繼承祖父遺志，為這芸芸蒼生盡一分力啊？」
「白家世代忠臣良將，光明磊落，一心為民，克己奉公，卻落得主疑臣誅滿門不存的下場，祖父……還要我護著大晉江山？」
「阿寶以為，人活一世為何啊？」祖父溫聲詢問。
不等她回答，祖父的身影便在一片柔光之中渙散，她喉嚨發緊想伸手拉住祖父卻抓了個空。
「祖父！祖父！」她心慌意亂大聲呼喊著祖父，可空空蕩蕩的峽谷之間只有她的回聲。
「長姐！長姐……」
耳邊傳來白錦桐的呼喊聲，她猛地睜開眼。
「長姐！」趴在床邊的白錦稚站起身。
「長姐！」白錦繡雙眼通紅，見長姐睜開眼，眼淚一下就流了出來，轉頭對外間喊道，「大伯母，長姐醒了！長姐真的醒了！」
正在屏風外與洪大夫說話的董氏一聽，拎著裙擺匆匆進了內間。
白錦繡忙擦了眼淚扯著白錦桐和白錦稚讓開床邊，董氏喉頭翻滾，坐至床邊抬手摸了摸白卿言的額頭：「不燒了！真的不燒了！真是謝天謝地！」
「阿娘……」白卿言沙啞的嗓音響起，董氏眼淚一下就繃不住掉了下來，用力攥住她的手，死死咬著下唇：「醒來就好！醒來就好！」

「長姐，你已經睡了兩天了！」白錦桐道。

兩天……難怪渾身虛弱無力。

「長姐你可嚇死我們了！」白錦稚聲音哽咽。

「是啊！」白錦桐心中鬆了一口氣，說話也輕快起來，「長姐突然發起高熱，連黃太醫和洪大夫都束手無策。還是那個蕭先生聽說後，說他家中兄長曾在母親過世下葬後有如長姐一般的症狀，洪大夫按照那位蕭先生所說的方法施針，沒想到這麼有效，不到半盞茶的功夫長姐就醒了。」

「家中上下都很擔憂長姐，祖母在這守了兩天一夜，剛才被大伯母勸回去。」白錦繡低聲同白卿言笑道，「小五她們也都是熬不住了才剛走，要知道長姐會醒來，她們一定賴在這裡！」

洪大夫給白卿言診了脈，長長呼出一口氣：「無礙了！無礙了！有驚無險！將養兩日便能好，這幾日飲食清淡些，我再寫幾個藥膳……」

「辛苦洪大夫了！」春桃忙給洪大夫打珠簾送洪大夫從內間出來，寫方子。

春桃伺候白卿言梳洗後用了點清粥，身上漸漸有了力道。

闔府上下得了白卿言醒來的消息，先是大長公主、後是幾位叔母妹妹都來看過才放心離去。

白錦繡同白錦桐、白錦稚，陪白卿言圍坐於火爐之前，說起日後之事。

「如今梁王的案子牽扯上了南疆糧草案，忠勇侯府定然脫不開身，忠勇侯已死……秦朗回了侯府，我打算十五送祖母去皇家庵堂清修後，便也回侯府！」白錦繡聲音徐徐，「我同秦朗是夫妻，白家喪事已了，該籌備起侯府的喪事了。」

白卿言臉色蒼白無血色，垂眸端起手邊溫熱的茶杯暖手，低聲開口道：「若你身體扛得住，今日便回侯府，時間拖久了……旁人難免會對你有所議論。」

白錦繡望著長姐，只聽長姐徐徐道：「此時侯府生亂無首，正是能任你拿捏調度，將大權與人心攥入掌中的時候！長姐知道你對祖母的孝心，祖母就在皇家清庵……來日方長。」

這個白錦繡不是沒有想到，她原本打算初十白家出殯之後便回去，誰知後來長姐突然高熱不醒，她就多留了兩天。既然已至今日，她便想再留兩天送祖母和三妹離開之後再走。

「嗯！」白錦繡點了點頭，「知道長姐無礙，我也可放心了！東西我已收拾妥當即刻便走，銀霜暫時留在府中，等忠勇侯府一切妥當之後，我再接銀霜過去。」

說罷，白錦繡起身行禮。

第五章　南疆征戰

「諸事小心！」白錦桐不放心叮囑了一句。

「十五那日姐姐恐怕不能去送你了，出門在外，萬事小心！」白錦繡眼眶發紅，又看向白卿言，「長姐南疆之行，若錦繡無法前去送長姐，長姐切記也千萬小心，錦繡在大都……等長姐攜全家榮耀歸來。」

「我送二姐回去！」白錦稚站起身道。

白卿言對白錦稚道：「你去祖母那裡請蔣嬤嬤親自送錦繡去忠勇侯府，你等隨行！好叫忠勇侯府上下都知道……錦繡背後站的是祖母大長公主和我白家遺孀，讓大都城諸人都明白，錦繡不是好欺負的。」

「長姐，祖母昨日說了，等二姐回侯府時，蔣嬤嬤相陪乘大長公主車駕！將二姐回忠勇侯府的路能鋪多平，便鋪多平。」白錦桐低聲道。

雖然，這事在情理之中，可白卿言是真沒有想到祖母竟會主動這麼做，她主點了點頭：「好，那我便沒什麼不放心的了。」

看著三個妹妹離開，她對春桃道：「春桃，更衣……派人喚肖若海過來。」

春桃見白卿言臉色極差，想勸又知無用，只能含淚福身：「是！」

還不到她可以酣睡之時，她竟睡了兩日。不知這兩日獄中梁王是否有所異動，高升、童吉還有那個田維軍那裡……有沒有審問出一個所以然來。

肖若海得知白卿言醒來的消息，早就候著白卿言喚他，所以來的極快。

「大姑娘身邊叫春妍的丫頭剛一用刑就什麼都招了個乾乾淨淨，昨夜失血過多而亡。高升是個硬漢子，聽說大理寺卿手下有一審訊能人亦在他身上審不出任何消息。童吉在獄中受盡折磨，但一問三不知。只有那個田維軍將知道的都說了，但都不是切中要害之事，可南疆糧草案定然同梁王脫不開關係了。」

肖若海規規矩矩著彎腰，將獄中消息言簡意賅轉述給白卿言。

「還有一事，白府出殯第二日……齊王曾喬裝來了白府，遞了權杖給大長公主似乎是想見大姑娘，可當時大姑娘沒有醒，大長公主與齊王密談約半個時辰後，悄悄離府，此事只有大長公主與夫人知道。」

白卿言不意外，沒了信王……齊王被立為王儲順理成章，南疆之行除卻齊王不做他想。齊王臨行前想要來探探她虛實，也實屬正常。

至於祖母與齊王說了什麼，她已不再掛心。

「大姑娘，三姑娘突然過來了……」

春桃話音一落，喘著粗氣的白錦桐已經挑簾進門。

「長姐……」白錦桐對白卿言行禮後道，「宮中旨意，齊王被冊封為太子，正月十五親征南疆，陛下命戶部侍郎親自徵調糧草。」白錦桐一得消息就趕忙跑了過來。

太子出征，長姐定要隨行，那就是說……長姐十五也要離都了。

正月十五，這麼快。她手指輕輕摩梭衣角，頷首：「我知道了。」

守在院外的春桃看到董氏身邊的秦嬤嬤疾步走來，行禮：「秦嬤嬤……」

「大姑娘可醒著？」

「醒著，正同三姑娘說話，奴婢這就去通稟。」

春桃正欲挑簾進門就聽秦嬤嬤道：「太子殿下來了，在前廳要見大姑娘，夫人正陪著殿下用茶。」

春桃一怔，忙進門。

白卿言已經聽到了，她起身吩咐春桃：「拿狐裘來！」

十五便要出征，太子殿下或許想來問一問白卿言應對南燕西涼合軍之策，這也是應該的，畢竟這軍功是太子的，太子比任何人都希望這一仗能勝，以此軍功來奠定他不可動搖的儲君之位。

她隨秦嬤嬤疾步來到前廳，董氏正同太子殿下喝茶，餘光見那一身素衣白服的清瘦女子扶著婢女的手跨入正廳，太子放下茶杯起身：「白大姑娘。」

「見過太子殿下。」白卿言垂眸行禮，「言病中，未曾恭賀太子殿下入主東宮之喜，還望殿下恕罪。」

眼前女子面色蒼白羸弱之態，卻也不掩其風華驚豔之貌。

太子無輕瀆之心，反恭謹還禮：「德不配位，孤心中了然，只望能與大晉有才德之士戮力同心，共翼大晉，匡孤於輔國正途。」

白卿言微微側身避開太子的禮，輕聲問：「殿下此來，可是為十五出征之事？」

「大姑娘大病初癒，不知體力能否支撐遠行？」

太子沒有避開董氏的意思，董氏便也沒有退下。

白卿言抬頭看了眼太子，深知太子今日來其一是想看她是否已經轉醒，十五能否隨他出征，其二只是想探問她準備以什麼方式……確切的說是以什麼身分隨他出征，才能將軍功悉數給他，如此罷了。

「殿下放心，撐得住。只是此次出征南疆……言身為女兒身多有不便，欲女扮男裝以幕僚身分跟隨殿下左右，不知殿下覺得是否妥當？」

「白大姑娘思慮甚是。」太子得了准信，心中已無憂慮，他笑著道，「如此，大姑娘好好養病，孤特意命人拿了上好的補品來，望能助白大姑娘恢復一二。」

太子竟不問南疆戰事？

她低垂著眸子，視線落在太子殿下的鹿皮軟靴上，慢條斯理開口：「今日我二妹錦繡欲回忠勇侯府，與秦朗禍福同當，白家諸人都勸不住。眼下白家男丁已無，言斗膽喚太子殿下一聲表哥，不知表哥可否送二妹回忠勇侯府，為錦繡助一助聲威，也好讓忠勇侯府兩位姑娘知道，白家男兒雖逝，可錦繡亦有表哥相護，她們心中有所忌憚，必不會再傷錦繡性命。」

太子殿下要從她這裡拿軍功，她可以給，但太子也應投桃報李給白家點兒好處。

她將姿態放低，以表兄妹之情……求庇護白錦繡平安，於情於理他都不能推託。

果然，太子一口應了下來：「孤與白家本是親族，白家男兒已逝，孤便是白家諸位姑娘的親兄長！舉手之勞，怎會不應？大姑娘放心，有孤在一日，必不會讓二姑娘受辱。」

白卿言剛醒來身子還弱，只將白錦繡送至府門口。

「長姐外面風大，回吧！」

她用力握了握白錦繡的手，不知今日一別……何日才能相見，姐妹兩人皆是雙眸通紅。

「去吧！」她低聲道。

白錦繡點頭，轉頭看向正用帕子沾眼淚的劉氏，鄭重對董氏行禮叩拜：「大伯母，勞煩您多多照顧母親。」

「好孩子，起來吧！」董氏將白錦繡扶了起來，拍了拍白錦繡的手，「放心！」

劉氏擔心女兒，可是一想到白卿言用南疆軍功為女兒換超一品的誥命，又請太子殿下親自送白錦繡回忠勇侯府，她目光不免落在羸弱的白卿言身上，心跟油煎似的不是滋味。那可是九死一生的南疆戰場，白家兒郎全都葬身在了那裡，萬一白卿言要是回不來，她餘生如何安心啊?!

「娘，孩兒走了！」

白錦繡說完，轉身登上馬車，深深看了自家長姐一眼，還是彎腰進了車廂內。

當日，白家二姑娘白錦繡乘大長公主車駕，由太子殿下與白家三姑娘四姑娘親送回忠勇侯府，百姓聽聞無不感歎白家風骨清正。

都說夫妻本是同林鳥，大難來時各自飛，若旁人夫家出事被圍，人既在娘家奔喪，定會順理成章躲在娘家避禍，更別說當初這白二姑娘是險些被婆家兩個小姑子害了性命，那時可是橫著出的忠勇侯府。

可白家二姑娘在白家喪事了結後，竟毅然決然回了忠勇侯府，其品德當為楷模。

忠勇侯府那兩位姑娘，在聽說白錦繡回忠勇侯府乃是新冊封的太子相送，且太子在忠勇侯府門前，還對白錦繡以表妹相稱，叮囑看守忠勇侯府的兵士要對白錦繡及其身邊諸人多加照顧之後，惶恐不安，尤其是年幼的二姑娘縮在床上瑟瑟發抖，吳嬤嬤怎麼安撫都無用。

「這下可怎麼辦啊！」秦二姑娘縮在床角抖個不停，淚眼濛濛望著吳嬤嬤，「這白錦繡回來，我們……我們都活不成了吧?!」

吳嬤嬤手裡端著雞絲粥，眼淚吧嗒吧嗒直掉：「不怕的二姑娘！咱們不怕……白家最注重名聲，她不敢害姑娘的！」

「可就是因為白家注重名聲，名聲好！之前我和妹妹又……」秦家大姑娘說不下去緊緊摟著幼弟，哽咽道，「爹已經死了，我們姐弟三人無人護，她回來肯定是要報仇的！娘要是在就好了，娘肯定會護著我們的！」

秦家二姑娘閨閣內主僕幾人正惶惶不安不知所措之時，又一道聖旨下來，秦家兩位姑娘險些暈了過去。

天子使臣持聖旨立於忠勇侯府門外，宣旨冊封白錦繡超一品誥命夫人。

聽說這道聖旨是太子殿下護送白錦繡回忠勇侯府之後，擔心白錦繡被欺負，便立刻進宮與皇帝說情請下的恩旨。

百姓無不讚歎太子殿下高義，皇帝情重，一時間又想起白錦繡當初險些在忠勇侯府被害了性命，再聯想到秦德昭與南疆糧草案，想來是秦德昭早已同梁王、劉煥章之流暗中勾結下黑手坑害白家男兒，否則怎敢肆無忌憚縱女傷了剛嫁入秦家的白家二姑娘。

忠勇侯秦德昭雖死，可罵名傳遍天下，梁王的名聲也好不到哪裡去，為一己私慾坑害國之柱石大晉脊梁，已至忠魂命葬南疆，大晉不得不卑躬屈膝派使臣前去同南燕西涼求和，何等恥辱！

劉煥章叛國與南疆糧草案湊在一起，稍有見識的平頭百姓都能將其拼湊完整，更何況手握人證物證的大理寺卿呂晉。

只是大理寺卿呂晉心中疑惑，不論是皇帝也好……還是能爭儲君之位的皇子也罷，如今晉國面臨南燕西涼合軍壓境，白家傾巢而出為國滅敵，信王就算為奪軍功也不會蠢倒要在大戰未勝之際坑害白家戰將。若真如梁王所說是聽從信王吩咐辦事，那時信王本人便在南疆，他就不怕連自己也葬送在那裡嗎?!

若此事是梁王攀誣信王為己脫身，梁王又是為何要這麼做？即便信王死在南疆……太子之位也只能是齊王，輪不到他啊！

不通……不通啊！

呂晉坐於燈火幽暗的大理寺獄內，聽著童吉被行刑之時的慘叫聲，反覆琢磨思量。

「大人這小廝暈過去了。」

聽到刑官回稟，呂晉屈起指節敲了敲几案，慢條斯理道：「潑醒，繼續審……」

白府。「外面都在傳這是太子殿下的恩德！二夫人……咱們二姑娘這般年紀便成了超一品的誥命夫人，滿大都城可是唯一一人啊！」

聽著僕婦道喜，二夫人劉氏並無那般高興。

女兒這超一品的誥命是怎麼來的，劉氏心中清楚，那可是白卿言要用命去南疆換啊！

劉氏眼眶發紅，想到女兒的叮囑，用帕子按了按心口，道：「去……將年前我讓人給少爺做的護心鏡拿來。」

護心鏡是年前劉氏讓人給兒子做的，誰知道還沒有趕得及命人送到南疆，兒子就沒了。前幾日羅嬤嬤捧著這做好的護心鏡回來，劉氏觸景傷情又哭了一場便讓羅嬤嬤將護心鏡壓箱底了。既然如今白卿言要去南疆，她這個做嬸嬸的無能……不能幫上忙，就將這護心鏡送於她，求神拜佛保佑她平安吧！

清輝院中，佟嬤嬤和春桃已經開始著手為白卿言收拾去南疆的行裝。

白卿言讓春桃將她的銀甲紅纓槍，和射日弓找出來。

春桃歎了口氣，命人將落了灰的紅木箱抬進來打開，裡面放著白卿言的銀色戰甲、紅纓銀槍，和射日弓。

白卿言立於搖曳火光之下，見到那枚放在銀甲之上使用痕跡極重的獸骨韘拿了起來，輕輕套在拇指之上在燈下細觀。

韘又叫扳指，這是她習射日弓時祖父送她的，這東西原本是為扣弦拉射而生，可後來晉國隨高祖皇帝開國以武得爵的世家皆不願子孫習武，這東西……倒成了世家貴族的佩飾。

她手上這枚髓腔被汗液沁出一層薄薄的黑色，遠不如祖父那枚黑璋環繞屬當世名品。

佟嬤嬤打簾邁著小碎步進來，福身道：「大姑娘，肖若海來了，請見姑娘。」

「請……」她脫下扳指放回木箱之中，讓春桃將這口箱子收好，這是她要帶去南疆的。

肖若海一進屋，行禮後便將皇帝下旨冊封白錦繡超一品誥命夫人之事告訴了白卿言。

「不知是誰先提起太子仁義，如今百姓皆讚太子殿下仁義與陛下厚德，稱太子殿下不負忠臣，願善待忠臣遺孀！」

她略微意外的挑了挑眉：「欲借白家得仁義之名，這可不像太子殿下的心計啊！太子殿下……怕是得能人了。」

她剛借著太子的聲威為二妹討了一點好處，太子殿下便借她白家為自己壯聲勢，一點兒虧都不吃。對皇帝來說，這道聖旨原本就是她討要的，不過早一點下旨，在出征之前還能賣給她和百姓個好，名利雙收皇帝何樂不為？

也算是……互惠互利吧。

肖若海頷首稱是：「屬下派去尾隨之人稱，如今還未搬出齊王府的太子回府後不過一盞茶的時間，便匆匆出府進宮，隨後旨意才下來！」

果然，有人點撥齊王了，下這道聖旨的時機真真兒極好。

肖若海接著道：「如今齊王府上下喜氣洋洋，聽說太子殿下回府後重賞了一位秦先生，想必就是這位秦先生點撥了太子殿下，如今秦先生已是太子府的坐上之賓，細問姓名之後得知這位秦先生名喚秦尚志。」

秦尚志……難怪。她抿了抿唇，沒想到此生秦尚志終還是到了太子的身邊，成了太子的幕僚。

秦尚志大才，只希望此生太子不要負了秦尚志才是啊！也希望他們彼此有朝一日不要站在對立面，並非她怕與秦尚志為敵，只不過是憐惜秦尚志罷了。

杜知微心計深沉手段陰毒損辣是真小人，防不勝防，秦尚志卻與杜知微不同，秦尚志有智謀手腕但秉性良善是真君子。

「這位秦先生若真得太子殿下看重，此次南疆之行必會見到，留心些便是了！」她望著肖若海低聲道，「倒是乳兄，南疆之行時間緊迫，都準備妥當了嗎？」

「大姑娘放心，我們的人分幾批已經都派出去了，沿途尾隨軍隊之後而行，不會引人注目。」肖若海按下心中擔憂未說，只是高手太少……此次大姑娘南疆之行風險還是太高。

春杏打簾進來，俯身道：「大姑娘，夫人朝清暉院來了。」

她頷首，對肖若海道：「辛苦乳兄了！」

聽到白卿言這話，肖若海忙稱不敢，便匆匆退下。

送走肖若海，她怕母親發現她成日纏在腿上和手臂上的沙袋，便讓春桃解開藏起，親自出門將母親董氏迎了進來。

一進門，董氏攥著白卿言的手讓其他人退了出去，紅著眼眶將女兒扯至內間，細長的手指用力戳了一下女兒的腦門：「你大膽！」

她知道母親說的是南疆之事，她挽著董氏的手臂扶她坐在床邊，低聲問：「今日錦繡走後，阿娘也套車出門了，是去舅舅家借人了？」

董氏能如何?!

太子上門提起南疆之行，可見女兒南疆之行已成定局，即不可更改，董氏能做的便只能是最大程度護女兒周全。所以送走白錦繡之後，董氏立刻命人套車出門，向董家借死士隨女兒一同前往南疆，至少能護她性命。

只是，之前董氏與董老太君商議定下阿寶與董長元之事，就得擱置了。

「千金之子坐不垂堂，百金之子不騎橫，白家男子皆葬身南疆，你既知你為家中嫡長！又在你祖父靈前立誓要撐起白家門楣！你何敢乘危而僥幸?!」董氏說著眼淚便順通紅的眼眶往下掉，眼底有怒也有心疼。

她望著阿娘雙眸酸澀的厲害，她用力挽住阿娘的手臂，阿娘每次都是被氣急才會掉書袋……阿娘博學，每每爹爹都被阿娘說得啞口無言，連連告罪。

她忽而想起年幼時，櫻花樹蔭之下，爹爹被阿娘訓得滿臉漲紅拂袖而去，不過幾息便又回來手捧茶盞向母親致歉，含笑低語：「娘子，為夫錯了。」

她下巴枕在阿娘的肩膀上，克制著心頭百味，學著爹爹的腔調低聲道：「阿娘，阿寶錯了！」

董氏瞪著她，瞪著瞪著再繃不住哭聲，將她擁入懷中，用力摟緊。

「阿娘，南疆我得去。想護住白家……僅憑民心是不夠的！只有攥住兵權，才能真正的讓皇室忌憚懼怕，才能真正的護住白家。」

她對母親本就無所保留，說得坦然：「我睡了兩天，夢到了父親，夢到了阿瑜……我不想讓白家再有任何一人落得父親和阿瑜那樣的下場！往小了說……我想護住母親和嬸嬸還有妹妹們！往大了說……我願繼承祖父遺志！」

「阿娘，一人活一世僅短短數十年，而世族大家之所以能長存於世……卻不被湮滅在這萬古長時之中，除了家族血統的延續，還有風骨同信仰的傳承！我等白家子孫……能承擔得起白家意志、風骨，白家才能真正得以傳世！若家族志向不存，遲早會被歲月吞噬，被光陰遺忘。」

聽著女兒的軟聲細語，董氏一腔怒火消散只留滿心擔憂和難過，明明應該是被嬌養的天之驕女，卻要擔起男兒家族之責。

女兒心有大志，她為娘的還能拼死阻攔不成？

董氏死死咬著下唇，用力攥住女兒的手，將她抱緊：「此次，你舅舅從董家帶來的一百死士悉數隨你去南疆，只聽你一人調令！你舅舅已派人快馬回登州，登州餘下人馬會想辦法同你聯繫，追上你……」

世族大家豢養死士已不是什麼新鮮事，越是顯赫的大家族死士便越多，也只有世族大家才能養得起那些死士，說白了死士便是世家的私兵。舅舅這是把董家的私兵交到了她的手裡。

「阿娘，我不會愧對外祖母和舅舅對我的信任！」她低聲道。

「你外祖母和舅舅同阿娘一樣，只希望你能平安回來！」董氏喉嚨哽咽，難見在女兒面前露出如此脆弱的神態，「阿娘已經沒有了你父親和阿瑜，阿娘不能再沒有你了，你可知道？」

「我知道！我都知道！」她紅著眼抱緊阿娘，哽咽開口，「阿娘放心，我一定把我自己完完整整的給阿娘帶回來，阿娘信我！」

董氏將一枚白玉玉佩遞給白卿言：「這是號令董家死士的信物。」

她收下低聲道：「我身上重孝，否則一定親自去見外祖母和舅舅一趟，謝謝他們！」

「你外祖母和舅舅不在意這些！你好生在家裡收拾行裝！儘量妥帖些！你二嬸剛才將年前訂做的護心鏡送到我這裡來，囑託我轉交於你，讓你南疆帶上！我看了用料極為扎實，是個好東西！你帶上！」董氏將女兒鬢邊碎髮攏在耳後。

「嗯！」她點頭輕笑，「有阿娘和外祖母、舅舅，還有諸位嬸嬸惦記，我一定盡力在回朔陽之前趕回來！」

「好！」董氏長長呼出一口氣，心中無限惆悵。

董氏走後，白卿言安排起清輝院諸事。

佟嬤嬤、春桃、銀霜三人被悄悄叫了進來，規規矩矩看著坐在銅制火爐前烤火的白卿言。

「我走後，你們多聽佟嬤嬤的話，尤其是銀霜！」

懵懵懂懂的銀霜點了點頭。

「老奴倒是想同大姑娘求個恩典。」佟嬤嬤看了眼傻乎乎的銀霜，道，「老奴沒有女兒，想收銀霜做乾女，雖然老奴身分不高……可到底是大姑娘身邊的管事嬤嬤，銀霜成了老奴的乾女，想必其他家僕也不敢隨意欺辱她。」

白卿言還未同佟嬤嬤說過，打算讓銀霜去二妹那裡。

「嬤嬤，我是打算讓你教銀霜一些日子，等忠勇侯府諸事定下，便將銀霜送到二妹那裡去……」

佟嬤嬤頗為意外，怔愣片刻忙道：「那也無礙，老奴只是怕旁人欺負了銀霜去。」

「好，倘若銀霜願意，此事嬤嬤同銀霜商量便是！」

春桃眼淚吧嗒吧嗒往下掉，她撲通跪在白卿言面前，膝行兩步叩首，雙手扶在白卿言膝頭道：「大姑娘，就讓奴婢跟著大姑娘吧！奴婢保證不給大姑娘添亂！好歹……讓奴婢隨行伺候大姑娘一應飲食，好不好?!」

春桃的忠心她如何不知，可是此生她不能讓春桃隨她一同去戰亂之地，前世春桃因她而死，此生她必要護春桃周全。

「你走了誰替我守清輝院啊？」她笑著將春桃扶了起來，用力緊握春桃的手，「清輝院裡我信得過的就是你們，銀霜一走，佟嬤嬤年紀大了或有個頭疼腦熱的，萬一讓人鑽了空子怎麼辦？」

春桃死死咬著下唇，眼淚斷了線。

「別怕，我還要回來送你出嫁呢！」她同春桃笑著說。

這不是玩笑，前生她欠春桃一個婚禮，此生必要讓她風風光光出嫁。

「姑娘，這都什麼時候了你還說這個！」春桃哽咽。

「戰場我不是沒去過，此次跟隨太子身邊無非出謀劃策，有何可懼?!」

知道自家姑娘決心已定，春桃只能掉著眼淚幫白卿言收拾，心中難受極了。

一連幾日，國公府抬著成箱成箱的帳目從後角門進進出出，今日終於將所有帳目對清楚，交至蕭容衍之手。

旁人看著熱熱鬧鬧，可那箱子裡究竟是什麼，也只有董氏心腹和蕭容衍心腹知曉。

蕭容衍當日在宗族逼迫白家之時出手相助，於情於理此事告一段落之後，都該宴請蕭容衍。可白家無男兒，管家、管事出面身分太低，雖說對商人身分的蕭容衍來說足已，可若是對白家恩人就未免身分不夠。

這日帳目對清，董清嶽攜子董長元替董氏出面，在國公府宴請蕭容衍，讓蕭容衍受寵若驚。

蕭容衍不是沒有聽說董氏打算將白卿言許給董長元之事，董長元少年解元公，品貌端方，學問不凡，的確是難得的好兒郎。

然，在蕭容衍的眼中，董長元配白卿言還是稚嫩了些。

白卿言雖為女子，可心懷大志，襟懷灑落，格局智謀無雙又有用兵謀國之能。這樣的女子……非當世英豪不能與之匹配。

董長元隨父親前來宴請蕭容衍，雖說瞧不上蕭容衍商賈的身分，但到底是有恩於白家，他便來了。誰料，幾番交談下來，董長元竟被蕭容衍的胸懷與見識談吐和氣度折服，只覺此人實乃溫潤君子。

董清嶽舉杯替董氏敬酒：「今日舉杯，四謝先生！一謝先生城南出手阻信王去路！二謝先生救白家四夫人！三謝先生在白家遺孀被逼之際出手相助！四謝先生指點洪大夫行針，卿言才得以甦醒！我替家姐敬蕭先生一杯。」

「董大人折煞晚輩，晚輩怎敢當這一聲謝，碰巧而已！」蕭容衍舉杯略低於董清嶽，姿態恭敬，「白家於衍之恩德深重，盼有來日能報償一二，若有所求……衍必傾盡全力。」

董清嶽眸中含笑將杯中酒飲盡：「今日能得蕭先生一諾，甚幸。」

董清嶽望著眼前舉手投足盡是矜貴雍容之氣的年輕人，只覺後生可畏。

他多年觀人，知此人非池中物，能得此一諾對白家來說總歸是有益無害。

「聽說，先生不日便要離開大都了？」董長元問。

「陛下下旨，今年十五不辦燈會，舉國為鎮國王哀，我便不留於大都了。」蕭容衍道。

如白玉溫潤的翩翩公子董長元，含笑舉杯：「那便祝先生一路順風。」

正月十五，天還未亮。白家諸人送大長公主去皇家清庵清修，車馬隊伍從白家正門出發，浩浩蕩蕩上山，於晨光初現時，停於氣勢宏偉的高階之下。

董氏親自扶著大長公主沿高階而上，三夫人李氏還不知白錦桐將要離開大都，殷殷囑託她好生照料大長公主，晨昏定省關切祖母身體不能懈怠。

白錦桐一一應下。

「你等回去吧！不必再送了！讓阿寶送我進去便好。」大長公主輕輕握了握董氏的手，「以後無事也不必來探望我，好好過好自己的日子！」

幾個兒媳婦兒立在清庵門口，恭敬行禮，目送大長公主進去，折返前殿進香叩拜。

白卿言同白錦桐一左一右跟在大長公主身側，只聽大長公主克制著情緒低聲叮嚀：「今日，你二人皆要離家，切記萬事小心！尤其是阿寶……你要去南疆，那裡刀劍無眼，千萬記住緊跟太子殿下方可保你平安。」

「是。」她低低應聲。

將大長公主送入院子，白錦桐叩拜後紅著眼出門，去更衣準備出發。

皇家清庵的小院廂房，雖然稱不上富麗堂皇，但也是什麼都不缺的。廂房內地龍已經燒了起來，挑開厚氈簾子，如春的暖氣迎面撲來。

她送大長公主入內，看婢女上了熱茶後，福身道：「祖母既然安頓好，孫女就告退了。」

「阿寶！」大長公主見白卿言要走著急起身。她溝壑縱橫的枯槁大手攥住白卿言的手，將她腕間佛珠掛在白卿言的細腕之上：「這是光合大師開過光的，定能佑你平安歸來！」

白卿言看著這串祖母常年佩戴的佛珠，沒有推辭，福身行禮後道：「多謝祖母。」

「阿寶，一定要……平安回來啊！」大長公主雙眸泛紅眼含淚光，克制著不讓眼淚掉下。

她淺淺頷首退出廂房，退出小院，聽到院內挑簾的聲響她回頭看了眼……見大長公主在蔣嬤嬤攙扶下挑起毛氈簾出來，正淚流望著她。

她終是不忍，淺淺對大長公主福身後離開。

白卿言到白錦桐那裡時，白錦桐換好了男裝，她帶著白錦桐從清庵偏門出，讓她從山北面離開。兩人剛走至北山竹林，便見到翠綠竹葉翻飛之下立著一隊訓練有素的護衛。

魏忠匆匆上前行禮：「主子，衛隊半數十人在此。」

她頷首，側頭對白錦桐道：「祖母將她手上一支暗衛隊交於我手，這一半隨你走！」

白錦桐抿唇想了想道：「長姐今日便要去南疆，更需要他們！長姐帶走！」

「我跟在太子身邊不會有事，可你不同，你隱姓埋名能依靠的只有人手！」白卿言拉住白錦桐的手，送她往山下走，「我母親已將白家各地排得上名號的鋪子放於你的行囊中！所幸天下皆知……白家散盡家財，鋪子易手旁人也不會引人注目！」

「是！」白錦桐頷首，見山路難行扶了白卿言一把，竟摸到了白卿言手臂之上纏繞的鐵沙袋。

「如今這世道在變，為長遠之計，你此次不能只將目光放在晉國，若以你之能可讓生意遍布列國……將來收集各國消息便方便上許多。」

世道在變？白錦桐心頭莫名重重跳了一拍，心頭如破開雲霧。是啊，不僅晉國在變，世道也在變！對晉國來說……

內，朝中趨炎附勢的諂佞奸徒，登高位掌大權。

外，西涼南燕聯軍迫境，朝中無敢去前線之武將。

內亂未平，外患交迫，亡國之兆。

以世道來說，曾經強盛一時的大晉霸主顯露盛極必衰之象，西涼野心勃勃，南燕後起之秀，天下局勢將變。目光只在晉國，便只能看到晉國滄海桑田，而目光放於列國……才能看清世道和局勢如何變幻更替。

時局瞬息萬變，誰能掌握先機，誰便能在這亂世亂流中立足。白錦桐深知，長姐所求是護住白家，但若力所能及在護住白家之餘……長姐的心志怕已不僅僅只在晉國。白家還未脫險，長姐便已深謀遠慮為白家世代所圖之大志鋪路，所圖非小，她亦得調整策略，才能配合長姐步伐。

「長姐！錦桐知曉輕重，長姐放心，錦桐必不負長姐，不負白家，不負祖宗信念。」白錦桐抱拳行禮，「長姐止步，錦桐自行下山！」

她欣慰白錦桐明白了她的意思，頷首：「萬事小心，你心存良善，但出門在外不可婦人之仁！」

「錦桐知道！」

今日開始，白錦桐便要用他人身分行走。

暗衛悄無聲息跟隨白錦桐離開，直視肉眼所及已看不到白錦桐的身影

寒風吹過，竹林裡的竹葉沙沙作響，魏忠聽到白卿言漠然的聲音……

「還有一半暗衛，等忠勇侯府圍兵離開後，交到二姑娘白錦繡手中任二姑娘驅使不得有誤。你年紀大了，從今天開始便跟隨在祖母身邊伺候，護祖母周全，安心養老，不必跟著我了。」

魏忠聞言沒有絲毫猶豫，頷首稱是謝恩。一朝天子一朝臣，魏忠在宮中時見得多了，主子更替能得一個善終，對他們這些奴才來說便是最好的結果。

出征大軍辰時末巳時初便要出發，白卿言與太子約定在城外十里坡匯合。

今晨，她來送祖母和三妹，已先一步讓肖若海帶著明面兒上的護衛與行裝在城外十里坡等候。

她一路下山同董氏同坐一車，董氏攬著女兒的肩膀眼淚直掉，一路皆是叮囑之語：「你記住，千萬不能和當年一樣認為戰局在你掌控之中便去涉險！你要知道阿娘只剩下你了，聽到沒有?!」

「阿娘放心，阿寶知道了！阿寶一定緊緊跟在太子身邊保自己周全。況且有兩位乳兄相護，阿寶定會平安歸來！阿娘為爹爹守白家！我還要活著替爹爹護阿娘呢！」

董氏克制不住哭聲，用力抱緊了女兒，心裡難過不已。

明明說好的，若是女兒她教詩書，讓女兒知書達禮，若是兒子丈夫教他武藝，讓他保家衛國。可為何，兒子死在沙場，女兒也要拖著病弱之軀奔赴。

送董氏和諸位嬸嬸回府，白卿言鄭重叩拜後避人耳目悄悄離府。

秦嬤嬤來回稟董氏白卿言已走，董氏淚如棉線，良久她長長歎了一口氣，哽咽開口：「今日起，大姑娘稱病……」

「老奴明白！」秦嬤嬤紅著眼道。

「大嫂！大嫂！」三夫人李氏慌張失措的聲音從院外傳了進來，董氏睜開酸脹的眼，側頭朝窗外看了眼，吩咐秦嬤嬤：「去迎一迎三夫人。」

三夫人李氏拎著襖裙裙幅匆匆進門，手裡捏著一封書信，慌得淚流滿面：「大嫂！小四……小四她……」

秦嬤嬤見狀帶著外間伺候的婢女退下，三夫人這才忙走至董氏面前，將信遞了過去：「小四留信出走了！說是要隨阿寶去南疆！我就說她這幾日怎麼這麼乖順，不惹事不說還每日來我這裡叮囑我要保重身體，照顧好自己……鬧了半天她在這給我憋著這麼一齣！今天早上她說不舒服就不去送祖母了，我還當她是真不舒服！大嫂……這可怎麼辦啊？」

「你先別慌！」董氏接過信一邊細看一邊問，「什麼時候發現小四不見的？小四身邊的人可都詢問過了？」

「那幾個婆子丫頭說今早我們送母親走後，那小妮子就拎了包袱騎馬跑了！」李氏心慌的不行，她的丈夫兒子全都死了，女兒要是出事她可怎麼活?!

董氏一目十行看完信，道：「你別慌，她是去尋阿寶的，我這就命人去將她追回來！秦嬤嬤……」

秦嬤嬤應聲挑簾進來：「讓盧平親自帶一隊人馬往南，務必快馬將四姑娘白錦稚追回來！」

「是！」

李氏一怔，竟然讓盧平親自去?!

「嬤嬤等等！」李氏忙喚住轉身要走的秦嬤嬤，她上前一步攥住董氏的手，「大嫂，如今咱們府上最得用武功最高的便是盧平，你讓盧平去追人……萬一大都有變數咱們府上怎麼辦?!」

「除了盧平，又有誰能將小四帶回來？放心吧……小四應該走的不遠。」董氏對秦嬤嬤道，「去吧！讓盧平小心行事莫讓人發現了。」

「秦嬤嬤！」李氏又把人叫住，她喉頭翻滾著，雙眸泛紅，眼淚吧嗒吧嗒往下掉，「盧平不能走！罷了！不追了！左右……她是去找阿寶了！小四有一身武藝若遇危險應當不會拖累阿寶，也好讓她在阿寶身邊好好學學！」

李氏心中明明不捨，明明擔憂，卻還是狠下心腸。

她雖不如董氏這般睿智什麼都了然於心，可也能猜到白卿言之所去南疆是為了保全白家。

大嫂董氏也只剩下這一個身體羸弱的女兒，可為了白家，大嫂不得不讓白卿言去，她的女兒身體強健自己任性妄為跑了，她還要大嫂遣白家護衛去追，萬一大都這兒有事，大嫂手裡連個身手卓絕的人都沒有！

李氏狠下了心，眼底噙著淚，鄭重道：「大嫂，勞煩您派個人找到那個不成器的東西，告訴她……護阿寶平安回來，否則我打斷她的腿！」

董氏眼眶一熱，輕輕握住李氏的手：「錦桐去陪母親了，要是連錦稚都走了，你……」

不等董氏說完，李氏搖了搖頭：「小四仗著天資不錯，任性妄為了這麼多年，如今父兄都不在了，她也該去歷練歷練，該長大了！更何況以小四那個性子就算是把她捆回來了，她找機會還是要跑。」

良久董氏點頭，轉頭吩咐立在門口雙眼發紅的秦嬤嬤：「派個人去，找到四姑娘直接送到大姑娘那裡，讓大姑娘護好妹妹。」

白卿言的馬車到城南十里坡時，出征大軍還未到。

已換了一身男裝的白卿言還未下馬車，肖若海已經快馬而來，對馬車內的白卿言道：「大姑娘，二姑娘來送您了！」

錦繡?! 她挑開馬車車簾，彎腰下車……見不遠處隨她去南疆的衛隊一側停著輛馬車，披著披風的白錦繡立於馬車旁，見長姐一身俐落的男裝，想起曾經長姐身著銀甲披風英姿颯颯的模樣，濕紅的眼底有了笑意，疾步朝白卿言方向走來。

「你怎麼來了？」白卿言頗為意外。

白錦繡扶住她的手臂，朝衛隊方向走去：「是太子殿下的安排，他讓我來送送長姐，他這是在賣人情給長姐，信王、梁王相繼入獄之後，我覺得太子變得聰明許多！就比如……這超一品誥命夫人的恩典是長姐換來的，卻讓太子和皇帝得了好名聲。」

「太子身邊得了能人，不足為奇。」她握了握白錦繡挽在她臂彎的手。

「只是，太子得了能人，長姐南疆之行怕是更危機重重。」白錦繡腳下步子一頓，紅著眼望向白卿言，冰涼的手指緊緊攥著她的手，眼中滿是擔憂，「長姐，真的就……非去不可嗎？」

白錦繡怕南疆之行，皇帝不會讓白卿言活著回來！

她知道白錦繡的擔憂，徐徐道：「雖說白家軍潰敗，可百足之蟲死而不僵，我白家真正的根基不在大都，在軍中！振臂一揮一呼百應，那是換作任何一個姓氏都做不到的。我去是要告訴僅剩的白家軍，我白家骨血與白家軍同在！刀山火海生死相托，那……才是我們白家應該經營的地方。」她用力捏了捏白錦繡的手：「亂世當道，軍權方為立身之本。」

白錦繡眼淚一下就掉了下來，她忙用手背擦拭。

遠處，出征大軍已緩緩而來，白錦繡心中不捨，哽咽道：「長姐，萬事小心，我在大都等長姐平安回來！」

她回頭看了眼浩浩蕩蕩而來的出征隊伍，太子榆木精緻的奢華馬車行在前方，後面跟著兩輛規格偏小的馬車，兩側皆是護衛兵士。

很快，齊王貼身伺候太監快馬而來，下馬對白卿言行禮道：「太子有令，請白大姑娘馬車跟於太子馬車之後，以護白姑娘周全。」

「多謝。」白卿言淺淺頷首。

「長姐……」白錦繡聲音哽咽。

「好了，回去吧！」說罷，她鬆開妹妹的手，上了肖若海備好的馬車。

「長姐，定要平安歸來！」

聽到白錦繡帶著哭腔的聲音，她抬手撩開湛青色的簾子，對白錦繡頷首。

肖若海親駕馬車，雙手勒住韁繩，帶著人馬緩緩朝出征大軍的方向而去。

大軍隨行傳令兵前後傳令，讓先頭部隊提快了速度，又緩緩壓慢了後面行軍的速度，讓白卿言的馬車借空插了進去，位於太子殿下馬車之後。

這輛馬車是肖若海選的，雖不如太子殿下馬車那般奢華惹眼，可車體寬敞，車廂是用壓實了的實木製成，即便是最鋒利的箭矢也難以穿透。

此次，皇帝傾全國之力聚齊五萬大軍出征南疆，沿途官道定然是平坦，肖若海細心，木案上擺著棋盤，大約是怕路上枯燥讓白卿言解悶兒的。

車內暗匣裡有書本，還有易於存放的點心吃食，煮茶的小爐子，一應茶具，取暖的銅罩火盆，連香爐這樣的小物件兒都很齊整，當真是費心了。

如今陛下已先遣議和使臣穩住局勢，後命太子親自率兵出征，再戰之心顯而易見。

太子知兵貴神速不敢耽誤，一路車馬顛簸抱著痰盂吐了好幾次，卻未曾叫苦也不曾讓隊伍減緩前進速度，硬忍了下來。

五萬兵士安頓至營地，太子車馬被當地太守恭敬請入府內休息，太守宴請被面色不佳的太子推辭了。可宴已設，太子勞累不願賞臉，太守便盛情相邀太子帶來的幕僚，白卿言稱病未去。

多年不曾出入過軍營，白卿言立在土丘之上望著營地演武場，四周旗幟獵獵作響，高高架起的火盆火舌搖曳將演武場映的亮如白晝，兵士們圍著兩個肉搏較量的百夫長，起哄聲一陣比一陣高，熱鬧非凡。
寒風席捲而過，白卿言卻覺這場景無比熟悉，心中竟有遊子歸鄉之感。
「公子，風大回去吧！」跟在白卿言身後的肖若海低聲道。
她手中握著手爐頷首往土丘之下走，問道：「小四到哪兒了？」
「四公子尾隨大軍已在城中客棧住下。公子放心，屬下派人暗中護著四公子，必不會讓四公子出事。」肖若海壓低了聲音說。
「明日出發之前，把她帶到我跟前來！另外……派人給母親和三嬸送個信，好讓她們安心。」
「是！」肖若海應聲。
秦尚志帶著隨行小廝立在不遠處，遠遠看到一身男裝的白卿言含笑長揖到地，姿態很是恭敬。
白卿言含笑與秦尚志相望。
秦尚志專程來這裡等白卿言必是有話要說，如今白卿言男裝行走，倒也不必太過避諱男女有別。肖若海備好茶水，起身立在白卿言一側，餘光悄無聲息打量著這位曾經客居白府，如今又成了太子幕僚的秦先生。
白卿言與秦尚志相隔一桌，相對而坐。
「初十一別，不曾想今日再見先生已是太子幕僚，言以茶代酒恭賀先生。」白卿言端起面前冒著熱氣的茶杯。
秦尚志看了眼肖若海，見白卿言沒有讓肖若海退下的意思，便知此人是白卿言心腹，他舉杯輕抿一口茶水，放下茶杯後道：「大姑娘可知，此次南疆之行……於大姑娘而言，危機四伏？」
她放下茶杯端坐握住手中半涼的手爐，望著秦尚志道：「先生能來與我說危機四伏四字，言銘感於心。」

「秦某曾蒙大姑娘收留，方可苟活，故而今夜前來打擾，是為了告知大姑娘……此次不論大姑娘勝也好敗也罷，今上都不能容大姑娘存活於世！」秦尚志神情鄭重，似乎下定了決心一般，「秦某有一計，可使大姑娘在抵達南疆之前脱身。」

身著素白色暗紋左襟長衫的白卿言，望著秦尚志緩緩道：「先生，我一人榮辱性命何足道哉？南疆我必去。」

秦尚志沒有問為何，看著眼前身形清瘦的男裝女子，陡然想起那日有兵士家眷在國公府門前鬧事，白卿言字字鏗鏘之語，她說前線艱險總需有人去！因那裡數萬生民無人護！她手指頭頂匾額，稱鎮國二字，當是……不滅犯我晉民之賊寇，誓死不還！生為民，死殉國！白家只為護我大晉百姓無憂無懼的太平山河，生死無悔！

油燈燭火之下，秦尚志擱在膝蓋上的手緩緩收緊，時至今日憶起白卿言那擲地有聲之語，心中熱血依舊澎湃難抑。

白家是真正以忠義二字傳家，將為國為民刻進了傲骨裡。白家男兒雖葬身南疆，可只要白家精氣風骨不滅，白家便能在這世族大家皆如曇花一現的歷史長流中，永存不朽。

秦尚志鄭重行禮：「鎮國公府白氏，滿門英豪，可歎可敬！」

秦尚志是君子，便以君子之心度白卿言之腹……自是以為白卿言今日赴南疆，如當年的鎮國公白威霆一般只為護民守國。

交淺不能言深，白卿言不欲同秦尚志多加解釋，坦然替祖父、父親受了秦尚志這一禮。

第二日，寅時。

偌大的演武場只有旗幟獵獵作響，皎皎月光之下，白卿言清瘦身影立於靶場，以極為標準漂亮的姿勢將射日弓拉了一個滿弓，只可惜箭未射出她已力竭，腹腔那口氣一散，來不及收勢，羽箭即在射出一小段距離後軟塌塌跌落在地，她亦是彎腰扶著雙膝直喘粗氣，雙臂肌肉痠脹發抖。豆大的汗水順著她的下顎滴答滴答往下滴，衣襟已經被汗水濕了一片，肺部難受如同快要炸開。

白卿言身體虛，力道和從前不能相比，可身體對弓箭的記憶還在，她說是從頭再來但到底不是初學者，加上這段時間白卿言日常都纏著鐵沙袋，力道還是恢復了些。

扶膝休息了一小會兒，白卿言直起身，從箭筒裡抽出一支箭，繼續練。

前生，她為了恢復武藝沒日沒夜的練，比這痛苦百倍，眼前這點難受算什麼，遠遠不夠瞧的，她知道自己一定能一次比一次做的更好。

重新調整氣息，搭箭，拉弦……

肖若海立在一旁看著白卿言堅韌的背影，想起白卿言小時候被逼著練弓箭的模樣，大姑娘從小到大都是這般，任何事都不輕言放棄！要麼不做，要做便做到最好，不論這期間要吃多少苦受多少罪，也從不氣餒。

當年都說小白帥天資不凡武藝超群，可無人知道白卿言為了那身武藝吃了多少苦，受了多少罪。如今從頭再來，白卿言身上除了當年那股子韌勁和拼勁兒之外，少了急躁更多了幾分沉著穩健。短短數日，從連普通的弓都拉不開，到一點一點拉開射日弓，白卿言這可以稱得上是突飛猛進一日千里了。可白卿言還不滿足，她練到全身濕透發抖也只是稍做休息重整旗鼓再來，每日如此不曾間斷。

天際放亮之時，全身衣衫被汗水濕透……面頰通紅的白卿言，吩咐肖若海收了弓箭，道：「勞煩乳兄加重我日常綁臂的鐵沙袋，以後每隔兩日加重一次。」

她眼下要穩紮穩打，不能太過急躁從而透支身體，得每日不間斷慢慢一點一點加量，否則一定會如同前生一般提前將身體拖垮得不償失。

白卿言回去洗漱換了一身衣裳，正往手臂纏新增分量的鐵沙袋時，就從窗口瞧見肖若海派去接白錦稚的趙冉回來，正立在簷下在同肖若海說話，臉上有傷。

聽到白卿言出來的開門聲，肖若海揮了揮手讓趙冉退下。

她開口把人喚住：「趙冉你過來，四公子呢？」

趙冉忙快步走至白卿言面前，滿面愧疚行禮道：「屬下無能，沒有能將四公子帶來，還請公子責罰。」

「公子，四公子怕是誤會了，以為趙冉他們是抓她回大都城的，所以和趙冉他們動了手，逃竄間四公子遇到魏國富商蕭容衍，向其求救。那位蕭先生命他的人出手護下四公子又攔住我們的人，四公子又稱不認識趙冉等人，所以……那位蕭先生拒不交出四公子。」

蕭容衍？

蕭容衍似乎是說過，十五就要離開大都返鄉，不曾想這麼巧竟然和小四碰上了。

「你先下去處理傷口。」白卿言對趙冉道。

「是，屬下告退。」

趙冉走後，她問肖若海：「大都那邊可有什麼消息？」

「劉煥章的叛國之罪已是翻不了案了，但因為劉煥章一死，南疆糧草案大理寺卿呂大人查起來就頗為棘手，田維軍的證詞又都無法證實梁王並非奉信王之命辦事。梁王到現在抵死不認，高升受盡酷刑一概不說，小廝童吉一問三不知，這個案子也是難為大理寺卿呂大人了。」肖若海道。

杜知微死了，劉煥章也死了，前世梁王的謀臣和戰將都沒了……

此生，白家軍必不會被梁王接手，沒了杜知微，她倒要看看梁王要如何翻盤。

「左相李茂那邊還沒有動靜？」她又問。

前世梁王與左相李茂相互勾結參奏祖父叛國，此生梁王已入獄，李茂倒是坐的很穩。

李茂奸滑，她猜……李茂前世定然是看透梁王明面兒上追隨信王，實際上不過利用信王，怕將來齊王與信王兩敗俱傷，這位梁王上位的可能性更大，所以才暗中倒向了梁王。

可上一世，李茂卻在齊王將要冊封為太子的關口，棄了這個純臣的身分，與梁王一同參奏表明立場……

杜知微此人，做事一向留後手，既然前世能讓李茂同梁王聯手共參祖父叛國，要麼是李茂的把柄攥在梁王杜知微手中，逼得李茂不得不表明態度！要麼……李茂便是鐵了心追隨梁王，好要那從龍之功。

若是前者，李茂現在怕是要急著清理把柄。若是後者，李茂應該會設法救出梁王。

可以李茂的向來喜歡左右逢源的品性，她篤定是第一種。

肖若海搖了搖頭：「來人未報，不過臨走前按照公子吩咐已派高手將左相府牢牢看住，稍有異動我們的人定會察覺，另外派去看守左相府的一個小子正巧碰到了個機會混入左相府，只是人才剛進府中……要起作用還需時間。」

她活動舒展了還在不自覺發抖的雙手，點頭：「之後李茂府邸的任何動向，都派人向二姑娘稟報一次，就說是我臨走之前交代的，以防我身處南疆鞭長莫及讓她隨機應變，謹防李茂此人！」

「是」肖若海應聲。

「乳兄，你親自去一趟把小四接回來，告訴她我不會送她回大都！記住不要同蕭容衍的人發生正面衝突，接到小四儘快趕上大軍步伐。」

肖若海抱拳：「屬下這就去！」

太子臨行之前，皇帝再三交代此戰必勝的重要性，太子鐫心銘骨時刻不忘，雖然昨日在馬車上被顛了一個七葷八素，今晨還是強撐著起來，命大軍按時開拔。

太子被攙扶著臨上馬車之前，見白卿言一身俐落男裝，未披披風，再看白卿言腳下易於步行的防滑鞋履，頗為詫異問了一句：「白大……公子，這是打算步行？」

「馬車顛簸，走走也好。」白卿言道。

沒有那麼多時間給她慢慢訓練恢復體力，她便周身纏著加了分量的鐵沙袋，以步行代替訓練。如今是急行軍之時，為不拖累行軍速度，她必需跟上，也算是對自己的一種鞭策。

只希望在到達南疆之時，至少她能夠重新將射日弓撿起來。

昨日在馬車裡窩了一整天，骨頭都快被顛散的太子聽了這話，命人給他拿了雙易於行走的鞋履：「昨日坐了一日馬車，骨頭都僵了，孤也走走。」

「殿下，我們是急行軍，殿下與白公子不同不是少入軍旅，步行恐耽誤時間。」秦尚志勸道。

太子擺了擺手只道：「白公子走得，孤也走得。」

話說出口，大軍出發。

然，走出不到兩公里太子已經跟不上速度，三公里時……為不耽誤行軍速度太子被扶上馬車。行至十里時，白卿言髮絲被這寒風吹得略有些散亂，臉和鼻尖通紅，汗水順著下顎滴答滴答向下掉，纏著鐵沙袋的腿如同灌鉛一般痠麻到抬不動，馬車近在咫尺，她隨時可同太子一般上馬車，舒舒服服坐車而行。

可她只要一想到祖父、父親，眾位叔父和弟弟的死，心就如同油煎火燒，一口氣沉到腹腔咬牙前行。

到南疆最快一個半月便可到達，那個砍了小十七頭顱，剖了小十七腹部的雲破行就在南疆。

難道，她要拖著一副肩不能扛手不能提的身子去同雲破行較量不成?!

她這些年體弱，既……不是病重不是寒症。而是她認同了大夫的話……亦自認病弱而不勤勉練習，夏藥膳……冬進補，整日臥床將養，將自己越養越弱。

呼吸間白霧朦朦模糊了她發熱的眼睛，耳邊只剩下大軍行進整齊一致的步伐聲。

她調整呼吸，目視前方，緊緊攥著拳頭，胸口如同火燒火燎一般難受。

祖父、父親誰不曾受過重傷，哪一個有她這麼嬌氣了?!

他們教了她一身的本事，難道就是為了讓她自憐自惜的?小時候學武千般苦都吃了，荒廢了這麼多年如今想把武藝再撿回來，難道想想就能回來嗎?

蒼天公平，人生苦甜對半。

這些苦都是她這些年落下的，她得補齊了才能拿回原本屬於自己的武功，都是應該的。

肖若海快馬追上行軍隊伍時，見白卿言未坐馬車一躍下馬，疾步走至白卿言的身邊道：「公子，屬下沒有能接回四公子。四公子拒不同屬下走，口稱不認識屬下。那位蕭先生說……他此行亦是往南，四公子是公子的幼弟他必會好生照顧，若公子實在不放心可親自去接人，只有見到公子……他才相信我等是公子的人，才能將四公子交還。」

白卿言腳下石子一滑，僵硬的身形險些摔倒，幸而肖若海一把扶住：「公子！」

她腳步若停頓，身後隊伍步伐必然都得跟著亂，她不是沒有行軍經驗的深閨女兒，立刻借肖若海的力挺直腰身，疾步向前：「知道了！」

她重新找回呼吸和步伐，思索蕭容衍的意圖。

讓她親自去接人？白卿言在心中嗤笑，她要離開行軍隊伍去接人，還得和太子說明緣由。蕭容衍怕是有所圖謀想與太子同行又怕刻意，這才想借她的嘴傳話……讓太子去請他吧。

畢竟，太子身為皇子，在繁華熱鬧的大都城享樂慣了，這一路馬車之中枯燥乏味，有個能談天說地的知己相伴，便不那麼難熬了。

皇親貴胄的公子習性和做派，蕭容衍倒是明白的很。

她不免又回想起她發熱昏睡那兩日，期間太子與祖母密談的半個時辰，她再想到臨行前祖母幾乎是明示她一言一行都必需在太子殿下眼皮子底下，不要離太子殿下身邊。她想，應當是太子答應了祖母她此行只要不生異心，不離他視線做有礙皇室之事，便保她性命。

肖若海沒有勸白卿言回馬車休息，他深知白卿言的秉性，勸也無用，索性牽馬護在白卿言身旁一路隨行。

天黑透之時，大軍終於趕到曲澧。

白卿言亦險些脫力，她人坐在營房內，顫抖著手解開纏繞在身上的鐵沙袋，沙袋已能滴出水來。靜坐時，汗比行軍途中出的更多。

肖若海命人給白卿言提了水親自在門口守著，讓白卿言可以好好沐浴解乏。

太子看著燈下為他腳上藥的小太監，皺眉問：「白家大姑娘，真步行了一天？」今日他不過走了幾里路，腳上便磨出泡來無法再前行，這白卿言一個姑娘家，竟然隨軍走了一天?!

太子的貼身太監全漁替太子穿好羅襪，笑道：「這也不奇怪，白家大姑娘自小同國公爺出征，想必是習慣了，真是個有福不會享的，偏要自己折騰自己！」

「話不能這麼說，她病了這些年，那身體可大不如前了……」太子看著搖曳的燭火，心中頗為不甘心，他竟連一個女人都比不過了？

「太子殿下金尊玉貴，可千萬不能自降身分和那些耐勞之人比。」全漁淨了手給太子送上一碗溫度剛剛合適的燕窩粥，「殿下用了粥便早點兒休息吧！明兒個還要趕路呢！」

太子小口用燕窩粥之時，全漁已經命人點了助眠的熏香鋪好床鋪。

待太子漱口後，他扶著太子上了床榻，眉目間盡是崇敬：「殿下為國為民如此操勞辛苦，百姓必都銘記殿下恩德，等南疆大勝歸來，殿下定會更得人望。」

「少拍馬屁！」太子嘴上這麼說，眼底卻盡是笑意。

大軍卯時末便要開拔。

白卿言日常訓練結束從演武場回來，更衣洗漱後卯時便去見了太子，將白錦稚之事告知太子。

「小四年幼莽撞怕被送回大都，便謊稱不識在下身邊護衛，蕭先生也不敢貿然讓人將小四領走，故而在下想勞請殿下身邊的公公將小四從蕭先生那裡接來。」

說著，白卿言朝全漁的方向頷首致禮，全無清貴人家輕賤太監那高高在上之姿。

全漁受寵若驚，連忙還禮。

白卿言一身男裝，身形削瘦卻挺拔，一派英姿颯颯的男兒姿態，言語間也無女兒態，倒是讓人辨不出雌雄，只覺是個相貌比女兒家還漂亮的少年郎。

「對啊，容衍有事要先往平陽城再歸國，與我們同路！」太子突然笑著轉頭看向全漁，「你去客棧將四姑娘接回來，再問容衍……可否願意與大軍同行，速去速回不可耽誤開拔時辰。」

白卿言垂著眸子不吭聲，太子殿下在車內坐的定是相當乏味了，聽到蕭容衍同路竟這般高興。

「殿下放心，白大……公子放心，奴必不會耽誤時辰！」全漁領命，對太子殿下與白卿言行禮後匆匆出門。

白卿言身邊的人去了兩次都沒有把人帶回來，太子殿下身邊的奴才去了不過半個多時辰，在大軍整裝出發之前，蕭容衍一行人連同白錦稚便到了。

白卿言立於太子身後，見身披狐裘大氅的蕭容衍騎馬踏著破曉晨光而來，他身後跟著一隊二十多人的帶刀護衛，排場十分烜赫。

極為儒雅溫潤的男子從容下馬，身後清晨初升的輝光為他周身渡了一層熠熠金色。

他遙遙向太子行禮，嘴邊噙著淡淡笑意，舉手投足盡是腹有詩書的風雅氣度。

跟在蕭容衍身側一身男裝的白錦稚亦是跟著蕭容衍向太子行了一禮，便飛速朝白卿言的方向跑來，她跑至白卿言面前怯生生看著自家長姐，乖乖立在她身側，低頭用手指一個勁兒扯衣擺。

「容衍，你莫騎馬了！與孤同坐馬車，孤也有個說話的人！」太子笑著喚了他一聲。

蕭容衍將手中烏金馬鞭遞給護衛，走至太子面前又躬身一禮，通身溫醇厚重的儒雅氣質。

他含笑的幽邃雙眸朝白卿言看去，平靜的目光極為內斂高深，似能洞悉一切。

見她一身男裝，宛如清貴人家樣貌驚豔如畫的矜貴公子，不免想起蜀國皇宮她那戰馬銀槍的颯颯英姿。

他朝白卿言躬身一禮：「白公子。」

白卿言姿態灑落還禮：「有勞蕭先生對舍弟照顧。」

看到白卿言腳下鞋履，蕭容衍溫聲詢問：「白公子不坐馬車？」

「聽聞步行可強身健體，試一試罷了。」白卿言沉著道。

「走吧！要出發了！」太子對蕭容衍說了一聲，又對白卿言道，「白公子堅持不住便上馬車，急行軍速度極快，切莫逞強。」

白卿言對太子行禮：「言謹記。」

太子拉著蕭容衍上了馬車，隨行將軍安排蕭容衍的人跟在後面，大軍準備開拔出發。

「四公子上馬車吧！」肖若海對白錦稚道。

白錦稚將隨身攜帶的銀槍長鞭和包袱丟進馬車裡，又小跑回白卿言身邊：「我同長姐一起走路。」隨著號角聲響起，軍隊出發，白錦稚不安跟在白卿言身邊：「長姐，你別生氣，我就是害怕你讓肖若海把我送回大都！以前祖父不讓我去戰場，是因為覺得我定性不夠，可如今情況不一樣了！我不能眼睜睜看著長姐去南疆涉險，自己窩在大都城享福。」

見長姐目視前方只顧前行，白錦稚眼眶發紅：「長姐我有一身武藝，不求去南疆建功立業，只求能跟在長姐身邊，以肉身護長姐一個周全！長姐是我們姐妹的主心骨，而小四是我們白家最無用之人，此行萬一有難小四願為長姐捨命！」

她聽著白錦稚哽咽之語，心底情緒翻湧，感懷萬分。

「小四出息了，寧跟在旁人身邊也叫不回來！當真是一出門就野了？」白卿言壓低了聲音。

「率性於外，沉穩於內……長姐說的小四都記得！」白錦稚說著朝太子馬車的方向看了眼，將聲音壓得更低了些，「不是小四使性子不回來，而是小四覺得這個蕭先生有些古怪，想留在他身邊詳細查證罷了。」

白錦稚陡然說出這樣的話來，倒是讓她覺得意外。

同太子坐於馬車中的蕭容衍眸子陡然一瞇，側頭輕輕撩開隨車身晃動而搖曳的馬車簾子，看向正湊近白卿言說話的白錦稚，目光又忍不住落於身形修長清麗的白卿言身上。

白卿言似有所感抬眼，四目相對，見蕭容衍只是靜靜凝視著她，她心頭一跳，猜到蕭容衍怕是聽到了白錦稚的話，快了幾步將妹妹擋在身後。

她知道蕭容衍厲害，一粒花生米都能成兇器傷人，練家子聽力出奇也不是什麼新鮮事，可她卻沒想到白錦稚如此小聲，周圍又都是車輪聲、步伐聲，蕭容衍竟然還能聽到，可見此人身手何等厲害。

蕭容衍看著白卿言的動作，緩緩放下簾子，笑容溫潤對太子道：「白大姑娘本就體弱，這樣步行恐怕撐不住吧？」

太子搖了搖頭，歪在軟枕上：「昨日白大姑娘走了一天，到底是從過軍的。」

見長姐快了幾步，白錦稚怕長姐以為她無的放矢，忙追了幾步道：「真的長姐！那個蕭先生身邊的人各個身手不凡也就罷了，竟沒有一個偷奸耍滑懶懶的，且言行十分齊整，自律性極高，令行禁止！這……可不是普通商人能做到的，倒像是訓練有素的軍旅者。」

她既然不能明著告知小四蕭容衍的身分，又不能讓蕭容衍以為小四已知他身分準備告密，便沒有阻止小四說下去。

「而且，我昨晚想偷偷去看他們這次押送至平陽城的貨物，發現這批貨物竟然有身手極高暗衛把手，他們說這批貨物是普通香料，但香料與藥物多為草植，多種味道混在一起分的清楚嗎？再者裝滿草藥的馬車車輪壓過可留不下那麼深的車轍印子，我懷疑他們這批貨物，是數目巨大的草藥和兵器！長姐……你說這蕭容衍會不會是西涼或者南燕的密探？」

「出門在外，你能留意這麼多這很好！」她欣慰一向大大咧咧的白錦稚，竟也會觀察這些了，「但在商而言商，如今南疆戰場以天門關和鳳城為界，多處於豐縣、黑熊山、駱峰峽谷一帶，屬於南疆以東，南疆以西的平陽城幾郡相對安穩，可草藥與護身兵器價格奇高，蕭容衍運送草藥兵器過去有利可圖，有何奇怪？」

「那他為什麼要掩人耳目？大大方方又有何不可？」白錦稚不解。

「商有商道，隔行如隔山，裡面門道你若想知可去請教蕭先生。」

白錦稚聽出長姐這是不懷疑蕭容衍，便道：「其實小四也明白，蕭先生在白家困頓之時出手相助，這分恩情至少能容蕭先生一次解釋的機會，小四是準備查清楚了後，告知長姐再去詢問蕭先生的，這是義……小四沒忘。」

她欣慰頷首：「小四長大了。」

「長姐……那你不怪我了？不會把我送回大都了是不是？」白錦稚與高采烈湊上前問。

「這一路直到歸來，你就在我身邊，寸步不可離，否則我立刻讓乳兄捆了你八百里加急將你送回三嬸兒身邊去。」

聽到長姐這話，白錦稚開心的不得了，連連點頭，規規矩矩跟在白卿言身邊前行。

可這一路越走到後面，白錦稚心裡越難受。
她看到長姐一身衣衫被汗水沁濕，仍不上車堅持步行，步伐堅定不曾拖慢隊伍一分。
等入夜到達白沃城之時，長姐解開纏繞在衣衫裡的鐵沙袋，都已可以擰出水來。
白卿言沐浴時，白錦稚一語不發從屋內出來，忍不住問肖若海：「長姐，這兩天就是……纏著這麼重的鐵沙袋走一天的?!」
「今日大姑娘已能適應了，明日還要增加重量。大姑娘欲在到達南疆之前拿起射日弓，時間緊迫才用了此等方式。」
肖若海垂眸看著個頭要比白卿言低一些的白錦稚，見小姑娘眼眶通紅，他低聲安撫道：「大姑娘心中有分寸，四姑娘放心。」
鐵沙袋白錦稚並不陌生，白家諸子練武的時候都用過，可這麼重的鐵沙袋白錦稚可從沒用過。長姐身子那麼弱，吃得消嗎?!

寅時末。寒風呼嘯，白沃城飄起了三三兩兩的雪花。
演武場內，被高高架起的火盆中，熊熊火光迎風熱烈搖曳。
萬籟俱靜中，有箭矢劃破空氣的聲音不斷響起，跌落，再響起，碰到草把，又跌落。
汗水順著白卿言下顎滴答滴答向下掉，她胸前和脊背的衣衫已經濕透，整個人如同從水裡撈出來一般，在這寒氣極為逼人的黑夜中蒸騰著熱氣。

她調整呼吸，沉著如水的目光一瞬不瞬凝視火光之下的草把紅點，再次拉開一個滿弓，繃著勁兒，咬牙將一張弓拉到極致，弓木發出極為細微聲響。

她的騎射都是爹爹手把手教的，爹爹……是大晉國無人能敵的神射手，她也是！

零丁雪花落在她極長的眼睫上，她鬆手……

「咻——」

肖若海忍不住攥緊拳頭，克制著激動的聲音，道：「公子，中了！」

正中紅心！

準頭，白卿言一向有這個自信，只是力道還是欠缺的厲害，畢竟草把的距離是被肖若海挪近了的。白卿言喘息休整了片刻，又重新從箭筒裡抽出一根羽箭，剛搭上弓……眸色一沉，猛地轉身，毫無留餘力，箭指來人，弓木緊繃到極致一觸即發。

不到十丈，僅帶一個護衛的蕭容衍立於風雪之中，沉靜黝黑的眸子望著那搭箭拉弓身姿極為俐落漂亮的纖瘦身影。

迎風劇烈擺動的火光，將她那雙鋒芒銳利的眸子映得忽明忽暗，極為駭人的殺氣那一瞬呼之欲出，箭矢寒光畢現。

「白公子……」蕭容衍遠遠朝著白卿言行禮。

她收了箭勢：「蕭先生起的好早。」

蕭容衍不動聲色，緩緩朝她走來，看著她鬢角汗水順著曲線優美纖長的頸脖沒入衣領中，錯開眼，溫淡笑道：「白公子手中的射日弓可否借蕭某一觀？」

她將手中射日弓遞給蕭容衍。

蕭容衍借著火光細細看了射日弓之後，感慨道：「這射日弓出自大燕已故大司馬大將軍唐毅之手，曾經乃是大將軍唐毅送於姬后所生皇長子十五歲的生辰之禮，皇長子棄之不用，不曾想這射日弓最後在白公子手中出了名，若唐毅將軍地下有知定然欣慰。」

白卿言當年隨祖父出征，得了小白帥的稱號，其最有名的便是三樣，疾風白馬，紅纓長槍和這箭無虛發的射日弓。

只是，疾風護主已死，紅纓長槍和射日弓也隨著白卿言受傷被束之高閣。

蕭容衍雙手將射日弓奉還，她接過遞給肖若海：「蕭先生是否為小四昨日那番話而來？」

「小四公子聰慧倒是超出蕭某意料之外。」蕭容衍眸底是溫潤淺淡的笑意，談起小四如同長者帶著幾分欣慰之感。

「蕭先生於白家有恩，小四知道分寸。」

蕭容衍回頭看了眼跟隨他的侍衛，那侍衛抱拳行禮後退下。

見狀，白卿言亦轉頭對肖若海頷首，肖若海亦頷首退下。

「蕭先生有話直說即可。」她道。

蕭容衍望著她的目光柔和深邃，解開身上大氅披在白卿言的身上，垂眸幫她繫帶，略帶薄繭的指腹刮過她下顎，她本能地躲了躲，卻見蕭容衍垂著眼瞼十分專注，動作溫和又輕柔。

「蕭先生……」

她抬手阻止，卻被蕭容衍本能地攥住了手。

四周寒風呼嘯，雪花七零八落，火光灼灼熠熠，兩人人影幢幢，她耳邊只剩演武場四周旌旗獵獵作響的聲音。

錯愕之餘，她整個人已被陌生的男子氣息包裹，鼻息間淡雅低斂的穩重男子味，像沉水香又似乎有區別。

她想抽手，可被蕭容衍大手包裹的指尖紋絲不動。

四目相對，男人猶如刀斧雕刻般的五官棱角硬朗，眼瞼深重，高挺的眉骨令他的輪廓更顯深邃，在這火光搖曳的黑夜竟似有傾倒眾生的沉穩魅力。

她耳根滾燙，呼吸凝滯片刻，才驚覺自己手臂已起了一層雞皮疙瘩。

如果不是因為練得太久她臉早已熱得通紅，此時她定然露怯。

蕭容衍極為安靜注視著她，火光映在他暗黑的瞳仁裡，沒有輕薄放浪，亦沒有戲弄之意，目光盡是溫柔敦厚。

「怕我？」蕭容衍沙啞的嗓音裡，暗藏隨時欲破繭而出的某種情緒，可想到大燕國現狀……又似被迎頭澆了盆冷水，眼底的炙熱之色猶如沉入谷底。

與其說她怕他，不如說忌憚更貼切。

前生這位大燕攝政王留給她的印象太深，行事手段堪稱毒辣，他對白卿言來說……如果是對手，那絕對是最讓她顧忌的對手，比十個杜知微加起來還要有威脅。

她穩住心神，坦然回答：「男女有別。」

蕭容衍這才緩緩鬆開她的指尖，溫醇的聲音坦然：「我運送的貨物，的確不是香料，而是草藥、鹽、鐵兵器。」

「是年前，大燕向大樑高利借的那批？」她反應極快。

年前大燕水患旱災來勢洶洶，讓本就貧瘠的大燕更是雪上加霜，大燕曾向各國求援……卻只有雙方土地不接壞的大樑願意高利借給大燕。

蕭容衍沒有瞞著，頷首：「東西原本分六路送回大燕，一路糧資兵器已被戎狄截獲，如今大燕式微不能與戎狄較量，各國虎視眈眈恨不能大燕就此滅亡分之後快，蕭某這才不得已將六路歸一，鋌而走險從大晉境內而行，由蕭某一人送回。」

若是尋常時候也就罷了，如今南疆戰況焦灼，糧食五穀還好說……兵器與鹽鐵這類官府從不許百姓商販私自販售之物，越是靠近南疆盤查的越是嚴苛，必不好通過。

蕭容衍這是想借太子的勢，隨同大軍一路將糧資兵器送至與大燕接壤的平陽城。

好算計！他此行同太子和出征大軍一道，誰吃了熊心豹子膽敢盤查？且此次出征軍……行軍速度極快，各府城門大開。更何況與太子同行，可堂而皇之走官道，一路省下的時間就是大燕能救下的性命。

今時今日的大燕的確艱難，誰又能想到就是這樣一個搖搖欲墜的大燕國，十年之後……會滅四國，成為軍事實力令列國聞風喪膽的大國？

「蕭先生，言是晉國人，先生與言說得如此詳細，就不怕言壞了先生的事？」

若說這個世上有哪國最不願意見到大燕強盛起來，那必然是晉國。

「連白家小四都能看出的事，以白大姑娘聰慧，不會看不出……」蕭容衍瞧著她笑，「與白大姑娘坦白，無非是想告知，眼下蕭某並無與晉國為敵之意，只為救大燕百姓罷了。」

那日折柳亭一談，蕭容衍已知白卿言並非愚忠大晉之流，且心有仁義慈悲，故而才來坦然告知，給白卿言一個心安，讓她不必過多防備做出什麼舉動來。

倒不是蕭容衍害怕與這位手段心智無雙的白大姑娘交手，而是此次事關大燕百姓存亡，蕭容衍不能拿大燕百姓的命來賭，大燕賭不起。

「太子那裡有一幕僚，名喚秦尚志，蕭先生以為……以秦尚志之才看不出蹊蹺？」

蕭容衍聲音越發輕柔：「秦先生高才，可秦先生並不知蕭某與大燕關係，蕭某身為商人，在商言商……攀借太子威勢於平陽城謀利，又有何不對？」

蕭容衍果然算計的很明白，她垂眸解開大氅系帶，將風毛極為厚實的大氅還與蕭容衍：「言一身是汗，怕弄髒了先生大氅！先生即是救人言絕不多事。」

「出了汗，著風易受寒，披上吧！」蕭容衍輕輕將大氅推了回去。

和白卿言同住一屋的白錦稚剛才突然驚醒，見長姐的床上已經沒了人影，就追了出來。

誰知道竟然看到長姐和蕭先生在一起，還親眼看到長姐解開了大氅還給蕭先生，小丫頭瞇了瞇眼，想到今日她說蕭容衍押送貨物有問題的話，長姐還替蕭容衍辯白了幾句……

小丫頭眼睛一亮。天爺呀！她這是發現了什麼?!她們家長姐，紅鸞星動了！

媽呀！長姐對這個蕭先生動心了?!也對……這個蕭先生堪稱玉樹臨風儒雅，就連皇子都沒有這位蕭先生身上雍和從容的氣度！也都沒有這位蕭先生長的好看！

嗯……長相上和氣度上配得上長姐！而且長姐定然是要招婿上門的，這個蕭先生……商人的身分低了些，可對白家有恩又是第一富商，勉勉強強配得上她們家長姐吧！

她都以為她們家長姐這輩子都不會對誰動心的，沒想到長姐竟然喜歡上了這個蕭先生！想到蕭容衍將來要入贅白家，別人見了他稱一聲白蕭氏，小丫頭突然縮著脖子捂嘴偷笑。

「誰?!」蕭容衍鷹隼般的目光朝黑暗處望去。

白錦稚屏住呼吸，將自己往樹後縮了縮，不會是說她吧?!

不容白錦稚多想，只覺眼前一道寒光而至，蕭容衍的護衛同肖若海的劍鋒齊齊朝她而來！

「哎呀哎呀哎呀！是我是我！」白錦稚身形俐落敏捷躲開蕭容衍護衛的長劍，忙對肖若海道。

肖若海忙收了劍勢：「四……四公子?!」

白錦稚瞪了一眼蕭容衍護衛一眼，撒腿朝白卿言的方向跑去：「長姐！」

白錦稚跑到白卿言眼前，順勢從白卿言手中拿過大氅給白卿言披好：「長姐，蕭先生說的對！著風易受寒！披上！多謝蕭先生了！」

蕭容衍含笑對白卿言白錦稚行禮後，道：「大姑娘保重身體。」

望著蕭容衍同那侍衛走遠的身影，白錦稚直朝白卿言傻笑，說道：「長姐……你和蕭先生約好了啊？」

她轉頭望著白錦稚，脫下肩上大氅放入白錦稚懷裡，叮囑道：「以後出門在外，説話小心些，隔牆有耳。將這狐裘還給蕭先生。」

白錦稚張了張嘴，想到剛才那麼遠的距離……她只是偷笑了一聲，便被蕭容衍聽到，頓時只覺脊背發涼。

白錦稚忙抱著狐裘追上往營房走的白卿言：「今日我同長姐說的那些話，蕭先生都聽到了？」

「在外説話不知顧忌，若這位蕭先生真是大魏密探或有意攪亂南疆戰場，你小命就保不住了。且不說蕭先生能耐如何，蕭先生身邊那個護衛……便是一等一的高手。人外有人天外有天，尤其出門在外，做事説話都要慎之又慎。」

白錦稚抱緊了懷裡的狐裘，點了點頭，這個在向蕭容衍求救之時，她便看出來了。

「小四記住了！」白錦稚認真道。

第八日，大軍達到崇巒嶺，在崇山嶺內設營駐紮。

白卿言讓肖若海備了紙錢和一壺酒，告知太子殿下之後，攜白錦稚出了軍營祭奠為白家護送記錄戰事情況竹簡而喪生的猛虎營營長方炎。

幽谷深靜，夜黑風高，萬籟俱靜。

一簇極為微小的火苗在谷口平坦之地竄起，映亮了跪在朝南方向的一對姐妹。

白錦稚將手中紙錢推展開，一張一張放入火堆中，眼眶發紅。

白卿言倒了一杯酒，高舉過頭頂，第一杯……謝方炎將軍為民血戰之功。

她將酒撒於火堆周圍，酒液將燒紙的火舌壓滅片刻，火舌複又竄起比剛才燃燒的更為熱烈。

第二杯酒，謝方炎將軍為白家捨命之恩。

第三杯酒，敬告方炎將軍劉煥章已死，將軍盡可安息……

皎月從層雲中緩緩露出，清冷的月光落地成霜色，將這靜謐谷口映亮。

她抬頭看向高懸於空中的皎月，喉頭哽咽難言，眼眶發酸。撥開雲霧……終可見明月。

「長姐，等南疆回來，我們給方炎將軍立一塊碑吧！」白錦稚聲音嘶啞低沉。

「好！」她應聲。

姐妹兩人朝著那堆即將燃滅的火堆叩首後，隨肖若海翻身上馬，離開谷口回營。

過崇巒嶺後，一路坦途，行軍速度要比之前預計更快。

第六章 算無遺策

白卿言讓肖若海改為每日增加鐵沙袋分量，以圖增加自身力量，至第十日鈺青山白卿言開始負重練習射箭。

第十五日大軍至障城之時，白卿言手持射日弓，一箭便將草把射倒在地。

肖若海一路所見，白卿言為撿起射日弓所做努力，眼眶發紅：「公子……」

她用肩膀拭去臉上黃豆似的汗珠，抽出一支羽箭，眸色沉著對肖若海道：「草把拉遠……」

肖若海頷首，急奔於草把之前將草把扶起，往後挪出五丈，增加草把底盤之重。

滿臉是汗的白卿言搭箭拉弓，盡顯幽沉鋒芒的眼眸直視草把紅心。

「咻——」

懸在極長眼睫上的汗水隨著她放箭的動作，也跟著滴落。

箭矢破空之聲，與十五日之前相較，充滿了力量與肅殺之氣，長箭尾翼嗡鳴在這寂靜之夜格外清晰，極重的一聲悶響後，被肖若海加了重量的草把劇烈晃了晃又堪堪重新站穩，箭無虛發依舊正中紅心。

不夠，還是不夠……她又抽出一支羽箭，再搭箭拉弓。

白錦稚站在白卿言身後，環視已經出現在演武場的諸位將軍和兵士。

這幾日軍中已經傳遍了長姐每日寅時準時練箭之事，隨軍出征的石攀山將軍、甄則平將軍、張端睿將軍都來了。

她心中略略有些吃力，害怕太子知道長姐能耐，等此次大勝之後……不給長姐活命的機會。

甄則平靜靜凝視著白卿言挺拔漂亮的身形，從眼前堅韌剛強的女兒郎身上，恍若看到了鎮國公世子白岐山的身影來。

甄則平此生從未見過比白岐山射箭姿態更為瀟灑之人，也從未見過比白岐山射箭更為精準之人，而白卿言比其父毫不遜色……

「真是，虎父無犬女啊！」石攀山不免感歎。

「不是說鎮國公府嫡長女當年受傷之後武功全廢，是個廢人了嗎？」有人問。

「大概是在祖父、父親和叔父弟弟們去世之後，想重新將那一身本事撿起來吧！」張端睿握緊了身側佩劍，想起那年隨國公爺出征的滅蜀之戰。

這位人稱小白帥的女娃子，一手銀槍使得出神入化，一把射日弓箭無虛發無人能出其左右，每每出戰帶著她那一支女子護衛隊必為前鋒，勇破敵陣，何其張揚！

比起那時，此時的白卿言已無年少倨傲的那股子勁頭，竟沉下心來日復一日練習這枯燥乏味的動作，進步之神速逐日追風，讓人膽戰心驚，稱之為一日千里毫不誇張。

都說鎮國公府白家，從不出廢物……

果然！

即便是身受重傷武功盡失，可經歷喪親劇痛之後，即便是個女娃子亦能振作起來，沉下心拼盡全力要成長為……能扛得起鎮國公府滿門榮耀的好兒孫。

對曾與白家軍共戰過的張端睿來說，他更能體會白家那種百折不撓的精神，頂天立地的風骨。

大軍拔營出發之時，太子看向已經連著走了十幾天的白卿言，目光裡已不僅僅只是敬佩，而是歎服。白家不出廢物，就連女兒郎都是這般堅韌！

也難怪，父皇會忌憚鎮國公府……

太子望著白卿言歎了一口氣終還是上了馬車，全漁說的對，他是天潢貴胄是儲君，他不是一個征戰殺伐的將軍，不必與這等心志堅韌的將軍比拼誰能吃苦。

他要學，是學治國統御的權衡之術。

白卿言抬腳往南，今晚必到宛平，近了……離雲破行越來越近了。

如今西涼南燕聯軍大破天門關，因為議和之事軍隊止步於此，不曾往前。

五萬大軍若到宛平，和天門山之間便僅只隔了甕城。

她拳頭緊緊攥著，壓下心頭沸騰的殺意。

跟在她身側的白錦稚悄悄握住她用力到泛白的手，低聲道：「長姐，近了……」

從障城往宛平這一路，目光所及都是背著行囊……從宛平方向與他們擦肩往障城而去的流民。

有富裕一些的，趕著牛車前行的。

也有推著獨輪車帶著自家婆娘孩子的壯漢，也有拄著拐杖顫顫巍巍追上隊伍怕被落下的老人家，還有哭哭啼啼喊餓的孩子！

有人衣不蔽體，有人蓬頭垢面，可無一例外，各個滿面滄桑，臉色灰黃。

亂世征戰，手無縛雞之力的百姓為活命，只能被迫離鄉，顛沛流離。

白卿言雙手緊握，短短一月時間……一向富庶安穩的大晉竟讓人有種，山河破碎，民不聊生之感。這些活下來的百姓，都是她的父親、叔父和弟弟，還有白家軍，用命換回來的！

他們見到浩浩蕩蕩的軍隊連忙往兩側避開，停下腳步，矚目凝望，竊竊私語。

「這是朝廷派來的軍隊嗎?!」
「是鎮國公府白家哪位將軍來救我們了嗎?!」
「這是要出征奪回咱們的豐縣嗎?!我們能回家了嗎?!」
「哎，有什麼用，鎮國公府滿門的將軍都死在了南疆，白家已無將軍了！那雲破行太厲害了……打不過的！」有老者歎息。
「這是哪家將軍啊?!」有大膽的漢子問。
坐在馬車外簷的全漁忍不住替自家太子爺吆喝：「太子爺親自領兵出征！必斬雲破行首級！」可出乎全漁意料之外的，百姓並沒有高呼太子爺英勇，竟出奇一致的沉默了下來。
「走吧！沒有白家將軍是贏不了的！還是逃命去吧！」牽著十歲稚童的老者歎息，搖頭拄著拐杖向前。
滿身大汗穩步向前的白卿言深沉視線看向那老者，四目相對，那老者腳下步子一頓，凝視與他擦肩而過的白卿言，忽而像想起什麼轉身朝大軍行進的方向追了兩步。
那個清瘦挺拔身影……他見過！
四年前，南燕來犯，守城將軍堅守豐縣不敵，就在南燕大軍破城門之時，高舉白家軍黑帆白蟒旗的騎兵極速逼近，將軍與百姓熱血沸騰奮起反擊，能拿自家鋤頭的拿鋤頭，拿鐵鍬的拿鐵鍬，紛紛與南燕大軍拼命！
白家軍急先鋒殺入城中，一位人稱小白帥的白家將軍一杆銀槍，將他唯一的孫子從敵軍大刀之下救出。老者頓時熱血沖湧眼眶，牽著自己的小孫子踉蹌追著速度極快的大軍，大喊道：「是小白帥嗎?!是白家軍的小白帥嗎?!」

再次聽到小白帥這個稱呼，一陣酸辣之氣湧上心頭，她眼眶酸脹，死死握著拳頭，咬緊了牙，步伐沉穩向南。

她武功盡失，已不是當年那個小白帥。她自重傷之後只知嬌養，還怎配被人稱為小白帥?!

老者一手拐杖一手牽著孫子竭力在後面追趕，高聲道：「老朽是豐縣一教書先生！四年前是將軍將老朽這唯一的孫子從敵軍刀下救出！四年後是白家將軍和白家軍以血肉護我等生民逃生！將軍可是……鎮國公白家後人啊？可是來南疆為我等小民奪回家園豐縣的嗎?!」

白錦稚眼眶泛紅熱淚險些沖出眼眶，她心中情緒澎湃。

原來，在邊民眼中白家軍就是希望。

她側頭望著雙眸直視前方的白卿言：「長姐，長姐那老人家在身後喚你。」

大約是聽到白家將軍四字，百姓接二連三停下腳步，朝著老者追趕呼喊的方向駐足，也有人聽聞白家之名跟上了老者的。

「小白帥?!是鎮國公府那個白家的後人嗎?!」

「不是說太子來了嗎？有白家的將軍隨行怎麼沒說?!」

「是哪位白家將軍啊？」

「那清秀公子袖帶黑紗，是在服喪啊！定是鎮國公府白家的小將軍！」

眼見軍隊越走越遠，老者追不上便忙將自己的小孫扯到跟前，按住小孫跪下：「快！春兒跪下磕頭，那位就是你的救命恩人！」

被喚作春兒懵懂幼童跪地重重朝著大軍行進的方向叩首，老者也扶著拐杖顫顫巍巍跪下，高呼：「白家諸位將軍同白家軍為護我等邊民而死，我等銘記於心！小白帥，白將軍您一定要將我國土豐城奪回來，為諸位將軍……同枉死於賊寇刀下的晉國之民報仇啊！」

「真的是白家將軍?!」

「白家還有將軍嗎？白家諸位將軍不是都已經戰死了嗎？還有哪位將軍敢來南疆！算了吧……天門關已破我們還是早點兒逃生吧！否則西涼大軍一到，我們就都沒有命了！」

「呸！你那什麼話！白家將軍各個都是頂天立地的漢子，你以為和你一樣貪生怕死！」

有抱著包袱和孩子的婦人，已然淚流滿面隨著老者一起跪下，高呼：「白將軍，我男人被西涼人殺了！求白將軍為我等復仇，為我等奪回家鄉啊！」

「白將軍！」

「白將軍，一定要贏啊！我們不想背井離鄉啊！」

邊民情緒受那婦人哭聲感染紛紛跪下，他們高喊著鳳城或豐縣的土話方言，一聲高過一聲地呼喊白將軍，請白將軍為國收復失地，為民收復家園，為戰死的白家將軍復仇。

民逢大難，白家諸位將軍前赴後繼奔赴南疆……為民捨命，這樣的恩德怎不讓人感懷在心。

坐於車內的太子挑開車簾探出頭向後望去，蕭容衍端坐車內視線看向雙眸通紅的白卿言，又看向遠處接連不斷跪下的百姓，心中難免感懷。

如此得人望的白家，被邊民視作救世之主，若得幸遇明君……自是可以建一番曠世的驚天偉業，可若遇庸主，忌憚功高蓋主，落得如此下場已算是不錯了。

肖若海並非頭一次見到百姓跪送大軍的情形，以前是歡欣鼓舞！可如今，百姓哭喊跪送視白家將軍為希望，便是將重擔壓在了白卿言的肩膀上。

白錦稚忍不住扭頭，看著那些衣衫襤褸，面黃肌瘦跪地送行的百姓，紅著眼眶伸手扯白卿言的衣袖：「長姐，你真的不回頭看看?!那些百姓都跪下了……」

她死死咬著牙。

隨老者跪地哭喊的百姓淚眼滂沱，只見那位身量單薄卻挺拔……臂彎帶黑紗孝布的男裝少年轉過身來，對著他們長揖到地一拜，一語未發便轉身隨大軍而去。

跟隨白卿言身後的白錦稚與肖若海，亦是對百姓一拜。

這一拜，謝百姓沒忘白家，沒忘白將軍。她會帶著他們的期望，將他們的家園奪回來！為枉死的百姓與白家軍……為她的祖父、父親和叔伯弟弟們復仇！

跪地的百姓，沸騰起來。

「白家將軍！真的是白家將軍啊！」

「有救了啊！我們有救了！」

「白家將軍來救我們了！我們不用逃亡當流民了啊！」

隨著大軍行進，越靠近宛平流民便越多，大多都是不願離開家鄉卻又因戰事不得不離家之人，生怕議和不順，兩國開戰他們這些平頭百姓性命不保。

見五萬大軍前來，流民紛紛駐足，心底盼望著此次國家銳士能幫他們奪回故土。

當夜，大軍抵達宛平大營，宛平城中已不復往日熱鬧，郡守說……百姓聽聞鎮國公與白家諸位將軍悉數戰死惶恐不安，實在懼怕西涼鐵騎，富庶人家已經拖家帶口離開宛城避難去了，城中餘下的也都是些老弱。

安頓之後，白卿言請太子召集此次隨行所有將領議事。

府衙內，燭火通明。太子帶諸人立在展開的巨型地圖之前，道：「如今已到宛城，明日一早開拔，馬不停蹄深夜便可到甕城，一到甕城……我們明裡議和暗地調動兵馬之事必然藏不住，大戰一觸即發，我等面對的是西涼南燕聯軍，且此戰只許勝不許敗！諸位將軍可有取勝良策？」

「西涼已占天門關，南燕盤踞豐縣，依我看……只可分而擊之！」石攀山雙手抱臂看了地圖良久，轉身抱拳對太子道，「南燕不可懼，西涼的軍隊才是真正的彪悍之師，甲兵強健！尤其是雲破行這位西涼名將，除了在鎮國王手中吃過敗仗之外，可以說戰無不勝，只能智取！」

「說了和沒說一樣！」甄則平性子急，他抱拳對太子道，「殿下，只需給我一萬精兵，我繞開天門關從平陽城出直搗他西涼老巢！我就不信他西涼皇帝老兒不召回雲破行守他們老巢！只要雲破行帶強兵一走，我們熟悉天門關地形……由張端睿將軍領兵，必能一舉奪回天門關！」

張端睿想了想，略略點頭：「可行……」

太子見白卿言立於明亮燈火之下一直未發一語，日光似乎盯著甕山方向，他朝白卿言走近了兩步問：「白公子可是想到了什麼？可是在看甕山？」

白卿言恭敬對太子一禮後才道：「言在想，太子領兵出征的消息……想必密探早已經告知西涼與南燕，為何到今日他們還遲遲沒有動作？」

「此次急行軍速度如此之快，想必他們還未反應過來，或者是……沒有摸清楚我們的意圖？」甄城平說得十分不確定。

「五萬大軍從大都開拔，西涼同南燕的密探都不是瞎子，密探報信，多為千里快馬，日夜兼程，若能多人換騎日夜不休，想必只需六七八日便能將信送到，也就是……」張端睿朝著地圖上看了眼，「我們到崇巒嶺之時，怕西涼和南燕就已經得了消息。」

她點了點頭：「即便是他們十一二日才得到消息，既知要再戰，為何不先出兵攻打甕城？難道要等到我們五萬援軍到達再開戰嗎？西涼人……可沒有這樣的君子之風！」

張端睿很快明白白卿言意思：「白公子的意思，是西涼與南燕兩國對繼續征伐還是要點好處就走，意見不合？」

她點頭轉過身來望著幾位神色凝重的將軍：「南燕不如西涼兵強馬壯，之前因劉煥章與南燕勾結，南燕在白家軍中有位高權重的內線細作提供消息，便敢與西涼一同出兵！一方提供消息，一方派兵遣將，這是平等交易！而如今……劉煥章一死，南燕消息來源被斷，不能獲得大晉兵馬布置的南燕與西涼……便不再處於平等位置。那與西涼土地接壤的南燕，還如何敢再妄動？」

石攀山想了想點頭：「南燕不動，西涼不想讓南燕不出力只占便宜，也怕南燕背地捅刀子，所以也不動。」

她又點了點頭：「如今五萬大軍已到宛平的消息，哨兵已快馬前往甕城告知退守甕城的將領，而西涼南燕細作定然也已前去報信！南燕暫時的確不足畏懼，可怕的是雄心勃勃的雲破行！」

她抬手指向甕城與宛平之間的九峰山路：「我若是手握重兵的雲破行，此時得知大晉五萬援兵到達距甕城一日之距的宛平，便會分出一部兵力繞過甕山，搶先在九屈峰彎山道設伏！隨後再帶小部兵力佯攻甕城，引五萬大軍急速馳援甕城，馳援大軍貴在神速，不能繞行便只能走九峰彎道！前去馳援的兵士，必然精力不濟，西涼的伏兵便可將大晉援軍截斷斬殺於此！」

張端睿在地圖上點了點九曲彎，轉過頭來：「從宛平到甕城，要快……必經九曲峰山道！」

她頷首，又指了指甕城：「已退守甕城的白家軍，再加上甕城原本駐軍守兵，有不到兩萬兵力。甕城易守難攻，若……甕城將士得知西涼大軍將五萬援軍困至九曲峰，正在攻城的西涼大軍又突然不再攻城，直線朝甕山奔襲，意圖過甕山大峽谷同西涼大軍匯合，斬殺這五萬援軍！那麼退守甕城……以驍勇著稱的白家軍程遠志將軍，必不會龜縮於甕城，定率白家軍馳援九曲峰彎道！西涼大軍設伏於甕山，便能將餘下白家軍一舉屠盡。」

石攀山面色驚恐，望著地圖細看，指著甕山：「甕山又稱旋風山，高處勘望，其山脈走勢如旋風由低到高拔地而起，甕山大峽谷處於山脈縫隙之中，若由甕城方向入九曲峰彎道，入時谷口平地寬廣，而出處時……兩側山勢極高出口極小，十人一排方能得出！果真極好的伏擊之地！」

「所以……」白卿言鄭重看向太子，「言斗膽，請太子今夜便派張端睿將軍率五千精兵趕往九曲峰彎道搶先設伏，若見西涼伏兵前來不要聲張，探明其兵力來稟，按兵不動！再派石攀山將軍率一萬五千兵士趕往甕山峽谷九曲峰出口設伏！與明日可能從甕城馳援的白家軍兩路夾擊！甄則平將軍率兩萬兵力前往豐縣攻城，務必要讓南燕無法出城！再請殿下派人前往平陽城，調三萬平陽城駐軍強奪鳳城，阻斷西涼援軍！命五百兵士帶引火之物直撲西涼大營後方燒毀其糧草，再至駱峰峽谷設卡阻斷西涼糧道！」

女子乾淨沉著的嗓音又快又穩，一席話讓人倍感緊張，彷彿大戰之機已到刻不容緩。

府衙內燈芯高聳的燭火輕輕搖曳，安靜無聲。

「西涼知道我們五萬大軍馳援，要還是擔心南燕背後捅刀子，或者不想讓一分力都不出的南燕占便宜，就是窩在天門關不動呢？」甄則平皺眉問，「又或者要是西涼集合全部兵力攻甕城呢？再說了……平陽城接壤大燕，那裡的駐軍可不能輕易動啊！雖然白公子與國公爺出征過，箭也射得好！可到底年紀小，這些也只是白公子的猜測之語，我還是覺得我帶兵騎襲西涼老巢的好！」

「兩國交戰，兵將以帥為首，所以……要想勝，便必需知道一軍之帥想要的是什麼？這些年雲破行有戰無不勝之名，他率領的軍隊號稱攻堅鐵騎，可唯獨面對白家軍從無勝績，雲破行視此為生平最大的恥辱！直到……同南燕聯手，一舉滅了鎮國公府滿門男兒，白家軍險些被屠戮殆盡，他才勝了這麼一次！」

「可白家軍到底還有一萬餘兵力在！人人都說雲破行畏懼白家軍如小兒畏父，他如鯁在喉！雲破行想洗刷恥辱！想揚名天下！想列國懼怕！所以……他便必定要將以不敗之名聞名天下的白家軍……在此次大戰徹底結束之前消滅！讓這世間從此再無黑帆白蟒旗！」

「末將深覺白公子說的有理！」張端睿對太子道。

太子心裡有些沒底，他承認白卿言的確厲害，可白卿言也確實如同甄則平說的那般年紀小，她又並非是鎮國公那位作戰經驗豐富老謀深算的元帥。

「待……待孤想一想！」太子眉頭緊皺，十分頭疼。

其實她心裡清楚，她縱然是白家之後，鎮國公白威霆的孫女，也曾手刃敵國大將軍頭顱，但太子與諸位將軍始終覺得，她再厲害以往行軍打仗也都是聽從長輩安排行事而已。

故而，這第一戰，太子未必會聽她的。

她之所以把對西涼大軍所慮所謀藏在心中，拖到宛平才請太子召集隨行將軍來議，其目的……

一，在於為了讓太子和諸位將軍看到她的能耐，為日後軍中話語權鋪路！

二，是為了不給太子和諸位將軍更多謀劃的時間，在明日大戰突至之時，爭得一個與餘下白家軍會面的機會。

三，是為了白家軍有可能在宛平的虎鷹營。

白家軍虎鷹營是騎兵又善於山地伏擊作戰，能以繩索於峭壁而行如飛鷹直下，極為驍勇彪悍，故稱作虎鷹營。

她知虎鷹營還在，是因前世她為粱王效命之時，聽說劉煥章有兩支奇兵，號稱天降奇兵，她雖然未曾見過，但篤信那兩支奇兵營的前身便是虎鷹營。

虎鷹營乃白卿言五叔白岐景創立，直屬善於山地戰的白岐景，行軍記錄中祖父派五叔白岐景率兩萬大軍繞過豐縣突襲西涼軍營，以五叔謹慎的個性，必不會將全部虎鷹營帶走。

若虎鷹營還在，白卿言猜不是在甕城，就是此時她所在的宛平。

她深知，此次南疆之行……太子要用她也要防備她，不到萬不得已必然不會讓她用白家軍。

可若今夜太子不用她的計策，明日甕城戰報傳來，太子再探知九曲峰山道有埋伏……

屆時，戰局大變，太子未能占得先機，甕城戰況緊迫，太子要麼用她，要麼失甕城。

可偏偏，太子輸不起！

她平靜俯首，假意勸道：「殿下，機不可失時不再來！望殿下速速決斷！」

「勞累一天，諸位先去休息吧！孤想一想！」太子道。

她從府衙裡出來，見宛平城已被冰涼的月色籠罩，除卻府衙門前亮著兩盞大燈籠之外，也只有依稀兩三商戶的燈還亮著。

「長姐！」白錦稚應了上來，「說好了嗎？太子出兵嗎?!」

白卿言搖了搖頭。

「太子請長姐來不就是出謀劃策的，怎麼不聽長姐的?!」白錦稚一臉著急，「我們白家軍甕城的最後一萬將士絕不能再出事！長姐既然猜虎鷹營可能在宛平，不如……」

「白公子！」張端睿追了出來，對白卿言一禮，白錦稚將未說完的話音收住，退至一旁同肖若海立在一起。

張端睿道：「今夜殿下應當不會按照白公子所言對大軍調遣安排，不過……我一會兒還會再去勸諫，但若是還是失去良機，不知白公子可還有對策？」

白卿言還禮後，直起身道：「張將軍若能如實告知言，白家軍虎鷹營何在，言或許還有對策。」

白錦稚聽到「虎鷹營」三個字，一雙發亮的眼睛看向張端睿，心潮澎湃。

張端睿唇瓣囁喏。

臨走前，張端睿與太子被陛下喚至御前，陛下再三叮嚀……允許白卿言獻計，但絕不能讓白卿言再見白家軍。

如今，虎鷹營損失大半，僅剩不足兩百人。

白家軍虎鷹營的訓練方法一直由白威霆第五子白岐景掌握，旁人不得其法，陛下之意是不論如何要保住虎鷹營，探尋其訓練方法，將來這些人會再為大晉再訓練出一批如虎鷹般驍勇的銳士。

望著白卿言沉穩平靜的目光，張端睿心虛遲疑良久，還是搖了搖頭：「不知。」

張端睿不說，白卿言也並非全然沒有辦法知道，

白家創立白家軍，其自有一套密不外傳的聯絡方式。

她對張端睿行禮：「即是如此，還請張將軍好好勸一勸太子殿下！」

白錦稚憋了一肚子的話，一直忍著同白卿言回到房中關了門，這才開口：「長姐，白家軍骨哨傳信，試一試吧！或許能找到虎鷹營呢！」

白家軍軍營中，每一營設有十人配骨哨，能傳密令。

此法，是為了避免戰場上臨近交戰的敵軍探知我更換布置，非骨哨傳令人不可知其意，是比旗語更為隱秘的手段，但骨哨非千鈞一髮之時不可用。

「你去聯絡，不必碰面。」白卿言心底隱隱盼著明日到來，她打開那口放著她銀甲的木箱，「只要查清虎鷹營是否在宛平即可，千萬小心些。」

「知道了！」白錦稚興奮無比出了房門。

白錦稚嘴裡咬著個哨子，提著燈在月色皎皎的宛平城中看似吊兒郎當閒逛，時不時吹幾聲，整個人兒宛如一個無所事事的孩童。

臨街正上著門板準備關門的酒肆老闆瞅見白錦稚一個小女娃在街上逛，喊了一聲：「女娃子，快回去吧！宛平城不比平日，別在街上閒逛了，小心讓人拐走了！」

白錦稚眼睛一轉，想同商戶打聽消息便乖巧對其行禮。

不多時，白錦稚從酒肆老闆那裡沽了一壺酒，走出酒肆還抿了一口，辣得直吐舌頭。

她將酒壺一甩搭在肩上，吹著哨子悠哉悠哉往回走。

正走著，白錦稚突然聽到了極為短促的一聲哨響，她喉嚨一緊，腳下步伐不停，又吹了一遍：「虎鷹營可在？」

哨聲回道：「在！」

白錦稚又問：「所剩幾人？」

哨聲回：「一百六十三人。」

白錦稚眸底發亮，吹了「候命」二字，哨聲便不成調子隨白錦稚飄遠。

心情愉悅的白錦稚回來時，正巧碰到從郡守陪太子下棋回來的蕭容衍。見氣度雍和儒雅的蕭容衍正下馬車，白錦稚心情愉悅，拿開咬在唇角的骨哨喊了一聲：「蕭先生！」

蕭容衍側頭，看向朝他跑來的白錦稚，眼角眉梢盡是溫潤笑意。

白錦稚跑至蕭容衍面前，笑著問：「蕭先生從太子那裡回來？」

「正是！」蕭容衍說著轉過身朝護衛伸手。

那護衛立刻將手中的黑漆食盒放入蕭容衍手中，他接過食盒親自遞給白錦稚：「這是太子賞的點心，偏甜……你應該喜歡！」

見白錦稚遲疑，蕭容衍又道：「放心，點心用的是素油。」

知道白家恐怕還在守孝，蕭容衍才提了一嘴。

白錦稚正要推辭的話到了嘴邊又收了回來，反正蕭先生以後就是自家姐夫，姐夫的東西不吃白不吃。她毫不客氣接過食盒，一邊同蕭容衍往裡走，一邊打開看了眼：「呀！是宮裡的梅花酥！多謝蕭先生！」

白錦稚拿出一塊嘗了口，眼睛一亮：「嗯……這是御廚的手藝，還是新出爐的！殿下出征還帶廚子了?!」

蕭容衍笑了笑。

白錦稚心裡對這位太子的作風不滿，想了想將自己手中那瓶酒遞給蕭容衍：「來而不往非禮也，這新沽的酒就送給先生了！」

蕭容衍身後護衛忙接過酒。

「那就謝四姑娘了！」蕭容衍聲音溫醇，極為好聽。

「蕭先生還是叫我小四吧！」

白錦稚回頭看了眼蕭容衍的侍衛，湊近蕭容衍壓低了聲音問：「蕭先生，我長姐不喜歡甜食，你切記啊！」

蕭容衍看向白錦稚微怔，白錦稚卻朝蕭容衍眨了眨眼，一副我什麼都知道的鬼精模樣拎著食盒跑了。

蕭容衍停住腳步，望著白錦稚跑遠的身影，半晌反應過來，抿住唇垂眸低低笑了起來。

跟在蕭容衍身後的護衛略有些意外，視線朝著白錦稚消失的方向瞅了眼，心中驚駭……原來他們家主子喜歡白家四姑娘這種跳脫野蠻的姑娘啊！難怪主子不願意同他們大燕美貌與才氣集於一身的第一美人兒親近！

蕭容衍的護衛拎著酒瓶上前一步，問：「主子，既然已經向太子辭行，明日何時啟程？」

「城門一開就走，讓我們的人今晚做好準備！」蕭容衍道。

太子已經同宛平郡守打過招呼，明日蕭容衍出城不會受阻，此行已然要比蕭容衍預計的快太多，為更穩妥，蕭容衍打算繞過平陽城回大燕，但求能趕得及多救一些百姓。

想到明日便要走，蕭容衍不知怎得，竟想同白卿言說一聲。

已至夜半，白卿言房中的燈還亮著，窗扇被敲了敲，她抬頭收了桌上地圖：「誰？」

「是我。」

聽到蕭容衍朝門口走去的腳步聲，白卿言舉著油燈走至門前，將門拉開。

蕭容衍剛走至門前，沒有料到白卿言開門如此之快，兩人反而離得近。

「白大姑娘。」蕭容衍對白卿言頷首行禮。

她不曾踏出門檻，只問：「蕭先生深夜前來，有事？」

油燈燭火因風劇烈搖晃，昏暗的柔光也在兩人間忽明忽暗，大約是風太大一瞬便將油燈熄滅，唯餘懸空之皎皎明月……映著男子棱角鮮明的五官輪廓。

「你走之後，太子殿下便招了三位幕僚議事，那位秦先生倒是據理力爭請太子今夜排兵，可太子另外兩位幕僚覺得這些都是大姑娘的憑空猜測，不足為信！秦先生爭不過最後只能建議，先派哨兵去九曲峰彎道，同甕山峽谷九曲峰出口打探是否有伏兵。」

秦尚志之能白卿言知道，他能據理力爭請太子出兵，白卿言並不意外，太子未全聽秦尚志之言，白卿言更不意外。

前世，秦尚志便是如此在太子麾下，鬱鬱不得志的。

蕭容衍見白卿言未語，波瀾不驚的深邃視線，凝向她白皙驚豔的臉龐，又落在她唇上，望著她的眸子：「明日，我便走了……」他低醇的聲音，內斂又穩重，極為動人。

與他對視，她略感心悸，舉著已滅油燈的雙手收緊：「蕭先生，一路平安。」

古怪的沉默，在兩人之間悄然滋生。

許是夜色惑人，又見她耳根漸紅，讓一向克己復禮的蕭容衍，心中情動翻湧難以抑制，朝白卿言邁近了一步。

蕭容衍從不是一個沉不住氣藏不住事的人，只是想到白卿言宮宴前給他送信，想到她明知他身分卻不曾告發。

宮宴上，見他離席更是全身緊繃的狀態，見他平安歸來微微放鬆的肩脊曲線。

再到此次大軍出征南疆，她即便猜到他想借她之口向太子傳信，意圖與大軍同行有所圖謀，她還是在太子面前做了這個傳話人。

這種種過往，在蕭容衍的腦中反覆盤旋，精準無比讓蕭容衍感受到了白卿言對他的某種在意。

拋開兩人身分，就論男女，白卿言對他的這種過分在意，是否便是他對她萌生的這種好感與情愫？

因為心中有所猜測，所以蕭容衍的動作算是一種小心翼翼的試探。男人身上沉深幽邃的氣息逼近，高大挺拔的身軀將月色隔開，將白卿言籠罩於他高大陰影之下。

蕭容衍又靠近了半步，兩人僅隔一拳之距，呼吸的熱氣掃過她額頭，她攥著油燈的手越發用力，眼睫輕顫，心跳也跟著劇烈了起來。

蕭容衍低頭凝視她臉上的表情，卻再無下一步動作，只是目光深深望著她。

她唇瓣動了動，喉嚨卻似被什麼堵住發不出聲音來，因為她似乎隱隱知道了蕭容衍眼中深藏又未說出口的是什麼。

然，他們之間身分天壤之別，且白家未曾平安脫險，她無暇也沒有那個心力去顧及男女之愛。她已立誓此生不嫁，只求能盡餘生之力保白家諸人平安，繼承祖父遺志。

「蕭先生，早些歇息。」白卿言垂眸向後退了一步。

蕭容衍眼底明滅的灼灼之色凝滯，沉了下去，半晌才緩緩退了半步，又是那副儒雅從容之態含笑道：「白姑娘也早些休息，告辭。」

蕭容衍轉身，眉目間雍容笑意如雲霧消散，不免自嘲失笑。

寅時末，有哨兵騎快馬入城直奔府衙。白卿言如舊在校場練箭，沒有絲毫懈怠。

很快，府衙內燈火通明，太子一邊穿衣一邊命人去請諸位將軍前來議事。

白卿言大汗淋漓射完箭筒裡最後一根箭，已有傳令兵前來喚她：「白公子，太子緊急傳召！」

臂彎裡搭著披風的肖若海心頭一緊，知道白卿言所盼見白家軍的時機到了，他將擦汗帕子遞給白卿言：「公子！」

手握銀槍練得氣喘吁吁的白錦稚也湊到白卿言身邊，難耐心頭激動眼睛都是亮的：「長姐！」

白卿言看了眼白錦稚示意她沉住氣，接過肖若海遞上的毛巾擦了把汗，解開纏繞在手臂之上分量十足的鐵沙袋，拿過披風往身上一裹，道：「走吧……」

白卿言進府衙大門之時，石攀山拽著正在扣戰甲披風的甄則平緊隨白卿言身後進來。

她回頭對石攀山與甄則平行禮，兩人亦是抱拳還禮。

「這大半夜的，難道是西涼大軍偷襲了?!」甄則平還沒進門粗獷的聲音先進門。

太子與他的三位謀士還有張端睿將軍立在地圖之前，正在細說什麼，聽到甄則平的聲音回頭。

太子見白卿言已到，與甄則平和石攀山等三人正對他行禮，視線落在白卿言身上：「不必多禮，哨兵來報，西涼大軍正於九曲峰彎道還有甕山峽谷九曲峰出口東面設伏，此時正往山上運送木頭、石頭，還有火油！九曲峰兵力約有兩萬之眾，甕山埋伏多少尚不知道，只是塵土飛揚旌旗招展怕是藏有上萬兵士！」

甄則平睜大了眼，竟然……讓白家大姑娘給猜對了?!他猛然回頭朝白卿言望去。

一身白衣身著披風的清瘦身影，立於通明的搖曳燭火之下，白皙驚豔的五官沒什麼表情，目光幽深沉穩，既無將西涼軍此戰部署全部料中的欣喜，亦無因太子不聽她所獻計策而失去戰機的惱火，鎮定從容又冷靜自持。

「西涼軍在這兩地部署，等於切斷了我們前往甕城最快之路！若繞行九曲峰與甕山，此刻馬不停蹄出發，急行軍到甕城最快也要到申時！」石攀山咬了咬牙，獻計，「若甕城守兵能堅持到申時，我們或許能繞開九曲峰與甕山，在甕城與守軍裡應外合殲滅西涼大軍。」

「不可！」白卿言搖頭。

她抬腳朝地圖方向走去：「若此時大軍開拔繞開九曲峰與甕山急行軍趕往甕城，到達之時五萬大軍人困馬乏，如何一戰?!更何況……五萬大軍不是五個人，移動行蹤難不成西涼大軍的密探是個瞎子看不到?!一旦雲破行知道五萬大軍繞開他設伏的地點，那麼西涼伏兵便可通過九曲峰山道與甕山峽谷，先我們幾個時辰到達甕城周圍，重新排兵布陣！那我們這五萬援軍便如羊入狼群，被西涼鐵騎團團圍住！退守甕城的白家軍血性，必然不會眼睜睜看著五萬援軍在他們眼皮子下被屠戮，定然救援接應！雲破行目的同樣可以達成！」

昨晚白卿言已精準無誤預測了西涼大軍今日布局，此時……不論是甄則平還是石攀山亦或是太子，都無法再存輕視白卿言之心，沉默了下來。

秦尚志思索片刻抬眼：「或者殿下可先派人去平陽城傳令調三萬兵力馳援，再命單騎直奔甕城傳令，不許甕城諸將出城救援，死守甕城！雲破行既然想要埋伏，伏兵看到快馬單騎並非大軍必不會攔截！」

秦尚志上前點了點地圖：「只要甕城守將死守，我等分兵兩路，一路前往豐縣阻止南燕出兵！

一路避開雲破行鋒芒緩緩繞九曲峰與甕山行軍，讓雲破行摸不清我們大軍的的意圖，再命一隊騎兵快馬直奔西涼大軍大本營！點上他一把火！只要西涼大軍大本營一亂，雲破行就得重新部署！我們就有機可乘，再根據雲破行布置隨機應變！」

「不穩妥！」不等白卿言開口，太子屬下年紀最大的幕僚已先行道，「西涼南燕合軍之兵力勝我晉國數倍，你這邊點了人家大營，難保雲破行不會怒火中燒圍剿我們這五萬大軍！秦先生所言根據雲破行布置的行動隨機應變，那更是將主動權交於他人之手，我們太過被動冒險了！」

太子點頭也贊同老幕僚的話。

可白卿言倒對秦尚志刮目相看了。都說最好的防守是攻擊，可等別人出手了再接招……看起來被動，卻給了你將結果朝你所期望方向操縱的機會。雖然秦尚志深諳其道，但到底其中帶了賭博的成分，對於只能勝不能敗的太子來說，的確是欠缺穩妥。

「白公子！」張端睿朝著白卿言的方向抱拳長揖到地，「白公子昨日說，若殿下昨晚未按照白公子所言布局，今日還能有對策，請白公子直言……」

愁眉不展的太子忙看向白卿言：「白公子有對策?!」

石攀山亦是看向白卿言。

急性子甄則平急得不行忙道：「白公子昨日是我不好輕看你了！如今大敵當前你就別賣關子了！快說吧！」

白卿言沉住氣，語氣平穩道：「昨日言是曾對張將軍說有對策，但言也明言……若白家軍虎鷹營在，言才有對策！」

她話音剛落，府衙外哨兵高呼：「報……甕城方向來報，雲破行率大軍突襲甕城！」

「什麼時辰突襲的?!」張端睿上前一步問。

單膝跪在門口的哨兵道：「丑時便在攻城！」

太子一怔，藏在袖中的手悄無聲息收緊，想起臨行前父皇叮嚀，不過片刻太子緊攥的手又鬆開，道：「虎鷹營在，就在宛平！」

白卿言沒有露出任何激動的神色，轉身望著地圖，沉默片刻，沉穩而迅速的語聲響起……

「此次大軍可分為四路！張端睿將軍率一路為魚餌，帶一萬三精兵與兩千強弩手前往九曲峰山道，放西涼密探前去報信，切記緩速慢行以兩個時辰到達九曲峰為準，不得入九曲峰山道！石攀山將軍一路，率一萬精兵繞至九曲峰山道東側之後，殺西涼伏兵一個措手不及！」

「一旦開始交戰，西涼大軍得知無法伏擊我軍，必然全力同石將軍交戰，但九曲峰一戰，石將軍只許敗不許勝！」她望著一臉錯愕的石攀山，手指繞著地圖上九曲峰走至烏丹河，「石將軍切記，裝作慌不擇路引西涼大軍繞九曲峰……去烏丹河方向！」

「烏丹河連接甕山峽谷地勢是最低且最為寬廣……也是唯一的入口，追趕石將軍的西涼大軍知峽谷內有西涼伏兵，又知峽谷入口寬廣九曲峰方向出口幽窄，必然想方設法將石將軍趕入甕山峽谷九曲峰出口方向，以圖在甕山峽谷將石將軍所率部眾全殲！」

「張端睿將軍！」白卿言又看向張端睿。

張端睿頷首，靜候白卿言安排。

「在石攀山將軍與西涼大軍交戰開始，張端睿將軍便帶大軍往宛平方向急速撤離，奔襲半個時辰之後，兵分兩路，張端睿將軍帶兩千強弩手與一千近戰兵調頭重回九曲峰設伏！命副將率一萬兩千兵士奔赴甕山峽谷烏丹河入口隱蔽埋伏，放谷內西涼軍派哨兵前去同雲破行報信，但卻不許西涼大軍退出來！一旦見到雲破行西涼主力全部進入峽谷山，便立刻將出口紮死！」

「甄則平將軍一路，率兩萬精兵繞九曲峰東側長途奔襲甕山峽谷，斜面登上峽谷東側，與西涼甕山峽谷伏兵交戰，依舊許敗不許勝，隨後兵分兩路，一路佯裝潰兵由甄則平將軍將部分西涼軍引入甕山峽谷，一路反方向引西涼軍遠離峽谷至甕山甕中凹處，我親率帶五千人於此處埋伏。」

「石攀山將軍、甄則平將軍，兩位一旦在甕山峽谷匯合，便立即設法帶兵從甕山峽谷九曲峰出口而出，將西涼軍引入九曲峰張將軍伏擊之處！」她轉向看向張端睿，「張將軍可用西涼軍幫著運送上山的木頭、石頭，還有火油，與石攀山甄則平二位將軍竭力將西涼大半兵力斬殺於此！西涼軍發現埋伏必要回退，張將軍、石將軍、甄將軍盡力能殺多少是多少，隨後帶兵守住幽窄通口，截斷西涼大軍往九曲峰方向之路！」

「雲破行得知西涼伏兵皆被引入甕山峽谷，粗算兵力雲破行必會認為除張端睿將軍所帶一萬五千援軍之外，其餘三萬五千兵力已傾巢出動來偷襲西涼伏兵，以雲破行急於揚名天下……誓滅白家軍的心性，加上白家將軍皆亡，他無所畏懼必然仗著自己兵強馬壯，兵力又勝於大晉幾倍之數，欲將這三萬五千援兵與白家軍全部斬殺在甕山峽谷之中！那他只能按照原計，帶主力部隊奔襲甕山，將白家軍也拖入甕山峽谷之中！」

「接下來就是白家軍虎鷹營，虎鷹營有一能，可在懸崖峭壁之間拉起索道供急行軍通過！」她指著九曲峰與甕山之間的那道深淵，「太子可命虎鷹營即刻出發，在九曲峰與甕山萬丈懸崖之間的懸崖拉起索道，時間緊迫能拉幾條拉幾條！」

「石將軍甄將軍與張將軍合力將大部分西涼軍斬殺後，石、甄二位將軍堵住甕山峽谷九曲峰出口！九曲峰山上的張將軍立即帶強弩手和近戰兵……從虎鷹營在九曲峰與甕山之間拉起的索道而過，隱蔽於西涼軍設伏的峽谷西面，以防西涼軍登上西面峽谷……側援峽谷內的西涼軍！」

「我帶兵埋伏於峽谷東面，以防西涼軍登上東面！只要雲破行帶著西涼主力一進甕山峽谷，前是石攀山與甄則平將軍，後是白家軍與隱蔽在峽谷烏丹河入口處的一萬兩千精兵，左右乃是峭壁，上方是大晉兵士與強弩手，雲破行內遁地無門，稱之為甕中捉鱉也不為過。此一戰……我等務必將西涼大軍主力斬殺在甕山峽谷和九曲峰之間！讓西涼至少三年沒有能力來犯！如此才能讓南燕與西涼懼怕！」

安靜的府衙內，搖曳的燭火中，女子沉穩篤定的聲音，急促且穩健。

秦尚志聽完只覺心潮澎湃，頭皮發麻，以目前的兵力……白卿言這一番安排，他尋不出絲毫破綻！秦尚志敢斷定這一戰，定會是以少勝多的曠世之戰！此戰若白卿言讓功於太子，必會讓太子一戰成名！

眼前這位鎮國公府白家嫡長女，到底是昨夜便想好了這樣的計策，還是今日根據雲破行的安排隨機應變?!

秦尚志思及昨夜白卿言諫於太子的計策，再想到今日的計策，心中對白卿言只剩歎服。

曾經白威霆稱他這個嫡長孫女是將才，他只以為是鎮國公白威霆誇大其詞，不曾想……白卿言小白帥之稱，的確非浪得虛名。

「這是要用雲破行的計……來對付雲破行！」張端睿聽完白卿言的作戰安排，心中大振，全無剛才擔憂之態，「反倒是辛苦了雲破行命人將那些東西送上山，便宜咱們大晉軍隊了！」

「的確是好計策！」石攀山也忍不住讚了一聲，「若是雲破行知道……他的大軍是折損在他九曲峰與甕山峽谷設伏弄上去的東西！大概會氣死吧！」

太子身邊年老的謀士摸了摸自己的山羊鬚，點頭：「如此……確實是良策，只是石將軍和甄將軍十分危險，尤其是從甕山峽谷九曲峰出口處出來時，那裡之寬只能容納十人一排而出。」

「打仗哪有不危險的！」石攀山對白卿言已經一臉服氣，他道，「此計已將我軍的損失降到最低！否則……正面迎戰我們這五萬大軍還不夠雲破行塞牙縫的！就算石某死在那裡也不懼！」

白卿言望著張端睿：「此戰之中，最重要的便是張將軍所帶的兩千強弩手與一千近戰兵，張將軍需在九曲峰一戰滅敵後，立即過甕山峽谷守好峽谷西側不讓西涼有機可乘，方能保萬全！」

「明白！」張端睿頷首。

「殿下！」她看向太子殿下，「若覺可行便下令吧！」

太子緊緊抿著唇，似乎還是有所遲疑。

出征之前，太子只指望白卿言為他出謀劃策，可沒有想過讓白卿言帶兵啊……

張端睿單膝跪下抱拳道：「殿下！昨日我們已經失了先機……今日不可再錯過了！殿下下令吧！」石攀山與甄則平也都跪下請求太子殿下下令。

「白公子體弱，實在是不適合帶兵！換一個人吧！」太子道。

張端睿頗為詫異抬頭望著太子：「殿下，白公子這一路以來每日不停歇，其箭術……」

不等張端睿說完，太子已經上前親自將白卿言扶了起來，鄭重道：「此次之戰，全盤皆由白公子謀劃布置，只有白公子坐鎮宛平，遇到突發情況，孤才不至於慌亂，白公子還是留在孤身邊，孤才能放心啊！」

太子此言情真意切，若不是顧及到白卿言是女兒身男女有別，定要用力握一握白卿言的手以表真情。

她明白太子在防她，所以……哪怕是目下無可用之將，太子也不願讓她領兵，更不願意讓她與白家軍會面。

雖說這是在意料之中的事情，可白卿言對太子還是不免失望。

今日他們所面對的是號稱幾十萬雄獅的西涼大軍，以弱勝強本就艱難，在無將可用……此戰又只許勝不許敗的情況下，將士性命家國山河竟還大不過他的疑心。

她閉了閉眼強壓下對皇室的灰心之感，垂眸恭敬道：「既如此……那便請太子殿下速做安排，言先回去換身衣裳。」

剛才白卿言直接從演武場過來，披風之下的衣裳早就被汗水浸透濕嗒嗒貼在身上。

太子沒想到白卿言竟答應的如此乾脆俐落，心裡著實鬆了一口氣，連連點頭道：「好好好，辛苦白公子了，快回去更衣吧！」

秦尚志見白卿言要走，心裡著急：「太子殿下，此次引西涼部分兵力進甕山甕中凹，我等無法提前預知西涼兵力幾何，也不知是誰帶兵！白公子之前隨鎮國王南疆征戰過，熟悉甕山地形，只有白公子令五千人設伏才能以保萬全！」

「殿下！」張端睿站起身來道，「末將願以項上人頭替白公子作保，殿下……讓白公子領兵吧！」此次出征，能用的將領無非就是他張端睿一個！甄則平一個！石攀山一個！再就是……曾經的小白帥白卿言！張端睿深知陛下與太子對白卿言的防備，可是此戰緊迫，想要以少勝多便一步都不能出錯！

白卿言謀劃兵分四路，由他們四人帶兵，只要不出差錯，那此戰必勝，可如果少了對甕山情況最為熟悉的白卿言，變數就更大了！

太子見白卿言正用沉靜從容的深沉目光望著他，彷彿能夠看到他心中對白家……對白卿言的懼怕，他心臟不受控的跳了兩跳，沉住氣道：「白公子乃此戰統籌全域之人，怎可去甕山捨命冒險？只有白公子坐鎮宛平，遇突發情況孤才不至於措手不及。」

甄則平腦子簡單，讚同地點了點頭：「太子殿下這話有理啊！」

張端睿緊緊咬住牙。

秦尚志還想再勸，白卿言已經行禮告辭。他望著白卿言的背影長長歎氣，只求此次在甕山甕中凹設伏的將軍要能滅了西涼軍才好！

一直在府衙外等候的白錦稚與肖若海，見白卿言出來，忙迎了上去。

「長姐！怎麼樣？」白錦稚問。

白卿言裹緊了披風，跨出府衙門檻，立於燈下望著依舊漆黑一片的宛平城，道：「一如所料，太子殿下讓我留在宛平。」

白錦稚怒火中燒，都要衝進去找太子理論了，想到長姐說一如所料這四個字，她眨了眨眼，茫然問：「長姐有安排?!」

雖然不出她所料，可到底是要拿無辜將士的性命來搏，她心情沉重地走下府衙臺階，往兵營方向而行，半晌才垂著眸子對白錦稚說了句：「回去好好休息！最晚到今日下午，就該我們了……」

剛才在安排布置時，她選了帶五千兵士至甕山甕中凹埋伏，並非是因為在甕中凹設伏要比甄則平與石攀山詐敗引西涼兵入峽谷要安全！

相反……甕山甕中凹才是真正凶險，甕中凹地形並不陡峭相反與西涼兵設伏的甕山峽谷東側一般，都是斜坡較為平緩易於登頂。

若在甕中凹占據高地設伏，兵力對等自然穩勝，可若是對方兵力多於伏兵數倍，被逼入絕境的西涼軍將領想活，便可命敢死者以肉身擋箭殺上去！

西涼軍哪怕只有一營人殺出甕中凹，重新占領甕山峽谷東側，那麼在甕山峽谷之中兵力弱於西涼的晉國軍隊恐危矣！

秦尚志與張端睿都知道甕中凹地形複雜，若非熟悉地形的將領帶兵，恐有閃失，可太子還是不願意她領兵。

甕中凹這裡，她有這個自信，隨軍出征的將領中除了她……沒有人能領五千兵士，將西涼軍困死在甕中凹。

因為……除了她曾經在甕山與敵軍交戰過這個緣由之外，她的乳兄肖若江早已到南疆，將這裡的所有地形摸透！此時，肖若江奉上的甕山地圖，就在她手中！此圖以白家軍繪圖之法……細緻到標出山脈地形，內容詳盡世上絕無僅有。

並且，肖若江已將雲破行麾下所有將軍的脾氣秉性全部摸清楚，在她來南疆的路上，分批送於她面前，故而她對西涼大軍內的將領行軍偏好也同樣一清二楚！

知己知彼百戰百勝！這便是白卿言的底氣！

她讓甄則平詐敗遁逃，分為兩路而行……

一，是為了給西涼慌不擇路的感覺。

二，是為了將齊整的西涼軍隊先於甕中凹吞掉一部分！

三，是為了減少從幽窄谷口而出的晉軍數量。

四，則是為了竭力保全……甄則平詐敗潰逃分出的一萬兵力。

可如今太子既然不讓她領兵，那這一萬兵士與西涼軍一同湧入甕中凹，能否保全已不做考慮，甚至一旦西涼兵將設伏的大晉五千人殺乾淨占據高地，很快就能將這一萬人屠戮殆盡。

到那個時候太子只要不想輸，不想甕山峽谷裡的晉軍全軍覆沒，就必需讓她出戰！

她算得很清楚，所以才給虎鷹營安排了拉繩索任務之後，就不再做安排！

虎鷹營完成任務撤回，休整後正好與她一道出戰！

她還得多謝太子殿下的防備，給了她這麼一個機會。

白卿言回營時，巧遇蕭容衍正欲上馬車出發。

遙遙相望，雍和從容的蕭容衍朝著白卿言的方向行禮。

白卿言停下腳下步伐，亦是對蕭容衍還禮，目送蕭容衍登上馬車。

今日一別，不知何日才能相見，也希望再見時……兩人不會是敵人。

「長姐，你不和蕭先生說幾句嗎？蕭先生要走了！」白錦稚低聲問。

她搖了搖頭。

卯時末，大軍按照白卿言安排出發之時，白卿言已經睡下養精蓄銳。

太子立在城牆之上目送他帶來的五萬大軍一批批出城，奔赴疆場，在心中暗暗祈求上蒼庇護此戰必勝！雖然太子從不曾掛帥出征過，卻也知道，自從鎮國公府白家一門將領全部喪生之後，晉國士氣大挫，只有此戰以少勝多才能大振士氣，威懾南燕西涼。

送最後一批大軍離開之後，太子側頭問身邊的貼身太監全漁：「白大姑娘此時在做什麼？」

「回殿下，聽說白大姑娘回去之後……就睡下了。」全漁笑咪咪道，「這白大姑娘定然已經是勝券在握的，否則怎麼敢睡下！殿下放心此戰必會大勝！從此殿下就會揚名四海了！」
太子藏在袖中的拳頭緊了緊，但願吧……
太子想了想叮囑全漁：「一會派人在城門口候著，若白家軍虎鷹營回城，切記攔住，讓虎鷹營暫時在城外候命，不得進城！」
秦尚志一聽，便知太子這是為了防止白家大姑娘與虎鷹營碰面。
「殿下！秦某以為……殿下可按昨夜白大姑娘提出的建議，調動平陽城守軍，一小隊去突襲西涼大軍糧草，一隊趕往豐縣威懾南燕！」秦尚志抱拳行禮，鄭重道。
「不可！」太子身邊的老謀士搖了搖頭，「平陽守軍是為了威懾大燕，若是調走平陽守軍，大燕若知道我晉國正與西涼南燕合軍激戰，難免不會跳出來分一杯羹！所以平陽守軍萬萬不能動！」
秦尚志心生煩躁，據理力爭：「大燕本就已經被晉國趕到了貧瘠之地，去年大燕先是水患後又是旱災，水患旱災之後顆粒無收，大燕國民能否熬過這個冬天都難說，年前還向各國求援，哪裡能有餘力來分一杯羹？」
老謀士摸著自己的山羊鬚，倨傲的視線掃過秦尚志，從容淡然開口：「大燕其主雄心壯志不可小視，而且這還是秦先生您三番兩次提醒過殿下的！如今怎麼又稱大燕能否熬過這個冬天難說？秦先生所言前後矛盾，到底是年輕啊！」
秦尚志咬緊了牙，只看向太子：「殿下！您來定奪！」
太子沉默半晌之後，才對秦尚志道：「秦先生是為了孤好，孤知道！可秦先生年輕……還是要同方老多多學習啊！」

秦尚志：「……」

午時白卿言醒來時，前方不斷有戰報傳來。

白錦稚急不可耐，想去前線查看戰況，卻硬是被白卿言壓著好好用了午膳。

申時，宛平城門三個全身帶血快馬入城的兵將直奔府衙，跌落下馬，府衙門口的差役立刻將人拖扶進府衙內。

一看到太子，那渾身是血的將領便哭喊道：「太子殿下！屬下無能！甕中凹五千伏兵與引西涼入甕中凹的一萬精兵，全部……全部被西涼斬殺！西涼悍兵已知中計，嘶吼著要重新殺回甕山峽谷東側伏擊點，要將我晉國援兵殺盡啊！」

太子聽到這話，整個人跌坐在椅子上，面色煞白對太監全漁喊道：「快！快請白公子！」

「若江派人傳信，虎鷹營回來之後，被太子殿下身邊的人攔在了城外不許進城！想來……是為了防止虎鷹營與大姑娘碰面！」肖若海彎著腰壓低了聲音在白卿言耳邊耳語。

「長姐！」白錦稚急吼吼衝進來，因為跑的太急直喘粗氣，「領兵在甕山甕中凹伏擊的那個王將軍回來了，敗了！西涼悍兵正殺回甕山峽谷東側伏擊點。」

她扶著座椅扶手的手一緊，抬眼，眸中暗芒肅殺。

她緊緊咬著牙，站起身道：「小四、乳兄，換甲！」

時機到了！他們白家的白家軍，絕不能更名他姓！

皇帝不是懼怕白家將白家軍當做自家私兵嗎?!從今日開始……白家軍便只能是白家私兵！

「是！」白錦稚抱拳一禮，又匆匆衝了出去。

肖若海喉頭翻滾，心潮澎湃肩膀不可察的顫抖著，他從屋內出來用力握緊了拳頭眼眶發紅，今日他定要一雪前恥，讓在天有靈的世子爺白岐山看到，他回來了！

全漁帶著一隊護衛騎快馬從府衙奔赴營地，太著急險些從馬上跌了下來，疼得臉色煞白，狼狽被營地門前的兵士扶起。

「快！殿下急召白公子！快去喊人！」全漁忙推搡著扶住他的兵士，「快去啊！」

「不必了！」白卿言沉著的聲音傳來，全漁抬頭朝著營地門內望去。

只見，手握銀槍，一身銀甲戎裝的白卿言紅色披風獵獵，英姿颯颯，步伐敏捷穩健，迎面而來，滔天殺氣駭人。

全漁眼中的白大姑娘，一向溫和有禮，他從未見過白卿言周身殺氣是何模樣，今日乍見白卿言戰甲加身，被白大姑娘身上霸行天下的殺氣鎮住，頭皮發麻。

跟隨白卿言身後的，是已穿戴鎧甲的白錦稚肖若海，兩人目光沉著，眼中燃燒著欲戰的鬥志。

白卿言跨出營地，一躍騎上全漁來時的紅馬，居高臨下，單手勒住韁繩，眸色冷肅道：「借馬一用！」不等全漁點頭，白卿言已調轉馬頭絕塵而去，肖若海與白錦稚騎上護衛隊來時坐騎，追隨白卿言而走。

被扶起來的全漁望著白卿言的背影，心跳速度極快，忙道：「快快快！快扶我上馬！」

坐在府衙內惶惶不安的太子來回在地圖與門口之間走動，遲遲不見白卿言來，他回頭問三位謀士：「你們可有計？」

「殿下應立刻派白公子率宛平兩千守軍快馬直奔甕山峽谷東側伏擊點！」秦尚志抱拳道，「只要白公子能拖住西涼大軍，不讓他們援助峽谷內的西涼軍，我軍或可一勝！」

年齡最大的謀士方老，摸著鬍鬚的手一頓：「峽谷之間，東側是西涼軍，西側是張端睿將軍，西涼軍被我軍夾於峽谷之中，我們晉軍也未必是輸啊！」

「此戰，只有秦先生所言，我軍方能一勝，別無他法！」

聞聲，太子轉身朝門口望去，身披戰甲的白卿言踏入府衙內，正抱拳對太子行禮。

太子瞳仁輕顫，白卿言戎裝而來，怕非要出戰不可了！

白卿言直起身，語聲極快：「西涼大軍之數勝於我軍數倍，若西涼悍兵殺回甕山峽谷東側伏擊點，見西側張端睿將軍帶兵伏擊，難道不會分兵擊之?!一旦張端睿所帶強弩手被西涼悍兵拖住，此一戰我軍必全軍覆沒於甕山與九曲峰！」

聽到全軍覆沒四個字，太子脊背汗毛都豎了起來。

如果此次，五萬援兵全部死於甕山，那大晉便只能成為西涼與南燕砧板之肉，任其宰割！可此戰要是贏了，他的太子之位穩固，揚名四海！若是輸了，那他這個太子也就別當了！

「殿下不可遲疑了！」秦尚志跪地高聲勸道。

白卿言亦是抱拳單膝跪地，鄭重道：「此戰，殿下允許我去！我即刻前去！不允許我去，我也還是要去！此戰之計是我出的！我不能看著數萬將士因為甕山甕中凹的失誤喪生！也不能看著僅剩的白家軍被雲破行屠盡，背負汙名！」

太子拳頭緊緊的攥著，想到昨晚與今晨白卿言兩次獻計，想到白卿言是戰無不勝的鎮國王白威霆稱讚過的將星，他一瞬下定決心，讓白卿言去！

他扶起白卿言，將手中兵符遞給白卿言：「那便……辛苦白公子了！孤這就派人去召集宛平兩千守兵，甕山戰場之上的所有晉軍，聽憑白公子調遣！」

「太子殿下不必麻煩，言從營地來之前已讓守兵將領集合兵士，以備太子調遣！不過太子乃是儲君，國之本，宛平守軍不可盡出！須留一千護太子殿下。」白卿言漂亮話說完，這才拿過兵符道，「請太子命白家軍虎鷹營隨我奔襲甕山峽谷，此戰不勝……白卿言提頭來見！」

「太子殿下！白公子所言有理！」老謀士方老道，「殿下乃是國之本，不可無人護衛！」

太子咬了咬牙，戰事已迫在眉睫的確是沒有時間再耽擱，就算是要防備白卿言也好……先等勝了這一仗之後吧！

「虎鷹營就在城外半里坡候命，你帶走吧！」太子道。

「白卿言必不辱命！」說完，白卿言轉身疾步朝外走去。

太子望著那英姿勃發的身影忍不住跟了兩步出來，見白卿言疾步出門將手中兵符丟給白錦稚後一躍上馬，沉著道：「白錦稚速帶兵符前往軍營，調一千兵力隨我上甕山峽谷死戰殺敵！」

「白錦稚領命！」白錦稚一把抓住兵符，快馬疾馳而去。

「公子！」肖若海將手中銀槍拋給白卿言。

她單手接住銀槍，背挎射日弓，一夾馬肚飛速衝了出去。

太子喉頭翻滾劇烈，這就是白家將軍戰場上的殺伐之氣嗎?!威風凜凜，一身凜然之氣，所有調令經她嘴中說出，竟讓人滿腔激昂，恨不能隨她一同上陣殺敵！

秦尚志跟在太子身後，拳頭緊緊握住。秦尚志頭一次上戰場，看到白卿言英姿不免想到，若是今上……能深信白家忠心，能容得下白家，白家兒郎在戰場上應該是何等雄姿偉貌！別說西涼大軍，就是吞下這個天下怕也只是時間問題。

百年將門鎮國公府，至白威霆手中已是白家最為輝煌榮耀鼎盛之時，兒孫滿堂無一人是庸才廢物，志向遠大，數代人同心同德，只為一統天下而戰！可他們的主上，卻沒有一吞天下的雄心壯志，所以皇帝才會如此懼怕白家！

這才是白家必死的因由所在！

可惜！可歎啊！

肖若海緊緊追隨白卿言背影，朝城門疾馳而出，朝半里坡快馬而去。

半里坡，虎鷹營兩個骨哨傳令兵湊在一起，剛說起昨夜聽到骨哨傳令讓他們候命之事，就聽哨兵說有快馬飛騎前來。

虎鷹營眾人都站起身來，手裡牽韁繩朝遠處眺望。

坐於枯樹下，嘴裡叼著一根稻草的虎鷹營副營長沈良玉站起身來，瞇眼朝遠處眺望，駿馬之上的少年郎，一身銀甲，手持紅纓銀槍！

沈良玉只覺那身影無比熟悉，他吐出嘴裡稻草向前走了兩步，似想起來在哪裡見過，卻又想不起來，直到快馬飛馳近前，馬上之人猛地拽韁勒馬，激得戰馬前蹄高抬，沈良玉這才睜大了眼：「小……小白帥?!」

虎鷹營幾年前的舊人聽到沈良玉呢喃，認出白卿言，激動高呼：「是小白帥！小白帥回來了！」

高馬之上的白卿言緊緊拽著韁繩，待戰馬前蹄落地，鋒芒駭人的視線掃過僅剩的虎鷹營銳士，高聲道：「我乃白家軍副帥白岐山長女白卿言，今日我軍與西涼一戰於甕山峽谷，戰況危急！敢隨我殺敵救我同袍兄弟者，立即上馬隨我奔赴甕山！」

說完，白卿言調轉馬頭與肖若海疾馳而去。

沈良玉在看到白卿言身影那一刻，早已熱淚盈眶，熱血翻騰直沖百匯穴，他一躍上馬聲嘶力竭吼道：「末將沈良玉誓死追隨小白帥！虎鷹營！上馬！」

訓練有素的虎鷹營銳士，一躍翻上馬背，揮馬鞭直追白卿言。

快馬奔襲甕山的白卿言，與領命帶宛平守軍一千馳援甕城的白錦稚，在通往甕山的路上匯合。

白錦稚快馬追上白卿言：「長姐！」

「旗都帶了嗎?!」她側頭看著追上前的白錦稚問。

「長姐放心！一面都沒有落下！」白錦稚保證。

「沈良玉！」白卿言回頭高呼。

沈良玉聽到白卿言喚他，揮鞭提速上前，激昂應聲：「末將在！」

「命你帶虎鷹營登甕山峽谷與九曲峰出口山頂，於高處射殺西涼兵掩護我等！將我白家軍軍旗立於最顯眼處，壯我軍聲威！」

白卿言話音一落，肖若海便將懷中甕山地圖拋給沈良玉，沈良玉接圖，單手抖開地圖，乍看到一副無比詳盡的甕山地圖，已然眼眶發熱，似覺有這地圖和小白帥在必然勝券在握，不敢遲疑地高聲道：「末將領命！」

沈良玉領命後，帶虎鷹營離隊而去，準備從側方搶先登山，為白卿言所帶一千兵力掩護。

「肖若海！」

肖若海聞聲提速上前：「屬下在！」

「命你帶一隊二十五人，扛白家軍戰旗以最快速度衝上東側峽谷，讓白家軍旗展於東側峽谷，威懾峽谷內西涼軍！」

肖若海咬牙頷首：「屬下領命！」

「白錦稚！」

聽到長姐喚她，白錦稚頓時熱血沸騰，立刻快馬上前準備領命：「白錦稚在！」

「此戰，不可離我超過兩步！若違軍法處置！」

白錦稚微怔，隨即追問：「長姐！怎麼他們都領了軍令，就我得跟著長姐?!長姐小看我！」

小四這是真真正正第一次上戰場，而此時……她也懂得了父親曾經對她的那分擔心，不論她多麼驍勇，父親都想把她護在身邊，如同此時她對白錦稚。

「時間緊迫如今我只重拾了射日弓，你在長姐身邊，近戰能護長姐周全！」

她這話除了要把白錦稚緊緊捆在身邊護住之外，也確實不假……

時間緊迫她重新撿起的只有射日弓，雖她手持紅纓銀槍，卻無法像曾經那樣靠著杆銀槍所向披靡，只是這杆紅纓銀槍她不得不帶，這只是一種象徵，烈馬銀槍射日弓，白家軍看到才能知道是她來了！

就如同白家軍軍旗，只要立在那裡……便能壯所有白家軍將士的膽魄聲威。

聽白卿言這麼說，白錦稚又振奮起來：「是！白錦稚領命！」

說完，白錦稚摸了摸懷裡偷偷揣著的那面軍旗，不成想摸到了懷裡的兵符，她忙拿出兵符還給白卿言：「長姐！兵符！」

那份地圖白卿言早已爛熟於心，她帶兵抄近路疾行，必要以西涼軍想像不到的速度趕到甕山峽谷。

甕山峽谷上方，雲破行出征必帶的鷹隼盤旋嘶鳴。

峽谷之內，廝殺聲震天，血流成渠，泥漿飛濺，斷矛、碎裂的盾牌，還有早已堆積無數的屍體，斷肢到處都是！

將士們踩著敵軍或戰友的屍體，手持大刀長矛，各個殺紅了眼。

峽谷西側，張端睿帶著強弩手瞄準谷底西涼軍射殺，一千近戰兵在強弩手身後布防，以防西涼悍兵從西側而上偷襲。

峽谷東側，西涼悍將帶著弓箭手瞄準谷底晉軍放箭，只可惜他們送上峽谷東側的火油、石、木頭都在西涼軍這一頭，這一頭晉軍少西涼軍多，他們束手束腳……不敢往下拋石、木頭、火油。

甕山峽谷與九曲峰出口，甄則平、石攀山以極大的代價與張端睿將一部分西涼軍斬殺，已按照原定計劃將出口封死，甄則平又帶兵衝入峽谷之中，與西涼軍近身肉搏。

而埋伏在甕山烏丹河峽谷入口的一萬二精兵，與程遠志將軍所帶一萬白家軍封死了西涼軍烏丹河方向退路，殺成一片。

頭戴孝布的程遠志剛砍下西涼一名悍將頭顱，峽谷東側之上一支西涼羽箭呼嘯而來，直直紮穿透程遠志肩膀裡，力道之大竟射得程遠志從屍山上向後栽倒進血水之中。

混著泥漿和帶著腥味的血濺在臉上，遮擋住程遠志的視線，一陣混亂之後他被高喊著將軍的將士扶了起來。

他用大刀撐起自己的身子，抹去臉上血水，雙眸猩紅咬著牙折斷羽箭尾部，看向東側峽谷之上正舉箭瞄準他的西涼悍將，高聲嘶吼：「不必管我！白家軍聽令！此役……死戰！必斬雲破行頭顱！為白家諸位將軍與兄弟復仇！」

「復仇！」

「復仇！」

血戰之中的白家軍各個血氣翻騰，拿出死戰之心態，殺紅了眼，殺的西涼大軍直往後退。

被西涼諸位將軍護在正中央盾牌之下的雲破行聽到程遠志要取他頭顱的話，大笑出聲：「連白威霆都不能奈何於本帥，程遠志不過白家軍小小一末位將軍，竟敢口出狂言要斬本帥頭顱！我西涼傾全國之力出兵七十萬大軍！雖然我等在峽谷之內被圍，可我西涼軍驍勇，兵力又強你晉國不知幾何，只要本帥能撐到天黑，西涼大軍必會來馳援，到時候就是踩……都能把你們這些殘兵敗將給踩死！程遠志……我要是你就速速遁走逃命！」

雲破行話音一落，上方峽谷東側面忽而殺聲震天，原本舉著弓箭射殺谷內晉軍的西涼軍一臉驚駭紛紛調轉想朝後方射箭，可還不等西涼弓箭手搭箭拉弓，突然九曲峰與甕山出口山頂，箭矢接踵而來……

虎鷹營弩箭齊上，下面西涼軍慘叫一片，有中箭的西涼軍不斷從峽谷上墜落，突如其來的變故讓峽谷之內的西涼軍頓時亂了心神。

西涼弓箭手瞄準九曲峰與甕山相接的山頂放箭，卻因低處射箭無法射中高處的虎鷹營。

只見沈良玉咬著牙憑藉繩索急速狂奔衝上山頂，取下背後所背的白家軍戰旗，雙手握緊旗杆，嘶吼著使出全力將軍旗插在山巔！

頂端……所有人都能看到的位置，黑帆白蟒旗迎風一瞬展開，獵獵作響！

「是黑帆白蟒旗！是白家軍！」

「是白家軍！定是虎鷹營的兄弟來了！」

山谷內白家軍將士欣喜若狂，高呼之後鬥志昂揚，如同打了雞血一般，奮力舉刀殺敵：「我白家軍銳士，劍鋒所指，披靡無敵！殺啊！」

就連帶兵占據峽谷西側高地的張端睿亦是熱血奔騰，嘶吼道：「放箭！」

白卿言按照地圖抄近道從甕山峽谷東側中段殺出，甕山峽谷東側因為整體地勢高的緣故，坡度十分緩和。

兵貴神速，白卿言為快速登頂打西涼軍一個措手不及，命兵士騎馬而上。

等西涼軍發現這一千晉軍時，虎鷹營以弩箭掩護晉軍快馬急速衝上甕山，已與西涼軍展開近身肉搏戰。

白卿言騎快馬奔行，鋒芒畢露的眸子凝視遠方峽谷上方高空盤旋的鷹隼，抽出一根羽箭搭弓，瞄準那只鷹隼！

西涼帶兵伏擊在此將身體緊貼峭壁躲於峭壁之下的悍將，陰沉銳利的眸子一掃，精準捕捉到了騎於馬背之上搭弓射箭……英姿颯颯的白卿言。

見白卿言正在瞄準雲破行的鷹隼，他大驚，那隻鷹隼是雲破行的象徵，這些年除了晉國白家軍，可以說但凡見到這隻鷹隼的軍隊都會嚇得丟盔棄甲，此鷹隼是西涼軍的士氣，絕不可被射下！他立刻搭弓。

白卿言鬢角已有細汗，她沉下心，緊咬牙關。

誰料，還不等白卿言放箭，只聽得箭矢急速破空而來，她坐下戰馬亦是發出淒厲嘶鳴，連同毫無防備的白卿言一起摔了出去。

「長姐！」

「公子！」肖若海一躍下馬朝白卿言衝去，「公子接槍！」

肖若海將白卿言銀槍丟了過去，白卿言接槍憑本能轉身盡全力一刺，一西涼軍頓時斃命。

肖若海抽出長劍，護在白卿言身旁，白錦稚坐下馬衝至白卿言身邊將她護住。

「肖若海去立軍旗！」白卿言吼道。

「是！」肖若海領命。

西涼悍將再次舉箭瞄準白卿言，戰場上天生的敏銳，讓白卿言提前感知到危險正飛速逼近，她用力將銀槍插入地縫，一把按住白錦稚的頭將她壓下護在懷裡俯身躲避，羽箭擦著白卿言臉頰而過瞬間鮮血淋漓，可這恰恰也讓白卿言一眼找到朝她射箭的西涼悍將。

白錦稚順著白卿言目光看過去，見那西涼悍將又搭弓瞄準白卿言，她立刻撿起射日弓扔給白卿言：「長姐接弓！」

她一手接弓一手抽箭，轉身躲過飛來羽箭順勢拉弓，俐落放手。

那是比西涼悍將速度更快更具爆發力的一箭，直中西涼悍將咽喉，一箭封喉斃命！

「將軍！」西涼軍大驚。

西涼軍最善於騎射的主將，竟被人一箭封喉，甕山東側還在拼殺的西涼軍軍心鬆動。

眼看肖若海馬上要帶著扛旗兵士，衝到峽谷峭壁邊緣。

一匹無人駕馭的戰馬受驚朝她飛奔而來，她立刻將射日弓挎於身後，拔出銀槍，一躍上馬，對白錦稚高呼：「小四！」

白錦稚抓住白卿言朝她遞來的紅纓銀槍借力上馬，烈馬飛馳，坐於白卿言身後的白錦稚一手握槍刺穿西涼軍心肺，拔槍反手一挑又殺了一個。

「拿著！」白卿言將手中紅纓銀槍遞給白錦稚，雙腿緊夾馬肚，抽箭搭弓，箭鋒所指正是峽谷高空盤旋的鷹隼。

快馬一躍跳起，越過正在搏殺交戰兵士，向上猛衝。

精準她從不在話下，唯怕這些日子加緊訓練之後力量仍是不夠。

她將射日弓木拉得發出細微聲響，還在拼全力向後拉弦，全身緊繃，鬢角全是汗水。

瞄準，放箭……

箭矢急速穿破空氣，帶著呼嘯的哨聲，直直朝高空之上那隻活物衝去，一瞬穿透。

高空之上一聲淒厲尖銳的鳥鳴聲後，被一箭貫穿的鷹隼迅速從高空墜落。

就是現在！她緊緊拽著韁繩，舉起銀槍厲聲高喊：「展旗！」

肖若海死死咬著牙怒吼著用盡全力將白家軍戰旗插入高地，高呼：「展旗！」

「展旗！」「展旗！」

剎那間，二十多面白家軍軍旗接連迎風高展，占據峽谷東側上方高地。

急奔顛簸的戰馬之上，白錦稚耳邊全都是咆哮風聲和嘶吼聲，她咬牙從胸膛盔甲裡摸出一面疊好的軍旗，套在她的長纓槍之上。

在快馬已經衝至崖壁邊白卿言急速勒馬之時，白錦稚銀槍撐地借力側翻下馬，疾行十步狂奔崖壁最邊緣，將曾經白卿言用過的黑帆紅莽旗高高舉起，含淚嘶吼搖晃！

這面旗是白錦稚偷偷帶來的，黑帆紅莽旗是長姐頭一次隨祖父出征之時，豔羨長姐的眾姐妹們合力將白莽塗成紅莽，二姐說……長姐是女子，當為紅妝將軍，該用紅莽旗！

後來，這黑帆紅莽旗二姐出征時用過，三姐出征時也用過！

白錦稚將這面旗帶來，就是為了讓尚存的白家軍都知道，哪怕白家兒郎已經全部身死，可白家女兒郎只要還一息尚存，絕不會苟存於世，定當同白家軍諸位兄弟同袍……同禍福，共生死！

天已半黑。甕山峽谷之內，象徵著雲破行的鷹隼跌落，隨之而來的便是占據峽谷東側的白家軍獵獵招展的軍旗！

被西涼眾將士護於正中間的雲破行臉色驟變，仰頭看著那讓他懼怕膽寒的黑帆白蟒旗，大吼：「不可能！這肯定是大晉那個太子的奸計！哪還有白家軍，白家的血脈早就被本帥殺光了！」

就連谷內白家軍都怔住，不知道這是哪一路白家軍。

激烈刺耳的戰馬嘶鳴聲，在峽谷上空響起……

程遠志抬頭，一瞬便鎖定了坐於戰馬之上，背帶射日弓，手持紅纓銀槍的身影，再看到白錦稚用力搖晃的黑帆紅莽旗，程遠志睜大了眼血氣瞬間湧上頭頂，一把推開扶著他的將士！

黑帆紅莽旗，烈馬銀槍射日弓！那是曾經與他們同戰同袍，所向披靡從無敗績的將軍小白帥！

堂堂七尺男兒，被利箭穿胸都不皺眉頭的程遠志，激動的熱淚奪眶，聲嘶力竭：「小白帥！是小白帥回來了！」

程遠志忍不住大笑兩聲，中氣十足含著熱淚怒吼道：「奶奶個雲破行！睜大你的狗眼看清楚，那便是我們元帥的嫡長孫女兒……曾經手刃蜀國大將軍龐平國頭顱的小白帥！雲破行你他娘的今天死定了！」

看到黑帆紅莽旗，本已有些力竭的程遠志掄起大刀指向雲破行的方向，全身鬥志澎湃：「白家軍眾將士們！小白帥回來了……我等誓死追隨小白帥殺敵！今日必斬雲破行頭顱！殺！」

谷內立時殺聲震天。甕山九曲峰相接高山之上，近兩百的虎鷹營銳士嘶吼著憑藉繩索飛奔直下，如展翅雄鷹，其彪悍程度看得西涼軍心頭發麻。

第七章　大獲全勝

放眼天下，除卻白家軍驃騎將軍白岐景，無人能訓練出如此強悍的猛士！

谷上東側，白卿言帶來的一千兵士各個血氣蓬勃，奮力與軍心潰散的數倍西涼兵殊死搏殺。

「白錦稚！骨哨傳令……命程遠志率白家軍與我晉軍速撤谷外，死守甕山峽谷烏丹河入口，靜待截殺潰逃西涼軍！」

「是！」白錦稚血液沸騰不敢延誤，立刻吹哨傳令。

谷內白家軍骨哨傳令人聞訊，直朝正舉刀與西涼大軍血戰的程遠志，喊道：「將軍，骨哨傳令，命將軍帶領白家軍與晉軍將士速撤谷外，死守甕山峽谷烏丹河入口，靜待截殺潰逃西涼軍！」

對於小白帥白卿言命令，程遠志沒有任何懷疑，大刀一舉：「撤！」

「撤！」

「撤！」谷內白家軍與晉軍將士紛紛得令，調頭直往谷外方向前去，倒讓一眾正舉著大刀長矛拼死搏殺的西涼軍士摸不著頭腦。

「不好！」雲破行率先反應過來，峽谷東側之上有他們西涼軍昨日運上去的木、石頭、火油，那個小白帥是要用這些對付他們西涼軍！

雲破行滿臉驚悚的前後看了看，他此時身處西涼軍護衛圈正中心，後面是甕山與九曲峰彎道出口，可那裡幽窄不說……西涼大半兵力堵在他身後，不等他殺過去，怕已經葬身火海！

而往甕山峽谷烏丹河入口方向越走越寬闊，那裡才有生機，可白家軍與一萬晉軍在那裡！

雖前有狼，後有虎，但已沒有時間讓雲破行猶豫。

他聲嘶力竭喊道：「快撤！往烏丹河峽谷入口撤！」

谷內西涼軍人數實在是太多，從雲破行命令傳至最前方的兵士，再開始行動撤出何其困難?!

白卿言看著下面已經開始傳令撤退的西涼軍，喊道：「傳令!砍斷攔木繩，攔石網，上火油，備火！白錦稚緊跟肖若海不得離身！」

語罷，白卿言調轉馬頭，沿著峽谷斷崖邊緣朝烏丹河方向奔襲，順手從剛準備好火把的晉兵手中奪過火把，疾馳而去。

已經從山上下來的虎鷹營銳士得令，紛紛砍斷攔木繩，攔石網，將火油朝谷內砸去。

深谷之中，一片慘叫哀嚎。護在雲破行身邊的西涼軍立刻舉盾，將雲破行護在其中。

雲破行聞到火油味道，急得直罵：「他奶奶的!快!殺出去!殺出去!」

之前被西涼銅牆鐵壁護於中間的雲破行，此時簡直是寸步難行，晉軍已經用了火油，再耽誤下去一旦晉軍放火，他就要死於火海之中了!

雲破行目眥欲裂，抽出腰間佩劍，怒吼道：「給我殺出一條血路!快!」

雲破行親衛也知要是不迅速出去，必將死在這裡，抽出長劍斬殺了將後背交於他們……用血肉之軀護著他們的西涼兵士，高舉盾牌一路向外飛奔。

那些死於西涼自家人手中的將士，死前皆瞪目口張，難以置信。

西面山谷之上的張端睿一見東面峽谷之上的戰士開始砸火油，點火堆，雙眸放亮，心潮澎湃高喊：「備火！」

天色已越來越黑，東側高崖之上可以看到一個手舉火把，馳馬迎風而行的身影。

風聲呼嘯的峽谷內，剛才還令人膽戰心驚的殺伐聲，被從天而降的巨石、巨木與火油攻擊的慘叫哭嚎所取代，西涼軍恐懼不安。

白卿言快馬馳騁，本欲奔至烏丹河甕山峽谷入口與白家軍匯合，不成想竟然看到西涼大軍固定在東峽谷之上，為攔截大軍退路的大型拒馬。

狂風帶來火油濃烈的味道，那拒馬竟都是被火油浸透了的！

她向峽谷內望去，見白家軍大旗與大晉軍旗已撤出拒馬攔路的位置，不再遲疑，將手中火把朝那拒馬丟去，一瞬火光沖天，竟將這甕山峽谷上方的天空映的通紅發亮。

她沉住氣，抽出羽箭，一箭又一箭，射斷了所有捆綁著拒馬的繩子……

轟隆隆聲響不斷，被鐵鍊結結實實紮在一起的粗壯木體拒馬，頓時從東側高崖滾落，兩端削尖的帶火木欄，有的直直紮入土中攔住西涼大軍去路，有的砸在西涼兵身上讓西涼兵一命嗚呼。

西涼大軍慌不擇路，靠近甕山與九曲峰彎道出口西涼軍，拼死同甄則平與石攀山所帶晉軍廝殺，企圖殺出一條生路。

剛還在谷內血戰的甄則平退出峽谷，與石攀山死守幽窄出口，西涼軍想活著出來難如登天。

「點火！放箭！」無數帶火的利箭朝谷內射去。

箭矢之火與火油撞在一起，火苗如伏地巨蟒急速蔓延開，又在一瞬拔地而起，聲勢浩大似要直沖天際！熊熊熱浪沖天，火光熱烈燃燒搖曳如鬼魅吞噬一個又一個西涼兵，溫和又不見血的殺戮，殘忍又迅速！

雲破行被盾牌護在正中央急速朝谷口行進，餘光可見盾牌之外高低火光躍躍欲試朝他撲來，慘叫聲讓雲破行的臉色更難看，再不趕快出去，這峽谷之中遍地屍體被點燃，屆時若不能成功阻擋火勢，他雲破行就得被活活燒死在這裡！

盾牌發燙，將士們用衣袖包裹，疾步往外衝，外面全是慘叫和箭矢呼嘯的聲音，讓人心驚肉跳。他雲破行可不想死在這裡，他這輩子最大的夢想就是贏白威霆，如今終於將白威霆兒孫屠盡，可不能他奶奶的死在白威霆的孫女兒手裡，尤其還讓白威霆的孫女兒以少勝多，那他這輩子打不過白家軍的名聲就再也甩不脫了。

已經退至甕山峽谷出口的晉軍將軍王喜平正雙手扶膝喘著粗氣，臉上身上全都是泥漿血水，他回頭看著還不斷往出口奔襲的晉軍與白家軍，他們各個全身狼狽血泥分不清楚黏在身上盔甲上！忽地，他見谷內突然火光沖天，忙擠到白家軍程遠志將軍身邊，抱拳問：「程將軍，我等撤出峽谷之後呢？」

「在這裡守住甕山峽谷出口，與潰逃出來的西涼軍決一死戰！」程遠志握緊了手中大刀，雙眸比那火光還要灼人。

還不曾衝至谷口的白家軍斬殺了第一波逃出來的西涼兵，這才趕來匯合，同程遠志稟報情況。

「晉軍領兵將軍何在?!」甕山峽谷右側高坡之上，跨坐於戰馬之上的白卿言高聲問道。

王喜平握緊手中劍鋒已破損的長劍，高聲問道：「來者何人?!」

她克制著疾馳而來的喘息，舉起手中兵符，聲音又穩又快：「兵符在此，吾命你率晉軍將士急援峽谷東側宛平一千守兵，務必將西涼軍隊全殲於甕山之中，不留活口！違命……斬！」

王喜平收劍，還沒來得及回答，就被一旁的程遠志一把推開，毫無防備的王喜平險些跌倒。

程遠志將手中大刀入鞘，衝到最前，激動的肩膀直顫，紅著眼哽咽喊了一聲：「小白帥！」

王喜平：「……」

被程遠志推開的王喜平幽怨看了程遠志一眼，莽夫急個什麼?!

王喜平看向高臺之上的白卿言，抱拳：「末將領命！」

王喜平奉命帶晉軍馳援離開之後，她收了兵符望著眼前……臉上帶血身上帶傷，戴孝布的白家軍將士們，想到剛才峽谷之中，他們高呼要為祖父、父親、叔叔還有她的弟弟們復仇時，聲音裡藏不住鬥志高昂，骨子裡不怕死的決心與熱血。

她心中辛辣的情緒翻湧，雙眸猩紅，這就是白家世代率領的白家軍！忠勇、無畏！同生共死！

「小白帥！」程遠志淚水奔湧而出，抱拳單膝跪地，哽咽高喊，「請小白帥帶我等為元帥，為副帥！為諸位白將軍和白家軍兄弟復仇！」

「請小白帥帶我等復仇！」

「請小白帥帶我等復仇！」

白家軍將士齊齊跪地，抱拳高呼，情緒激昂，聲震九霄。

她眼中熱淚再也藏不住，緊緊攥著韁繩，下馬對白家軍將士們抱拳：「諸位皆是我白家軍鐵血男兒！是當之無愧的威勇銳士！受言一拜！對不住，言……來遲了！」

她下馬對白家軍將士們長揖到地。

「小白帥！」程遠志已哽咽不能言語。

白卿言從高坡上一躍而下，扶起程遠志：「程將軍請起，諸位將士請起！」

程遠志忍不住低低哭了一聲，咬牙切齒道：「末將無能！沒有護住副帥！讓副帥的頭顱被掛在西涼軍營中，至今無法奪回！末將苟且偷生至今，不是貪生，末將……只想斬雲破行頭顱復仇，如此才有顏面去見副帥！」

「我白家軍將士各個驍勇無比，何來偷生一說?!」她望著白家軍僅存的這些將士們，難耐滿胸的悲憤怒火，對諸位將士喊道，「祖父、父親倒下了，可我白家女兒郎還在！我白卿言還在！只要白家有一人一息尚存，便必不會讓白家軍的黑帆白蟒旗倒下！只要白家有一人一息尚存，必將與白家軍將士同戰共死！」

「誓死追隨小白帥！」程遠志舉劍高呼。

「誓死追隨小白帥！」

「誓死追隨小白帥！」

肖若海與白錦稚快馬而來，老遠便聽到白家軍極為高昂，誓死追隨白卿言的吶喊聲，澎湃情感在胸口翻湧。

「長姐！」白錦稚一躍下馬，高聲道，「雲破行帶人殺出來了！」

聞言，白卿言高舉背後射日弓，用力攥攥緊，咬牙高呼：「白家軍將士們！此一戰，乃我白家軍雪恥之戰！復仇之戰！白家軍血性男兒誰敢隨我捨命殺敵？」

「殺敵！」

「殺敵！」

「殺敵！」

白家軍三呼殺敵的洪亮吼聲，震撼人心。

死中求活的雲破行剛從火海狼狽逃生，還驚魂未定，便聽到谷口傳來強大浩瀚的喊殺聲。

他頭皮發緊，推開扶著他的副將，陰沉暴戾的雙眸凝視谷口前方，拔出腰間彎刀，高聲喊道：

「浴火重生的西涼勇士們！晉國不敗神話白威霆被我們斬殺！他的兒孫被我們砍頭！現在他小小

孫女竟敢在谷口叫囂殺我西涼最勇猛的勇士！我們堂堂西涼勇士能死在女人刀下嗎?!」

「不能！」

「不能！」

「不能！」

從烈火中逃生的西涼悍兵噭噭直叫。

「是，絕對不能！」雲破行雙眸猩紅，氣如洪鐘，「我西涼天神只庇佑戰場上最為勇敢的戰士！本帥要你們拿出狼的勇氣！拿出鷹隼的精神！斬盡最後一支白家軍！將白威霆的孫女兒變成我們西涼勇士的胯下玩物！為死在白家軍刀下的西涼銳士復仇！」

逃出生天的西涼軍熱血澎湃，拔刀高呼。

「復仇！」

「復仇！」

「復仇！」

「無堅不摧的西涼勇士們！衝啊！」雲破行聲嘶力竭嘶吼，彎刀直指谷口。

白卿言聽著深谷之中西涼軍的喊聲，語速穩促吐字清晰，吩咐：「白錦稚，傳令虎鷹營沈良玉，帶六十虎鷹營銳士快馬繞過天門關，直撲西涼大營後方……照地圖標示，火燒西涼軍三處糧庫、兵庫，不得有失！」

「白錦稚領命！」本就站在高坡之上的白錦稚一躍上馬，快馬而去。

「肖若海！」她將懷中兵符扔給肖若海，面沉如水，「你持此兵符，速命哨兵快馬回宛平報信，命宛平五百守軍趁夜色押送乾糧補給兵器前往豐縣方向，待晉軍掃清甕山峽谷東側西涼大軍後，命石攀山與王喜平各率一萬部下於奔赴豐縣途中補充體力，更換兵器，而後攻下豐縣！你帶一百虎鷹營銳士趁夜色潛入豐縣火燒南燕糧草，與晉軍裡應外合，務必在明早之前拿下豐縣！」

今夜甕山幽谷火光沖天，想必南燕探子早已回報甕山軍情，兵力是晉軍數倍的西涼軍被全數殲滅在甕山峽谷之中，南燕怕是膽子都要嚇破了吧！此時，若晉軍直攻豐縣，拿下必不在話下。

「肖若海領命！」肖若海翻身上馬，持令而去。

峽谷之中，狂風剛勁，呼嘯之聲如鬼哭狼嚎。白家軍嚴陣以待，以手持射日弓的白卿言為首，封死了甕山峽谷出口，銳利沉著的目光死死盯著峽谷深處。

她握緊了手中的射日弓。聽著呼嘯的風聲和峽谷深處傳來的吶喊，她閉上眼耳邊響起幼時……祖父抱她於懷中，教她下棋時的一番話。

【為將者，若敢身先士卒，則能激發將士方剛血性，戰必勝！攻必克！】

如今的她早已不復當年身手，可她要扛起白家軍大旗就必需捨身，必需站在最前端的位置，身先士卒率白家軍奮勇殺敵！只有她站在這個位置，一馬當先才能激勵白家軍銳士心中無懼。

深谷之中西涼軍嘶吼的聲音逼近，她睜開眼，舉弓搭箭，拉至滿弓，瞄準那狂風大作的漆黑幽谷。父親說……國若有戰，民若有難，白家兒女責無旁貸，皆需身先士卒，捨身護民，此乃白家氣節風骨。從今日起，她便繼承祖父與父親的氣節風骨！

不戰死，不卸甲！

殺聲逐漸逼近，她如炬視線捕捉到深谷彎道中第一個從彎道中衝出來的西涼軍，咬著牙將弓箭拉至圓滿，放箭。

箭矢逆風破空，直直穿透那西涼軍的喉嚨，一瞬白家軍軍心大振！

熱血澎湃激昂的白家軍勇士只聽白卿言高呼：「活捉雲破行！殺啊！」

「殺啊！」拔劍舉矛的白家軍隨白卿言朝深谷奔襲，正面強硬迎敵，勢如破竹，銳不可當。奔襲中她接連抽箭搭弓，直指西涼潰軍中背披披風的西涼將軍們，射日弓……箭無虛發。

西涼逃生殘兵，見白卿言但凡搭弓，必死西涼將軍，不由心中生寒，再看滿腔熱血澎湃飛速衝殺如虎狼一般的白家軍，頓時心驚膽戰生了懼怕退意。

儘管程遠志護在白卿言的身邊作掩護，可白卿言肩膀上還是挨了一刀。

她的箭射光了，便從身邊屍體上拔出，然後再射出去！

遠遠看到被三個盾牌護在中間的雲破行，她踩住一旁西涼軍將軍的屍體，用力抽出羽箭，箭頭滴答著鮮血的羽箭帶風虎嘯朝雲破行撲去，速度快到讓人無法攔截，一箭穿透雲破行厚厚鎧甲，力道之大將雲破行擊倒在地。

「元帥！」

「元帥！」

西涼軍大驚失色，慌張驚呼。

聞聲，西涼殘兵已經軍心潰敗不成樣子，不過片刻……竟如同手無縛雞之力一般，被鬥志燃燒所向披靡的白家軍悉數斬殺，雲破行也被白家軍團團圍住。

此時，雲破行的身邊只剩不到十人。

雲破行緊捂著臨近心口的羽箭，鮮血簌簌冒出，他咬牙強撐著被西涼兵士扶了起來，環視將他圍住各個殺意十足的白家軍，心中不服，難道老天爺非要他今天死在這裡？

他雲破行不懼死，可他不想死在白家軍的刀下！不想死在白威霆的孫女兒手裡！他活一世只為一個千古留名而已，哪怕讓他回西涼之後再死也成啊！他才好不容易屠盡白威霆兒孫，好不容易才擺脫「畏懼白家軍如小兒畏父」的名聲，蒼天為什麼要這樣待他啊?!

「閃！」程遠志渾厚如鐘的聲音從後面傳來，各個殺氣十足，摩拳擦掌蓄勢待發要將雲破行撕了的白家軍讓開一條路。

雲破行抬起猩紅的眸子，朝著從白家軍中走來的銀甲女兒郎望去。

在這狂風怒號的黑暗幽谷之中，那身著戰甲的女兒郎臉上帶傷，身上染血，手握射日弓，一雙眼沉著又鋒芒畢露，如白威霆……如白岐山，周身盡是駭人的殺伐之氣，步伐鏗鏘有力逆風而來，被鮮血浸透的紅色披風獵獵，束髮的髮帶與長髮翻飛，氣勢同殺神臨世般讓人脊背生寒。

雲破行聽說過白威霆的嫡長孫女，雖然外面都在傳曾經滅蜀大戰，是白威霆的嫡長孫女親斬一代悍帥龐平國頭顱，可雲破行只當是白威霆為了神話白家血脈故意放出來的傳言，這傳言不過是白威霆為了讓列國知道……他白家的種不論男女都所向披靡的伎倆而已。

後來，雲破行聽說白威霆的嫡長孫女受重傷武功全廢，他就更加肯定這是白威霆的計謀，怕被人識破他的孫女兒是個廢物。

可誰知道，在他殺盡了白家男兒以為晉國再無可戰之猛將之時，白威霆這個嫡長孫女兒居然悄無聲息就冒了出來。

他行軍多年，僅觀她一身狠戾銳氣，和她眼底冷冽凌人……呼之欲出的鋒芒，便知此女乃是比白威霆還能狠得下心腸的人物。就如同草原狼群的新任狼王，總是比老狼王更矯健更狠辣。

天要亡他啊！被西涼殘兵團團護在中間，滿臉狼狽的雲破行心中悽愴，抬手撥開護著他的西涼勇士，上前一步，緊咬著牙看向已立距他不過兩丈的白卿言，故作鎮定冷笑：「沒想到，白威霆竟然還有這樣一個如花似玉的孫女兒，不是說你武功盡廢嗎？怎麼……來這男人的戰場，是為了給我們西涼勇士做玩物的嗎?!」

這是白卿言第一次見到雲破行，四十九歲正值壯年，有著西涼人粗獷的嗓門和高大的身形，那雙眼充滿殺戮和滄桑，十分老辣。

「你！」程遠志欲拔刀，卻被白卿言按住。

她壓下滿腔熊熊燃燒的仇恨，狂風帶來的焦灼味和血腥味讓她保持著一分不被怒火擊潰的清醒。她恨！恨不得生啖雲破行血肉，他斬首刨腹辱她十七弟，他將她父親頭顱斬下……掛於西涼軍營威懾挑釁白家軍，她怎麼能不恨?!

原本只要一箭，她就可以要了雲破行的命，可以讓他死的乾淨俐落，可以斬他頭顱剖他心肺！把他的頭丟進西涼軍營中！

可是……她還是故意射偏了。

因為，理智告訴她，雲破行不能死，雲破行死了……皇帝和朝中那些小人便會無所顧忌，再也容不下白家，容不下白家軍。

狡兔死，走狗烹，飛鳥盡而良弓藏。南疆必要留下一個晉國除她之外，除白家軍之外，再無人能戰勝的敵國悍將來威懾善於過河拆橋卸磨殺驢的大晉皇帝，皇帝才會諸多忌憚。

她望著雲破行充血通紅的眸子，強迫自己沉住氣。

「是啊，幾年前我武功盡廢，是個廢人！」她凝視已是強弩之末的雲破行，「可我聽說有一個叫雲破行的，懼怕我白家軍之名甚深，如小兒懼父！為壯膽糾集南燕這等鼠狼之輩壯聲勢，又與我祖父副將劉煥章暗中苟且勾結，集結百萬大軍用盡陰謀手段，才將我白家男兒斬盡！」

「我便想……即便我是個廢人拼盡全力定能斬你頭顱！只是可惜啊，我這個廢人還未曾發力，你已潰不成軍成我砧板之魚……要任我宰割了，當真是令人失望至極！」

她眉目冷清：「看來沒有南燕助陣，沒有劉煥章傳信，雲破行還不如我這個女流廢人！」

雲破行目眥盡裂，死死咬著牙：「黃口小兒你辱我太甚！」

「對你來說，闡述事實就是辱你太甚?!」她怒目而視，咬牙望著雲破行，「你斬我十七弟頭顱，剖我十七弟屍身，這難道不是滔天大辱?!你雖用陰謀詭計殺我祖父與我白家男兒，但你為敵國元帥，為母國西涼取利，我敬你。可你堂堂七尺男兒，對十歲孩童揮刀，斬其頭顱也就罷了，還刨腹辱屍！你不配為人！我瞧不起你！」

雲破行想到白家那個臨死前亦是傲骨錚錚的十歲小娃娃，他咬緊了牙關，喊道：「兩軍交戰，不論孩童老翁，拿起刀劍便是戰士！哪來那麼多婦人之仁?!」

雲破行話音剛落，箭矢破空，眨眼間穿透他膝蓋而出，快到讓人連虛影都看不到，鮮血噴濺，雲破行單膝慘叫出聲，直冒冷汗咬牙切齒望著白卿言。

「大帥！」西涼殘兵拔刀，可他們在白家軍的包圍威懾之下並不敢妄動。

「這一箭，為我十七弟！」她眸色沉冷。

又是一箭，穿透雲破行右側膝蓋，雲破行狼狽跪下。

「這一箭，是為了讓你給我十七弟跪下謝罪！」

「要殺便殺！我雲破行不懼！」雲破行嘶吼。

「殺你？」她緊緊攥著手中的射日弓，「殺你這樣手無縛雞之力的窩囊廢，太侮辱我這把射日弓了。」

「小白帥！用我的刀！我不怕雲破行的血辱我寶刀！」程遠志表情堅定，將自己寶刀抽出送上，「髒了我洗洗再用！」

雲破行不堪受辱，咬緊牙關，拔出彎刀朝自己的脖子抹去欲自刎。

「鐺——」雲破行舉著彎刀還沒有碰到脖子，就被一支羽箭射中手腕，彎刀跌落在地。

「大帥！」西涼殘兵雙眼發紅，如被逼入窮巷的惡狗，呲牙瞪著白卿言。

「雲破行今日我放你走……」她說。

「小白帥！不可啊！他殺了元帥、副帥！怎能放他！」程遠志睜大了眼，他好不容易等到這一刻，恨不能抽了雲破行的筋，扒了雲破行的皮，砍下他的腦袋當夜壺，怎麼能說放就放?!

她不改口風，只強壓恨意望著錯愕的雲破行，道：「我給你三年時間，讓你滾回西涼準備，三年之後……盡帶你雲家兒孫前來叩關，你若不來，我便帶白家軍直入你國，屠你西涼子民，滅你西涼皇族！宰你雲破行九族，雞犬不留！」

疼痛難忍無法站立的雲破行抬頭，望著眼前戾氣沸騰殺氣沖天，卻能冷靜自持的女子，心頭竟生惶惶。

「閃！」她高舉射日弓，命令白家軍閃開，給雲破行放出一條路。

「小白帥！」程遠志抱拳跪了下來，「不能放雲破行！要為所有白家軍復仇啊！」

「小白帥！不能放啊！」白家軍將士心有不甘，上前一步，做出誓死不讓的姿態。

她通紅的眸子掃過不願退讓的白家軍將士，吼道：「違命者斬！閃！」

軍令如山，即便白家軍將士不甘，也只能閃開，磨牙鑿齒，怒目望著雲破行。

雙腿已不能走路的雲破行被西涼殘兵架起，他望著白卿言：「你真放我走？」

「你只有三年！只盼三年後你能強一點……別讓我如切菜瓜般，勝得如今日這般簡單！」說完，她側身讓開，白家軍將士也憤憤不平把路讓開來。

儘管有白卿言這話，西涼軍還是不放心，舉刀護在雲破行四周，神情戒備小心翼翼試探著從恨不得生吞了他們的白家軍中間穿過。

很快，西涼殘兵扶著雲破行走出谷口，一身形健壯的西涼兵背起雲破行，急速狂奔消失在黑夜中，像生怕白家軍反悔。

「小白帥，為何放了他?!」程遠志忍不住悲憤問道，「雖是軍令！可末將不甘心！雲破行他斬了副帥的頭顱掛在他們軍營示威羞辱我白家軍！小白帥是副帥長女……怎能放走殺父仇人啊?!」

白卿言目視那一片黑暗，拳頭緊緊握著，直到再也看不到雲破行她才轉頭望著程遠志，強壓滿目恨意，道：「我知道程將軍不甘心，諸位將士也都不甘心！我祖父、父親、叔叔和弟弟們死的那般慘烈！我甘心嗎?!我更不甘心！可今日我若不放雲破行走，此次南疆一戰……太子必不會留白家軍一個活口！」

幽谷咆哮寒風中，女子鏗鏘之聲響起：「你們以為，為何祖父出征……陛下會讓從不涉戰場的信王持金牌令箭監軍？你們以為為何信王敢強逼祖父出兵迎敵?!你們以為梁王如何敢偽造書信攀誣祖父通敵叛國?!因為當今皇帝與朝中趨炎附勢諂佞奸徒……早已視我白家軍為臥榻之側的猛虎，欲除之而後快！為何?!因為你們是白家軍！因為你們舉得是黑帆白蟒旗！因為他們視白家軍為白家私兵！因為我白家軍太過勇猛！因為我白家軍可以一當十！因為白家軍之盛名……威震列國！因為我白家軍之人望，晉國無人能及！」

「白卿言今天還能站在這裡，與諸位同戰同生死！當跪謝方炎將軍！跪謝岳知周將軍！跪謝白家忠僕吳哲、紀庭瑜！是他們捨生忘死，用命……將行軍記錄送回大都城，才為我祖父洗刷為奪軍功剛愎用軍的汙名！洗刷我祖父通敵叛國之罪！逼得陛下不得不嚴處信王還我白家公道，不得不留我白家遺孀性命！」

「也當謝雲破行，若無雲破行，朝中奸佞小人與皇帝會想方設法阻我來南疆！太子會千方百計阻我出戰與白家軍相會！我只能枯坐於大都城，眼睜睜看著我白家僅剩的這一萬將士，被小人當做馬前卒，一個不留戰死南疆！」

「白家軍上至我祖父，下至諸位衝鋒銳士，從無反心，是大晉國最為忠勇之士！我等……立誓為天下百姓海晏河清而戰！為天下一統而戰！可如今皇帝與朝中奸同鬼蜮者他們只想……鳥盡弓藏，兔死狗烹！」

「我等不反！可今日我白卿言既然要扛起這白家軍的黑帆白蟒旗、便要誓死護我白家軍將士！哪怕心機手段有違我白家做事取直的家風祖訓！我白家軍的驍勇銳士，可死於沙場殺伐！可死在敵軍強弩利箭之下！但……絕不可死於居心叵測之徒的齷齪伎倆之中。」

頭戴孝布的白家軍聽完白卿言一番話，心口頓時燃起熊熊烈火，全身發燙發麻，眼眶發熱。

白卿言雙手抱拳，鄭重對諸位白家軍將士一拜，撩開戰甲下擺單膝跪下：「我白卿言對戰死南疆的白家軍諸位烈士起誓，以我白家二十三位英靈起誓！三年之後，我白卿言必帶諸位親斬雲破行頭顱報仇雪恨！請諸位信我！」

「小白帥！」一程遠志人高馬大個漢子，含淚抱拳跪地。

白家軍滿腔激昂的熱血男兒也都跪了下來。

「我等信小白帥！死生不疑！」

這三年，是她給雲破行的期限，也是她給自己的期限。

三年之後，她要整個大晉國再無人動她白家人！

三年之後，她要整個大晉國再無人敢覬覦白家軍！

三年之後，她必報仇雪恨！

安撫了白家軍將士，白卿言站起身來，鄭重道：「剛剛放雲破行走，等雲破行回到已被燒了糧草本就軍心大亂的西涼軍營，西涼軍見雲破行十幾萬大軍出戰，僅幾十人狼狽而回，定知今日雲破行甕山一役大敗，糧草絕，主帥敗！軍心必亂！」

她含淚高聲下令：「白家軍將士立即回甕城休整，一個時辰後，點兩千人隨我殺進敵營，奪回我父帥頭顱！」

「是！」程遠志聲如洪鐘應聲後，轉身用手指吹了個極為響亮的口哨。

白家軍紛紛吹哨，召喚戰馬。

突然，峽谷之上，張端睿騎快馬而來，高聲道：「白將軍！谷內西涼兵見主帥已逃，紛紛稱降，要命甄則平、石攀山打開出口，放他們出來嗎？」

她抬頭望著張端睿，眼神沉著，沒有絲毫猶豫：「殺！一個不留！」

張端睿一怔：「這……」自古不殺降兵，這是慣例。

「張將軍若怕擔這千古罵名，我白卿言來擔！今日多殺一個西涼強兵，來日我大晉便能少死幾個百姓，白卿言手持兵符，此為我一人之令，與張將軍無關！」白卿言語氣不容商議。

張端睿遲疑片刻，他知太子兵符在白卿言手中，只得抱拳：「得令！」

「屠盡谷內西涼兵士之後，張端睿將軍甄則平將軍清點人馬，前往甕城休整等候命令，明日一早隨我與白家軍奪回天門關！」

一聽今夜便要奪回天門關，張端睿立時熱血沸騰！

雖然剛剛經歷一場大仗，大家多少都會疲乏，可此戰以少勝多，正是士氣最旺盛的時候，一夜休整之後，必能奪取天門關。

手舉黑帆紅莽旗，背纏白卿言紅纓銀槍的白錦稚騎快馬回來，她舉著旗一躍下馬，將背後紅纓銀槍丟給白卿言：「長姐，接槍！」

白卿言一把接住紅纓銀槍：「上馬！回甕城！」

「回甕城！」程遠志亦是跟著高呼，他雙眸熠熠，對白卿言道，「還在養傷的衛兆年和谷文昌、沈昆陽他們見到小白帥，定會以為是在做夢！」

宛平城內，太子披著厚厚的狐裘立在城牆之上，望著遠處甕山峽谷頂空的一片通紅，心都提到了嗓子眼兒。

「還沒有哨兵前來回報軍情嗎?!」太子身側拳頭緊緊攥著。

秦尚志跟在太子身邊抿唇不語，只在心中祈求蒼天庇佑，讓白卿言旗開得勝。

遠遠看到有快馬而來，秦尚志忙上前指著遠處：「殿下!你看……」

太子只覺自己的心跳都要停了，屏息望著那越來越近的身影，拳頭也越攥越緊。

快馬到了城下，那哨兵勒著韁繩，高聲喊道：「快開城門！甕山大捷！甕山大捷！我軍將西涼賊寇全殲甕山峽谷之中！」

太子只覺血氣沖上頭頂，整個人都活了過來。贏了！真的贏了！他臉都激動的發麻，轉身急匆匆下城牆，腳踩住狐裘一角差點兒摔倒，多虧守城將軍扶了太子一把。

「太子小心。」那將軍說完，便規規矩矩退到太子身後。

「贏了！贏了啊！」太子長長呼出一口氣，扶著冰涼的城牆快步走了下去。

那哨兵直衝城中，看到太子立刻下馬，喊著大捷撲跪在太子面前激動道：「我軍大捷，白將軍下令不留活口，我軍已將西涼十幾萬大軍全部滅於峽谷之中！白將軍命五百守軍趁夜色押送乾糧兵器補給往豐縣方向同石攀山、王喜平將軍匯合，補給之後，直奔豐縣，天亮前必奪回豐縣！」

秦尚志一聽雙眼發亮，他上前一步：「殿下！時不我待！快快下令讓人準備補給武器啊！」

可太子卻臉色發白，顫著聲問：「全部……殺了？降兵呢？也殺了嗎？」

「回殿下，全都殺了！」哨兵道。

太子臉色愈白，此戰勝了固然好，可名義上這場仗是他打的！若斬殺降俘的事情傳出去，他名聲就完了！他原本還想在將來與西涼談判時用降兵換一點好處！

他心中頓時後悔，那時他就不該為表信任將兵符交於白卿言，真真兒是悔的腸子都青了。

「殿下?!」秦尚志疑惑太子為何遲疑。

「造孽啊！」太子身邊年紀最大的謀士方老亦是被嚇得臉色發白，「自古兩兵交戰，不殺降俘啊！斬殺降俘的名聲要傳出去，列國該怎麼看我晉國?!定當視我晉國如虎狼啊！」

聽到謀士方老這麼說，太子的臉色愈加難看。

「話不能這麼說！我們此次只帶了五萬援兵，若留下那些降俘，還得費兵力去看管降俘，以防降俘中途要反?!殺是對的！」秦尚志抱拳再次懇請太子，「太子殿下！速速下令讓守城五百兵士運送補給！趁現在南燕正處在惶惶不安中，我軍以雷霆之速打過去，必能奪回豐縣啊！」

聽秦尚志滿腔激動說完，方老不緊不慢朝著秦尚志看了一眼，幽幽開口道：「殿下，我軍戰士激戰一天，早已疲乏，豐縣南燕軍隊精力充沛，此時攻城……於我軍不利啊！」

秦尚志看了眼那位方老，咬著牙又道：「殿下！此時甕山頂空一片通紅，那片通紅不滅，我軍的士氣不倒！若不趁南燕軍心惶惶之際攻城，一旦明日一早西涼南燕緩過神來再次合兵，奪回豐縣就更是難上加難了！」

「殿下……」哨兵抬頭看向太子，「白家軍讓準備的補給和兵器，還……還準備嗎?!」

「殿下！不可遲疑啊！」秦尚志緊咬著牙，「殿下想想白將軍這幾次所獻計策，哪一次不是正中要害?!哪一次不是將敵軍行軍布置算得無一錯漏?!白將軍乃是鎮國王都稱讚過的天生將才！您要信白將軍啊！只要此次，我軍能一夜間大破南燕與西涼聯軍，從此之後便再無人敢挑釁我晉國威儀了！」

太子想到西涼埋伏地點都被白卿言算得一清二楚，且他已經將兵符給出去了，除了白卿言，如今他也不知道該信誰，他點了點頭：「快去！按照白將軍吩咐，命宛城五百守城兵士……不！去八百！八百守城兵士去運送補給和兵器！要快！」

「是！」

眼看著哨兵跑遠，太子才轉過身看著自己面前的三個謀士，抱拳一禮道：「煩請三位幫孤想想，這殺降俘之名，孤要怎麼……怎麼挽回？」

「這仗既然是白將軍打的，這坑殺降俘也是白將軍下的令，殿下只要聲稱同您無關，再重責白將軍將其斬首示眾，天下必然會看到殿下的仁義之心！殿下勿憂……」方老從容自若說道。

太子想了想似乎在認真考慮方老所說斬首白卿言之事，道：「可……這樣這甕山之戰旁人不就知道並非是孤之功？」

秦尚志看著燈下皺眉的太子，心驚肉跳之餘心中一時間竟已不知是何滋味。

既不想背負殺降俘之名，又想要甕山之戰功，太子也是太過貪心了。

鎮國王與白家諸位將軍一死，已經是除大晉之甲冑，若太子再殺了白卿言這位百年難得一遇的大將之才，大晉就真的只能任人魚肉了！

想到太子一向倚重方老，秦尚志頭皮發緊，忙上前一步道：「殿下，白將軍不可殺！此戰大捷白將軍功不可沒！獻計不說又與諸位將軍浴血奮戰才得甕山大捷，若殿下斬殺白將軍，必然會讓眾將士心冷，以後誰還敢為殿下捨命，誰還敢為晉國建功啊?!」

太子又在認真思考秦尚志的話。

「再說了，西涼南燕大軍未退，戰事未平，白將軍雖是女流之輩，可在調兵遣將方面盡得鎮國王真傳，殿下怎可對出謀劃策的戰將有殺意？若此次白將軍一死，南疆之戰不要說奪回國土，怕就是我等腳下之城也保不住啊！」秦尚志雙眸發紅。

不論是於公於私，秦尚志都想保白卿言。

「秦先生這話可笑，難不成……我晉國竟要指望一個女流之輩才有勝仗可打？」方老難得動怒，吹鬍子瞪眼睛瞥了秦尚志一眼，拱起雙手朝太子一拜，「秦先生此言，將太子置於何地？將我大晉其他悍將與我等太子府謀士至於何地？」

秦尚志心裡堵的發疼，咬著牙厲聲問道：「此次之戰，我等太子府謀士與大晉悍將，哪一位能如白將軍一般全部料準了雲破行的兵力部署?! 又有哪一位在戰報傳來之後能提出行而有效……以少勝多的勝敵之策?! 又是誰……在甕山甕中凹一萬五千兵力全部折損的情況下率一千守兵迎戰，使我晉軍甕山大捷?!」

「老夫早已説過，有守在峽谷西側的張端睿將軍，峽谷之間雖東側是西涼軍，可西側是張端睿將軍，西涼軍被我軍夾於峽谷之中，我們晉軍也未必是輸！此戰之大勝……難道不是理所應當?!」方老氣得胸口起伏劇烈，「秦先生領著太子府的俸祿，心思倒是每每都偏到白卿言那裡去！真不知……在秦先生心裡你的主子是那白將軍，還是太子殿下！」

方老拂袖，負手而立，一副不屑與秦尚志多言的清高姿態。

秦尚志胸中怒火中燒，幾乎要壓不住火幾欲拔劍，卻又不能真與老者較量，硬是將這股子邪火給壓了下去：「方老莫不是忘了，這克敵制勝之計是誰出的！方老一口一個老夫早已説過，好像這排兵部署全都是方老一手安排似的！」

「秦先生！」太子一雙陰沉的眸子看向秦尚志，心中對秦尚志頗為不滿，「方老是長輩，秦先生連最起碼對長輩的禮儀都沒有了嗎？還是秦先生真的忘了……誰才是秦先生的主子?」

秦尚志：「……」儘管氣得幾乎嘔血，可秦尚志還是硬生生忍了下來。

目送太子一行人離開，秦尚志立在這狂放呼嘯的城牆之上，轉頭望著甕山峽谷方向一片紅光的天空，閉了閉眼眼角濕潤。

大都城十里坡，白卿言身穿孝衣送他寶馬狐裘與防身匕首時，曾説……

【若來日白卿言肩能扛起我白家軍大旗，以女兒身在那廟堂之高占一席之地，自當掃蓆以待，萬望先生不棄，與卿言攜手同肩，匡翼大晉萬民。」

那時，他心中震驚白卿言身為女子，可她的志向竟是匡翼大晉萬民！他心中驚濤駭浪，熱血澎湃，恨不能再年輕幾歲，隨這位心懷大志的女子做出一番成就。

可冷靜下來之後，秦尚志又難免覺得當時，只是被白卿言所言震驚故而一時衝動。

這世道女子想要出頭何其困難，更何況他已經年過四十，大都城內白家如履薄冰，他以為他或許等不到白卿言能扛起白家軍大旗那一日，等不到白卿言成長到能夠與他攜手同肩匡翼大晉萬民那一日！

所以，在他遇到太子之後，選擇跟隨太子。

不成想，短短時日……白卿言便確如她所言的那般，來了南疆……來扛起了白家軍的大旗！

悔啊！他後悔輕看了那巾幗不讓鬚眉的白家嫡長女。

可他是文人，是謀士！

謀士貴在忠直，一旦定主，絕不二心，絕不二侍，否則後世留名……必被天下恥笑！

他不能輕賤了作為謀士應有的風骨！

雖然他不能如同十里坡承諾的那般，與白卿言攜手同肩，可他願在此次南疆之行拼了性命保白卿言一個平安。

甕城剛才就已經得到消息，甕山峽谷大勝！

在甕城之中養傷的三位白家軍將軍，聽說小白帥白卿言來了，正率甕山得勝的白家軍回甕城，大吃一驚。

衛兆年、谷文昌、沈昆陽，他們三位全都是軍中的老人，他們都知道白卿言當年傷得有多重，腹部受傷隆冬臘月跌進湍急的河水裡，那種情況之下能活命他們當時都已覺是上蒼庇佑，也曾可惜過小白帥武功盡失。

可如今，小白帥怎麼又回來了?!她武功盡失怎麼上戰場?!此戰程遠志有沒有好好的護著小白帥，有沒有讓小白帥受傷?!

甕城之內養傷的白家軍，登上城牆朝遠處眺望。

拄著拐杖，用細棉布纏著傷口的白家軍傷兵，遠遠見有大部隊快馬而來高舉黑帆白蟒旗，不知是誰，興奮高呼：「回來了！回來了！我們白家軍回來了！」

甕城城牆之上，頓時沸騰起來，紛紛高呼：「白家軍回來了！」

拄著拐杖的谷文昌，壓抑著心頭激動，輕聲詢問傷了一隻眼睛……一身白袍的衛兆年：「看到小白帥了嗎?!」

衛兆年還沒來的及作答，就聽沈昆陽指著遠處高呼：「你們看！那是不是小白帥……最前面手持銀槍的那個身影！」

快馬越來越近，谷文昌、沈昆陽都看清了馳馬在隊伍前方的白卿言，就連只剩下一隻眼睛的衛兆年也看清楚了。

衛兆年緊緊咬著牙，眼眶發紅，呼吸都跟著急促了起來。

他以為，白家所有將軍戰死，白家軍便不再是白家軍，剩餘這一萬白家軍……怕是也要折損於南疆。他以為，今日他沒有攔住程遠志帶一萬白家軍出城救援朝廷派來的五萬援兵，今日便會成為白家軍的忌日，他以為……從此往後世上再無白家軍！

可是，小白帥居然悄無聲息來了，得勝之後……將那一萬白家軍帶回來了！

衛兆年胸中血氣翻湧，至此時他總算相信五萬援軍的確勝了雲破行十幾萬大軍，鎮國公的嫡長孫女兒白卿言乃是天生將帥之才，從來都是算無遺漏。

衛兆年仰頭望著漫天星辰，死死咬著牙……蒼天有眼，不絕他們白家軍！

是元帥、副帥和白家諸位將軍，死去的白家軍將士們保佑著他們這一萬殘存的白家軍，所以將小白帥喚來了！

「果然是小白帥！快！隨我出城迎小白帥！」谷文昌熱淚盈眶高喊了一聲，激動難耐的谷文昌拄著拐杖一瘸一拐往城牆下走。沈昆陽、衛兆年連忙跟在谷文昌身後。

被戰斧砍出痕跡的沉重城門緩緩打開，滿地都是碎木屑混著鮮血，這是西涼軍攻城之後留下的痕跡，甕城兵士只清理了屍體，因為害怕西涼軍會殺一個回馬槍，所以還沒有來得及清理這些殘留的痕跡。

谷文昌、衛兆年、沈昆陽三人，帶著傷殘的白家軍立在護城河吊橋最前端，看著黑夜中奔馳而來的人馬，如望著一片漆黑中的瑩瑩之光，哪怕微弱也讓人嚮往。

「長姐！前面有人！」白錦稚指著甕城吊橋之前隱約可見的幾百人影道。

「那是老沈他們！」程遠志抬手，示意疾馳的隊伍放慢速度。

白卿言手握韁繩快馬到甕城吊橋之前勒馬，看著眼前的白家軍傷兵……見他們都頭戴孝布，眼眶漲疼。

她下馬，喉頭哽咽，還來不及開口，就聽鬍子拉碴的沈昆陽一聲小白帥，白家軍傷兵便都抱拳單膝跪了下來。

「谷叔、沈叔、衛將軍，卿言來晚了！」白卿言眼中飽含熱淚，跪地對三位將軍一拜。

「不晚！不晚！」沈昆陽情緒激動，他忙衝上前扶起白卿言，見白卿言肩膀上的血已乾痼，他努力睜圓了眼睛不讓自己淚流滿面，哽咽問道，「小白帥還畏寒嗎？武功恢復了？這次大戰傷得重不重？」

沈昆陽在軍營中看著白卿言成長，初入軍營的白卿言就在沈昆陽麾下，那時的她天之驕女，年輕倨傲，一把射日弓，一杆紅纓銀槍，敢於向沈昆陽麾下所有悍兵單挑挑釁，直至連沈昆陽也打贏了，這才得了一個前鋒的位置。

在沈昆陽的眼裡，白卿言是小白帥，也是他看著長大的一個晚輩。

「小四！」她回頭朝著白錦稚喚了一聲。

白錦稚應聲朝她跑來。

「這是我四妹，我三叔嫡女白錦稚！」白卿言對沈昆陽他們介紹白錦稚。

白錦稚爽朗抱拳向三位將軍行禮：「白錦稚，見過三位長輩！」

沈昆陽、衛兆年、谷文昌忙對白錦稚還禮。

「四姑娘！」沈昆陽紅眼望著白錦稚，「總聽元帥說，四姑娘是最像元帥年輕時候的孩子！我們一直盼著能見四姑娘，今天總算見到了！」

沈昆陽說著，聲音漸漸地弱了下來，心中難受不已：「可沒有想到……是在這樣的情況下見到的。」

白錦稚亦雙眸通紅，用力握著身側拳頭，祖父……真的覺得我是最像他年輕時候的孩子嗎?!

「別在這裡說話了！先回甕城！」谷文昌忍著哽咽，抬頭看向遠處各個帶傷的白家軍，「將士們都要處理傷口！小白帥也是！等處理好傷口再說。」

「對對對！小白帥，先進城再說……」衛兆年也點頭讓開路讓白卿言先進。

白卿言點了點頭牽著白錦稚，看向沒了一隻眼睛的衛兆年……四叔麾下最有謀略的將軍。

她對衛兆年鄭重頷首後，隨眾位將軍與在這裡迎她們的白家軍傷兵一同進城。

因白卿言是女人，軍醫大多都是男人，她的傷口是白錦稚給處理的。

白錦稚處理完白卿言肩膀上的傷口，紅著眼端了一盆血水出來就見肖若江正帶著洪大夫在門外候著。

「肖若江?!洪大夫?!」白錦稚驚訝喚了一聲，滿臉意外，「你們怎麼在南疆?!你們也是偷偷跑來的?!你們……偷偷進的軍營？」

替洪大夫背著藥箱的肖若江看著白錦稚端著的一盆血水，藏在袖中的手指微微收緊，規矩行禮之後道：「是大姑娘遣小的帶人先行一步，來南疆打探消息！剛剛趕到甕山的洪大夫聽說大姑娘帶白家軍回了甕城便來了，小的正好碰倒要進軍營的洪大夫，這才能托了洪大夫的福進來。」

「這是……大姑娘受傷了?!」洪大夫大驚，「傷到哪兒了?!」

「傷到了肩膀，還好……傷口不算深，已經止住血了！」白錦稚心裡難受，她回頭朝著屋內喊了一聲，「長姐，洪大夫和肖若江來了！」

「讓他們進來吧！」白卿言臉色蒼白坐於點著油燈的桌前，將衣裳繫好。

肖若江對白錦稚再次恭敬行禮之後，才進去：「大姑娘，小的無能……剛退回甕城，甕城就封城了不許進也不許出！小的才沒能及時面見大姑娘！」

「大姑娘要不要緊?!」洪大夫一進門就拿出脈枕坐下，示意白卿言伸手給她號脈，「來，我看看！」畢竟白卿言是女兒家，傷在身上洪大夫不能看，只能診脈。

「我沒事洪大夫！」白卿言依言將手腕放在脈枕上，讓洪大夫診脈。

「還好！還好！」洪大夫長長舒了一口氣，眼中帶上了幾分喜氣，「此次給大姑娘診脈，倒是發現大姑娘體內的寒症似乎好了不少，看來……以前老夫讓大姑娘靜養為宜是不對的！」

「洪大夫怎麼沒和董家死士在一起，反倒來甕城了？」她放下衣袖問。

「老夫本是想去戰場救治我們白家軍受傷戰士，誰知道等老夫趕到甕山的時候，大姑娘已經帶白家軍將士回甕城了，老夫這才追了過來。」洪大夫將脈枕收進藥箱裡，「我再去看看白家軍其他受傷的將士！」

見白錦稚進來，她道：「小四！替洪大夫提藥箱。」

「是！」白錦稚十分乖巧跑過來替洪大夫拎起藥箱，倒是讓洪大夫忙稱不敢。

「洪大夫您就別客氣了！走吧！」白錦稚背起藥箱率先出門，洪大夫這才對白卿言揖手行禮匆匆離開。

屋內只剩白卿言與肖若江，她這才問：「可查到我七弟、九弟和沈青竹的消息?」

「回大姑娘，小的沒能查到七公子與九公子的消息，但知道沈姑娘獨自一人前往西涼國都了，屬下已經派人去尋沈姑娘，下令他們若見沈姑娘務必護沈姑娘平安歸來。」

肖若江垂著眸子慢條斯理回稟完，從胸前拿出一張疊的齊整的羊皮圖紙，躬身遞給白卿言：「按照大姑娘吩咐，小的已將西涼大營摸清楚，這是兵營分布圖。」

她點了點頭：「乳兄辛苦了！」

見白卿言舉著油燈細看西涼大營兵力分布圖，肖若江撩開長衫下擺，跪了下來，道：「小的聽說半個時辰之後大姑娘要點兩千人去西涼大營奪回世子爺頭顱，小的請命……跟隨大姑娘一同前往！此次之戰……雲破行將他的長子和長孫帶在身邊，卻從不曾讓兩人出戰，為的是給他的子孫積攢戰功，將來回西涼討要官職！」

肖若江抬頭，紅著眼說：「小的……已經識得雲破行長子同長孫，此次必定斬下此二人頭顱，也讓雲破行的兒孫試試屍骨無存的滋味。」

除了這個緣由，肖若江亦是想去護著白卿言。

白卿言此次甕山一戰受了傷，且她的身體到底是什麼樣子肖若江心裡再清楚不過。他聽說來南疆這一路……白卿言幾乎是以凌虐自己的方式撿起了射日弓，可近戰白卿言還是不行，否則又怎麼會受傷?!

如果此次闖西涼軍大營沒有人保護她，再讓白卿言受了傷，他便有負白家主母董氏與他母親的託付，也有負副帥曾經對他與兄長的救命之恩。

白卿言知道，肖若江是想到了她爹爹此時還高掛在西涼軍營裡的頭顱，想到此次她爹爹並沒有能回歸大都的遺體。

她喉頭翻滾，明白肖若江一片赤膽忠心，點了點頭哽咽道：「那就辛苦乳兄和我走一趟了！」

整個白家軍因為小白帥的回歸氣勢旺盛，紛紛補充體力，嗷嗷叫著要隨小白帥闖西涼大營奪回副帥頭顱。

就連傷了一隻眼的衛兆年亦是穿上了戰甲，拿起了長劍，準備同白卿言一同闖西涼軍營，他聽說洪大夫在傷兵營帳裡便趕過來同洪大夫打招呼。

正赤裸著上身，讓洪大夫拔肩上斷箭的程遠志看著已經穿上戰甲的衛兆年，笑道：「老衛你就別去了！你這一隻眼睛看不見，黑燈瞎火的到時候再從戰馬上跌下來！」

程遠志話音剛落，洪大夫便猛地將箭拔出，鮮血噴濺。程遠志死死咬著牙，一張臉漲紅，就是不讓自己喊出聲來。

立在洪大夫身後，來幫忙的小軍醫忙用棉布按住程遠志的傷口。

「按住別鬆手，一會兒給他上藥！包紮起來，這傷口傷在肩胛處，得好好養一段時間！」洪大夫說完，用水淨了手拿過帕子擦了擦，又去看下一個受傷的將士。

洪大夫跟了白威霆一輩子，雖然只是軍醫，但在白家軍中威望極高，這也就是為什麼肖若江跟著洪大夫就能輕而易舉進軍營的緣故。

白卿言來了臨時搭建讓洪大夫處理傷兵的營帳，撩開簾子進來。

「小白帥！」不知是誰眼尖先看到了白卿言，喊了一聲。

白家軍身上帶傷的將士聽聞小白帥來了，還在處理傷口的白家軍將士都坐不住了，又驚又喜地站了起來，朝白卿言的方向看去。

「小白帥！」程遠志也跟著站起身，忙將自己裸露的身體用衣裳裹住。

她望著傷兵營內渾身是血的白家軍，忙抬手示意大家都坐下：「白卿言只是來告知各位，今夜白卿言帶兩千白家軍銳士必將我白家軍副帥……頭顱，奪回來！明日一早輕傷者，隨我拿下天門關之後再取鳳城！諸位安心養傷，好好休息，以備來日之戰！」

說完，白卿言對受傷的諸位將士一拜，轉身朝帳外走去。

「小白帥！」衛兆年追了出來，抱拳道，「衛兆年願隨小白帥一同前往西涼軍營，將我白家軍副帥頭顱奪回來！」

白卿言望著面色沉著的衛兆年，雖然衛兆年已經失了一隻眼睛，可他心底復仇之心強烈。

她抱拳道：「那就有勞衛將軍帶我四妹白錦稚，與一千八百將士在徽平道提前準備設伏，待我與二百銳士奪回我副帥頭顱從徽平道一過，便攔截西涼追兵！」

衛兆年眼瞼一跳，竟然……只帶兩百人闖營?!

「小白帥，只帶兩百人是否不妥?!」衛兆年不放心。

「我心中有數，衛將軍放心！」白卿言道。

衛兆年不再爭辯抱拳稱是，目送白卿言離開後想了想立刻轉身吩咐人準備火油和箭弩，他打算以西涼兵之道還治西涼兵之身，同樣的法子他也用上一用。

兩千白家軍，趁夜色出甕城，正巧遇到了掃清甕山峽谷戰場帶晉軍回甕城的張端睿將軍。

張端睿見白家軍出甕城，忙快馬先行而來，看到帶頭的是白卿言，問：「白將軍，現在就要出征天門關了嗎?!」

「張將軍帶兵回甕城休整，待我歸來天色放亮便出發天門關！」白卿言道。

張端睿抱拳稱是，他坐於馬上注視著高舉黑帆白蟒旗的將士直奔天門關方向，消失在茫茫夜色之中。

已繞過平陽城回到大燕邊境的蕭容衍，此時立在臨川高山之上，看向東方天際亮起的那一片紅光，猜測那應該是甕山方向。

「主子，老叔來了！」蕭容衍的護衛從山下上來，對蕭容衍躬身道。

「知道了！」

蕭容衍應聲，朝山下走去。

下山這路……他都在思考。

如今晉國、南燕、西涼亂成一鍋粥，是否該到了大燕動一動的時候。

大燕去歲天災連連，隆冬之中百姓食不果腹，凍死餓死不知幾何。

可……若不趁此三國混戰拿下從大燕分割出去的南燕，以後就不知道還有沒有這樣好的機會。

蕭容衍從山上下來，便看到穿著黑色夾襖的白髮老者精神奕奕對他躬身行禮，難耐激動情緒：「小主子！多年未見……小主子一向可好啊？」

此老翁未曾留鬚，聲音也偏細一些，顯然是宮中太監。

這位便是曾經在姬后身邊伺候的大太監馮耀，姬后葬身火海之時，是馮耀抱著年僅七歲的蕭容衍逃生，後來馮耀便跟在姬后的長子……也就是當今大燕皇帝身邊，可謂忠心不二。

「老叔……」蕭容衍對馮耀還禮，問道，「兄長身體可還好？暈厥之症可還有犯？」

馮耀歎了口氣搖頭，眼眶發紅用衣袖沾了沾眼角，才道：「國無治世能臣，陛下事事躬親，今年大燕又是這副光景……民不聊生，老奴來之前陛下已經瘦的不成樣子了！」

蕭容衍袖中拳頭緊握，他咬了咬牙：「讓兄長再堅持些時日，我定將神醫給兄長找到！治世能臣……我也會找到！」

「哎！」馮耀應聲之後，忙從懷中拿出一枚兵符遞給蕭容衍，「陛下這次專程讓老奴來，是為了讓老奴給小主子送這個！謝荀奉命訓練的新軍已經小有成果，如今小主子在晉國行走，萬一要是遇難，可持此兵符調動藏於臨川山脈中訓練的新軍，至少護小主子平安回國！陛下說了，什麼都不如小主子的安危重要！」

搖曳火把之下，蕭容衍幽邃深沉的眸子忽明忽暗，他望著馮耀捧在手心中的兵符，瞳色愈深，胸中似有情緒翻湧，用力攥著手心中的玉蟬。

這是天意嗎?!他剛還在想著可否趁此次機會，將南燕收回來，老叔就送來了兵符，且謝荀就在他所在的臨川山脈訓練新軍。

讓謝荀這個毫無名氣的無名之輩訓練新軍，是蕭容衍的主意，只是他沒有想到……他的兄長會讓謝荀在臨川這裡訓練新兵。

蕭容衍拿過兵符，又問：「謝荀在臨川山脈訓練的新軍，有多少人?!」

「三萬。」馮耀道。

三萬……超出蕭容衍預計太多，他喉嚨一陣陣發緊，轉身對身後屬下道：「拿地圖！」

屬下忙拿出地圖鋪開在馬車駕車坐板上，接過一支火把舉高。

蕭容衍垂眸看著地圖，他從宛平出發之前接到消息，南燕皇帝下令……讓已經占下豐縣的南燕軍隊就扎扎實實窩在豐縣，等議和之時，南燕會和西涼談條件，讓西涼用鳳城換豐縣，畢竟豐縣一直是西涼想要的地方，可鳳城卻是西涼和南燕都想要的地方。

南燕皇帝已經命國內籌措糧草送往豐縣，讓南燕軍隊好過冬。

蕭容衍手指挪向地圖上遙關的位置，點了點，南燕糧草輜重若想去豐縣……欲要快必過遙關！

他將手中兵符遞還給馮耀，道：「老叔，你帶兵符……命謝荀率新軍，高舉白家軍黑帆白蟒旗……在遙關設伏，奪南燕押送往晉國豐縣的糧草！而後……三萬甲士就地藏於遙關，繼續設伏，不出四日南燕攻晉大軍必經遙關狼狽潰逃回國，命謝荀早作準備務必在這裡……將南燕精銳全殲於遙關，不可留活口！」

讓謝荀高舉白家軍黑帆白蟒旗奪南燕糧草，即是為了借白家軍的勢，暫時遮掩南燕耳目讓南燕暫時不防備大燕。

也算是……他幫白卿言一個忙吧！若豐縣南燕主帥知道南燕糧草被「白家軍」所劫，對白家軍之懼怕是要更上一層樓，必不戰自潰。

那麼，退回南燕的南燕精銳兵士定然會懼怕被白家軍追擊，也就只能走遙關了。

此次南燕敢傾全國之力與西涼合軍攻晉，不過是覺得大燕今年天災甚多自顧不暇無力聚兵挑釁南燕！

正是因為如此，大燕才要出其不意！

這潭水已經被攪混了，大燕若不趁此滅南燕驍勇精銳，等南燕緩過神來必定要吞掉大燕！

與其坐以待斃，不如趁機……滅了南燕主力，再揮師直攻南燕都城！

一旦拿下南燕，就有源源不斷的糧食和兵器運往大燕，大燕的百姓也就有救了。

「小主子，可如今我們大燕的國力實在是……」

「老叔，你只管去下令！信我！」蕭容衍一雙如姬后一般漂亮堅韌的眸子望著馮耀。

馮耀自知只是一個奴才，因為救過蕭容衍所以才顯得地位超然了一些，自然是不會忤逆蕭容衍的意思。更何況陛下已經將兵符交給蕭容衍，其中大有將這支新軍交給蕭容衍調遣之意！

「小主子，老奴有一慮！」馮耀為盡忠，開口，「藏於臨川山脈的新軍，原本是為了防止晉國發兵，如果小主子將新兵調走，萬一晉國知道我們攻打了南燕軍隊，會不會掉頭來打我們？」

「晉國如今面對南燕西涼聯軍，自顧不暇！能征善戰的白家軍已經被那個無能的皇子盡數折損在南疆！現在晉國巴不得我們和南燕開戰！好讓他們喘一口氣！」蕭容衍摩挲著手中玉蟬，慢條斯理道，「此次，乃是我大燕收回失地的最佳時機，一旦錯過！明年也必與南燕有一戰，卻不能如同今日一般收回失地！」

馮耀忙躬身稱是：「老奴即刻帶兵符去向謝荀下令！」

看著馮耀翻身上馬，蕭容衍又道：「老叔，見到謝荀將兵符交於他！告訴他……兵符給他，兄長與我信他！只要他能將南燕精銳悉數滅於遙關，南燕對他來說便是坦途任他馳騁！讓他務必趁此大亂之際……能奪回我大燕多少失土便奪回多少！待他出發遙關後，請老叔快馬回都城，讓兄長徵調兵馬前往天曲河駐防，天曲河一應駐兵皆聽兵符調遣，配合謝荀不得有誤！」

天曲河是南燕和大燕的交界，大河以北是大燕，以南是南燕。

在姬后死後，晉國攻打大燕，肅王庶子仗著天曲河天險……趁機從大燕分割出去，自稱南燕。

蕭容衍與大燕皇帝曾在姬后墓前立誓，要將大燕所失之疆土全數奪回來，一雪前恥。

後來，為能使大燕夾縫中存國，蕭容衍奔走列國，才悟出母親之前為何想要一統天下！

姬后少時，窮苦出身，深知天下大定方能四海太平。

雖然如今大燕偏處一隅，列國睥視，可蕭容衍與其兄長還是想繼承母志，一統天下，開創盛世山河，告慰母親在天之靈。

蕭容衍與兄長也並非大晉皇帝那般，他與兄長都能做到用人不疑，既然用謝荀……便敢將全國兵力交給謝荀，任他驅使！

大致方略已定，蕭容衍目送馮耀帶一隊人馬快馬離開，吩咐人將糧食兵器押送回都城後，便帶著自己的人悄然離開大燕境內，涉險前往南燕，以圖與謝荀裡應外合。

甕城離天門關極近，白卿言帶兩百勇士繞開天門關從山路趕到西涼軍營的時候，時機剛剛好。

她帶人蟄伏隱藏在山林之中，鋒芒如炬的眸子緊緊盯著燈火通明的西涼軍營，目光落在被西涼大軍高高懸掛在西涼軍營正中間隨風搖擺的那顆頭顱，心中熱血翻湧，恨不能現在就殺過去奪回父親的頭顱。

她酸辣滾燙的淚水盈眶，卻不得不強壓著自己再等等，等整個西涼軍營裡傳遍雲破行狼狽歸來大敗的消息，她再帶人殺進去不遲。

她側頭對肖若江道：「乳兄對西涼大營熟悉，就煩請乳兄帶十個人悄悄潛入西涼營中，燒了西涼大軍的兵器庫！」

雲破行一行人徒步走了好遠，好不容易弄了幾匹馬，狼狽回營，西涼軍營內霎時亂成一團，幾位悍將高喊軍醫。

雲破行的長孫哭喊叫著祖父……

雙膝中箭的雲破行被眾將士簇擁回帥帳，他咬住木棍，腦子裡全都是那個殺氣凜然滔天的女子，粗聲粗氣讓軍醫拔箭。

雲破行長孫跪在雲破行床前，用手背抹著眼淚：「祖父……」

軍醫剛淨手，給雲破行拔了肩膀上和雙膝的箭，將膝蓋處碎骨頭都取了出來，這才讓人立刻撒上止血粉按壓止血。

雲破行疼得臉色通紅，頸脖上的青筋都爆了起來，硬是咬著木棍不讓自己發出一聲慘叫。

因主帥慘敗而歸，西涼大營已經流言紛紛，人心惶惶。

突然，一支帶火的箭狠狠紮入帥帳門前木板之上。霎時，西涼大營內慌張的喊聲此起彼伏。

「有人闖營！」

「救火啊！起火了！」

「拿兵器！有人闖營！」

雲破行驚得要站起，可雙膝處傳來撕心裂肺的疼痛，又讓他跌坐回去。

「祖父！」雲破行長孫忙扶住雲破行。

「父親安心治傷，兒出去看看！看是誰敢來闖我西涼軍營！」雲破行長子抽出彎刀，率諸位將軍往帥帳外走。

雲破行的兒子走至帳外，見二三十人騎快馬殺入他們西涼大營喊道：「放箭！放箭！把這些人給我射成刺蝟！」

「副帥！」西涼兵狼狽跑來道，「箭已經射光了！我軍兵器庫被燒，弓箭和弩都在裡面，火勢太大進不去！外面還有人在放火！」

「他媽的！」雲破行兒子爆了一聲粗口，「給我用長矛把他們刺下來！」

雲破行聽到這話，再也坐不住，喊道：「扶我出去！」

「可是祖父……父親讓祖父安心治傷！」雲破行十七歲的長孫哽咽道。

「哭什麼哭?!白家十歲兒郎死前眼睛都沒眨一下！你已經十七歲了……還要祖父護你多久?!我西涼勇士流血不流淚！眼淚擦乾！架我出去！」雲破行喊道。

「祖父，孫兒知錯了！祖父別生氣！」

雲破行的孫子越哭越厲害，讓雲破行惱火不已。

雲破行剛被兩名健壯的西涼兵架出來，一眼便看到騎著匹快馬從他主帥營帳之前飛速掠過的白卿言！

雲破行睜大了眼，白家軍的小白帥?!她不是給他三年嗎？怎麼突然殺到他的軍營裡來！

肖若江護在搭弓射箭的白卿言身邊，奮力斬殺那些圍上來的西涼兵。

她瞄準懸著父親頭顱的繩子，放箭……

箭矢插入木杆之中，羽箭顫動不止。

眼見父親的頭顱從高空之中墜下，她勒緊了韁繩，坐下駿馬一躍跳出西涼兵的包圍直衝過去，她一把接住父親的頭顱緊緊抱在懷中，淚水如同斷線！

「爹爹，阿寶來晚了！」她咬緊了牙關，「阿寶這就帶爹親回家！」

她忍著悲憤的淚水，緊咬著牙，單手勒住韁繩調轉馬頭，撕開披風迅速裹住父親頭顱背在脊背之後，一手抽出羽箭、搭箭，用射日弓瞄準了正舉著長矛要刺向肖若江的西涼兵，一箭穿透那西涼兵太陽穴而出，鮮血噴濺竟讓圍在肖若江身邊的西涼軍紛紛退後兩步。

今日主帥雲破行率十幾萬大軍出戰，甕山峽谷上空的一片通紅，雲破行幾人狼狽回營，不用任何解釋西涼兵已能猜到是怎麼回事，五萬大軍大勝十幾萬大軍，西涼軍不禁猜測這樣的軍隊該是多麼勇猛?!現在他們看到這些將士竟追著雲破行直闖西涼大營，這怎能不讓他們心生寒意?!

在西涼軍營外為掩護白卿言的白家軍，按照白卿言吩咐快馬馳騁火燒西涼營地，紛紛射出帶火的弩箭，弩箭落在哪兒，那裡便迅速竄起一片火苗，竄升老高。

西涼軍營內，救火的救火……禦敵的禦敵，一時間亂七八糟，自己人和自己人撞在一起。

甕山大火還持續燃燒著沒有熄滅，通紅一片的天空還正在震懾著西涼軍，他們現在最怕的是什麼？就是火！

眼見西涼軍營裡亂成一團，雲破行的兒子反應還算敏捷，他立刻翻身騎在烈馬之上舉著彎刀，聲嘶力竭喊道：「出營迎……」

雲破行兒子話音還未落，不知從哪兒射出來的箭矢穿透了他坐騎的頭顱，戰馬吃痛高亢抬起前蹄，竟將雲破行的兒子摔下馬！

「撤！」白卿言收了射日弓一聲高呼，命人往西涼營外衝。

此行是為了奪回父親頭顱，不是為了殺敵！能順利奪回父親的頭顱，此行已非常圓滿，她不欲連累白家軍將士在此喪生。

雲破行的兒子落地一個滾翻，兵士立刻聚攏將雲破行兒子護在其中，可還沒有看清楚箭到底從哪個方向而來，就只見一匹烈馬從他們頭頂躍起，寒刃刀光閃現……

雲破行睜大眼望著兒子的方向，聲嘶力竭大喊：「阿亞小心！」

「父親！」雲破行的孫子險些暈過去，膝蓋一軟差點兒跪了下去。

肖若江的快刀已精準無誤砍下雲破行兒子的頭顱，鮮血噴濺在凌空馬蹄上，頭顱滾出老遠，落地之後還是一臉震驚惶恐的模樣。

肖若江抽出一根羽箭，挑起地上雲破行兒子雲渡亞的頭顱高高舉起，扯著韁繩掉頭，一雙發紅的眸子看向雲破行的方向，大刀指向雲破行的孫子。

「咻——」

一箭穿透雲破行孫子的胸膛。

雲破行的孫子低頭看著穿透他胸膛的羽箭，睜大了眼，口吐鮮血，渾身虛軟無力跪倒在地：「祖……祖父……」

混亂中，雲破行剛要下令，就看到孫子倒地不起。

「阿玉！阿玉！」雲破行心如刀絞，甩開架著他的兩個兵士，跌跪在地上，一把抱住自己的孫子，「阿玉！沒事兒的！祖父在！祖父在！」

已衝至大營門口的白卿言勒馬，調轉馬頭隔著獵獵燃燒的大火，那雙與雲破行對望的眸子殺氣震懾人心，她用羽箭挑著雲破行兒子的頭顱高高舉起，那姿態似是在告訴雲破行，三年之後……她會如同今日這般，將雲破行的兒子斬盡！

雲破行望著兒子眼睛都沒有閉上的頭顱髮指眥裂，血氣沖上喉嚨險些湧出一口腥甜，整個人悲憤欲絕。

「放箭！」雲破行目眥欲裂，指著白卿言的方向聲嘶力竭喊道，「給我將她亂箭射死！」

「稟大帥！兵器庫被燒了！羽箭沒了！」

昨日，雲破行要在甕山峽谷與九曲峰彎道設伏，本就運走了西涼軍大批羽箭，還剩下一少部分羽箭放在兵庫帳中，誰知道竟然被燒了。

雲破行喪子喪孫，頓時怒火攻心，心口絞痛頓時噴出一口血來。

「大帥！」「大帥！」

雲破行悲痛難忍，幾乎嚼穿齦血撕心裂肺吼道：「方中輝，給我帶全部騎兵追上他們！務必將我兒頭顱搶回來！將他們全部亂刀砍死一個不留！」

「領命！」方中輝抱拳領命，喊道，「騎兵速速集合上馬，隨我追殺敵賊！」

白卿言一行二百人去二百人回，快馬穿梭徽平道不曾停留。

見白卿言帶人已通過徽平道直奔甕城，衛兆年所率一千八百伏兵全部戒備，死死盯遠處。

追趕白卿言的大批西涼騎兵因要集合準備出發，早已被白卿言落下一段距離。

徽平道早有衛兆年在此設伏，她不擔心，她只需先一步回甕城安排準備帶軍折返攻打天門關。

當她帶著父親的頭顱回到甕城時，所有的白家軍都不曾入眠，他們都在城內等著小白帥將白家軍副帥白岐山的頭顱帶回來。

沈昆陽命人抬出一口還未蓋棺的棺材，裡面是用木頭雕的身體穿著白岐山的鎧甲。

當初沈昆陽自責沒有能搶回副帥白岐山的遺體，反讓雲破行砍了副帥的頭顱……又一把火將副帥和其他白家軍將士燒成了灰燼。

為此，沈昆陽自責的恨不能跟隨副帥去了，全無生念。

可一想到副帥還掛在西涼軍營的頭顱，沈昆陽又強撐著爬了起來，想著就算是死也要先給副帥做一副身子，再將副帥的頭顱奪回來！所以他便親自看著木匠為副帥用木頭打造了這副身子，以圖奪回副帥頭顱後，讓副帥能安穩下葬！

誰知道不等他行動，小白帥來了！如今小白帥親自去奪副帥的頭顱，必能馬到成功。

谷文昌立在沈昆陽身旁，看著棺木中栩栩如生的身體，眼眶發熱，抬手拍了拍沈昆陽的肩膀，哽咽道：「小白帥一定會將副帥的頭顱搶回來！你不必再自責了！」

「小白帥回來了！」聞聲，沈昆陽與谷文昌轉過頭朝軍營門口方向望去。

只見騎著匹紅棕駿馬的白卿言一馬當先，手持馬鞭衝了進來。

「小白帥！」沈昆陽與谷文昌迎上前。

白卿言一躍下馬，將父親的頭顱牢牢的抱在懷裡。

「小白帥，末將命木工為副帥做了一副身子！還請小白帥……將副帥放入棺木之中，也好讓副帥能……能有個全屍安葬！」沈昆陽哽咽不能語。

她點了點頭，緊緊抱著父親的頭顱上前，解開披風……

父親面頰已經風乾，五官凹陷已看不出他儒雅俊朗的模樣，她心痛如刀絞。

她恨自己沒有能早點兒來南疆，讓父親少受一些罪？

也恨自己，明明仇人就在眼前，她明明可以將他一箭穿心，卻不能殺他，不能將他碎屍萬段！

悲痛燒心的情緒，讓她生不如死，死死咬著唇才能抑制住顫抖的哭聲。

原來上一世，父親的頭顱就那樣被高懸於西涼軍營，到最後都沒有能搶回來！

她親手將父親的頭顱放入棺木之中，雙手緊緊扣著棺木邊緣，努力睜大眼強迫自己望著父親慘不忍睹的面容，在心中暗暗立誓……三年之後，她就是粉身碎骨，也必……會為白家諸人與白家軍復仇！

「長姐……」白錦稚輕拽了拽白卿言，「等我們得勝之後……就將大伯父帶回家吧！」

是啊，得勝之後便可以將父親帶回家！可是白家其他屍骨無存的人呢？她又怎麼帶他們回家啊？

此時已寅時末。只要衛兆年將軍帶伏擊西涼軍的白家軍回來，她便要領兵奔襲天門關。雲破行定想不到，白卿言在帶著兩百人探營奪回她父親頭顱之後，還會二度折返帶大軍殺入西涼大營。

「去請張端睿將軍！」她吩咐道。

剛剛瞇了一會兒的張端睿將軍聽說白卿言回來，急匆匆趕過來……

得知白卿言率兩百人奪回白家軍副帥白岐山的頭顱，張端睿對白卿言更是敬佩不已，深深生出一種後生可畏之感。

白家男兒盡折損於南疆，大都城誰人不道……百年將門鎮國公府從此怕是要隕落了。誰知，白家嫡長女白卿言卻站出來，其風骨智謀堪稱白家表率啊！

白卿言對張端睿說完謀劃布置，道：「西涼大軍必不會料到，晉軍會二度襲營！此時的西涼軍見十幾萬大軍葬身火海，主帥潰敗苟且逃生，本就已經內心惶惶！加上我等才剛襲營，軍營又被縱火，正是疲乏膽怯之時！這也便是我軍攻天門關的最佳時機！」

張端睿點了點頭：「白將軍說的是！因為甕山大戰全勝，此時晉軍士氣正旺，若知道要奪回天門關，必定也是嗷嗷直叫！咱們就等拿下天門關之後……再休整！」

「晉軍那邊的士氣，就勞煩張將軍了！」白卿言躬身一拜。

「必不負白將軍所托。」

衛兆年剿滅了西涼派人追擊白卿言的西涼騎兵後，一回城便看到將士們整裝待發。

白卿言與張端睿立於旌旗招展，火盆高架的將台之上，似在靜候他的歸來。

如此肅穆的氣氛，讓衛兆年身體輕微發麻，他騎快馬上前，抱拳道：「末將已將西涼追擊的騎兵盡數消滅在徽平道！」

「辛苦衛將軍了！」白卿言握著手中紅纓銀槍上前一步，對雙眸中皆燃燒著熊熊戰火的晉國將士們開口，「諸位，我已帶二百白家軍探過西涼軍營，二百人皆毫髮無損而歸！西涼所謂悍兵……並非如傳言那般無堅不摧，生死無懼！他們也是人……侵略他國疆土，殘殺他國百姓，他們心中有愧，哪敢死戰？我白家軍不敗神話之所以終結於西涼兵之手，乃是因為有我祖父副將劉煥章通敵南燕西涼，又有信王手持金牌令箭逼戰！白家軍之所以有不敗神話……是因為白家軍從無侵略他國的作為，白家軍由始至終都只為……保境安民護我山河而戰！」

她聲音高昂：「今日！不論是白家軍亦或是我晉國銳士！都是為守我晉國百姓而戰！為護我晉國河山而戰！我等便都是戰無不勝攻無不克的不敗之軍！我晉國之民我等來護！我晉國國土我等來守！敢犯我晉國者，我晉軍必誅之！」

「誅之！」

「誅之！」

「誅之！」

不論是白家軍還是晉軍，情緒彷彿被點燃了一般昂奮。

白卿言一躍上馬，高舉手中紅纓銀槍：「出發！」

將士們各個嗷嗷直叫，跟隨嚷嚷著要殺敵保民。

衛兆年亦是熱血沸騰，他望著高馬之上的白卿言，知道從此以後，包括他在內的這一萬白家軍，將會至死不渝的跟隨將他們從甕山帶回來的白卿言，成為白卿言的戰斧，成為白卿言的後盾！只要她劍鋒所指……他們必會出生入死衝鋒陷陣！

那夜，甕山峽谷之中，因為萬人屍骨烈火燒得愈演愈烈。

南疆戰火也遍地開花。大晉長途奔襲南疆的五萬援軍，先於甕山峽谷折損西涼十幾萬大軍後兵分二路，一路晉軍大將率兵攻打豐縣，一路晉軍與白家軍合力奪天門關。

如白卿言所言，西涼軍這一夜先是遭遇主帥潰敗十幾萬大軍死於甕山火海，再被白家軍襲營到處放火弄得狼狽不堪！主帥派出去追殺白家軍兩百襲營騎兵的方中輝將軍，沒有能帶回西涼全部騎兵營，反倒帶來了白家軍與晉軍。

疲憊不已又軍心渙散的西涼軍，誰能料到已經偷襲了一次的晉軍居然會捲土重來一夜之間兩次攻上門來?!

第八章 民言民心

西涼軍雖然人數眾多，依舊被打得狼狽不堪逃出天門關。

豐縣之戰，因為有虎鷹營相助，天亮之前南燕軍隊大敗撤出豐縣，途中聽說西涼大軍被擊潰正逃出天門關，已無糧草的南燕大軍頓時人心惶惶，南燕主帥當即下令……先往遙關方向緩慢撤軍接應南燕送來的糧草，再等候西涼有何打算再做安排。

此戰，史稱甕山之戰，亦是當世傳奇之戰。

五萬晉國援軍，加甕城一萬殘餘白家軍，竟一夜之間，擊潰號稱百萬雄師的南燕西涼大軍。其甕山峽谷之戰，更是成為以少勝多的經典之戰。

後來，據還留於甕城的百姓描述，甕山峽谷的火燒了整整半月都不熄滅，空氣中焦肉的味道也是久久彌漫於甕城。

天門關被晉軍重新奪回，晉軍士氣大盛。

白卿言讓人將雲破行之子的頭顱高高掛在天門關城門之上，當初西涼軍如何折辱她父親……折辱她白家軍，她便要如數奉還！

有人提議一鼓作氣追上西涼殘兵，將他們趕盡殺絕。

白卿言卻按兵不出，重新在天門關布防，讓激戰了一天一夜的白家軍與晉軍將士好好休息。

將士們吃著饅頭喝著肉湯激動不已說著此次大戰，尤其是白卿言帶兩百銳士衝進西涼軍營，取雲破行兒子頭顱之事，談起來便讓將士們熱血沸騰！大約是此戰著實太累，得知白將軍讓他們休整今日不出戰，將士饅頭都還沒有吃完，便相互依偎著睡著了。

雖然已經是白日，白卿言讓人在將士中間點了篝火，又命人拿出棉被來給將士們披上，防止將士們受寒。

白錦稚雙眼熬的全都是紅血絲，跟在到處巡視檢查的白卿言身後，低聲勸道：「長姐，你身上還有傷，歇一歇吧！這事我來做！」

「小四去歇著吧，不用跟著我……」她回頭對一臉疲憊的白錦稚道。

白錦稚在隨白卿言來南疆之前，也算是在大都城內嬌生慣養的孩子，此次她多久沒睡……白錦稚就多久沒睡，孩子還正是長身體的時候哪裡受得了？

「長姐也一起休息吧！不然我也不去！」白錦稚明明已經睏極了，卻還是扯著她的胳膊堅持。

一直跟在白卿言身後的肖若江開口：「四姑娘先去歇息吧，大姑娘這是遵照副帥大戰之後巡營的慣例，大姑娘必會走完的！」

「回去歇著吧！」白卿言替白錦稚攏了攏披風，壓低了聲音道，「長姐如今近戰都需要你護著，咱們仗還沒打完，你就想倒下嗎？」

白錦稚搖了搖頭。

「去吧！長姐巡營後就回來！」

白錦稚想了想，最終點頭，也實在是撐不住了，她得養精蓄銳，往後的戰場上才能好好護住長姐！

看著白錦稚走後，白卿言巡完全營見連傷兵都已經休息，這才上天門關往遠處望去……

「有七弟、九弟同沈青竹的消息了嗎？」她問。

等這場仗打完，如果還沒有他們的消息，她便打算親自帶人去西涼境內找人了！

「回大姑娘，暫時還沒有！」肖若江回答的猶豫。

她點了點頭，對肖若江道：「乳兄派個人守在營中，虎鷹營知道白家軍在天門關一定會來，一會兒虎鷹營回來了，讓人轉告他們好好休息！乳兄也快去休息吧！」

「小的送大姑娘回去！」肖若江道。

白卿言回營房時，白錦稚已經睡著了，她替白錦稚蓋好被子，在白錦稚身側躺下，很快便沉沉睡去。

也許是日有所思夜有所夢，身處天門關白卿言的夢裡全都是她的弟弟和白家軍們。

他們有人怪她為何不早點兒來，有人叮囑白卿言一定要為他們報仇雪恨。

聲音從四面八方湧來，絞得她心口巨痛不止，她只能閉上眼用雙手死死捂著耳朵，不讓那些聲音入耳。

「阿寶……」

聽到父親的聲音，她抬頭……眼前一片黑暗。

「阿寶……」

她心頭發酸發緊，猛地站起身，四處張望尋找父親的聲音，高聲喊道：「爹爹！」

「阿寶，爹爹在這兒，別怕！」

聞聲，她只覺自己被擁入了一個極其寬厚的懷抱中，抬頭便能看到爹爹儒雅英俊的五官。

「爹爹！」她再也忍不住鼻酸，在爹爹的懷中痛哭出聲，「對不起爹爹！是阿寶來晚了！讓爹爹受苦了！」

「阿寶來的不晚！爹爹都看到了，我的阿寶……為了撿起射日弓有多麼努力，阿寶再也不是曾經那個嬌氣愛抱怨的小姑娘！能受得了多大的苦，我的阿寶就能擔得起多大的責任！爹爹以阿寶為傲！白家的列祖列宗都以阿寶為傲！」

她哪裡就值得父親驕傲，哪裡就值得白家的列祖列宗驕傲？

「長姐！長姐！」

沉睡中的白卿言睫毛顫動，緩緩睜開酸脹的眸子。

「長姐，你嚇死我了！」白錦稚到底是個孩子，忍不住一下哭出了聲，「長姐睡夢中一直哭！一直哭！我怎麼叫都叫不醒！長姐再不醒我便要派人回甕城請洪大夫了！」

白錦稚看樣子是被嚇壞了，臉色煞白煞白的。

「長姐……只是夢到了白家人。」她坐起身，抬手摸了摸白錦稚的髮頂。

白錦稚表情沉痛，她垂下眸子用衣袖抹去眼淚，哽咽道：「我也夢到了，我夢到了爹爹……爹爹說讓我好好護著長姐！長姐……是可以撐起我們白家的人！」

她聽到這話，喉頭越發的脹痛，張了張嘴卻一個字都說不出，只抬手拭去白錦稚臉上的淚水。

「長姐，爹爹說的我信！」白錦稚含淚的眸子灼灼，「祖父曾經說長姐是天生的將才！長姐能以五萬之兵勝西涼十幾萬大軍，這樣的智謀絕無僅有！我白錦稚發誓……要成為長姐這樣的人！要成為能扛得起我白家軍大旗的人！絕不再同以往一樣使性子耍脾氣！凡事三思而後行！」

看著白錦稚堅毅且韌勁兒十足的目光，她知道……她原本應該被人護在羽翼之下的四妹，經歷南疆戰場之後，心智進一步成熟，已是可以撐起白家一角的女兒郎了！

她對白錦稚點了點頭：「長姐信你！」

蕭容衍乘坐馬車以大魏富商的身分光明正大進入南燕境內時，正趕上南燕邊城蒙城年初的第一場集市。清晨輝光透過雲層，將一派熱鬧非凡的蒙城鍍上一層金色。

蕭容衍的車隊踏著晨光入城，喧鬧叫賣的吆喝聲便立時從馬車之外傳進來，蕭容衍挑開馬車簾子往外看了眼，入目的是全然不同大燕的市井熱鬧景象。

在這南燕邊城蒙城之內，有穿綾羅綢緞的貴族，也有破衣爛衫的百姓，更有被關在籠子裡叫賣奴隸。貨郎挑著擔子，同騎馬入城的客商吆喝誇耀自己的皮毛上好。

早早占據集市中稻草棚頂攤位的老闆，怕位置不夠顯眼，高舉自己家上好的貨物，嘴裡唱著段子，企圖吸引客商或富貴人家的老爺。

還有梳著婦人髮髻臂彎裡挎著籃子的婦人，為了一錢兩錢的與人爭得急赤白臉。

到處都充滿喧囂熱鬧的世俗之感，這是如今在大燕難以見到的繁華嘈雜，著實讓人豔羨。

身披狐裘大氅的蕭容衍從馬車上下來，款步慢行，身邊十幾個帶刀護衛，排場極大，這也吸引了不少懷揣邊城少見珍奇物品的攤販上前……躍躍欲試想讓蕭容衍看看自家珍寶，卻又懼怕蕭容衍身邊的帶刀護衛。

蕭容衍在集市中一路走一路看，所到之處但凡他看上了誰家的東西，必定讓人收攬一空。

眾人眼見蕭容衍出手如此闊綽，對於蕭容衍身邊護衛的懼怕之心倒小了不少，隔著侍衛高舉自家貨物喊著讓公子過過眼。

就連販賣奴隸的商販都忍不住上前，叫嚷著：「公子買幾個女奴回去吧！嬌嫩的很！」

南燕遵循姬后推行新政之前的大燕舊治，奴隸市場氾濫，尤其是在這邊城更是到了肆無忌憚的地步。

有脖子上帶著鏈條的孩童被買主看中，丟給商人銀子就要牽起孩童脖子上的繩索離開時，被關在籠子裡的説著晉國邊城土話哭得歇斯底里的女人，帶血的雙手用力搖晃著籠子，懇求賣主將她一起買走不要讓她同她的孩子分離，可換來的卻是賣主狠辣的幾鞭子，女人只能哭得生不如死目送自己哭喊不休的孩子被人如同牲畜一般買走。

蕭容衍朝集市中專門為買賣奴隸的區域走去，商販立刻熱情起來，紛紛拉出自家奴隸介紹著。

「公子你看，我們家這奴隸身體強壯！」商販扯著自家人高馬大的奴隸追隨蕭容衍步伐，隔著帶刀護衛向蕭容衍介紹，「公子買回去就是一個壯勞力，讓他幹什麼都行！」

還有扯著女奴的商販高聲喊道：「公子！我們家的女奴可是相當漂亮的！您別看她一副蓬頭垢面的樣子，回去洗洗乾淨就行！最重要的還是個沒破瓜的雛兒！當丫頭通房都很不錯！」

「我們家的奴隸才是頂呱呱！公子……我們家的奴隸年紀都小，買回去可以從小培養啊！讓做什麼就做什麼！全聽公子的！」

蕭容衍仔細聽著籠子裡奴隸的動靜，他聽得出這些奴隸都是被這些奴隸販子從晉國和大燕帶過來的。大燕來的奴隸多面黃肌瘦，面如死灰。晉國來的奴隸，大多都哭啼不休，一個勁兒的哀求奴隸販子放了他們。南燕與西涼聯軍攻打晉國，晉國的邊民就遭了殃！

而大燕，則是因為去年天災連連，百姓食不果腹，不如賣身給奴隸販子好歹能有一口飯吃。

蕭容衍直直穿過奴隸市場往馬市方向而去，奴隸販子這才都掃興的離開，重新回到各自攤位叫賣。

蕭容衍老遠就看到了一匹白馬，那白馬身形健碩，看起來桀驁不馴……踢踏著馬蹄在原地轉圈，幾個馬販子都制不住，買主過去牽韁繩竟被那白馬甩開，買主不曾防備狠狽撞在木欄上摔倒……一隻手按進了熱呼呼的馬糞中。見此馬如此性烈，買主爬起來臉色一陣青一陣白，憤怒擦掉手上馬糞後連連搖頭擺手稱不買了！

馬販子忙陪著笑臉：「老爺您再看看我們家別的馬！我們家別的馬都強壯又乖順，是真的！您看看！您看看……這牙口，這體型！放眼整個馬市都找不到我們家這麼好又這麼便宜的馬！我算您便宜點兒！」

「不了，我去別家看看！」

馬販子眼看著攔不住買主，氣急敗壞用馬鞭狠狠抽了那匹白馬一鞭子，激得白馬抬起前蹄，鼻子裡噴出急促的白霧，險些拉倒了繫著韁繩的木樁。

不知為何，蕭容衍看到那匹馬竟是想起幾年前白卿言有過一匹名喚「疾風」的坐騎，疾風馬行如疾風，是世間難得一見的寶駒，後來聽說那匹疾風為護白卿言而亡，從那以後白卿言似乎就再也沒有養過馬了。

「你看看！看看！這都第幾個買家了?! 今天要賣不出去你這匹死馬……我晚上就宰了你燉肉吃！」馬販子兇狠瞪著白馬道。

「你們家的馬……我都要了！」蕭容衍開口。

那馬販子轉頭，見通身貴氣雍容無比的儒雅男子立在晨光中，眸底淡然含笑，溫潤又矜貴。

蕭容衍身後的護衛上前，掏出錢袋子丟給馬販子問：「夠不夠？」

馬販子打開錢袋一看，連連點頭：「夠夠夠！當然夠！只是……我家這匹白馬性子烈的很！」

「無礙，我很喜歡這匹白馬！」蕭容衍說著走至那匹白馬面前，抬手正要撫那白馬的馬毛，就見那白馬向後退了兩步沖著蕭容衍的方向一個勁兒噴著熱氣，全身肌肉緊繃抗拒的十分明顯。

蕭容衍眉目笑意頗深，倒是匹十分有靈氣的馬兒。

他不想馴服此馬，只是覺得這匹馬配得上白卿言……蕭容衍收回想要撫摸馬毛的手，側頭對跟在他身邊的護衛道：「派個人，將這匹白馬送到天門關白大姑娘的面前！」

護衛微微一怔，猜測蕭容衍是否因為對白家四姑娘心動，所以開始討好白家四姑娘的長姐？心中暗暗歎了一口氣的護衛，點頭：「屬下這就派人將馬匹送往白大姑娘處，主子可有什麼話要帶給白大姑娘的？」

帶話?! 蕭容衍望著眼前這匹眼睛如同被雨水洗刷過的白色駿馬，想了想道：「就告訴她，謝她這一路照顧吧！」

從曲澧，他與晉國出征大軍一路同行至他與晉軍分開，白卿言未曾向太子秉明他的身分，這難道還不算是一路照顧嗎？雖然說，即便是白卿言真的將他身分捅給太子，他也有辦法收拾，可白卿言到底未曾這麼做過。

「除此之外，還有什麼話……要帶給白家四姑娘的嗎？」護衛小心翼翼試探自家主子。

蕭容衍回頭看了眼自家護衛一副意味深長的模樣，抬眉：「那就煩請白四姑娘照顧好白大姑娘吧。」

護衛：「……」他們家主子的話，是不是帶反了?!

蕭容衍回頭看著那匹毛髮雪白的駿馬，想了想道：「算了，讓人幫我帶一封信給白家大姑娘……」

西涼大軍被擊潰，雲破行一夜之間先是折損十幾萬大軍，後又死了兒子孫子，氣得吐了一口血到現在還沒有醒來！西涼軍連鳳城都不敢停留，繞過鳳城退至駱峰峽谷道，誰知剛剛準備紮營……就看到白家軍的黑帆白蟒旗逼近，立刻退至兩國邊界。

一直慢悠悠往遙關退的南燕軍隊，聽說西涼軍夾尾逃至西涼晉國交界，南燕主帥章天盛反而讓南燕大軍在離遙關不遠的鳳鳴山駐紮。章天盛總覺得耗費這麼大國力出征一趟，總不能徒勞而歸，他想再等等看……等晉國大軍都去追西涼大軍的時候，他趁機奪下鳳城，好歹朝晉國要一點好處，讓晉國賠付他們的開拔之資才成啊！

誰知，剛剛入夜，遙關那邊便傳來消息，由章天盛兒子押送過來供南燕大軍過冬的糧草輜重被白家軍在遙關劫了！

章天盛一張臉霎時變白，咬了咬牙，心裡不免懼怕……又惱恨殺不盡的白家軍。

「主帥，這樣下去不是辦法！我們南燕大軍沒有過冬的糧草輜重，再在晉國耗下去怕是遲早要跟西涼大軍一樣，落得個十幾萬精銳葬身火海的下場！」章天盛副帥提起甕山峽谷之戰，心有餘悸，「聽說這次這個晉國太子領兵，出謀劃策的就是白威霆的長孫女兒，就是曾經……砍了蜀國悍將龐平國頭顱的那個白卿言！這白卿言雖為女子，可心狠手辣，完全不同於白威霆帶兵那般，簡直就是殺神臨世，惹不得啊！」

章天盛摸著鬍鬚，坐在帥帳中想了良久，終於還是畏懼甕山峽谷到現在還沒有熄滅的大火，點了點頭：「我寫一封奏疏，你派人快馬送回都城，讓陛下定奪是否撤軍！」

章天盛副將想了想點頭：「也好！」

可是，不等章天盛這封奏疏發出去，哨兵便突然來報，說高舉黑帆白蟒旗的白家軍由鳳城出發前往鳳鳴山來了。

章天盛驚得站起身來，在營帳內踱了好幾個來回，思考是戰還是逃……可一想到戰，他眼前就是燒到今日還沒有熄滅的甕山峽谷大火，頓覺脊背發寒，副將也是膽戰心驚，從一旁小心翼翼勸章天盛。

「從鳳城到鳳鳴山，不過四五個時辰，主帥……拿主意要快啊！要死戰便立刻召集將領布置迎敵！要回南燕便得立刻拔營啊！」副將抱拳道。

死戰?!章天盛閉了閉眼，想起最先衝入豐縣的那虎鷹營百人白家軍，驍勇的簡直以一敵百！他們大軍出征之時，陛下交代過章天盛……此次隨西涼一同出兵，其實也就是為了給西涼壯聲勢，沒打算真耗費自己兵力，頂多算是讓這些戰士前來戰場好好歷練觀摩一番。

如今西涼都敗的一塌糊塗退回兩國分界線了，他們南燕一個搖旗助威的難道還留在這裡挨白家軍的狠揍嗎?!

很快，章天盛下了決心道：「留得青山在不怕沒柴燒，命大軍拔營，快馬直奔遙關，務必在天黑之前抵達遙關！」到了遙關就到了南燕與大晉的邊界，他們也就不懼怕什麼白家軍了。

聲勢浩大的西涼南燕聯軍，在殺盡白威霆子孫之後，列國皆看好南燕西涼聯軍，可誰知在晉國太子帶五萬大軍馳援南疆之後，竟然讓兵力號稱百萬的兩國大軍潰敗而逃。

這也讓列國的目光一下子集中在了晉國新太子的身上，甕山之戰雖然晉國大勝，可在甕山峽谷焚殺降俘，這已然激起了列國對晉國的不滿，只覺晉國這位新太子太過殘暴，不是個仁君，將來若繼承晉國，必定會為禍列國。

這些年表面上與晉國交好的大樑皇帝，向晉國皇帝修書一封，以朋友之名十分婉轉提出列國的擔憂，建議晉國皇帝懲處太子，以安列國之心。

大晉皇帝讀完這封信，沉默了良久，讓人將大樑皇帝這封信原封不動八百里加急給太子送了過去。這封信到太子手中之後，太子看完跌坐在椅子裡忙喚來三位謀士。秦尚志、方老和另一位總是沉默不語的謀士任世傑傳閱了這封信。

「這下可怎麼辦？焚殺降俘……孤殘暴之名怕是已經傳遍列國了！」太子臉色煞白，手指用力扣住坐椅扶手，對於之前將兵符交給白卿言讓她隨意調度晉軍之事追悔莫及。

這幾日他坐於甕城之中，每每聽到前方戰況傳來，都不是白卿言的請示，而是白卿言的先斬後奏！

比如焚殺降俘，比如調平陽城守軍駐守天門關、豐縣與鳳城，比如……已經帶著晉軍與白家軍逼向西涼邊界。這些全在他掌控之外，他甚至有些惶惶不安，不知此次他帶軍出征到底是來當主帥的，還是當擺設的。

「焚殺降俘的是鎮國王白威霆的嫡長孫女白卿言，並非太子殿下，太子殿下可據實向陛下寫奏摺，請求陛下下旨將白卿言斬首，以撇清太子！」方老道。

「萬萬不可！」秦尚志對太子拱了拱手，「殿下，焚殺降俘……列國已然對殿下不滿，若殿下再請旨陛下將白將軍斬首，列國必會覺得是太子殿下想要推託罪責，便將罪過全部推於一個女子身上！」

太子幾不可察的點了點頭，目光若有所思。

「再者……白將軍與晉軍浴血同戰，殿下這麼做也會寒了將士們的心！如此便會將殿下變得裡外不是人，方老細想是不是這個道理！」

秦尚志知道了方老對太子殿下的重要性，故而這次說這諫言的時候，折節對這位他極為看不上的方老表現的十分敬重，只希望太子能聽進去他所言……能保住白卿言一命，那麼折節也值了。

方老看了眼秦尚志，摸著自己的山羊鬚，大約是覺得一向寧折不彎的秦尚志竟然也學會了服軟，目光中帶著幾分高高在上的輕視之意，慢條斯理道：「秦先生所言，也……有那麼幾分道理。」

「在下有一計！太子可上表陛下為白將軍請功，力陳白將軍此次大戰之功……且明發書文於天下，力證白將軍焚殺降俘乃是因為我晉軍五萬兵擔心西涼降俘反水！如此一來，列國便盡知我大晉在鎮國王之後……還有智謀無雙用兵如神的白卿言白將軍鎮守！二來，殿下也可得一個用人不疑疑人不用的美名！將來何愁無人追隨太子殿下！」秦尚志弓著身子對太子長揖到地，「國之戰將，邦國利器，必悍勇鐵血手段狠辣，方能震懾列國！國之儲君，邦國基石，必德行仁義端方磊落，方能安邦定國！所以殿下不應該爭軍功，而該爭品性，爭仁德，爭人心！」

方老瞇了瞇眼，細細想了秦尚志所言……是啊，殿下已經是太子，又不是儲位尚未確立之時需要軍功來增加奪儲的分量。放眼陛下諸皇子……信王和梁王廢了，威王不過是五歲稚童也不見得多聰慧，羅貴妃肚子裡那個還不知是男是女，目下來說太子的儲位是穩當的。

且，儘管方老不願意承認……可秦尚志的計策的確尚佳，與其殺了白卿言向列國認錯，還不如以此方法將功過全部推於白卿言一人之身，屆時殿下再出面為白卿言作保，必能將白卿言收於麾下，如此以來……名利雙收，又可得一驍勇悍將效忠。

「殿下，老朽以為，秦先生之法……可行！」方老徐徐道。

見方老都這麼說太子心中大定，儘管拿不到軍功心中有所不甘，可若能用此換來白卿言這樣將才的忠誠追隨，倒也不算太虧。太子點了點頭：「孤也以為秦先生說得十分對，孤是儲君不是戰將，軍功無用……應奪人心才是！」

秦尚志聽太子如此說，終於在心裡長長舒了一口氣，如此……白卿言的命算保住了吧？

白卿言率三萬晉軍與一萬白家軍加虎鷹營於西涼邊界紮營，兩軍相隔一條荊河而望，卻都遲遲沒有再戰。

西涼軍是怕對面大營中隨風招展獵獵作響的黑帆白蟒旗，白卿言則是在等她七弟、九弟和沈青竹的消息故而不曾妄動。

太子打算將軍功與焚殺降俘之罪全部推於白卿言身上，將他摘乾淨的事情，秦尚志已書信一封派人快馬送到了白卿言手中。

當然，秦尚志所書的內容，為避免被太子的人看到，都是站在太子的角度上，闡述太子如何大度自覺不能強占她軍功，又詳說了太子如何信任她，且會在皇帝面前力保她無罪。

此乃秦尚志為保她性命努力得來的結果她心中有數，秦尚志的這分人情，她領受了。

白錦稚從她手中接過信紙一目十行看完，心中惱火不已，道：「這太子好不要臉！要是沒有甕山峽谷焚殺降俘一事，他定是要奪軍功的！可現在出了這事兒……他竟然恬不知恥說什麼不能強占長姐軍功，分明就是害怕擔焚殺降俘之責！」

「意料之中的事情，有什麼好生氣的？」她心裡看得開，皇家人一向如此，這種事情做的還少嗎？她白卿言雖然不是個君子，但也不是言而無信的小人，此次南疆之戰說好了軍功讓與太子，她便是真心實意想要將軍功讓與他，畢竟她已經提前用軍功換了白錦繡的超一品誥命夫人。所以，甕山之戰，她敢焚殺降俘，就有在焚殺降俘之後替太子脫責的對策和說詞。

但……既然太子如此沉不住氣，她便也正正經經領了太子這分情，回頭好生謝謝太子……表表所謂忠心吧。

她立在荊河岸邊，望著隆冬仍然不曾結冰水流湍急奔騰的河水，心中全都是有可能還活著的七弟和九弟。

不多時，肖若江突然騎馬朝荊河而來。肖若江不等馬停穩，便一躍下馬，抱拳道：「大姑娘！沈姑娘……剛剛派人送了口信，說劉煥章派人設伏，七公子和九公子還未到達西涼都城就被半途截住，她已查到兩人受了傷後在白家軍的掩護下逃走，只是目下還是不知所蹤，沈姑娘正在尋找。」

幾天前，肖若江接到消息，七公子和九公子所帶突襲西涼的白家軍全軍覆沒，他一直強忍著沒有敢同大姑娘說，幸虧那日大姑娘追問他時，他擔心大姑娘撐不住便隻字未言！今日這消息……這簡直是柳暗花明！

聞言她猛地轉過頭來，心臟劇烈跳動著，逃走了?!這也就是說……七弟和九弟，極有可能還活著！

別說她，就是白錦稚一聽都差點兒跳起來，一雙眼睛發亮：「七哥和九哥逃走了！那就是說……還活著?!真的嗎?!」

肖若江藏在袖中的手收緊，難以克制心頭大喜之情，用力點頭：「真的！」

白卿言壓下欣喜若狂的情緒，追問肖若江：「七弟和九弟在哪裡被截的？沈青竹如今人在何處？傳信的人呢？需要派人去幫忙嗎?!」

「回大姑娘，沈姑娘派來傳信的人未曾說，且傳信的人已經走了！」

肖若江說話時激動的聲音都在發顫：「不過，兄長讓我稟大姑娘一聲，他來不及稟報大姑娘，便帶人擅自離營追趕那人，說是想去給沈姑娘幫忙，早日找到七公子同九公子！」

因為得到兩個弟弟逃生的消息，白卿言難得一次喜形於色，緊緊攥著拳頭點頭：「我知道了，乳兄若是派人回來送信，你直接將人悄悄帶我跟前來！」

「小的省得！」肖若江點頭。

此次，也實在是事出突然，肖若江被這個消息沖昏了頭腦沒有來得及將人扣住，還是兄長肖若海聽說之後率先反應過來，找藉口說去周圍探探西涼軍營布置，便帶著一直暗中跟隨白卿言的董家死士去追了。

她又轉過頭交代白錦稚：「此事你心裡知道就好，不要讓旁人知道了……否則傳到太子耳中，再傳回大都，祖母如今在皇家清庵……白家怕是要遭殃！」

白錦稚如何能不知道輕重，皇帝對白家的敵意，在宮宴之上的時候就已經表現的十分明顯了。

「長姐放心！此事塵埃落定之前，我定沉住氣，就爛在小四肚子裡絕不往外說！」白錦稚神情激動，終於明白長姐要來南疆除經營白家在軍中勢力之外，怕還是要來接七哥和九哥吧！

雖然白錦稚嘴上說著沉住氣，可還是忍不住紅著眼問白卿言：「長姐，我這不是做夢吧！七哥和九哥真的有可能還在?!」

到底白錦稚還是個孩子，眼淚不停在眼眶裡打轉，能強忍著不落淚已經很讓她刮目相看了！她點了點頭，捏了捏白錦稚的小手，幽幽道：「荊河這裡沒有旁人，想哭就哭一場，有人問起就說思念祖父、父親！」

白卿言話音一落，白錦稚的眼淚就吧嗒吧嗒往下掉，太好了……七哥和九哥還活著，要是四嬸知道七哥還活著，一定不會如同行屍走肉一心求死，一定會為了七哥長命百歲好好的活著！

在荊河旁哭了一場，白錦稚同白卿言剛回到軍營，便得了消息，太子殿下再過半個時辰就要到了。白卿言沒有料到太子來的如此之快，竟然和秦尚志的信一前一後。

為了表現出對太子的感恩戴德，她吩咐人將此次奪下天門關時繳獲的一把絕世寶劍拿了出來，準備獻給太子表表忠誠。

白卿言坐在帥帳內，看著那把劍身通體發寒，吹毛斷髮的寶劍，想起她的胞弟阿瑜來，阿瑜用劍是最好的，整個大都城都難逢敵手。

她記得她第一次出征時，還不到她胸口高的阿瑜拽著她的韁繩，仰著脖子咧開掉了乳牙的嘴，露出粉嫩嫩的牙齦對她笑，說：「阿姐出征，要是能繳獲敵將的寶劍可記得要給阿瑜留著啊！」

那個時候她應下了阿瑜的寶劍，可後來一直沒有遇到能配得上阿瑜的劍，如今遇上了……可阿瑜卻不在了。她沒有能實現對阿瑜的承諾……給他一把寶劍，阿瑜也沒有能兑現承諾，欠她一塊南疆最漂亮的鴿血石！

心中悲痛的情緒翻湧，她握著寶劍紅了眼。聽到肖若江來報，說太子的車駕已經快到大營門口了，她將寶劍入鞘，閉了閉眼緩和情緒。

一會兒，還得在太子面前好好演一場戲呢！既然內心對太子感激不已，知道太子來了，總得將戲演全了，老遠去迎一迎吧！

將寶劍放置在帥帳內最顯眼的架子上，她帶人騎快馬一路朝著太子車馬的方向飛奔。

全漁坐在車駕上，看到英姿颯颯的白卿言帶了一隊身著鎧甲的將士前來迎接，忍不住扭頭對車內的太子道：「太子殿下，白將軍帶人來接您了！可見心裡是有殿下的！」

雖然說，在太子還是齊王的時候，全漁就在太子身邊伺候，可那些清貴人家的公子哥，或是貴女一向瞧不起太監！那些想方設法要巴結齊王的人，嘴裡甜言蜜語一口一個爺的叫他，可哪個背後不罵他一句閹人？

如同白卿言這般出身的國公府嫡女，望著他的目光不似看著一個玩意兒，像看個人，眼神尊重而非諂媚，讓全漁內心觸動極大，總覺得在白卿言注視之下他才覺得自己是一個正常人。尤其是後來，白卿言一身鎧甲為國征戰大挫西涼南燕聯軍，更是讓全漁對他敬佩不已，再想起鎮國公府白家數代忠烈之士，他雖低賤也有一腔未冷透的熱血。所以，全漁也是頭一次在沒有收銀子的情況下，願意在太子跟前說一說白卿言的好話。

太子閉眼倚著馬車內的團枕，心中對於放棄軍功還是略有不甘，但聽到全漁這麼說……心裡到底是舒服了一點兒。

很快馬蹄聲逼近，只聽勒馬的聲音響起，太子便知白卿言已經下馬。

「不知太子前來有失遠迎了！」白卿言態度恭敬，話說得漂亮卻不諂媚，不卑不亢。

「白將軍！」全漁笑著對白卿言行禮，「還未恭喜白將軍連連告捷！」

「多謝……」白卿言淺淺頷首，沒有居高臨下亦無輕賤全漁之意。

全漁只覺心情大好，眼底的笑意更濃了些。

太子抬手掀開馬車車簾，看向立在馬車外英姿颯颯的白卿言，含笑道：「我只是來看看，不是什麼大事，怎好讓白將軍來迎？不過……白將軍來了也好，陪孤沿荊河走一走。」

要收服一個人為他所用，那便要施恩之後讓那個人心裡明白他的好，讓她知道她處境堪憂唯有依附他這個太子才能存活！

太子含笑扶著全漁的手從馬車上下來，視線掃過白卿言帶來的那一隊人馬……與接手白卿言手中韁繩的白錦稚，最終落在一身戎裝風骨峻峭白卿言身上。或許是白卿言戎裝的關係，莫名讓太子想到了鎮國王白威霆和鎮國公白岐山，說來可笑，雖然他是皇子，可自小對這兩人通身的殺伐威儀甚為懼怕，此時面對白卿言不自覺少了幾分來時的底氣。

白卿言跟在離太子後半步的位置，陪太子在荊河邊走。

太子雙手負在背後，沿河邊而行思慮了一番，才緩緩停下腳步。

跟在太子身後的白卿言也停下，只見太子回頭看了眼遠處離他與白卿言還有一段距離的護衛，開口：「來南疆之前，父皇曾經給過我一道密令，南疆戰事結束白大姑娘便不用跟著回大都城了，你可明白這是什麼意思？」

「要我的命嗎？」白卿言說得十分坦然磊落，反讓太子心虛不已，他負在身後的手緊了緊，也不知方老他們出的主意好用不好用。

「可孤是想保你的！」太子道。河流湍急的聲音很大，幾乎要湮滅太子的話音。

可白卿言卻抱拳對太子道：「太子於我有恩，我不能讓太子為難！可君要臣死，臣便不得不死，但還請太子留我的命到戰事徹底平定之後！哪怕是戰死沙場也算不負我白家之名。」

聽到這個「恩」字，太子的耳朵動了動，不免想起白家世代忠烈為國為民之心，他搖頭：「孤雖不才，可卻知我晉國眼下確實沒有比白大姑娘更為出色的將才！白大姑娘不能死，孤哪怕拼了性命也會保你萬全。」

太子的話三分真，七分假……感情拿捏的相當有分寸，若是旁人怕都信了。可她一想起，曾經祖父便是被皇帝這樣矇騙，將一心的忠誠全交給了當今皇帝手上，卻換來了一個身死南疆，兒孫不存的下場，心就發寒。如今的太子，和當年的陛下何其相似啊！

白卿言做不出熱淚盈眶的樣子，只能單膝跪下抱拳問太子：「可我怎能讓殿下為難？」

太子將白卿言虛扶起來：「再為難，孤也必會護住白大姑娘，不為別的……就只為大晉邊民百姓！白大姑娘可願追隨孤啊？」

「殿下……」白卿言抿了抿唇，開口道，「敢問殿下，殿下此生何志？」

太子手心緊了緊，想起來之前秦尚志交代的話……秦尚志說，白家這位大姑娘秉性風骨全然承襲白家之風，生為民死殉國這六個字，便是白家的家族使命，太子若想將白卿言收為己用，便需要讓白卿言看到他的志向！

秦尚志還提醒太子殿下不要忘記，在白家葬禮上白卿言念的那篇祭文，鎮國王白威霆的字是不渝，願……還百姓以太平，建清平於人間，矢志不渝，至死方休。

太子心裡默念著這句話，望向白卿言清冽平靜的眸子，開口道：「孤之志，願萬民立身於太平盛世。」

白卿言沉默看向太子，猜測當初皇帝同祖父說那番話時，是否也如今天的太子一般表現的這樣真誠毫無保留？

「殿下可知，我祖父為何要將白家滿門男兒盡數帶來南疆戰場？」

意料之外的，白卿言並未同他表忠心，而是說了件不相干的事情，太子錯愕之餘腦子沒有轉過彎來便順嘴應了聲：「不知……」

「當初陛下同我祖父說，志在天下，我祖父既然忠於陛下，為陛下之臣，自然要為陛下之志做圖謀打算。陛下要這個天下，那麼……晉國便不能沒有能征善戰的猛將！其他諸侯不願意讓自家子嗣上戰場！祖父便讓白家男兒不論嫡庶全部出來歷練，以為陛下將來要征戰列國做準備！」

太子心頭震了震，他著實沒有想到……白威霆帶白家滿門男兒上戰場，做的竟是這個打算！

「所以今日，白卿言既然要效忠殿下，便需要問清楚殿下的志向，請殿下如實同我講清楚，否則……若如同我祖父和陛下一般，我祖父不清楚陛下所想……只一根筋埋頭做事，反倒讓陛下不喜，致君疑臣。」

太子認真望著白卿言，白卿言這話可謂說得十分大膽，若非是真得想要投效於他，如此大膽等同於斥責當今陛下的話，她怎麼敢說出口?!自古以來，但凡有才能的人擇主，怕都是害怕將來落得白威霆那樣的下場吧！白卿言無子嗣緣，若投效他……此生不嫁人，定然會忠心耿耿。

方老還建議過太子將白卿言收為側妃納入府中，可白卿言雖貌美，太子一見到一身凌然正氣的白卿言便覺她神聖不可侵犯，無法生出親近之心，思慮良久還是斷了這個念想。

此時，太子在心中打鼓，到底是如實告訴白卿言他只想守住大晉這繁華，還是如秦尚志所言……向白卿言展示他的「雄心大志」？

太子沒有著急回答，白卿言便靜靜聽著荊河流水聲，立在那裡一動不動。

半晌，太子終於還是抬眼對白卿言道：「父皇……錯疑鎮國王，孤不會錯疑白將軍！自古明君賢臣乃是佳話，孤也希望百年之後，史官記載……孤與白將軍也能成就一段君臣佳話。」

白將軍？太子改了稱呼……便是告訴她，他沒有把她當成姑娘看，把她當成了一個可以倚重可以成就君臣佳話的臣子看。

半晌，白卿言鄭重朝太子跪下，一叩首：「白卿言願為太子之志，肝腦塗地，刀山火海亦不退縮。」如此，白卿言便算是正式投入太子門下。

太子頗為激動，他彎腰又將白卿言扶了起來：「不過，圖天下太平，不可操之過急，還需徐徐圖之，先平穩大晉為先啊！」

白卿言也並非真信太子志在天下。今日與太子荊河之行，不過是太子演給她看，她又演給太子看的一場戲罷了。太子所圖僅僅只是守住大晉如今的霸主地位，道不同不相為謀，卻暫時還可以利用。想到這裡，她陡然愣住……

當初皇帝對祖父說那番話的時候，是不是也存了她這樣利用的心思？經歷這麼多之後，到底她還是變了，她辜負了祖父的教導，辜負了白家的祖訓，變成了一個徹頭徹尾的小人！

不過，她不悔。前路崎嶇，只要能保全白家，保全白家軍，完成白家數代人的志向，她便當一個光明磊落的小人。

見白卿言遲遲沒有答話，太子手心攥緊，問：「白將軍以為孤所言不妥？」

「言以為，太子所言甚是！」她抱拳向太子行禮。

大事敲定，太子懷著愉悅的心情去巡營，在將士面前表彰了白卿言，與將士們同飲，又肯定了白卿言的戰功。

既然要收服這個人，太子必然會將事情做的漂亮一點，這一點太子同當今皇帝如出一轍。

白卿言將那把戰利品寶劍送給了太子，又恭恭敬敬將太子送出軍營。

太子臨上車前已有些微醺醉意，他被全漁扶著對白卿言認真說道：「兵符交到你手裡，孤……信你！不論別人說什麼……孤都信你！兵將隨你調遣，只要別再讓我晉國邊民受苦便好！」

白卿言抱拳鄭重道：「必不負殿下所托！」

看著全漁將太子扶上馬車，白卿言又對全漁道：「辛苦公公照顧殿下。」

「奴才應分的！」全漁忙對白卿言行禮，「白將軍身體不好，在外善自珍重！」話說完，全漁自覺他這話說得不妥，忙補充了一句：「如此……殿下才能放心啊！」

兩人粉飾出……將在外君不疑，將忠君一派和平。

馬車一動，剛還一副醉態的太子，便睜開眼來，側目看向馬車內白卿言送他的那把寶劍。都說酒後吐真言，但願剛才他臨上馬車之前的那番話，白卿言會信。

送走了太子，白卿言正準備回帥帳，肖若江便上前低聲在她耳邊耳語：「大姑娘，蕭先生身邊的護衛來了，說是奉命給您送東西。」

白卿言未回頭，只問：「人呢？」

「在荊河邊等了好一會兒了。」肖若江道。

「先回帥帳，一會兒再過去看看！」說完，白卿言轉身先回了帥帳。

蕭容衍的護衛在荊河邊吹了好一會兒冷風，他坐在馬背之上，手中牽著那匹白馬的韁繩，見白卿言與手持火把的肖若江騎馬而來，他立刻翻身下馬。

遠遠瞧著一身戎裝的白卿言，蕭容衍的護衛倒是吃了一驚，之前在大都城內見過這位白大姑娘，柔弱纖瘦卻彷彿有移山之堅韌，絕色驚豔。而如今，白大姑娘一身戎裝，長髮束於腦後，手持烏金馬鞭，周身多了殺伐凌厲之氣，倒是讓人不敢逼視。

快到那人跟前時，白卿言勒馬停住，問：「你是蕭先生的護衛？」

「小的是蕭先生的護衛，此次奉命來送這匹馬給白大姑娘！這匹馬是我們家主子在南燕蒙城集市上看到的！主子還讓我給白大姑娘帶了一封信！」說完，那護衛忙從心口掏出一封密封好的信件，恭恭敬敬舉起。

肖若江下馬從那護衛手中接過信，仔細查看了一番確定沒有什麼問題，這才交給白卿言。

她拆開信借著肖若江手中的火把看信。

蕭容衍在信中告知白卿言，他借用白家軍黑帆白蟒旗劫了南燕糧草的事情，説為了感謝白卿言一路的照顧，又因此次未告知便借了黑帆白蟒旗，他心存歉意，所以送上一匹良駒算是致歉。他還在信中詳説此次見到這匹白馬時，便想起曾經在蜀國皇宮，見白卿言騎著那匹疾風白馬披風獵獵的情景，這才讓人將此馬送來給白卿言。他説此馬性烈，還無人能制服，想來也是在等候主人，他認為白卿言定能馴服此馬。

信的內容很簡單，字跡鐵畫銀鉤自有一種霸道之感，白卿言猜這信應是出自蕭容衍親筆所書。

蕭容衍去了南燕？看起來，蕭容衍打算趁著大晉西涼之亂，將曾經從大燕分割出去的南燕收回去了。

大燕去歲接連天災，已經是千瘡百孔，眾人都以為大燕這個冬季怕是要自顧不暇，誰成想蕭容衍還藏了這樣的雄心，高瞻遠矚……且還行動了。時機的確是剛剛好，如果是她……她也會這麼做！

她會先假借白家軍黑帆白蟒旗劫糧，地點應該會定在遙關，劫了糧食之後繼續在遙關設伏，等待南燕大軍回朝，再在遙關殲滅南燕精銳。遙關這個地方設伏最易，不利用起來都愧對這份地利。只是，大燕……還能出得起兵嗎？

蕭容衍這個人想來說話做事都有自己的目的，他信中如此坦然告訴她他的行蹤，等於將大燕的計畫送到她的面前，而且還是親筆所書，這不等於是送了個把柄給她？

她餘光看著蕭容衍那個護衛，一直目光灼灼盯著她看，她眼睛也不眨，當著那護衛的面兒將信燒了。「替我多謝你們家主子好意！」她望著火苗將那信紙逐漸吞噬鬆手任由火光將信紙燒乾淨，「馬我收下了！你們家主子……千里送馬，是還想要從我這裡借什麼？」

蕭容衍的護衛抬頭看向白卿言，表情略有錯愕。

火把在河邊大風中不住搖曳發出呼呼聲，將白卿言驚豔清麗的五官映的忽明忽暗。

那護衛在腹中反覆琢磨了白卿言的語氣同神態，確定白卿言不是諷刺不是不悅，而是正正經經的詢問，這才舒了一口氣道：「主子沒說。」

白卿言點了點頭，視線落在那匹白馬身上，道：「那便替我謝謝蕭先生。」

那護衛恭恭敬敬行禮之後，將那匹白馬留在原地，一躍上馬正要走，就聽白卿言的聲音又傳了過來……

「想拿下南燕不是仗打贏就成的，南燕遵循大燕舊治，百姓十幾年來皆為王侯牛馬，由奢入儉難……經歷過姬后新政的百姓，怕早已對南燕朝廷心懷怨懟！」白卿言輕輕點了一句。

百姓的力量才是巨大的，若大燕大軍到了南燕城池之下，百姓夾道歡迎……豈不是不戰屈人之兵？如此，大燕便可以最小的損失，趁亂拿回南燕，也能讓南燕的百姓，少受些苦……歷來打仗，受苦都是百姓。

蕭容衍的護衛一驚，頭皮都跟著麻了一麻，這白大姑娘是怎麼知道他們主子要奪回南燕的?!難不成……主子連這樣的事情都在信中和白大姑娘說了?還是，其實主子早就和白大姑娘達成什麼約定，只是他們這些做護衛的不知道罷了?

蕭容衍護衛望著白卿言的目光越發鄭重，竟重新下馬正正經經給白卿言行禮之後道：「多謝白大姑娘，您的話，小的一定快馬帶到！」

白卿言頷首，蕭容衍身邊的人，各個都是通透的。只是上一世，蕭容衍手腕鐵血，從不用這種溫吞又平和的手段。

她曾經與蕭容衍交手數次，知道蕭容衍明面裡不論多麼儒雅溫潤，骨子裡卻一直都是……順他者昌逆他者亡，威勢逼迫也好，利誘威脅也罷，甚至會將阻礙他之人九族連根拔起雞犬不留，城府極深，行事冷酷，膽大心細。

這樣聰明睿智又自負的人，其實才是最無所顧忌的，他輕看世俗，不懼神靈，不懼天地公道，不懼禮儀道德，不懼人言可畏，除了自己所期望達成的目的，對什麼都不在意。

他一路征戰殺伐，用陰謀詭計將敵國世族大家或忠直之臣趕盡殺絕，雖然是為了一統天下還百姓太平，可他後來的手段太肆無忌憚，世間萬物在他眼中彷彿都不值一提，攻城會死多少百姓……又會使多少百姓遭殃，為了糧草奪盡百姓口糧。

如今白卿言想起曾經那些事情，都覺脊背生寒。所以，白卿言內心是畏懼蕭容衍的，哪怕如今的蕭容衍還未成長成為上一世那個蕭容衍，可上一世他給她留下的陰影還在。

俗語說，光腳的不怕穿鞋的，白卿言背後有白家遺孀……她就是那個穿鞋的！大燕山河破碎，蕭容衍便是那個光腳的。她今日開口提醒蕭容衍，何嘗不是希望……趁蕭容衍心中還有那麼一點善良慈悲之時，在大燕兵力匱乏之時，讓他以這種方式減少大燕的損失，也讓他明白民心所向之可貴之處！

望他日後做事……能念及奪下南燕時百姓眾望所歸助他，對百姓容情。

「去吧！」她說對蕭容衍的護衛說。

蕭容衍的護衛一躍上馬，朝著白卿言的方向拱了拱手，懷裡揣著顆撲通撲通直跳的心，快馬加鞭離開，他得晝夜不休趕快趕回主子身邊將白大姑娘的話帶到才是。

見蕭容衍護衛騎馬的身影消失在黑暗中，白卿言才道：「乳兄，牽了馬我們回去吧！」

肖若江伸手去拉那匹白馬的韁繩，被那匹白馬偏頭甩開，若不是肖若江身上有功夫，怕是得跌到河裡去。

「果真是匹烈馬！」肖若江不但沒有生氣，反而一臉高興的樣子，「我記得世子爺剛帶疾風回來的時候，疾風也是這個樣子！」肖若江忍不住笑道。

疾風的確是匹烈馬，當初父親費了好大的力氣才將疾風帶回大都，她那個時候年紀小……父親原本想著讓馴馬師傅替她將馬馴好了，再給她送去，誰知一連六個老成的馴馬師傅都不成，其中兩個還被疾風傷到，險些丟了命。

白卿言聽聞後瞞著父親偷偷去了馬場，用了整整一天馴服了疾風，回來的時候整個人跟個泥猴似的不說，身上青一坨紫一坨的也不在意，揮舞著手中馬鞭興高采烈同白岐山說她馴服了那匹六個馴馬師傅都沒有馴服的烈馬，還給那匹馬起了名字叫疾風。

「我來吧！」白卿言翻身下馬，走至那白馬面前。

韁繩被肖若江攥在手裡，白馬掙脫不開，馬蹄將河岸鵝卵石踩的直響，鼻息噴出極為粗重的白霧。

她抬手摸了摸那白馬的鬃毛，白馬抗拒地發出嘶鳴聲，抬起前蹄卻怎麼都掙不開韁繩。

「好傢伙！真烈啊！」肖若江用力扯住韁繩。

白卿言來了興致，扶著馬鞍一躍上馬，這白馬反抗的更加厲害了，激烈掙扎險些將白卿言給甩下去。

「乳兄！韁繩！」

見白卿言好久都沒有這樣興致高昂，肖若江想著自己在一旁守著也不要緊，便將韁繩丟給白卿言，立在一旁高高舉著火把。

大約是有馴服疾風的經驗，她雙手死死拉住韁繩，身體隨著白馬跳動前後輕擺，如輕而易舉黏在白馬身上一般，讓它怎麼都甩不脫。

那匹白馬蹦蹦跳跳折騰了將近半個時辰，已然力竭再也跳不動了。白卿言就趁此時將手中韁繩一挽用力撕拽韁繩，白馬吃痛發出長長一聲哀鳴，又開始跳了起來。

一個時辰之後，這匹性子剛烈的白馬終於在白卿言手中服了軟，白卿言輕輕甩了甩韁繩，那白馬便垂頭喪氣往前走幾步。

肖若江看得嘖嘖稱奇，也是白卿言馬術好……這要是擱了旁人，怕早就把人給甩下馬了。

白卿言從馬背上一躍而下時，已累出一身薄汗，那匹馬垂頭喪氣往白卿言身邊走了幾步，頗為不服氣地偏過頭去。

她笑著摸了摸白馬的鬃毛道：「以後……這匹馬就叫平安吧，給小四送過去，小四一定喜歡！」這世上沒有什麼比平平安安更好了。

肖若江眼底剛才因為白卿言興致勃發而亮起的光芒又微微沉了下去，記得小時候他和哥哥去國公府看剛出生的白卿言，那麼小小一個卻又那麼漂亮，娘親叮囑他和哥哥這輩子要好生護著大姑娘，大姑娘不僅僅是他們的乳妹，更是他們恩人的掌上明珠。

肖若江同肖若海都以為，生在大都城內最烜赫的鎮國公府，這樣的女子……定然是天之驕女，應該被人捧在手心裡疼愛，如珠似寶的嬌嬌女。

可白卿言沒有，她身為白家嫡長女比白家任何姑娘和公子都能吃苦，戰場上受傷後人就變得沉鬱起來，少了年少時的意氣風發。

再到白家突逢大難之後，她又一肩扛起白家，為幾個妹妹謀劃打算……來南疆如此凶險，大姑娘卻把身手卓絕的暗衛死士悉數給了三姑娘和大都城的二姑娘，唯獨沒有給她自己留！

此次，得了這樣一匹好馬，大姑娘卻要將這匹馬給四姑娘。大約這就是身為嫡長的責任與擔當，她總要時時刻刻惦記著幼妹，就如同當初世子爺白岐山還在時，總惦記著國公府幾位弟弟是一樣的。

肖若江把勸白卿言留下這匹馬的話咽了回去，暗暗下決心等哥哥回來之後一定要和哥哥商量商量……想辦法儘快給大姑娘再找一匹寶駒！

回到營地，白卿言讓肖若江把白錦稚喚了出來，聽說這匹白色寶駒是給她的，白錦稚眼睛都亮了，滿目的歡喜。

「真的嗎?!」白錦稚伸手去摸平安的鬃毛，誰知平安性烈噴了白錦稚一臉的熱氣，高傲的挪著步子走到了白卿言另一側。

白錦稚立時瞪大了眼，她還沒見過脾氣這麼大的馬，驚愕之餘滿目欣喜：「這馬……還挺靈性的！和當年……」疾風二字卡在白錦稚的喉嚨裡沒有說出來，誰都知道疾風為了救主而死，最後連屍首都沒有找到。

「長姐，我覺得這匹馬同我沒有緣分，倒是和長姐有緣！」白錦稚是真得喜歡平安，這番話卻也是真得發自肺腑，這平安……和當年的疾風性情很像，如果平安留在白卿言的身邊也算是一種慰籍吧。

「我記得之前你大伯曾答應過你，待你出征之時……送你一匹如疾風一般的良駒！」白卿言笑著輕撫平安鬃毛，「這是我替你大伯，送你的！不過平安性烈……也不是全然沒有馴服之法，長姐已經替你試過了，只要你騎上去能不被它甩下來，它定會服你，若你能帶著它一段時間，培養出感情來，它定會認你為主！」

以前她答應過阿瑜的不曾做到，阿瑜答應過她的也沒有完成。如今父親雖然不在了，她卻可以替父親完成還未完成的承諾……

聽長姐提到待她如親女的大伯，白錦稚眼眶發紅，終還是點了點頭：「那小四就謝謝大伯，謝謝長姐！不推辭了！」

「你大伯看到你能讓平安認主，定然欣慰！」她笑著看著幼妹。

馴服和認主，這是兩回事……馴服一匹馬，它可以任你驅使，卻不會給你忠心。若認了主，那匹馬便會如同疾風一般，用命來護著你，她希望將來戰場之上……小四也有這樣一匹馬與她並肩而戰，為她的平安多幾分保障。

「長姐放心！三日之內……我必讓平安認主！」白錦稚信誓旦旦。

「長姐信你！」

白錦稚望著白卿言雙眸發亮，她覺得每一次長姐說信她的時候，她都滿腔豪氣翻湧，因為還從未有人對她說信她這樣的話！別人總覺得她是個衝動又莽撞的孩子，連母親也是這麼覺得的！所以長姐說信她，她就特別想做出一番成績給長姐看，因為她從心底裡知道……長姐每一次都是真的信她，她不想讓長姐失望，更不想讓長姐分出多餘的精力來操心她。

蕭容衍的護衛快馬加鞭趕回蒙城，想將白大姑娘的話帶給蕭容衍。

一聽說去給白卿言送馬的護衛回來了，蕭容衍讓人收了山河圖坐在火盆前讓把人帶了進來。

「屬下參見主子！」侍衛帶著寒氣進門，單膝跪地行禮。

蕭容衍用銅鉗子挑了挑火盆中的炭火，垂眸問：「馬和信都送到了？」

「是！送到了！信白家大姑娘看完之後當著屬下的面兒燒了。」護衛道。

蕭容衍望著火盆內燒的灰中透紅的銀霜炭，唇角略略勾起，大約白卿言看出了那是他的親筆信所以才當著護衛的面兒燒了，讓他安心吧！

「白大姑娘可說了什麼？」

「白大姑娘問主子是不是還想從她那裡借什麼，但白家大姑娘不像是惱怒也沒有戲謔，就只是平平常常那麼一問。屬下沒把話說死，只答說主子沒說！後來……屬下要走的時候，白大姑娘說……想拿下南燕不是仗打贏就成的，南燕遵循大燕舊治，百姓十幾年來皆為王侯牛馬，由奢入儉難……經歷過姬后新政的百姓，怕早已對南燕朝廷心懷怨懟。」

白卿言的話，這護衛一字不落的告訴了蕭容衍。

蕭容衍挑火的動作一頓，細細琢磨了白卿言的話，他瞇了瞇眼，白卿言這是在提點他利用民情民怨啊……莫名的，蕭容衍就想起之前在大都城，年三十當晚大都城百姓自發聚集在鎮國公府門前，陪同鎮國公府的女眷等候宮內傳來消息。

還有鎮國公遺體回大都的時候，百姓們幾乎全城出動，提燈撐傘聚在南門迎接白家忠魂。

蕭容衍望著炭盆中躍躍欲試的火苗，可若提前透了口風……南燕這邊兒一旦有準備，憑如今大燕那點兒兵力，還能趁亂拿下南燕嗎？

蕭容衍的護衛靜靜跪在那裡不吭聲，半晌之後只聽蕭容衍吩咐道：「去叫王九州過來！」

主子宣王大人，這便是下定決心了。

那護衛忙稱是起身出去叫王九州。

王九州匆匆進門，只見蕭容衍本就深邃沉著的眸子此刻愈發波瀾不驚，帶著幾分襲人的涼氣，問道：「這蒙城大集市還要開幾天？」

「回主子，不算今日還要開兩天……」王九州恭恭敬敬回答。

「你派人這兩天從集市開始一路去南燕大都放風聲，就說大燕的軍隊要打過來了……」蕭容衍往火盆裡添了幾塊炭火，放下手中銅鉗子，「但大燕皇帝已經下令不許大燕軍隊屠殺百姓，此次乃是為了將名不正言不順的南燕皇帝拉下馬，讓大燕完整，推翻曾經被姬后廢除的大燕舊治，重建大燕正統，為百姓謀福祉。」

蒙城大集市是南燕最熱鬧，時間開的最長，來往人流最多的集市，主子這是想借這些人的口傳消息出去。王九州立時就明白了蕭容衍的意思，頷首道：「主子放心，小的必定辦的妥妥當當！」

蕭容衍頷首。

見王九州出去，坐於火盆之前的蕭容衍眸色沉了沉，利用民言他還真從未想過這樣行事。試一試吧，說不定白卿言的方法見效，能讓他們大燕少損失些兵力。

只是若真得見效，他可就又欠了白卿言一個很大很大的人情了啊，該拿什麼還……想到此，蕭容衍眼底竟染上了一層極為淺淡的笑意。

第九章 人中龍鳳

第二日傍晚，天還未黑透，蒙城市集各個攤位上就掛起澄黃色的燈籠。整個蒙城被籠罩在一片暖意中，萬頭攢動，孩童的嬉鬧聲和貨郎的叫賣吆喝聲不斷，喧鬧又嘈雜，卻無端端讓人感覺熱鬧溫馨。

蕭容衍明早便打算動身往南燕都城去，所以今日來是為了湊一湊這晚市的熱鬧。大約是蕭容衍第一日來的時候排場太大，出手又太闊綽，所以好多曾眼見過的商販都識得蕭容衍，舉著自家的貨物往前湊。

蕭容衍那日來被一匹白馬吸引，錯過了奴隸市集那裡，今日專程來是想去那裡看看。他在帶刀護衛護衛之下走到奴隸市集時，市集裡最大的奴隸販子正扯著一個蓬頭垢面的小姑娘站在高處叫賣：「不要看這小丫頭蓬頭垢面，可你們看看這小丫頭身上穿的料子……絕對是晉國富庶人家的孩子！定然是細皮嫩肉的，買回去好好調教，將來可有享不盡的福喲！」

奴隸販子洪亮的聲音剛落下，就有看熱鬧的漢子擠在人群中喊道：「穿著這麼厚的衣裳，我們怎麼知道是不是細皮嫩肉，扒了讓我們看一看……摸一摸，也好讓我們知道是不是真的細皮嫩肉啊！」一有圍在奴隸集市看熱鬧的婦人皺了皺眉，拂袖離開。

被奴隸販子扯著胳膊的小娘子全身顫抖，用力抱住自己，臉色煞白，要是當眾扒了她的衣服，再被人摸了，她也沒臉活下去了，她立刻掙扎不休：「放開我！士可殺不可辱！我絕不能受這樣的折辱！」

那小娘子帶著哭腔，知道士可殺不可辱，又說了一口晉國官話，想來的確是富庶人家的姑娘。臺上的小娘子掙扎的越激烈哭得越淒慘，台下看客就越起勁兒。

「摸可不成！但確實能讓諸位爺好好看一看的！」說著，那奴隸販子就去撕扯那姑娘的衣裳。

可還不等那奴隸販子真的將那姑娘的衣裳扯開，那奴隸販子的手像被什麼螫了一下似的收了回去，見了鬼似的睜大眼左右瞧了瞧，一時不防竟讓那哭啼不休的小娘子掙扎開了他的手，險些一頭撞在柱子上，幸虧被奴隸販子的兩個打手給及時揪住了。

奴隸販子低頭看著自己紅腫的手，見鬼了?!

「哎！你到底讓不讓我們看?!」下面有漢子起哄。

「這位爺看了買嗎？」奴隸販子笑呵呵問道。

被問的那漢子雙手一攤，耳朵一紅，立刻縮進了人群裡，不過是想占個便宜而已，要真有那個餘錢買奴隸，他還不早去青樓裡快活快活？

被奴隸販子打手擒住的小娘子還在哭哭啼啼，求奴隸販子給她一個痛快，讓她一死！

原本對這個一口柔軟晉國官話的小娘子感興趣的富庶爺們，一見這小娘子要尋死便歇了買下她的念頭，若是這丫頭回去尋了死，不是拿銀子打水漂嗎？

蕭容衍離得遠，視線落在木板搭起的高臺上，見那奴隸販子腳邊不遠處有一粒石子，目光又越過人販子朝他身後的籠子望去。

籠子黑暗處，有一個盤腿坐在角落衣著襤褸的少年，那少年看起來歲數不大……十五六歲的樣子，卻坐如青松，自有一股子世家公子的姿態。大約是察覺到有人看他，那少年抬起眸子……

蕭容衍眸子微微縮了縮，那孩子的雙眼長的倒是有些眼熟，目光幽沉又深靜，既然能以石子擊開那奴隸販子，必是有幾分身手，又是怎麼被抓到的?!或是……家中貧苦被賣了？

少年從容沉穩坐在籠子中絲毫不避蕭容衍的目光，哪裡像是一個窮苦人家出身的孩子？且十五六歲正是壯勞力，又不是三四歲只會吃喝指望不上的娃娃。

蕭容衍想了想，側頭吩咐身邊的王九州一聲。

王九州點了點頭，繞過圍在前面的人群去後面找到奴隸販子，指了指籠子裡那個盤腿坐著的少年說要買下他。

奴隸販子連連陪著小臉道：「您眼光可真好！那個是我路上救下來的一個晉兵，身強力壯，買回去幹什麼都不在話下！就是貴了點兒！」

王九州笑咪咪從袖子裡掏出一個錢袋子丟給奴隸販子，道：「這麼多……買這個晉兵，還有剛才那個晉國的小姑娘！夠不夠?!」

奴隸販子打開一看，喜得眼睛都瞇成一條縫，態度比剛才更諂媚殷勤：「夠夠夠！絕對夠！只多不少啊！這麼著……收您這麼多銀子我心裡過意不去！您再挑兩個帶走……」

奴隸販子那架勢似準備敞開了給王九州努力介紹自己這些奴隸，王九州笑著道：「不了，就要這兩個！我們家主子還等著，不敢耽擱！也不敢擅專！」

奴隸販子這才連連點頭，讓人將剛才那個姑娘和籠子裡的少年給提了出來讓王九州帶走。

那少年臨走前倒是望著奴隸販子長揖到地行了禮，謝這奴隸販子救了他一命，不論這奴隸販子出於何種目的，冰涼刺骨的荊河之中，若非這奴隸販子救他……他早已被凍死。

奴隸販子大約是頭一次見到被人賣了，還給人行禮的，愣了一愣，沒等回神……就見少年同那管事走遠了。

王九州帶著買回來的兩個人，回了蕭容衍租下來的大宅子。讓人提水給兩人沐浴更衣，王九州自己坐在椅子上慢條斯理喝著茶，猜測主子要買下這一男一女的意圖。

很快沐浴更衣的少年郎換了衣衫出來，饒是閱人無數的王九州也驚了一驚。

那少年郎一身直裰，身形挺拔修長，五官英俊非凡，尤其是那雙眼……銳利暗藏鋒芒，氣度可絕非是普通人家的少年，堪稱人中龍鳳。

這樣的人物，怎麼會淪落到奴隸販子手中？疑惑之餘，王九州更覺自家主子目光如炬，那樣蓬頭垢面窩在籠子裡，他們家主子也知道此少年不凡啊。

大約是少年身上氣度矜貴的緣故，當慣了奴才的王九州對少年說話十分客氣，請少年隨他一同去見他的主子。

少年微微頷首，不卑不亢不盛氣凌人，給人一種沉穩入骨之感，嗓音極為溫潤有禮：「煩請您帶路。」

小小年紀便有如此氣度，王九州猜測這少年怕是貴族世家風骨教養極好的公子，故而對待這位少年的態度更加謙卑恭敬。

將少年引入蕭容衍的書房，王九州便退了出去。

蕭容衍正坐在火爐前，一手執棋子，一手拿書，垂眸研究面前棋盤，視線看也沒看那少年。

那少年也沉得住氣就靜靜立在門口的位置，光明正大的審視蕭容衍，倒是有幾分世家公子身上倨傲的姿態。

這少年不是別人，正是國公府白家七郎，小十七的胞兄……白卿玦。

火爐上茶壺壺水被煮的沸騰撲出了一些澆在炭火上，發出噗嗤聲。蕭容衍這才合了手中書本擱在手邊的小几上，用帕子墊著拎起茶壺倒了兩杯茶，問：「會下棋嗎？」
「略通一二。」白卿玦回答的疏朗大方。
白家諸子，皆為人中之龍，哪怕顛沛流離衣衫襤褸，都遮擋不住骨子裡那分傲岸不群。
蕭容衍抬眸朝少年的方向望去，抬手指了指棋盤對面的位置，笑道：「坐……」
白卿玦沒有客氣，撩起下擺姿態清雅跪坐在蕭容衍對面。
蕭容衍給垂眸看棋的白卿玦倒了一杯茶，嗅到來自少年身上淡淡的血腥味，猜測少年怕是身上有傷，可剛剛他竟絲毫看不出來。
「公子是大晉人？」蕭容衍笑著問。
白卿玦目光從棋盤上抬起，望著一派雍容儒雅的蕭容衍，頷首如實相告：「是……」
「世家公子？」蕭容衍又問。
「隨父親出征歷練，不曾想晉軍大敗……僥倖被奴隸販子救了一命。」白卿玦回答的十分磊落，可關於名字白卿玦卻不打算如實相告。
蕭容衍點了點頭，將茶壺放回火爐之上，細細觀察著少年的表情：「蕭某大魏商人蕭容衍，不日前跟隨率五萬援軍出征南疆的晉國太子……一同到了宛平城。」
「太子？」白卿玦抬頭，眼中帶著幾分疑惑。
「便是之前的齊王殿下！」蕭容衍耐心解釋。
想來這少年受傷被救之後便無法得知晉國消息了，不知道齊王已封太子也是應當的。
蕭容衍看著白卿玦那雙與白卿言極為相似的眸子，垂眸道：「公子恐怕還不知道，以金牌令箭強逼鎮國王出征的信王，已經被貶為庶民了。」

白卿玦眸色沉靜，幽幽望著蕭容衍，風骨清雋。

「鎮國公已被追封為鎮國王，信王誣陷鎮國王剛愎用軍，誰知道峰迴路轉白家忠僕竟送回行軍記錄的竹簡，白家大姑娘帶著竹簡敲登聞鼓……以民情民怨逼迫晉國皇帝還白家一個公道。」

聽蕭容衍說到長姐，白卿玦眸色愈深，他強忍著心頭翻湧的情緒，竭力克制表情不讓自己顯露異樣。長姐身體那樣弱，敲登聞鼓？可那的確是以長姐心性會做出的事情，就是……不知道長姐如今怎麼樣了。

蕭容衍摩挲著茶杯邊緣，饒有興趣望著鎮定自若的白卿玦，心裡感佩……白家子孫果然各個都非俗物，不過十五六歲的年紀，竟然有這分泰山崩於前而面不改色的氣度，如此沉穩從容，果真沒有辱沒他的姓氏。

「說到白大姑娘，那可真是女中豪傑巾幗不讓鬚眉。」蕭容衍慢條斯理道，「此次白大姑娘跟隨太子一同出征，這一路身纏鐵沙袋隨軍步行，生生撿起了射日弓！甕山一戰……更是僅憑五萬晉軍於甕山峽谷將十幾萬西涼軍殺盡！不知公子可看到甕山方向沖天的火光，那裡焚燒的便是西涼軍的屍骸。」

白卿玦不自覺咬緊了牙，心神俱顫，他只覺血氣一陣陣往頭頂沖，長姐怎麼來了南疆?!還一路纏著鐵沙袋隨軍步行？他死死攥住衣擺，狗皇帝逼迫長姐？

不……以長姐的心智，若長姐不願意，狗皇帝逼迫不了長姐。

可長姐那個身體……怎麼能出戰?!祖母和大伯母也沒能阻止長姐嗎？白卿玦心亂如麻，略顯急促的呼吸還是洩漏了情緒，他擱在膝蓋上的手死死收緊又緩緩鬆開，情緒已經穩定下來，消息是真是假還猶未可知，他是關心則亂了。

望著坐於對面，眼底含笑儒雅英俊的蕭容衍，他很難相信這樣一位通身讀書人清雅氣度的男子，會是個滿身銅臭的商人，所以此時白卿玦並未全然相信蕭容衍的身分。

蕭容衍放下茶杯：「忘了問，公子今日出手護那姑娘，那姑娘可是與公子相識？」

「不相識，同是晉國人，不能看著她受辱罷了。」白卿玦深深望著蕭容衍，「先生買我，為何？」

「蕭某是個生意人，日後自然少不了與晉國世家打交道，見公子氣質不凡，身手卓絕，想必是世家子弟，想結個善緣，故而……才請公子過來。」蕭容衍用詞很客氣，用的請並非買，「不知公子可否直言相告是哪家公子，蕭某也好安排人送公子回晉國。當然……若公子不方便透露家世，蕭某也不追問，若將來有緣再相逢，還望公子不嫌棄蕭某商人出身，能與蕭某喝一杯水酒。」

蕭容衍別人家都沒有說，專程點出祖父和鎮國公府……還有長姐，白卿玦心裡多少明白蕭容衍怕已知道他是白家子孫。

白卿玦是聰明人，又怎會聽不懂蕭容衍話中意思？

白卿玦端起面前茶杯，舉杯對蕭容衍道：「在下欠了先生的恩情，在下自己來還，萬不敢將家族拖入其中，還望先生諒解。」

既然蕭容衍沒有點出他的身分，他也不打算直說，可白家人向來有恩必報，那奴隸販子救他所以他不逃走，任由那奴隸販子販賣……

原本，他是打算若被人買走，買主只要並非讓他做什麼醃臢事情，他報了恩便自行離去。沒想到被魏國富商蕭容衍救下，蕭容衍這個名字可以說盛名在外……白卿玦不是沒有聽說過。

可不論眼前這個蕭容衍是真是假，他既然買下了他，這個恩情他必定會還蕭容衍，然……他絕不能把白家牽扯其中。

生在世家，維護家族利益尊嚴對白卿玦他們來說，是比命更重要的事情和責任。所以白家任何一個人都不會因為己身受人恩惠，便將家族拖入其中來替他償還這分恩情。

蕭容衍頗為意外，他笑了笑沒接那杯茶，問：「公子打算如何還？」

白卿玦語聲堅定：「先生贖買之資，十倍奉還！在下願為先生效命三件事……三件之後自會離開。」

白家人有白家人的風骨在，知恩圖報這點，蕭容衍也已從白卿言的身上領略過。

即是如此，蕭容衍也不勉強，抬手接過白卿玦手中的茶杯，算是應允了下來，笑著問：「那……蕭某該如何稱呼公子？」

「王七玦。」白卿玦道。

白卿玦在白家排行七，母親姓王，所以取了王七玦這樣一個名字，等到還清了欠蕭容衍的，這個名字……便再與他無任何關係。

「好，七玦公子今日起便做我的貼身侍衛，三件事滿……銀兩奉還，七玦公子便可自行離開。」說著，蕭容衍將杯中茶水一飲而盡，讓人帶白卿玦去休息。

如今晉國形勢複雜，這位白家公子暫時不回去也好，萬一讓晉國太子或是晉國皇帝知道，怕對白家遺孀不利。不過，好歹先給白卿言傳個信讓她安心些也好。

白卿玦走後，蕭容衍喚來王九州，讓王九州請個大夫來給白卿玦看一看。

王九州明白主子這是重視那位少年公子，忙頷首稱是，接著又說了一事：「主子，那位公子隨我過來時，在路上留下了標記，說來慚愧小的沒有留意，還是咱們的暗衛發現了。」

蕭容衍眉頭抬了抬，頷首表示知道。

「主子看要不要抹去標記？」王九州問。

「不必了……沒關係。」蕭容衍說。

難怪不著急著回晉國，想來這位白家公子一是因為一時摸不清楚晉國情況，不敢貿然回去，二來是留了標記等著他們白家的人來尋他吧，果真是個極為聰明且沉得住氣的人物。

約莫十六歲的年紀，雖然蕭容衍說不準是白家哪位公子，但確定是白家子嗣無疑，若是白卿言知道了定然會很高興。

蕭容衍在棋盤上落下一子，唇角勾起淺淺笑意，將手中剩餘棋子悉數放入棋盒中，起身走至書桌前鋪開信紙，左手提筆徐徐書寫，而後吹乾了墨跡裝入信封，讓人將上一次給白卿言送馬的護衛叫過來，讓他快馬加鞭將信給白卿言送去。

第二日剛剛破曉，晨光穿透隱約翻滾的雲海，斜照在遠處蒼茫巍峨的山川輪廓之上，光線隨旭日高升……順著自西向東水流湍急的荊河，朝晉軍大營與西涼軍營方向移動，逐漸驅走陰暗。

荊河南岸安靜了數日的西涼大營，突然出來了一隊人馬，直奔荊河邊緣叫喊要見白卿言，騎馬立於最前的便是雲破行。

如今雲破行雙腿膝骨已碎，再也無法站立，可腿腳還有知覺，騎馬旁人看不出破綻。

雲破行遙望晉軍軍營裡高懸著自己兒子的頭顱，他死死咬著牙關雙眸泛紅，不過片刻翻湧的情緒又如同被潑了盆冷水沉下去。

有道是……天道輪迴，報應不爽。

他殺了白威霆，將白威霆兒子的頭顱掛在他的營地中為鼓舞西涼勇士的銳氣，沒想到……風水輪流，白威霆的孫女竟殺了他的兒子孫子，將他兒子的頭顱高高懸在晉軍營地中。

雲破行閉上雙眼，似有熱淚順臉上的溝壑縱橫。

坐於帥帳之中的白卿言聽聞雲破行要見她，略微思索了片刻，低低笑出聲來：「想來西涼的糧草怕是今日就要到了，所以……雲破行才有膽子來找我談條件。」

敵眾我寡，這是白卿言最大的軟肋，糧草被燒不足以支撐出兵，這是雲破行的軟肋。

所以，雲破行高掛免戰牌，白卿言也就按兵不動，與西涼大軍隔河相望。

之前雲破行不敢找白卿言談條件，是因只有西涼糧草到了，雲破行才有談不攏就打的底氣。

可白卿言早就派了沈良玉帶虎鷹營的人盯住了西涼軍營，除卻西涼方向而來的傳令兵之外，並未見糧草入營。且西涼糧草被燒之後，每日大營只見一次炊煙升起，故而糧食短缺一定已到了迫在眉睫的地步，白卿言可以斷定，今日西涼糧草必到。

她快步走至沙盤前，細看附近山脈地圖。

之前，她曾讓人在駝峰峽谷道設伏斷西涼軍糧草，可那個時候西涼軍在天門關，所以送糧草最快的便是走駝峰峽谷道。如今西涼大軍已退至荊河對岸，西涼軍運送糧草要快……只能走川嶺山地，也就是她祖父葬身之地。

她拳頭下意識緊了緊，開口：「白錦稚，傳令沈良玉，帶虎鷹營在川嶺山地設伏，將西涼糧草燒盡！你隨沈良玉同去！」

白錦稚原本還想跟著長姐護衛長姐安全，可一想長姐與雲破行到底隔了一條河應該也無大礙，便領命出營。

沒了糧草，除非雲破行能變出糧草來，否則吃不飽飯的將士……可打不了勝仗啊。

不多時，白卿言騎馬帶著一小隊從大晉軍營而出，直奔荊河邊。

騎在馬上的雲破行看到白卿言，立時想到自己已死的兒子和孫子，忍不住悲憤沸騰，可再一轉念想到白卿言的祖父、父親、叔父和弟弟們都是死在他的手裡，他又覺得有幾分痛快。

雲破行側頭對身邊的兵士道：「派個人渡河去，告訴白卿言，我欲約她面談，地點她定。」

有西涼士兵領命之後，一人獨撐木筏過河。

肖若江抬手，弓箭手立刻護在白卿言之前，舉箭搭弓瞄準了過河的西涼士兵。

「不必如此，只來了一個西涼兵，乳兄還怕那西涼兵有什麼通天之能嗎？」白卿言目光望著雲破行，聲音極淡。

那西涼兵艱難渡河後，望著凜然騎在駿馬之上，甲冑泛著寒光的白卿言，不由想起甕山峽谷被焚燒的西涼軍兄弟們，他只覺看到了嗜血修羅一般，低下頭道：「我家主帥欲面見白將軍，地點白將軍定。」

「哦……」白卿言不鹹不淡應了一聲，抬眼朝雲破行望去，「你帶話給你們家主帥，那便在荊河上游見吧！我事多繁忙，就此時還有點兒時間，你家主帥要是還得準備，那便改日戰場上見也是一樣的。」

白卿言這也是防著雲破行設伏，所以既然要見那便快，不給雲破行設伏的時間。

西涼兵又撐竹筏回去，將白卿言的話轉告雲破行。

雲破行用馬鞭指了指上游的方向，率先騎馬動身。

白卿言動身前，轉頭吩咐身後的晉軍騎兵：「派個人，回去拿一盒太子賞的點心過來。」

「是！」

很快，白卿言與雲破行快馬而行一路到上游河面窄淺的位置，雲破行為表示誠意，騎著馬淌水過河而來。

「白將軍，雲某是來求和的。」雲破行直抒胸臆，「只要白將軍還我兒頭顱於老夫，此後我西涼和晉國互不相犯以荊河為界，我們三年之後再戰。」

果然，雲破行有了糧食底氣便足了，敗了還敢想如之前一般兩國以荊河為界。

白卿言不怒反笑：「議和之事，我不敢擅專！不過……我怎覺得你口氣倒是不小，你西涼聯合南燕來攻我晉國，敗了……就想相安無事一如往昔，世上哪有這麼便宜的事情？」

「那你想如何？」雲破行問。

「不是我想如何，而是西涼想要止戰就應當……割地、賠款、質子，方有求一線之機。」白卿言望著雲破行的眸子寒光乍現，「至於你兒頭顱，我攔住晉軍將士將其當做尿壺，已經違我本心行事，想要回……可以，三年後。」

雲破行被氣得手直抖，咬緊了牙：「看起來白將軍是想要再戰了，你可別忘了，我們西涼大軍勝你晉軍數倍！」

「是啊，你也別忘了……甕山峽谷之中是誰放你一條狗命容你苟且！」她面沉如水，眼中不掩諷刺，「更別忘了，我是怎麼將你數十萬西涼軍，斬殺於甕山峽谷之中，一個不留的！」

「你狂妄！」雲破行氣急敗壞，「老夫一時不防，敗了一場！你以為你次次都能勝於老夫嗎?!」

「那為何你數日高掛免戰牌不敢出戰?」她低笑了一聲，「對了，你怕是沒有糧食，等著西涼給你運送糧草輜重，讓我猜猜……你的糧草是不是要從川嶺山地過來?那裡有一處山勢險峻之地，我想……那個地方便是你曾經對我祖父設伏之地!」

雲破行瞬間就明白了白卿言的意思，他渾身緊繃，緊張的情緒影響了坐下戰馬，馬兒不安的踏著蹄子。

「你今日敢來找我，以如此狂妄的口氣談議和，不過是因你西涼大軍糧草將至，你有了底氣才敢來和我談條件。不過可惜啊……我是不會讓糧草送入你西涼軍營的!」白卿言勾唇淺笑。

雲破行回頭示意跟自己而來的屬下前去報信，肖若江眸子一沉抬手。

弓箭手立刻拉了一個滿弓，瞄準雲破行一行人。

一時間，人驚馬嘶，雲破行的人紛紛拔刀，氣氛劍拔弩張，一觸即發。

那準備騎馬過河急奔去報信的西涼兵，更是被白卿言一箭穿心，跌落進河裡。

「白卿言，你這是何意?!」雲破行大喊。

白卿言收了射日弓，風淡雲輕開口:「雲帥這幾日……怕是沒吃飽過吧!我這裡有太子送的一盒點心，雲帥就在這裡安安生生吃點心，等你西涼糧草被截的消息傳來，你再走不遲!」

雲破行望著端直坐於馬背之上，盛氣凌人的白卿言，殺氣騰騰讓人不敢逼視，強壓心中慌亂。白卿言說的沒錯，正因為今日糧草要到，所以雲破行才沉不住氣來向白卿言討自己兒子的頭顱!

好生厲害的女娃娃，竟然將他算得如此準!雲破行頭一次對除了白威霆之外的人心生膽寒之意，頭皮都跟著發麻。

雲破行握緊了手中的韁繩，看著晉軍一個兵士捧著點心盒子過來，面色已然慘白若紙，面目扭曲望著白卿言，恨不得將白卿言立時斬殺！

「還有關於南燕一事，不知道雲帥聽說了沒，南燕的糧草在遙關被白家軍劫了！算日程今日折返南燕的大軍應該就要到遙關了！你說……白家軍能否在遙關將南燕精銳斬盡，斷了西涼與南燕再次談條件，請南燕出兵的可能？」白卿言談論數萬銳士的生死，如同談論風月般輕描淡寫。

風聲裹著濕意呼嘯過耳，雲破行驚心目眩，險些從馬背上跌下來。他竭力壓制仇恨的怒火與心中的畏懼，死死盯著白卿言，那女子穩坐於馬背之上風淡雲輕，已照亮河水湍流的晨光映著她眼中的鋒芒與寒光，讓他只覺被河水浸透的衣衫又被風吹凍成冰。

殺機在兩人之間彌漫開來，顯然不動聲色的白卿言殺氣更勝。

輸了！這一仗，輸的徹底。

可他不明白，既然這個女娃子這麼厲害，白威霆為什麼不繼續帶她上戰場?!難道這個女娃子，才是白威霆留給白家的最後一線希望?!所以白威霆才敢將白家兒孫全數帶上戰場?!

不明白，雲破行不明白的太多，可心底裡卻是實打實的怕了。哪怕他西涼軍比晉軍多，他也不敢再打下去，從同白卿言交手開始，她便算無遺漏，將他打得毫無招架之力，只能狼狽退回荊河以南。

悲怒至極的雲破行反倒是冷靜下來，白卿言帶來的多是弓箭手不說，白卿言本身就是一個神射手，他想要拼死突圍回去報信怕是沒有指望了。既然白卿言沒有立時殺他，等到糧草被劫的消息傳來就定會放了他。他認命般，沙啞著嗓音問白卿言：「你給我三年，可是真的？」

「若是你好好在這裡吃完這匣子點心，等西涼糧草被劫的消息傳來，我是白家人，自是言出必踐。」她眸色漠然望著雲破行，「可若你不識抬舉，那今天這裡就是你的葬身之地。」

雲破行垂死掙扎，惱怒道：「兩軍交戰，我親自來談和，你敢殺我就不怕天下悠悠眾口?!」

白卿言眉目清明，低笑一聲道：「甕山的幾萬西涼降俘我都殺了，你以為……我還會怕什麼悠悠眾口?!」

雲破行閉了閉眼。

雙方人馬還在戒備，沉默自雲破行白卿言兩人之間蔓延，只剩河水湍急嘈雜之聲。

不多時，一匹快馬從西涼軍營方向而出，奔到荊河邊卻不見雲破行茫然四顧，看了眼殘留在河邊濕地裡的馬蹄印子，才極為不確定的朝西馳馬，奔行幾里後那西涼兵果然看到了雲破行。

「主帥！主帥……」那西涼兵騎著快馬而來，在荊河南岸才看到雙方已是劍拔弩張，嚇得噤聲不敢言語，亦是不敢過河。

「想來是有急事找你，讓他過來……你也好聽聽到底是什麼事！」白卿言似笑非笑看著雲破行開口。

雲破行心裡知道，自己的兵既然來了，要麼……就是帶來了糧草被劫的消息，他們一起走！要麼就是不論有什麼消息都得在這裡說出來，再跟著他在這裡一起等糧草確實被劫的消息，否則就是死路一條。

雲破行別無他路，抬手讓人過來。

那西涼兵騎馬過河，正要在雲破行耳邊耳語，卻聽雲破行說：「不論什麼消息，大聲說出來！」傳信的西涼兵抬頭，朝著騎於馬背居高臨下的白卿言看了眼，這才低聲道：「南燕派兵前來求援，說……說昨夜在遙關被伏擊了！求主帥派兵去救。」

遙關……

白卿言眸色如常平靜，如果還是在遙關的話，那就是說……蕭容衍真的要提前拿回南燕了。

聽到這個消息，雲破行陡然就覺自己老了，他以為殺盡了白威霆的兒孫，以後就再也不怕什麼白家軍了，可天意弄人，卻來了個更厲害的白卿言。

是他太輕敵了，可就是不輕敵……他也不知道能不能贏白卿言。

都說白家一代比一代強，到白威霆這一代已是白家鼎盛時期，這話果然不假！白威霆的孫女兒都如此厲害，也幸虧啊……此次有人與他裡應外合將白威霆的一眾兒孫全部斬殺，否則西涼將來面對的晉國將領可就太可怕了。

思及此，雲破行心中因為兒孫之死的痛苦和懊惱倒是少了些，雖然兒子和孫子死了……可敵國大晉的脊梁被打沒了，此次出征也不算慘敗。

他睜開眼看向白卿言，只是……此白家女還留著，便是西涼一大禍事！電光石火之間，雲破行心中有了一計。倘若，此次白卿言若沒死，那他就只能等三年後和白卿言的一會，希望那個時候他已經能夠摸透白卿言行軍打仗的作戰方式。

「看起來，雲帥是想夜襲我軍營啊！」白卿言看到雲破行眼中亮光，唇角帶笑點出來，就見雲破行臉色黑青黑青的。

「老夫……所思，就那麼明顯？」雲破行沒有惱，反倒十分認真詢問。

「是啊，你看著我的眼神變了，從喪氣到強撐起精氣！應該是想到了能置我於死地的辦法，內心大約覺得只有我死了，大晉才不足以成為西涼的威脅。」白卿言望著他，眸子漆黑深幽，又明亮柔韌，聲音徐徐，帶著幾分倨傲，「可是你能確定殺了我晉國就真的再出不了能人了嗎？你以為斬盡白家滿門男兒……晉國便不足為懼，卻讓西涼十幾萬精銳死在我這個廢物手上！」

肖若江頗有些意外，落井下石不是大姑娘的格調，狂妄自大更不是大姑娘的品性，可大姑娘又為何要對雲破行說這樣一番話？

雲破行抿唇不語，隨後再無話說。

等到雲破行軍營派人來報，糧草輜重都被燒了。雲破行望著白卿言的眼神恨不能將她撕了，可又奈何不得白卿言分毫，頹然坐在馬背之上。

此次運來的除了糧草之外，還有大批的弓箭……上一次西涼軍營的弓箭被白卿言帶人燒了，雲破行一邊向西涼國內求援，一邊向南燕借箭應急……誰知南燕不借。

他好不容易等到國內調集的弓箭與糧草一起運來了，卻因白卿言要劫糧草將他困在這裡！

他心中存了一絲僥倖，希望至少能保住一批弓箭，可白卿言竟然又燒了！

老天爺非要這麼難為他西涼嗎?!

白卿言這邊兒，沈良玉與白錦稚前來覆命，說是被燒毀的還有西涼送來的羽箭，白卿言眉頭挑了挑，這才命人收了弓箭，騎馬離去。

雲破行坐在馬背上，半晌未動，冷笑一聲……所以說年輕人沉不住氣！如果是他……知道對方要夜襲他營地，他便不做聲任由他們行動，自己早早布局設套，等他們一衝入軍營，便讓他們有去無回。

白卿言打了幾場勝仗，便自以為她算無遺漏，輕視了他，他今晚就要教會白卿言什麼叫薑還是老的辣！

雲破行快馬回到軍營前，朝著晉軍大營的方向看了眼，隱約能看到自己兒子被高高掛起的頭顱，他發誓今夜一定要將兒子的頭顱奪回來。

晉國帥帳裡，白卿言將射日弓掛好後轉頭對外喊道：「召所有將領過來。」

白錦稚覺得奇怪，問了一句：「長姐可是出什麼事了？」

「今晚雲破行要來襲營。」白卿言道。

肖若江微怔，心中的疑惑驟然解開，剛才大姑娘是故意將雲破行的意圖挑明，故意用那樣倨傲的語氣同雲破行說話，原來是為了讓雲破行以為她勝了幾場仗便不再將他放在眼裡，輕狂了起來。加上一般人如果計謀被戳破了，也都會打退堂鼓，所以今晚不論如何，雲破行都會來襲營。

況且目下，雲破行兒子的頭顱還掛在大晉軍營中，他恐怕時時都惦記著要奪回去，又有什麼時機……比今晚這個時機更好？就算雲破行沒有這樣的打算，怕也會生出這樣的打算來。大姑娘這是攻心啊！

沈良玉原本就跟在白卿言身邊，不多時張端睿、甄則平、石攀山、衛兆年、程遠志一同入帳，谷文昌與沈昆陽因為一個傷了腿一個傷了胳膊，白卿言將兩人分別留在天門關和鳳城守城。

「今晚，雲破行會來襲營，所以……今日一入夜，便請程遠志將軍，張端睿將軍，率五千精兵繞靈谷要道與黑熊山偷襲雲破行軍營！我與甄則平將軍率五百兵在營內做餌，衛兆年將軍率白家軍，石攀山將軍率其餘兵力，潛伏四周，定要讓西涼軍有來無回！」

白家軍的衛兆年將軍自不用說，經過甕山之戰，甄則平、張端睿、石攀山軍已對白卿言信服不已，自然一口應下。

「白將軍留下做餌是不是太冒險了？」甄則平道，「我一人留下便是了！」

白卿言有些意外甄則平會擔憂她，她搖了搖頭：「雲破行吃一塹長一智，此次只有確定了我在，雲破行才會來……」

白錦稚心突突急跳，生怕白卿言會將她支開，抓著白卿言的手不鬆開，打定主意要與白卿言共在一處，以護白卿言周全。

她透過帥帳門口朝著荊河南的方向看了眼，眼底有了一絲笑意：「傳令大軍，下午吃飯之前，來一場操演，就操演……襲營！」

「啊？」甄則平有些納悶，「這是為啥？」

「為了……讓雲破行覺得我是在虛張聲勢，恐嚇他！」白卿言道。

「末將領命！」衛兆年二話不說抱拳領命。

「末將領命！」張端睿也領命。

甄則平雖然一肚子的官司，還是跟著石攀山一起抱拳領命。

畢竟，白卿言之能他們沒有人懷疑。

晉軍軍營在下午造飯之前，突然號角吹響，戰鼓齊鳴。

如驚弓之鳥的西涼軍惶惶不安抄起手邊武器，各位西涼將軍都疾步跑出營帳，一邊盯著荊河對岸俱是旗幟翻飛沙塵飛揚的晉軍軍營，迅速奔往雲破行帥帳。

見雲破行已經被人扶上戰馬，西涼將軍各個面色慘白，問：「主帥?!是晉軍突襲了嗎?!」

「全軍戒備！我去看看！」雲破行一顆心惴惴不安，咬著牙喊道。

「我隨主帥同去！」

幾位將軍亦是翻身上馬跟在雲破行身後，騎馬朝荊河便疾馳去。

越是靠近，就越是能聽到對岸晉軍軍營中殺聲震天。

雲破行立於河岸，胯下駿馬不安的來回踢騰馬蹄。

只見河對岸突然從四面八方湧出高舉白家軍黑帆白蟒旗的將士，護在雲破行身邊的將士紛紛拔刀將雲破行護住。

「快撤！備戰！」不知是誰喊了一聲，可雲破行坐於馬背之上不動，皺眉死死盯著對岸。只見，那白家軍竟然直接衝入了軍營之中。

雲破行和身邊諸位將軍恍然，原來晉軍竟然在河對岸開始了轟轟烈烈的練兵。

對岸戰鼓催動，殺聲如沸，塵土滾滾，號角聲驚破九霄。

雲破行瞇著眼，只能看到晉軍軍營內獵獵招展的戰旗，還有他兒子那顆隨風擺動的頭顱。

「這晉軍搞什麼鬼?!操演鬧出這麼大的動靜是想幹什麼？威懾我西涼大軍，告訴我們他們要來奪營嗎?!笑話……」西涼一位將軍將手中寶劍入鞘，沒了剛才那分緊繃，整個人惱火不已。

雲破行眉毛挑了挑，突然就有了笑意：「是啊，他們……就是在威懾我西涼軍！」

雲破行估摸著，大約是白卿言回去之後，她身邊那個砍下他兒子頭顱的男子勸說了白卿言，白卿言也自覺今天突然挑明瞭他的意圖太張狂了些，所以才弄出了一個襲營的演練來威懾他。

這說明，白卿言大概也怕了吧！否則靜悄悄候著他就是了，幹什麼要搞出這麼大的動靜來威懾他呢！如此，雲破行今夜襲營的心就越發堅定。

操練結束，一身銀色鎧甲紅色披風獵獵的白卿言登上高臺，抬手……

演武場內數萬兵將立時鴉雀無聲，神色肅然望著高臺之上的白卿言。

「今夜……乃是我晉軍與西涼的最後一戰！今夜我晉國好兒郎必將西涼蠻賊打趴下，讓那些覬覦我晉國的蠻賊再不敢輕視我晉軍銳士！讓那些蠻賊聽到我晉軍之名就瑟瑟發抖！讓他們數年無膽再犯我大晉之民！」白卿言抱拳，眉目間盡是肅殺之氣，「諸位……白卿言在此替數萬邊民，謝國之銳士為他們捨命報家園！謝國之銳士為他們浴血奮戰無懼生死！」

張端睿見將士們士氣正旺盛，立刻派人給諸位氣喘吁吁的將士上酒。

白卿言接過張端睿親自端上來的酒，高舉敬將士們：「同仇敵愾，護我山河！不戰死，不卸甲！」

將士們各個熱血翻湧，齊聲三呼吶喊……

「不戰死！不卸甲！」

「不戰死！不卸甲！」

「不戰死！不卸甲！」

將士們高亢的吼聲，驚天動地，震耳發聵，令人耳際嗡嗡直響。

雲破行坐在西涼帥帳之內，看著放在主帥几案上的聖旨，臉色很不好看。

西涼變天了！西涼皇帝被人刺殺身亡，雖然皇宮內廷將此事瞞得死，可還是洩露了消息……

西涼皇帝膝下無子，只有兩女，皇帝又來不及下聖旨指定哪位皇弟登基，三王爺耐不住性子起兵逼宮奪位，皇后做主讓皇帝嫡長女登基為女帝，六王爺以皇帝之名發了聖旨指皇后牝雞司晨，要雲破行即刻拔營回都城雲京，助他奪回皇位，以輔皇家正統。

雲京生變，雲破行是必需回去的！可走之前……他要先殺了白卿言再說，這個人留下後患無窮，比如今西涼的內憂更讓人恐懼。

他垂眸看著地圖，開始合計今天怎麼偷襲！糧食有限，此次乃是他最後背水一戰，若是還是輸了……他就再也壓不住先皇出事前派來的求和使臣了！

他最後奮力一搏，如若還是輸了，那便是天意如此怨不得人，他也認了！只是派出多少人，是個問題！

白卿言狡詐，白家軍淨是些悍兵，尤其是那個虎鷹營……雲破行想起來就脊背發涼。可若此次捨不得人，要不了白卿言的命，襲營只為奪回自己兒子的頭顱確實虧了些。

雲破行下定決心，等入夜萬籟俱靜之後，西涼軍營中一半人馬……殺入晉軍營中。

既然今天入夜之後要打，那就得讓戰士吃飽了！可炊煙只要升起，白卿言必然知道西涼大營造飯，會不會多想?!

應該不會，她又是口頭威脅，又是操演威懾的，應該是胸有成竹，等兵士們吃完飯他就做出要拔營回國的樣子，讓兵士們繞黑熊山與靈谷要道而行。如此還能讓白卿言以為自己認輸，放鬆警惕。

雲破行不再遲疑，下令立即造飯。

遠遠的晉軍軍營內也是炊煙嫋嫋，衛兆年與白卿言立於帥帳門口望著荊河南岸的炊煙似笑非笑道：「看起來，雲破行晚上是真的要來襲營啊！」

白卿言已經接到消息，西涼帝都雲京生亂，西涼女帝登基。

雲破行是帶兵的行家，必然知曉炊煙一燃她定會知道西涼大軍將要有所動作，她猜……雲破行大約是想做出讓將士們吃飽然後退軍姿態，繞黑熊山與靈谷要道轉而偷襲他們晉軍軍營吧！

她抬頭看了眼雲破行兒子被懸在高處的頭顱，既然雲破行要光明正大行事，她也趁機光明正大讓人帶兵去靈谷要道設伏吧！省得到時候兩軍在靈谷要道或者是黑熊山碰上，正面廝殺……他們可沒有西涼那麼多兵力。

軍營裡的火油原本是留給來襲營的西涼軍，可既然襲營的西涼軍來不了，就送給對面的西涼軍用一用吧！

今日她安排操演的奪營陣型與絞殺方式，也完全可以用在今夜襲營之中，讓西涼軍再無還手之力。

「傳令，飯後……程遠志將軍、張端睿將軍、石攀山將軍，率四萬精兵，與衛兆年將軍所率白家軍做出退回鳳城姿態。衛兆年將軍，石攀山將軍帶三萬人入夜後設法過河，悄悄潛伏西涼軍營東西兩側，靜候命令。程遠志將軍與張端睿將軍領一萬人不必繞遠去黑熊山了，就在靈谷要道設伏，將今夜來襲營的西涼軍，斬殺於靈谷要道！」

衛兆年頗為意外：「可是……現在天還沒黑，如果讓雲破行看到我們大軍撤了……」

衛兆年說到此處，突然一怔，恍然大悟。是啊，讓雲破行看到大軍撤了，小白帥還在這裡，雲破行襲營的心不就更加堅定了。

「派個人去西涼軍營走一趟，把雲破行兒子的頭顱送回去！」白卿言吩咐肖若江，「就告訴雲破行……雲京大亂這仗他怕是打不下去了，這是我給他的送行之禮。」

肖若江明白，白卿言這是要讓雲破行以為她已狂傲到完全不把雲破行放在眼裡了，好讓雲破行放心來攻。

「我親自去！」肖若江抱拳道。

白卿言頷首。

白卿言剛回帳中，就聽有人喊肖若江，同肖若江說：「外面有個騎馬的練家子，說要見小白帥，好像是來給小白帥送信的！」

肖若江想到了那日來送馬的侍衛，進帥帳稟報。

送信，又是蕭容衍的人？

她頷首：「我知道了！你準備去西涼軍營的事情。」

白卿言步行從大營內出來，果然看到是蕭容衍的侍衛，那侍衛看到白卿言立時恭恭敬敬行了禮：「白大姑娘！」

這侍衛拿到信晝夜不停趕了過來，只求不耽誤蕭容衍的事。

「你家先生有信？」白卿言問。

「正是！」侍衛忙從胸口拿出信遞給白卿言。

白卿言當著侍衛的面兒拆開，裡面寫了他打算用白卿言的方法來拿下南燕之外，還以閒談的口吻寫了一件事，說他在奴隸市場上救下了一個晉兵。

他聽奴隸販子說這晉兵是在荊河裡救下的，風度教養皆屬一流，言談舉止當是晉國世家子弟，說他是隨家中長輩來戰場歷練的，卻不願意被他送回晉國，因為他不願已身之恩牽上家族，還給自己起了一個假名字，叫王七玦，說要在他身邊為他做三件事，報恩兩清之後自行離開。

一陣熱流氣直沖白卿言頭頂，她捏著紙張的手不自覺顫抖著。

王……是四嬸的姓氏，阿玦是七郎，所以他稱自己王七玦。

阿玦還活著！他還活著！他有沒有受傷？可知道了大都的消息？原本到嘴邊想要問蕭容衍侍衛阿玦身體情況的話……她咽了回去，不自覺竟熱淚盈眶無法克制。

不想讓蕭容衍的侍衛知道太多，白卿言極力壓著酸楚的心情，問那侍衛：「帶火摺子了嗎？」

那侍衛將火摺子恭敬遞給白卿言，看著白卿言燒了信之後，他躬身行禮：「白大姑娘可有話讓我帶與主子。」

蕭容衍給自己帶來這麼一封信，自然是對阿玦的身分有了懷疑……

她便說：「告訴你家主子，白卿言在此謝過了。」

雖然蕭容衍的侍衛不知道白卿言謝主子什麼，還是應聲稱必會將口信帶到。

多餘的話，白卿言一個字也不能說！有這封信已經足夠了，畢竟沒有什麼比阿玦還活著更重要！如同小四說的，四嬸要是知道阿玦還活著一定會喜極而泣，小十七之事帶給四嬸的傷大約也能稍微平復一點。

這大概是白卿言重生回來之後，聽到過最值得她高興的消息了。定然祖父、父親、叔父和弟弟們在天有靈，終還是護住了阿玦。還有小九，希望小九也能如同阿玦一樣平安就好。

蕭容衍能寫信暗示她，便必然會保證阿玦的安全，這方面白卿言不擔心，至多將來同她講講條件罷了。

再者，阿玦有阿玦的堅持和風骨，他要對蕭容衍報恩，那麼……就等他報完恩之後她再接他回來。不過，阿玦身邊不能沒有人！

白卿言視線看向對岸西涼軍營的方向，等一會兒肖若江回來他便讓乳兄去蒙城尋阿玦，阿玦聰慧必會留下記號，肖若江照記號去找便是。

蕭容衍的侍衛跨上馬，正準備離開時，正巧碰到了馴馬回來的白錦稚。

白錦稚見白卿言就在大營門口，與高采烈對白卿言笑著揮手：「長姐！長姐……我讓平安認主了！」

蕭容衍的護衛一怔，與白錦稚擦肩而過……那不是他們家主子送給白大姑娘的寶馬嗎？難道……上一次他們家主子給白大姑娘的信裡，說了對白家四姑娘的意思，所以白大姑娘就把馬送給了四姑娘?!

白卿言望著興高采烈的白錦稚笑，眉目溫柔平和，全無殺氣。

阿玦還活著的事情，還是等此次南疆大戰勝了之後再告訴小四吧！

肖若江抱著用錦盒裝好的頭顱，帶了一隊護衛去了西涼軍營。

正在帥帳中思索今夜如何突襲晉軍大營，突然帳外來報，說白卿言派人來見雲破行，給雲破行送禮。雲破行想了想讓把人帶了進來。

一見來人是白卿言身邊那個斬下自己兒子頭顱的男人，雲破行咬緊了牙克制住殺意。

雲破行帥帳裡西涼將軍各個神色憤恨，氣氛劍拔弩張，像是只要雲破行一聲令下就會將肖若江撕碎。

肖若江一臉平靜，從身後的晉軍士兵手中接過盒子恭敬遞給雲破行：「我家小白帥說，既然西涼國都生亂，雲帥準備撤兵回國平亂，那她便在雲帥臨行前送雲帥一個禮物，也免得……雲帥想不開自投羅網來我晉軍軍營搶。」

雲破行扣在几案上的手收緊，死死盯著那個紅木盒子，知道那裡裝的是自己兒子的頭顱，他目眥欲裂……滿腔憤恨，死死望著沉著自若的肖若江，猜測肖若江這是來替白卿言試探他的。

他緊緊攥住的手緩緩鬆開，咬牙切齒道：「替我，多謝你家小白帥，告訴她……別忘了三年之約！三年後……本帥必定回來取她項上人頭！」

肖若江瞇了瞇眼做出一副審視雲破行的模樣，倒是讓雲破行帳內的將軍拔了劍，雙眸猩紅：「晉狗還不滾?!」肖若江這才收回視線，帶著晉兵離開。

雲破行沙啞著嗓音讓人把兒子的首級拿到面前，他沒有勇氣打開盒子，哽咽含淚抬手用力按住錦盒，眼底全是殺意，憤怒上頭全身都在顫抖，他道：「今夜能取白卿言首級者，賞萬金！」

西涼悍將單膝跪地，咬緊了牙關道：「主帥放心！我等一定為公子和小公子報仇！」

西涼大軍飽餐一頓後在太陽還未落山之際，便有幾位大將帶了一半兵力回撤。

不多時，便有西涼哨兵來報，說晉軍大部隊也已經開始往鳳城方向回撤。

雲破行帶著恨意的眸子裡如有烈火燃燒，灼灼明亮的視線盯著對岸的晉軍軍營：「白威霆這孫女兒和她祖父比起來，還是少了謹慎！竟真以為一次操演，一次敗仗就能嚇破我的膽了?!以為隨便找個人便能試探出我到底是真退還是假退，這麼放心大膽的讓晉軍往回撤……」

入夜，湍急的流水聲作掩護，衛兆年將軍、石攀山將軍帶軍從左右兩側悄無聲息圍在了西涼大營周圍靜候命令。

對岸晉軍大營一片燈火通明，雲破行坐於帥帳之中靜候河對岸動靜。

「報……」西涼兵跪在帥帳外對雲破行道，「河對岸晉軍小隊人馬出了軍營朝西去，不知是何緣故！」

聽到這話，雲破行不知為何右眼直跳：「去探！看他們幹什麼去了！」

「報……」又一個西涼兵跪在帥帳外，「河對岸晉軍小隊人馬出軍營朝西去，不知緣故！」

雲破行沉默半晌，只覺眼睛跳的更厲害了：「去探！」

不過幾柱香的時間，已經幾個探子來報……晉國軍營裡陸續出來好幾波三十多人的小隊人馬。

雲破行心中不安，那種對白卿言的恐懼悄無聲息從腳底攀上了他的小腿，寒意急速竄上脊背，他咬著牙問：「剛才去探晉軍出營去做什麼的探子，回來了沒有?!」

「回主帥！還沒有！」

雲破行頓時心驚肉跳，可不等他想明白為何心驚肉跳……帥帳外有帶著紅光的一片直直朝西涼軍營撲來。

哨兵看到西涼軍營右側的天空，突如其來在黑夜中亮起一片，還來不及反應……第一支帶著火的箭矢悶聲插入哨兵高臺木柱之中，尾翼直顫，幽藍色的火光向下蔓延……

是帶火的箭雨！是火油！「不好了！敵軍來襲！箭上有火！」哨兵話音剛落，一直利箭穿透他的衣裳起火，他尖叫著拍打身上的火苗，從高臺上掉落下去。

雲破行坐在帳中，聽到外面無數箭矢破風從天而降，密密麻麻急速撲來，穿透西涼軍營內大大小小的營帳。

中計了！雲破行全身發麻，喉嚨像被一隻大手扼住了一般，竟發不出任何聲音。

一支箭羽穿透雲破行的帥帳，帥帳上方被利箭穿透的窟窿有微小到肉眼幾乎看不見的火苗漸漸將窟窿舔舐的更大。

「主帥！敵軍用火攻！兵力不少！來勢洶洶，我等護主帥先撤！」幾個將軍衝進元帥帳中道。

雲破行回過神來，喊道：「不要戀戰，立刻往川嶺山地方向撤！快！」

「是！」

雲破行被護衛扶出營帳之外用盾牌抵擋箭雨，上了馬……他馳馬朝遠處舉著火把的一片通紅望去，又看著從軍營外衝進來的晉軍，心中大駭。

不對！晉軍的兵力不對！晉軍兵力看起來最多只有兩萬！那今天從晉軍軍營中撤走的人去了哪裡?!雲破行喉頭翻滾著，只覺六神無主，他想起今日傍晚從晉軍大營中撤走的那些大軍，他猜此時是不是就在川嶺山地等著他?!

第一輪火攻之後，西涼軍營內四處赫然大火沖天，淌水過河的晉軍卻不慌不忙，高舉黑帆白蟒旗，旗幟翻飛，依序衝入西涼軍營，殺聲撼動天地。

晉軍重甲步兵腳下生風，卷起黃沙塵土於火光四濺中飛揚。

雲破行死死拽著韁繩，戰馬受驚在原地打轉，他視線驚亂，目光所及皆是神色狼狽驚恐的西涼兵，和如餓狼一般嗷嗷直叫的晉軍。

晉軍正如今日在對岸操練的那般，進退有序以陣型和混戰交合的方式絞殺著他的西涼兵士，絲毫不給人喘息之機。

完了！全完了！他此次傾全國之力帶出來的西涼軍，若是都死在他手上，他罪該萬死啊！

沖天火光映著雲破行失去人色的臉，他暫時已經來不及考慮川嶺山地是否有伏兵，抽出寶劍聲嘶力竭高呼：「撤！立刻撤！」

隔著火光，雲破行看到了騎馬穩穩立在西涼軍營之外的白卿言，月光交匯，那女子身上凌冽而沉斂的殺氣凝重又肅殺。

雲破行咬著牙全身都在顫抖，撕心裂肺喊道：「白卿言！你許我三年！為何現在出兵！」

可是，回答雲破行的只有……號角撕裂雲霄的高亢之聲。

護在雲破行身前的一位將軍見箭矢朝雲破行的方向飛來，快速駕馬飛身一撲……替雲破行擋住箭，人卻和戰馬一起摔倒滾落，那將軍一身狼狽，看向雲破行的方向吼道：「主帥！快撤啊！」

白卿言所布置的陣型一出，善戰者……便知道西涼軍敗的連一點轉圜餘地都沒有！雲破行看了眼自己的屬下，雙眸充血通紅，再也顧不上其他，一揮馬鞭……朝西涼軍營外衝去。

宣嘉十六年二月十四，大晉銳士跨荊河夜襲西涼軍營，又在靈谷要道截殺欲夜襲大晉軍營的西涼大軍。

此一戰是此次南疆戰場的最後一戰，以南燕西涼聯軍慘敗而告終。

那一夜，荊河以北的大晉軍營其實只有不到五千人而已，荊河以南的西涼軍營火勢沖天，西涼悍兵被殺的片甲不留！靈谷要道程遠志將軍與張端睿帶領的一萬晉軍早有準備，幾乎將西涼軍殺絕在此，哀嚎聲震天。

蕭容衍護衛馬不停蹄日夜不歇追上蕭容衍一行人時，已經是二月十六清晨。

他翻身一躍下馬，急速衝進正門十分烜赫的大宅子裡。

蕭容衍正在湖畔練劍，劍氣所到之處竹落葉紛紛。

立在一旁端著茶水和汗巾帕子的王九州看到護衛跑來，笑著對蕭容衍道：「主子，月拾回來了。」蕭容衍收了劍勢，身上已是一層薄汗，他將手中長劍丟給王九州，拿過帕子擦了擦臉，轉身看著已經跑到跟前的月拾。

「主子，信送到了！白家大姑娘看完之後，讓我轉告主子，白卿言在此謝過了。」月拾轉述道。

蕭容衍將帕子放回王九州手中的黑漆托盤中，端起茶杯問：「沒有別的了？」

月拾搖了搖頭，突然想起那匹白馬便道：「白大姑娘沒再說別的了，可是……屬下這次去發現白大姑娘將那匹白馬給了白家四姑娘，我去的時候正巧碰到四姑娘騎馬回來，好像說過四姑娘已經讓那匹馬認主了！」

蕭容衍喝茶的動作一頓，半晌抬眸看了眼月拾：「知道了！」

蕭容衍不自覺想到了自家皇兄，從小到大……有什麼好東西，皇兄都是留給他。

罷了，回頭再找一匹寶駒送她吧！

「讓派出去放風聲的人今天把事情辦完，我們明日一早繼續出發……」蕭容衍說。

「是！」王九州恭敬應聲。

剛到中午，一直安守護衛本分守在蕭容衍身邊的白卿玦卸下腰間佩劍要去用午膳時，突然聽到了專屬於白家軍下令的骨哨聲。

白卿玦攥著佩劍的手收緊，重新將佩劍掛於腰間，避開人尋聲從隱蔽處翻出院牆。

肖若江在這棟宅院後的柳樹下候著，一見有人翻牆出來，立刻藏身於柳樹之後，還未等他探出頭去看來者是誰，就只覺一股寒意逼來，肖若江還未來得及拔劍……一道寒光就已經抵在了他的頸脖之上。

好快的劍！白卿玦師從顧一劍，竟是青出於藍勝於藍……

「別動！」白卿玦望著肖若江的背影，聲音沉沉。

「七少……是我！」肖若江喉頭翻滾。

聽到肖若江的聲音，白卿玦這才收了劍，頗為意外：「你……你怎麼來了?!」

肖若海和肖若江是長姐的乳兄，曾經也在白家軍中歷練，後來不知道出了什麼事……大伯父讓肖若海肖若江兄弟倆回去養傷，之後這兩個人就再沒回到白家軍軍中報到。

肖若江回頭，看到一身直裰身形挺拔如松的白卿玦，眼眶一下就紅了，撩開衣襟便跪了下來：「七少……」

白卿玦收劍將肖若江扶起：「怎麼是你來了?!」

「是大姑娘讓我來找七少的！」肖若江喉頭翻滾哽咽，「大姑娘此次隨太子殿下出征南疆，為的就是來找您和九少，救了您那位蕭先生曾經在大都城出手助過我們白家，四夫人聽到竹簡所書記錄十七公子死時慘狀時……差點兒撞棺，就是這位蕭先生的護衛出手救下了四夫人。」

白卿玦唇瓣微張，他沒想到……這位蕭先生不但救了他，還救了他的母親。

「蕭先生猜到了您的身分，便讓護衛給大姑娘送信，大姑娘怕七少身邊無人，讓我帶著董家的死士來接應七少！」肖若江說著從胸口拿出一枚玉佩遞給白卿玦，「大姑娘讓我把這個交給您，這是可以調令董家死士的玉佩！」

白卿玦接過玉佩緊緊攥在手中，抬眼問：「為什麼是董家死士?!」

肖若江把白卿言對白錦繡、白錦桐所做的安排，還有人員調動全都告訴了白卿玦，包括這一路以來白卿言所吃的苦頭，多艱難才在雲詭波譎的大都護住白家。

白卿玦越聽雙眸越紅，他死死攥著手中的玉佩，又問：「長姐身邊除了小四還有誰？肖若海?!」

肖若江搖了搖頭：「我兄長去追沈青竹姑娘，去找您和九少了。」

白卿玦緊咬著牙，道：「長姐身邊不能沒有人！我在這位蕭先生身邊沒有什麼危險，你給我留下兩個人讓長姐安心，其他人你帶回去，護長姐平安要緊！」

肖若江也不放心大姑娘，但就此回去怕沒法對大姑娘交代。

看得出肖若江的顧慮，白卿玦說：「你告訴長姐，是我不放心長姐非逼著你帶人回去的！再說我跟在這位蕭先生身邊，自有人護，死士放在我這裡反倒是浪費！我若是需要一定會派人去找長姐要人！」

說完，白卿玦將玉佩塞回肖若江手中，他不能出來太久，便壓低了聲音在肖若江耳邊道：「這位蕭先生，名為大魏富商，我觀其行事怕身分並非如此簡單，看起來倒是和大燕有著千絲萬縷的關係，你千萬叮囑長姐……與此人來往交易需萬般謹慎！」

白卿玦在蕭容衍身邊的時間尚短，如今也只能確定這兩點……其他的暫時還沒有摸清楚。

肖若江抱拳稱是：「七少放心，我一定轉告大姑娘！」

「長姐就拜託你相護！煩請你兄長和沈青竹……務必找到小九！」白卿玦說這話的時候聲音略顯哽咽。

當初白卿玦與白卿雲一同受命騎襲西涼都城，但卻被人提前設伏，他身為兄長本應該拼死護下九弟白卿雲，可……他受傷，是白卿雲抓緊時間為他換上普通兵士衣衫，將他推入荊河帶人引開西涼伏兵，以此來換得他的一線生機。

白卿雲說，祖父定下的規矩……庶護嫡！當嫡子同庶子一同遇難，庶子需捨命保嫡子。白卿雲為庶，白卿玦為嫡，故而……白卿雲捨命只為替他爭奪一線生機。

雖然說是家規不錯，可作為兄長白卿玦心中始終愧對白卿雲，只希望白卿雲能好好的活著。

他跟在蕭容衍身邊，已知西涼大都生亂，西涼皇帝遇刺身亡西涼女帝登基。所以，白卿玦猜……或許這便是白卿雲所為。

白家子嗣一向如此，既然領命，千難萬阻都會完成使命。只希望白卿雲行刺之後給他自己留了退路，能全身而退。

肖若江為了避免白卿言擔心白卿玦，自作主張留下了十個董家死士聽候白卿玦調遣，與白卿玦相別之後，立刻帶人奔赴西涼境內的幽華道。

二月十四那日晉軍大勝，白卿言便調動了平陽城守軍三萬，與她所率的四萬多軍隊前往幽華道駐紮，此時應當已到幽華道了。

西涼號稱七十萬大軍浩浩蕩蕩出征大晉，列國回避無人敢逆其鋒芒，可南疆一戰，西涼、南燕慘敗。西涼都城女帝登基，三王謀反，雲破行不敢與晉國再戰，帶不足八萬西涼兵回國直奔西涼都城雲京，斬殺三王於馬下，擁護女帝登基，結束西涼帝都混戰——史稱雲京之亂。

西涼雲京之亂平息，雲破行被太后親封輔國大將軍，在西涼成為紅極一時的人物。

而對雲破行來說是恥辱的南疆之戰，卻是震撼列國。

白威霆嫡長孫女白卿言，以五萬晉軍，一萬白家軍，僅六萬兵力，大破西涼南燕聯軍，焚殺西涼降卒不留活口，殺神之名，威懾四海。

一時間，晉國因殺神臨世而鋒芒畢露，無一國再敢蠢蠢欲動。

與此同時，大燕突然舉兵直入南燕腹地，打著恢復大燕正統之治的旗號，所到之處被舊治壓迫的平頭百姓紛紛與守城將士抗爭，將城門打開，夾道歡迎……

前有南燕精銳盡數被斬殺於遙關，後有蕭容衍前方探路布局。

南燕兵士也因舊治被壓迫了很久，消極對戰，又遇大燕新銳將領謝荀戰無不勝便更是怯戰，南燕對謝荀來說幾乎成了一條坦途。

南燕四處求援遭拒，列國知南燕盡失民心，大燕打著恢復正統的旗號，百姓歡欣鼓舞，皆睜一隻眼閉一隻眼不作過問，南燕皇帝又不願厚顏來求最不願看到大燕做大的晉國，晉國師出無名只能眼睜睜看著南燕滅國近在眼前。

二月末，西涼女帝便派出議和使臣前往晉國，與此次率兵出征的晉國太子接洽，如白卿言所說的那樣、割地、賠款……不過西涼卻沒有質子，而是選擇讓女帝胞妹李天馥來晉國和親。此次隨議和使臣前來的，除了女帝的胞妹李天馥之外，還有雲京之亂護女帝有功的炎王李之節。

二月十四日白卿言將西涼大軍打得潰不成軍，西涼撤軍之後，其便將晉國軍營推進到西涼境內的幽華道，此處乃是西涼天險，正正好與西涼的秋山關遙遙對望。

太子得知西涼議和使臣已到秋山關，他亦帶著大晉的議和使臣來了幽華道。

這日，白卿言率諸位將領在荊河邊迎接太子，太子一下船便看到身穿甲冑而來的白卿言與諸位將領立於河邊迎接，太子心情非常不錯。

「看來，孤這是將白卿言給收服了吧？」太子低笑一聲道。

方老摸著自己的鬍鬚笑著點頭：「是啊！恭喜太子得此猛將，現在列國紛傳白卿言乃是殺神臨世，聽到這個名字都要抖三抖！有這樣的人物效忠太子，將來邊疆定然無憂。」

秦尚志走在最後面一聲不吭，見白卿言英姿颯颯率部下前來，心裡卻鬆了一口氣，不論如何白卿言的命算是保住了。

「末將白卿言，參見殿下！」白卿言抱拳單膝跪地。

「白將軍快快請起！」太子忙上前兩步虛扶起白卿言，「此次南燕西涼合併犯我大晉，多虧白將軍我晉國才能大勝啊！」

「末將不敢居功，此次大勝……乃是全軍將士齊心合力所得！末將對太子殿下深信不疑賜兵符更是感激不已！」

白卿言話說的極為漂亮，太子高興的嘴都合不攏了，點頭同白卿言一邊向前走一邊道：「勝而不驕，白將軍不愧是鎮國王的嫡長孫女，白將軍放心……此次回朝之後，孤定會向陛下為白將軍請封。」

「殿下，此次大勝議和結束之後，言回大都便會同白家遺孀一同回朔陽老家了。」

秦尚志幾不可察地點了點頭，白家此時……當是急流勇退，白大姑娘做的很對。

聽白卿言說這麼說，太子腳下步子一頓。

他轉過頭來望著白卿言：「白將軍這話……是何意啊？」

太子眉頭緊皺，若是在之前軍功悉數歸於他之時，白卿言回朔陽自然是極好的，可如今白卿言軍功如此之盛，她若回朔陽……天下該怎麼看大晉皇室？

且他近一月來花費了大量人力物力，拿蜀國之戰與此次甕山之戰為白卿言在各國聲張造勢宣揚坐實殺神之名，是為了賣白卿言一個好換她一個忠心！也是要天下人都看到……即便是殺神都已臣服在他腳下！更是要讓列國都知道雖白威霆已死，但晉國還有這樣一個比白威霆更雷厲風行更狠的殺將！做了這些可不是為了讓白卿言戰後縮回朔陽的。

再者，如今白家在晉國國內聲名太過顯赫，已有超越皇室之態，然焚殺降俘卻是天理不容，只有將白卿言捧於高位……且其心安理得領受了這分榮耀，白卿言嗜殺之性才能人盡皆知，才能給白家仁善之名抹黑。

可若她大勝之後不貪功，反退回朔陽……嗜殺之名怕是無法給她坐實了。

方老也頗為意外，他手指微微一抖。

在各國抬舉白卿言為殺神這主意是方老出的。皇帝和太子為此弄出這麼大動靜，連潛伏在敵國的暗樁都用了，要真讓白卿言縮回朔陽，皇帝怪罪不說……太子以後怕不能再對他言聽計從了！

方老陡然想到他出此謀劃之時，秦尚志力阻太子的那些話，他稱白卿言雖蜀國之戰斬首龐平國，甕山之戰大勝，但也絕稱不上殺神這樣的名號！且甕山之戰白卿言為晉國焚殺降俘冒天下之大不韙，若太子這般宣揚抬舉白卿言，怕白卿言知道太子用心將不會繼續效忠於太子。

那時，方老出言嘲諷秦尚志，可此時的情況卻正正應驗了秦尚志的話，此人心智無雙……若真讓太子啟用了秦尚志，他還哪有立錐之地?!

方老一雙已略顯混濁的眸子望著白卿言，似乎在判斷白卿言這話幾分真幾分假。

白卿言餘光見秦尚志一副鬆了一口氣的樣子，心中已然有數。

這些日子來，她好戰嗜殺之名在列國日盛……烜赫程度甚至有超過祖父的架勢，起因固然是她焚殺降俘的駭人之舉所至，可若說沒有人在後煽風點火推波助瀾她決計不信。

至於是誰推濤作浪，她還能想不明白？將殺神之盛名冠在她頭上，名為盛讚實為捧殺，除了晉國這位太子殿下和皇帝還能有誰？

她是白家子嗣，白家家風磊落仁德，嗜殺成性之名落在她一己之身不要緊，可她怕的是連累白家聲名。

「太子是知道我的身體狀況，言不敢欺瞞太子殿下，此次隨軍出征……實乃是我晉國國難當頭，言不敢不來！南疆一戰之後……西涼再無力犯我大晉！從此南疆之地大晉便可安然無憂！言自然也該隨母親回朔陽！」白卿言對太子抱拳，「不過……父親曾經說過，民若有難，國若有戰，白家人義不容辭！只要太子與百姓需要言再次披甲上陣，言定然萬死不辭！殿下放心！」

太子心中大動，這意思就是說……白卿言聽他號令了?!

其實細細一想……白卿言退回朔陽也好，雖說他打算回去為白卿言請封，可心底也還是怕白卿言成為第二個擁兵自重的白威霆。主子需要的時候就來，不需要的時候就乖乖的窩在一旁……不把控兵權，不要權勢，天下君王誰不想要這樣忠心又聽話的臣子？

白卿言到底是個女兒家，不會如同男子那般貪戀權位！這大概就是女子為將的好處……

也罷，回頭他密折奏請父皇下一道極為恩重的聖旨冊封賞賜白卿言，他再從中勸說白卿言上一道摺子以身體為由推拒，然後再由他出面奏請父皇封白卿言一個縣主或是郡主，如此在外人看來便是全了君臣情誼，也能讓白卿言更加對他死心塌地。

「孤聽說，父皇欲下旨好好封賞白將軍的！若白將軍真的無意留於朝堂之上，恐怕……父皇會覺得白將軍生了異心，那便不美了！」太子做出一副若有所思的模樣。

方老眼神微微一亮，立刻上前俯首道：「殿下，白將軍之忠勇……陛下遠在大都不得而知，可殿下卻十分清楚！殿下可為白將軍作保，想來陛下定會允准！只是……白將軍這樣天大的功勞，得勝之後退回朔陽……」

方老欲言又止，將話留給太子殿下。

太子點了點頭，一臉惋惜道：「是啊，這麼大的功勞……你卻不要封賞榮耀打算回朔陽，對你不公啊！」

「生為晉民，為國出力乃是本分，言不敢居功！」她垂眸道。

「這樣吧！孤會向父皇請旨，封白將軍為郡主……」太子靠近了白卿言一些，壓低了聲音說，「白家朔陽宗族在國公府大喪之時所做的事情，孤有所耳聞。你有了郡主的身分，想必他們也就不敢再造次！」

明白太子是在對她示好，她抱拳單膝跪地：「多謝太子殿下隆恩。」

「白將軍快快請起！自家人何必說兩家話……」太子忙彎腰將白卿言扶起，「你與孤是表兄妹，你此次大勝……孤亦是與有榮焉！」

說完，太子回頭看了眼皇帝派來議和的使臣：「此次負責議和的大理寺少卿柳大人為你帶來了一封家書……」太子說完，大理寺少卿柳如士皺眉上前深深看了白卿言一眼，難掩對白卿言的不滿，隨手將白錦繡親筆家書遞給白卿言。

皇帝之所以派遣柳如士來議和，是因為西涼議和使臣中有一位是西涼炎王李之節，李之節此人風流不羈，是出了名偏愛長相俊美精緻之人，故而此次議和皇帝斟酌之後派出的皆是年輕又長相儒雅溫潤之人。

「多謝！」白卿言雙手接過。

柳如士卻冷哼一聲，甩袖轉身站至太子身後，清高自傲看也不看白卿言。

柳如士是儒生，得知白卿言焚殺十幾萬的西涼降卒，早就心生不滿。

焚殺啊……如此慘絕人寰的手段！

想當初鎮國王所率之白家軍，所到之處從不曾燒殺搶掠，從不曾屠城，也絕不殺降俘，仁德之名四海傳頌。白卿言為白家子孫，竟和當初鎮國王白威霆仁德之名相差甚遠，當真是最毒婦人心，他柳如士不屑與這樣的惡毒之人為伍。

白錦稚看到柳如士對白卿言的態度，心中大為不滿，死死盯著柳如士……要不是太子在這裡，她非得賞那個酸儒幾鞭子！他在她長姐面前有什麼好傲慢的？若沒有長姐征戰……哪裡有他以勝國使臣來議和的這分體面？

太子餘光看了眼柳如士挑了挑眉，與方老對視一眼，又笑著對白卿言說：「想必白將軍急著看家信，我們還是快快回營，稍作休整之後也好會一會西涼議和使臣。」

白卿言抱拳稱是。

西涼炎王李之節再三懇請晉國太子前往秋山關赴宴，似乎有意想讓太子提前與西涼公主李天馥見上一面，想讓李天馥入太子府。

太子再三思慮之後，決定在幽華道與秋山關之間……同西涼炎王還有西涼公主相見，故而今日來了幽華道。

全漁扶著太子上了馬車，太子卻又招手讓方老隨他一起。

白卿言一躍上馬，在最前頭帶隊，護著太子一行人浩浩蕩蕩往幽華道走去。

馬車內，太子倚著團枕看向方老笑道：「果然，方老的建議還是起了效果的，之前對白家推崇備至的柳如士今日對白卿言的態度可算不上好！」

「那是自然！」方老笑著頷首點頭，「還是太子殿下足夠決斷，陛下天縱英明，才能以如此快的速度將白卿言殺神之名傳播四海！白卿言焚殺降俘之事傳回大都，朝中儒學之士與稍有學識的百姓……怕都會對白家有怨言，就算白卿言做出退回朔陽不貪戀權勢的姿態，怕是也扭轉不了局面，白家百年來仁德之名在白卿言手裡就算不毀，也定然大不如前了。」

太子心情大好，點了點頭：「如此情況之下，孤若還護著白家……白卿言自然得對孤忠心耿耿！多虧有方老在孤身邊時時出謀劃策，孤才能走到今天！」

柳如士來的時候，給太子帶了一封大晉皇帝的密信，信中皇帝誇讚他自從坐上太子的位置倒是穩重幹練不少，希望他能好好駕馭白卿言。

自小到大，太子極少得到陛下的誇讚，此次他拿著陛下那封密信不知道反覆看了多少遍，心中滿懷欣喜。

方老一聽，雙眸含淚，顫巍巍跪在馬車車廂之內，含淚叩首：「這都是太子殿下願意相信老朽，老朽這才有施展的餘地啊！太子殿下……是老朽的伯樂啊！」

「方老快快請起！」太子將方老扶起坐下，「你我之間不必說這些！」

方老被太子扶起坐好後，又道：「不過殿下，若是要毀了白家在百姓之中的威望，還是要將白卿言焚殺降俘這樣的事情，在百姓間好好大肆宣揚一番才是！如此……百姓才知道鎮國王白威霆的後人是何等心腸毒辣的人物，白家往後的鋒芒自然就蓋不住心懷仁德的陛下與太子殿下！」

見太子正細細琢磨，方老又補充了一句：「且如此一來，白家諸人必定怪罪白卿言汙了家族名聲，白卿言越是名聲大噪焚殺降俘之事就越是為人詬病，屆時白卿言處於眾矢之的，殿下卻待她親近，那白卿言便只能依附太子殿下了。」

太子點頭：「方老所言有理，一會兒孤便安排！」

「還有白家軍……」方老摸著山羊鬚，緩緩道，「我看最好就將白家軍留在幽華道，等和西涼和談結束，就讓白家軍去西涼割讓之地鎮守！如此白卿言人在朔陽，白家軍遠在邊塞，白家軍與白卿言對陛下與太子殿下的威脅……也就不足為懼了。」

太子來到幽華道晉軍大營，巡營時同諸位將領商議，一會兒去幽華道與秋山關居中地點赴宴時，帶誰去。

石攀山想也不想便笑道：「當然應該讓白將軍陪殿下去！有白將軍在定然能威懾西涼那群議和使臣，也好多為我們大晉討要一點兒好處啊！」

太子點了點頭，笑著看向白卿言：「就是不知道白將軍願不願意陪孤辛苦一番啊？」

「太子殿下有命，白卿言必當遵從！」白卿言抱拳道。

太子心情越發愉悅，笑道：「那白將軍便快快回帳中梳洗，一會兒同孤與柳大人一同赴宴！巡營有張端睿將軍他們陪著就行了！」

「是！」白卿言應聲帶著白錦稚離開。

她一進大帳便拿出白錦繡送來的家信，拆開閱讀。哪怕知道這信中內容怕已被太子看過，她還是迫不及待。

白錦稚湊到白卿言的身邊，問：「二姐寫了什麼？」

白卿言一目十行看完，心中大定……

她生怕殺神之名傳回大都，母親和嬸嬸她們會怪她，可白錦繡字裡行間寫的都是白家安穩的狀態，且忠勇侯府的事情已經結束，白錦繡也有了兩個多月的身孕，想來是成親那日有的，白錦繡說……這孩子隨她經歷生死還在腹中，想來定然是個堅韌的。

「呀！二姐有喜了！」白錦稚開心的聲音制不住往上揚，「那我是不是要當四姨了?!」

她側頭看著興高采烈的白錦稚笑著點頭：「是啊，你要當四姨了，等回到大都……你可好好想想怎麼給孩子做小衣裳小鞋子吧！」

「長姐你這莫非是在刁難我？長姐看看我這雙手……像是會穿針引線的嗎?!」白錦稚笑著伸出一雙手，眼角眉梢全都是喜氣，「不過，我以後可以教小外甥或者是小外甥女學騎馬！學鞭子！十八般武藝我都能教！」

她笑著點了點頭。

真好啊……白錦繡懷孕了，小七也還活著！如果小九也能平安……那真是上蒼保佑。

不論如何，一切都在往好的方向走，至於她的名聲如何，只要不影響到白家，她已不在意了。

欣喜之餘，錦稚想到今日柳如士對白卿言的態度，問道：「長姐，此戰已經勝了，想必太子會讓我們同西涼的議和使臣回大都，那白家軍我們要帶回大都嗎？」

沒想到小四竟然關心起這個問題來，她笑了笑說：「皇帝和太子是不會讓我們將白家軍帶回去的，不但不會讓帶回去，恐怕還會派白家軍去鎮守此次西涼割讓之地。」

白家軍是白家的依仗，若白家軍不跟著回去……「那怎麼辦?!」白錦稚眉頭緊皺。

「不回去也好，這也正合我意！」白卿言抬手摸了摸白錦稚的髮頂，「放心吧，長姐心中有數。」

雖然有很多事情白錦稚想不明白，可長姐說心中有數便必然有數，白錦稚不擔心。

第十章　強行救人

傍晚，白卿言、張端睿、柳如士等人帶一營兵馬，陪同太子殿下前往幽華道與秋山關中間之地赴宴。

西涼炎王李之節一身淺紫色長衫，黑色披風，手中握著一把鐵骨摺扇，立在臨時搭建的奢華營帳外，候著晉國太子。

他遠遠看到騎馬走於最前，一身銀甲手持紅纓銀槍的白卿言，瀲灩的桃花鳳眸微微瞇了瞇，側頭問身邊幕僚：「銀甲、銀槍，射日弓，那位可就是殺神小白帥？」

李之節的幕僚看起來二十多歲的樣子，不曾蓄鬍，一張臉白淨清秀，規矩立於李之節身後，聽到李之節的話這才抬起眸子朝遠處看了眼，又垂下眼瞼子上前一步，道：「確是小白帥。」

此幕僚雖身著西涼平常男子服飾，可言行舉止姿態竟是極為標準的宮人之姿，恭敬又內斂。

李之節點了點頭，唇角勾起一抹涼薄淺笑：「倒是比我想像中更清瘦些！她雖然與你有殺父之仇，可此次到底是我們西涼放低姿態求和，阿卓你可不要失了分寸啊！」

那位被稱作阿卓的幕僚頷首淺笑：「王爺放心，屬下心中有數。」

此名喚阿卓的幕僚，是蜀國大將軍龐平國的義子，名喚陸天卓，龐平國對陸天卓恩深義重。後來龐平國被白卿言斬首，蜀國亦被滅國，陸天卓懷著一腔悲憤顛沛流離來到西涼，陰差陽錯淨身入宮伺候嫡公主李天馥，再後來機緣巧合之下入了李之節的眼，成為李之節的幕僚伺候左右至今。

陸天卓以殘軀苟且至今，唯一想做的就是替義父龐平國與蜀國復仇，此次西涼能下定決心與南燕聯軍征伐晉國，陸天卓功不可沒。也是陸天卓奔走牽線，憑藉南燕郡王之妻與劉煥章之妻的關係搭上劉煥章，讓劉煥章成為南燕內應。

不過陸天卓也知道，此次南疆之戰白家落得白家滿門男兒被誅的下場，是晉國內鬥、他國策劃……還有君王疑心白家等，多方籌謀博弈的結果，並非他一人之能。

「只希望這晉國太子能看中公主的美貌，若晉國太子能主動開口求娶公主，那便是最好……」李之節道。

陸天卓眸子垂的更低，負在背後的手緩緩握成拳頭。

眼見騎著駿馬的白卿言越走越近，一向以風流自稱閱女無數的李之節微微錯愕了片刻。白卿言是能征善戰的悍將，故而李之節猜想白卿言大約是個滿身腱子肉，長相又五大三粗像個漢子的姑娘。沒成想這白卿言越走近……他便越是能看清白卿言精緻的五官輪廓，隱隱能猜出那姑娘怕是有著天人之姿。

也對，被他們活捉的白家子嗣那般俊美，想來白家也是出美人兒的。

李之節唇角勾起，左手握著鐵骨摺扇有一下沒一下敲著右手掌心：「沒想到這小白帥……還是個美人兒啊！離得這樣遠我都能聞到美人兒的香氣了。」

陸天卓知道李之節喜好美色，對於長相俊美或是漂亮的人，總是有著超乎尋常的包容和耐心，當初陸天卓也是因為長相俊美，才入了李之節的眼。

若非李之節愛好人間美色，又對九鼎之位無念想，此次雲京之亂李之節完全可以藉機上位。

陸天卓壓低了聲音耐心提醒道：「王爺可莫要忘了我等此次身負議和之責，當以國之大利為主。」

「知道！知道！」李之節灼灼桃花眸看向白卿言的方向，笑意愈深，「你真當本王是個色令智昏的人麼？不過即便雙方敵對，也不妨礙本王欣賞這小白帥之美！本王雖好色也只是欣賞……可從不貪色，本王會保持風度，就算不能給晉國一個下馬威，必不會讓晉國輕看。」

很快，晉國的車馬隊伍已經到了大帳之前，坐於紅棕駿馬之上的白卿言先行下馬，來迎的李之節望著她發愣，一雙狹長的桃花眸灼灼似火。

她神色沉著從容望著李之節，目光沉靜又幽邃。

陸天卓邁著碎步上前，壓低聲音：「王爺……」

李之節這才回神，雙眸越發明亮，大約是自覺失禮，長揖對白卿言行禮極為恭敬：「這位便是白將軍吧！」

分明該是個驚豔奪目的嬌弱女子，一身戎裝，身姿挺拔，反而多了幾分英姿勃發的颯颯之姿，李之節還從未見過如此清豔又顯得風骨冷俊的女子，當真是人間絕色，千古難遇的傲骨美人兒啊！

陸天卓：「……」

他不想看他們家王爺了，說好的保持風度就算不能給晉國一個下馬威，也不能讓晉國輕看呢？一見面就給敵軍將軍行了如此大禮，見到晉國太子……難不成要折節跪下嗎？

白卿言頷首道：「炎王客氣！」

陸天卓垂著眸子立於李之節身後，總覺自家王爺讓白卿言給西涼下了一個馬威。

全漁扶著太子下了馬車，李之節上前迎了迎，卻覺得太子長的差那麼幾分意思，還不如刺殺西涼先王那個白家子長的好看。

李之節倒是很給太子面子，長揖到地行禮：「太子殿下……」

「炎王客氣了！」太子內斂頷首。

「殿下請！」炎王側身恭敬對太子說了一聲，灼灼視線又落在白卿言的身上，「白將軍請！」

西涼奢華的馬車內。

公主李天馥面帶一層薄紗，只露出一雙媚氣十足的瀲灩眸子，神色有些懨懨地側臥於香車之內，手裡攥著李之節從列國為她搜羅來的話本子，似有心事看得十分心不在焉。

「公主殿下，晉國的太子殿下還有那位殺神小白帥都到了，炎王請您即刻拾掇拾掇過去，晚了怕晉國太子怪罪。」西涼太監在香車之外細聲細氣同李天馥說道。

李天馥聽到這話，頓時怒火中燒，氣惱摔了手中的話本子，話本子書背撞在擺放於木案上的純金瑞獸香爐，發出「咣噹」一聲。

香車內的幾個宮婢立刻跪了下來，不敢言語全身打顫。

李天馥驕縱又憤怒的語氣從馬車內傳出來：「怪罪?!我看李之節真是被晉國打得脊梁骨都沒了，我堂堂西涼嫡公主……就是今日不出面誰又能奈我何？晉國太子一來就這麼上趕著讓我拾掇拾掇送上門去給人家瞧！我看他是忘了我父皇是怎麼不在的了！真不知道我皇姐怎麼會選了他來議和！這臉都讓他丟到別國去了！」

西涼嫡公主，自小被皇帝和皇后捧在手心裡……正兒八經的天之驕女哪裡受過這樣的委屈，當下眼圈就紅了。

她是千百個不願意來和親，可是母后卻說，此次原本就是西涼與南燕合謀伐晉在先，後又被大晉以少勝多，如果不割地、賠款……和親，就是要質子。與其質子，不如讓她來和親。母后還說男人征服天下，女人征服男人，只要她能得到晉國太子的歡心，將來等太子繼位她生下身有西涼血脈的太子，晉國也就算是西涼的了。

可憑什麼啊？她和皇姐一母同胞，同是嫡女，她雖不如皇姐睿智……不能繼承皇位，可皇姐繼承皇位她至少可以封一個王爺吧？憑什麼她就得來和親？!

越想越委屈，李天馥乾脆窩在馬車裡不動，眼淚在眼眶裡打轉：「你去告訴李之節，本公主病了，晉國太子想見，就親自來本公主這裡覲見！」

「殿下……」馬車外傳來陸天卓的聲音，「奴知道此事讓殿下受了大委屈，殿下發發脾氣也是應該的。」

聽到陸天卓的聲音，李天馥忙坐起身子，細白如玉管似的手指挑開香車幔帳，見眉清目秀如翩翩公子的陸天卓立在馬車外，李天馥本就被霧氣填滿的黑亮眼睛更是大滴大滴往下掉眼淚。

「殿下就算是再生氣也要為了大局忍忍……」陸天卓抬頭見李天馥正吧嗒吧嗒掉著眼淚，目光幽怨望著自己，心口微微刺痛，垂眸從胸口衣衫裡拿出疊好的乾淨帕子，雙手遞給李天馥。

李天馥咬著下唇，嬌蠻奪過帕子，撤開挑著帳子的細白小手，用帕子沾眼淚。

鼻息間隱約嗅到帕子上沾染了陸天卓身上清如木蘭的香氣，李天馥心情平復了不少，她板著臉吩咐車內的宮婢道：「你們都出去！陸天卓你進來沏茶！」

馬車外陸天卓手心收緊，頷首：「是！」

李天馥望著馬車內跪了一車的宮婢們：「還不出去！」

宮婢們立刻應喏，規規矩矩退出了馬車。

「陸大人，您請……」李天馥的貼身女婢恭敬對陸天卓行禮道。

所有人都知道陸天卓是個閹人，所以對於他與公主獨處車內，無人會多想。

陸天卓撩起長衫下擺從容自若上了馬車，對李天馥跪拜行禮後，讓人端來了水淨手，親自為李天馥泡茶。

李天馥倚在團枕裡，看著眉目清秀儒雅的陸天卓優雅拎起小爐子上的茶壺燙溫了茶具，當真擺出一副要為她泡茶的架勢，李天馥再也忍不住三步奔入陸天卓懷中，陸天卓不防脊背撞在木板上，木案上茶具也是一陣作響。

馬車外宮婢都低著頭，全當沒有聽到。

車內，李天馥雙手環住陸天卓的頸脖，隔著臉上那層面紗吻住陸天卓，眼淚跟斷了線似的。

陸天卓喉頭翻滾，小心翼翼攥住李天馥的肩甲，輕輕將她推離，幽沉的眸子裡全都是藏也藏不住的心疼，他壓低了聲音道：「殿下，奴……奴是個閹人，配不上殿下！殿下忘了奴吧！」

「你讓我怎麼忘?!」李天馥聲音哽咽，驕橫撕扯著陸天卓的衣裳，「你教我男女情愛的時候怎麼不說你是個閹人?!今日本公主就要你！」

陸天卓胸前衣裳被扯開，他抓住李天馥的雙手，紅著眼哽咽開口：「殿下，奴是個閹人，殿下真要這麼折辱奴嗎？奴只想殿下有一個真正的男人做丈夫，求殿下……給奴留一點尊嚴。」

雖然李天馥要求多次，可在自己心愛女人的面前，陸天卓怎麼能讓她看到自己殘缺的身體？要恨，只恨他已不是一個男人！可若非他淨身入了西涼皇宮，又怎會遇上李天馥？

李天馥一雙含淚的眸子瞪著陸天卓，可瞪著瞪著……裡面的憤怒就全變成了一腔哀怨。

「你怎麼能這麼狠心?!」李天馥哭得不能自持，心中憤懣無比，視線落在陸天卓被她撕扯開的衣襟，想也不想一口咬住陸天卓的肩膀。

陸天卓吃痛倒吸一口涼氣，李天馥趁機抽出雙手跨坐於陸天卓身上死死抱住陸天卓，咬得嘴裡全都是腥甜的血腥味依舊不鬆口。

陸天卓鼻翼煽動，肩膀上的痛比不上心底的痛，他忍不住抬手輕輕環住李天馥的細腰，溫熱的掌心輕撫李天馥發顫的脊背，任由她撕咬，企圖平復李天馥的情緒：「殿下發洩了，就去吧！奴就在這裡等著殿下。」

發了狠的撕咬最終變成低低的嗚咽，李天馥哭聲如同幼獸滿腔的不甘和悲憤不知說與誰聽。

華帳之內鼓樂齊鳴，燈火輝煌，輕歌曼舞中太子與李之節推杯換盞。

李之節一雙桃花眸談笑間不離白卿言，就連太子都已注意到，心裡難免不悅。

西涼炎王李之節還未有正妃，難不成……他是對白卿言動了心思?若是白卿言嫁去西涼，那對大晉絕無好處，這點他明白父皇必然也明白。

只是，這李之節生得英俊瀟灑，風流倜儻，若白卿言對李之節動了心，那結果如何……確實不好說。太子心中憂慮面上卻不顯，笑著端起酒杯欣賞歌舞，彷彿已被舞姬曼妙的舞姿吸引。

跪於白卿言身側的女婢規規矩矩低垂著眉眼，拎著酒壺要為白卿言斟酒：「將軍，奴婢為您斟酒……」

白卿言目視舞姬，身側沈青竹的聲音入耳，她不動聲色道：「換杯茶吧！我不飲酒。」

「是！」女婢退下，很快端了一杯熱茶上來，放於白卿言木案之前，又躬身悄悄立在一旁。

她端起茶杯，揭起杯蓋徐徐往茶杯中吹了一口氣，沈青竹在茶杯蓋上寫了一個九字又圈了起來。小九被囚……她只覺心臟突突跳了起來，一瞬的功夫，她被這個消息震的半個身子都麻了！

西涼皇帝遇刺身亡，以致西涼女帝倉促登基，難道是小九做的?!入西涼皇宮行刺，的確是小九的作風，不知小九現下如何？可受刑了？不要緊！被囚受刑都不要緊！只要他還活著就好！活著，她就有辦法救出小九！

白卿言不動聲色輕輕抿了一口茶，強迫自己鎮定下來，如此……便端看一會兒李之節會不會用小九作為議和籌碼了。

若李之節以小九為議和籌碼，在明面而上提出來，那麼大晉議和使臣同太子無論如何都會換回小九，畢竟皇室一向喜歡將面子功夫做好，絕不會願意臣民看到大晉皇室不願意換回……為晉國征戰被敵國俘虜的戰將！

更何況鎮國公府滿門為民戰死沙場，若是小九被俘……可就是白家明面上的獨苗了。

但，若是李之節知道晉國君臣相疑之事，要拿小九私下同太子做什麼交易，那小九活命之機便渺然，如此，那她就只有拼著和西涼撕破臉，強行救人了。

白卿言端著茶杯，望著舞姿輕盈的舞姬，西涼到底要如何用小九，她得想辦法試一試……

「平陽公主到……」帳外傳來太監尖細的唱報聲，正在跳舞的舞姬整齊有序停下舞步，規規矩矩彎著腰退至大帳兩側。

李之節忙放下酒杯，他下意識朝著白卿言方向看了眼，只見白卿言身子挺拔坐於席位中，未飲酒端著茶杯正喝茶，一舉一動間端莊雍容，冷冽逼人的氣質不沾染塵世煙塵，清澈如冰。

白卿言長相確實堪稱絕色，極清極豔，李天馥雖然五官上不如白卿言，但若說到嫵媚……白卿言確是沒有辦法與李天馥相匹敵。

李天馥天生嬌媚，是能無形中勾得男人心頭發癢的天成媚骨。

李之節雖然好美，也只是喜歡欣賞各色美人兒，絕不是個貪色的小人，所以他寵著這位堂妹，可絕不是因為生了什麼骯髒的心思。

李之節起身笑著看向帳口的方向，挑著瑞獸鏤空銅制香爐的宮婢撩起幔帳，香霧嫋嫋妖嬈中，用金色薄紗遮了半張臉的李天馥入帳，濃密的睫毛如同扇子，一雙水汪汪的眼仁媚意十足。幾乎是出於女性天生的直覺，李天馥下意識就朝坐在晉國太子下首仙鶴琉璃燈之下的白卿言望去。

暖澄色的幽光勾勒著那女子動人心魄的精緻輪廓，她長髮全數高高束起於髮頂，未施粉黛，不曾佩戴任何髮飾珠翠，卻比這一室華貴更明豔奪目。

驚鴻美貌明明古韻柔美，可那雙黑白分明的幽邃深眸，宛如浩淼星空絲塵不染，帶著冷肅逼人的寒意，一身卓爾不群的傲然之氣。

能來這大帳又一身戎裝，想來她應該就是那位讓雲大將軍慘敗的殺神小白帥……白卿言吧！

李天馥一向自負美貌，她還以為白卿言應當是一個膀大腰圓，長相粗野的女子，誰能想到這小白帥……還是個絕色美人兒！

李天馥心中不高興，慢條斯理解開身上火紅披風，衣衫裝扮倒頗有大晉之風，一身雪青色金花掐牙斜襟衣裙，腰繫赤色絲攢花結長穗束腰，罩了件同她面紗一色的輕紗，烏雲般的秀髮挽了個飛雲髻，鬢髮戴了鑲珠雲紋玲瓏青玉華勝，細腕戴了對赤金環珠九轉玲瓏鐲，步履間玉佩與一同繫在腰間的清脆鈴鐺作響，當真是人未到聲先聞。

「公主！」李之節笑著對李天馥行禮後，又向太子介紹，「這位便是我們陛下的胞妹，平陽公主。」

「太子殿下！」李天馥淺淺福身垂眸對太子行禮，聲若鳥啼，讓人酥麻入骨。

太子瞇了瞇眼，笑著朝立在大帳中央的李天馥頷首：「公主殿下不必多禮，請入座……」

坐於太子下方的白卿言，抬眼朝著李天馥望去，這位平陽公主步履間香氣彌漫飄散，白卿言隱約嗅到了她身上幽甜的香氣。

李天馥坐下，摘了面紗露出濃桃豔李之姿，美目驕橫朝白卿言望去，帶著幾分天之驕女的傲慢：「你就是列國瘋傳的殺神……白卿言？」

被點名的白卿言看向李天馥，略略頷首行禮：「公主殿下，在下實不敢……」

不等白卿言說完，李天馥冷笑一聲，語氣難掩諷刺：「你小小年紀就不怕天譴折福，竟敢自稱一個神字?!好不要臉！」

白卿言抬眸，西涼公主李天馥率先撕破臉，倒是給了她可以試探西涼打算如何利用小九的機會，所以她並不生氣。

張端睿表情沉了下來，抱拳道：「西涼公主，可要慎言啊！」

李天馥一向驕橫慣了，哪裡知道什麼慎言，此時看到白卿言就想到自己是因為白卿言大勝所以才必需來和親，對白卿言就更是恨之入骨。

太子垂眸掩住眼底笑意，他與方老當初的謀劃，要的就是這個結果。

李天馥唇角浮現出一抹勾魂奪魄的淺笑：「你焚殺我西涼十幾萬降俘，難不成就是為了揚你一個殺神之名？白家好歹是聞名列國的忠義之家，你祖父要知道你為一己私名焚殺降俘導致白家風評在列國一夜間臭不可聞，棺材板還蓋的住嗎?!」

白卿言臉色沉了下來。

「公主！」李之節臉色微變大聲喚了李天馥一聲，忙起身對白卿言長揖告罪，「白將軍勿怪，公主殿下自幼被先皇嬌寵長大，略有些口無遮攔，還望白將軍大人大量，千萬不要同公主計較。」

「若白將軍不計較，本太子卻要計較呢？」太子臉色沉了下來，一雙含著怒氣的眸子看向嬌豔明媚的李天馥，一點兒都不買美人兒的帳。

李天馥一怔，美目瞪圓望著晉國太子，沒想到這位太子竟然替白卿言出頭！

她咬著下唇，眼淚就在眼眶中打轉，不服輸的看著白卿言：「難不成晉國的太子殿下也是這位殺神的裙……」

「公主！」李之節忙開口阻止李天馥說出裙下之臣這四個字，「公主剛才車內飲酒，怕不是醉了?!」晉國太子出頭，性質可就不同了，再縱容李天馥說下去，兩國和談怕是要出岔子。眼下女帝剛剛登基不久，西涼朝中還不穩，若因為李天馥口無遮攔再起戰火，怕西涼有異心之人要藉機生事。

「西涼糾集南燕聯合號稱百萬大軍犯我晉國，輸了便來控訴殺你國降俘，西涼倒是真的……要臉啊！」白卿言眼底帶著幾分處變不驚的笑意，風淡雲輕道，「我晉軍五萬，你西涼甕山出兵十幾萬，不殺西涼兵……難道等著西涼兵來殺我晉兵嗎?! 還是西涼公主的意思是……只要你西涼想要滅哪國，哪國便需引頸就戮，否則便是天理難容有失忠義？西涼怕不是還在夢中未醒……竟當自己是這天下之皇了？誰給西涼如此大的臉？公主殿下自己嗎？」

「你！」李天馥蹭地站起身來，被氣得胸口劇烈起伏，「你竟敢如此無禮！」

「先無禮的是西涼公主自己！」白卿言那雙眼沉著幽深，平靜似水，「戰敗之國來和親的公主，我晉國給你體面……你就是公主，不給你體面……你便什麼都不是！既是來屈膝求和的，就拿出求人的態度，不要在勝者面前擺什麼姿態，弱者……沒有這個資格！這麼簡單的道理，公主難道還要旁人來教？」

李天馥怒火中燒，左右尋視想要拔劍活劈了白卿言，卻被李之節按住了手腕。

李之節哪怕再欣賞白卿言美貌，可兩國和談白卿言下的是西涼的臉面，他焉能折節眼看母國受辱?!公主的個人尊嚴雖不值一提，可國之尊嚴斷不能辱！

李之節臉色一陣青一陣白，已經笑不出來，深深望著白卿言，話卻是對太子說的：「太子殿下，雖說是我西涼公主無禮在先，可貴國白將軍這話實是辱我西涼太甚，看來白將軍大約是喜好殺戮，不願和談了啊！」

太子手心收緊，欲開口說幾句調節一下氣氛，可不等太子開口，就聽白卿言道：「辱？就事論事便是折辱？那炎王倒是說說，我白卿言哪句話是假的？炎王這說法和貴國輔國大將軍雲破行的說法如出一轍，莫非西涼的傳統是……陳述事實便是侮辱人？」

李之節轉頭看向太子，笑了笑道：「太子，看來白將軍之意是不願和談了，那太子之意呢？」

白卿言望著李之節，冷笑一聲，步步緊逼不給太子開口的機會，語速沉穩：「炎王這話算是說對了，我是不願意和談！因為此戰……乃是西涼挑起！你西涼鼠膽狼心，聚南燕壯膽，意圖分我大晉而後快！敗了……竟還擺出一副高高在上的樣子來求和休兵！世上哪有如此厚顏無恥之國，又哪有這麼便宜的事情?!」

「彼時，西涼南燕聯盟勢強……我晉弱！你西涼便奪我晉國城池，屠戮我晉國子民！奪一城屠一城……雞犬不留！敢問那個時候西涼怎不覺辱我大晉太甚?!那個時候怎不說求和休兵?!」白卿言凌厲視線掃過面色泛白的西涼求和使團，「因為你們西涼心裡清楚，亂世爭雄，強者為尊！怎麼如今反過來我大晉以少勝多打得你西涼潰不成軍了……你西涼人就裝作不知道這樣的道理？竟也好意思在這兒同我大晉扯什麼顏面，談什麼羞辱?!」

柳如士雖然瞧不上白卿言焚殺降俘的舉動，可他是晉國議和使臣自然要維護晉國顏面，也冷笑應和了白卿言一句：「西涼揣著明白裝糊塗，無非是強撐著想要一點臉面！可西涼似乎忘了……自家臉面這東西，別人賞臉給了你……你不接非要蹬鼻子上臉，那摔了、疼了，就是自己活該！」

兩國和談一向都是如此，各方憑口舌為國謀利，撕破臉談不攏的不是沒有。

原本李之節是想要和和氣氣處理了這一次議和之事，給兩國都留些顏面。可如今李天馥沉不住氣撕破了臉，難堪的……也只是他們西涼而已，畢竟此次是他們西涼低頭求和。

李之節見晉國太子坐於上首之位，沒有要開口的意思，只能硬著頭皮道：「兩國交戰，殺人奪城在所難免……」

「我晉國鎮國王與列國多有交戰，可有屠過任何一國的任何一城？」張端睿氣沖沖抱拳抬眉問，「炎王同我等說……難免，不覺牽強？」

「可你晉國白將軍也將我西涼降俘盡數焚殺！我們輔國將軍受了重傷，兒子被白將軍的屬下取了首級，孫子被白將軍一箭穿心，也算是……」西涼一位議和使臣原本想說相抵，可一想到白家滿門男兒皆死之事，改了口，「也算是受了教訓。」

「受教訓?!」李天馥氣得怒火直沖太陽穴，一雙美目死死瞪著自家使臣，「你是瘋了還是被馬踢了天靈蓋？你是西涼的臣子嗎?!這麼喜歡向著晉國說話你去晉國領俸祿算了！白卿言殺我西涼十幾萬降俘，燒得甕山峽谷半月大火不滅，晉國此事要是不給我西涼一個交代！此次議和作罷！誰願意和親誰去，本殿下不去！」

「公主殿下！」李之節眼看著要控制不住從小被嬌慣壞了的李天馥，用力攥著李天馥的手腕，「莫要忘了臨行前，太后與陛下對您的殷殷叮囑！」

女帝皇位不穩，暫時西涼打不起。

柳如士見狀，放下酒杯脊背挺得極直，鄭重道：「好啊！西涼有再戰之勇氣，我們晉國絕不掃興！」

白卿言唇角勾起一抹笑意，雙眸閃耀著明亮的灼灼之光：「屆時，白卿言定當率軍直入西涼雲京，再會平陽公主。」

「你……你狂妄！」李天馥還是頭一次處於下風，怒極眼眶發疼。

「鎮國王戰功赫赫，仁德之名天下皆知，又虛懷若谷！白將軍乃是鎮國王子孫……應當秉承鎮國王之風骨，怎得如此好戰？」西涼議和使臣心生不滿。

「西涼不好戰？」柳如士微微轉過身，視線對上那位西涼議和使臣，他雖然生得眉清目秀，可眼尾高挑入鬢，板著臉的模樣倒是有幾分唬人，「既然西涼不好戰，那為何西涼要聯合南燕……莫名其妙犯我大晉國土啊?!」

柳如士笑了一聲：「都打到我晉國甕山了還不許我們還手啊?!哦……你們西涼攻打我大晉就是應該！我們大晉報復就是好戰？西涼這般只許你國放火不許我國點燈，橫行霸道強詞奪理，可知無恥二字如何書寫啊？」

白卿言目光灼灼望著快要哭了的平陽公主李天馥：「平陽公主不是問我，我祖父要知道我焚殺降俘導致白家風評在列國一夜間臭不可聞，棺材板還蓋不蓋的住嗎？那我便告訴平陽公主……」

白卿言含笑站起身來，手握腰間佩劍，鋒芒幽暗的眸子望著李天馥，殺氣凜然：「我殺你西涼降俘，是因你西涼先犯我晉國領土！是因你西涼先屠我晉國百姓！我祖父鎮國王若在，此時早已揮師南進殺入雲京，你西涼殺我晉國百姓一人，我晉國銳士就殺你西涼百人！千人！萬人！直到殺盡屠我晉國百姓的西涼鼠賊！殺得你西涼十年之內再無膽敢犯我大晉邊境！殺得你西涼聽到我大晉之名便瑟瑟發抖！」

白卿言擲地之聲，節節拔高，震耳發聵。

她凝視或憤憤不平，或敢怒不敢言的西涼議和使臣，語音沉著：「殺神?!惡名！臭名！哪怕千夫所指萬人唾罵！我白卿言全都當了！可你等西涼人給我記住了！今日允許你等議和……全然是因念在西涼百姓無辜，我等大晉戰將才願意忍辱止刀兵！若日後你西涼再敢無故來犯，再敢對我大晉百姓揮刀，莫說殺你西涼十萬降俘，我晉國銳士必踏平你西涼國土！屆時西涼亡國……世上不存，我倒要看看你等還哪來的臉面和底氣，同我大晉談什麼辱不辱的話來！」

白卿言這一番話，極為提氣，不論是柳如士此等議和文臣，還是張端睿這等沙場戰將，眾人皆是滿腔情緒高漲，只覺大長晉國威儀，心中激蕩難抑。

李天馥氣得一張俏臉通紅，屈辱難忍，高聲喊道：「白卿言你焚殺降俘不知悔過，還敢出言侮辱我西涼，你心如蛇蠍，難怪白家要斷子絕孫全都死在戰場上！」

李天馥此話一出李之節心裡咯噔一聲，還不等李之節致歉，白卿言便已沉著臉一腳踹翻面前擺放美食的几案。

李之節忙將李天馥護在身後，一顆心提到了嗓子眼兒。

大帳內霎時針落可聞，眾人屏住呼吸。

李之節是真沒料想到李天馥竟會說出這樣誅心的話來，更沒料到白卿言看似嬌弱美麗，竟然如此暴戾。「白將軍……息怒！」李之節這話說的沒有底氣。

「西涼公主這話倒是提醒我了！西涼輔國大將軍雲破行砍我年僅十歲幼弟頭顱，剖腹辱我幼弟屍身！」白卿言看向柳如士，「柳大人，我幼弟屍首回大都之時的慘狀，晉國舉國上下有目共睹！你是議和使臣……可要記著，議和的時候為我幼弟討個公道！多要些城池來慰藉我幼弟在天之靈，切莫讓大晉百姓寒心啊！」

白卿言這話是明著給柳如士遞臺階，讓柳如上借小十七之死為晉國多要些城池，柳如士又不傻自然接話：「白將軍所言極是！白家第十七子回大都之時，舉國哀痛，僅此事西涼不賠償十七個城池絕不能了事！」

李天馥倒吸一口冷氣，這晉國胃口未免也太大了：「你們……」

李之節用力攥住李天馥的細腕，阻止李天馥繼續再說下去，看向晉國太子出言挑撥：「白將軍，貴國太子殿下還坐在上位，您便這般掀桌，還將太子殿下放在眼裡嗎？」

「炎王還是省省力氣，少在這裡挑撥離間了！我晉國朝堂可不比你西涼朝堂那般齷齪骯髒，我晉國……臣忠主不疑！否則我大晉哪裡來這氣勢如虹的大勝局面！」

坐於上首的太子不論如何也不會在李之節面前拆白卿言的台，此時是兩國對立，自家要是窩裡鬧起來豈不是讓旁人看笑話。再者，白卿言在這裡爭，是替晉國爭……便是替他這位晉國未來的主子爭，他焉能助李之節氣焰，滅自家威風？

太子便道：「白將軍所言極是！孤信白家軍如信孤自己，否則也不會將兵符託付白將軍。」

李之節沒想到太子竟然將兵符交給了白卿言，難怪白卿言這般有恃無恐，他知道借晉國太子之威怕是壓不住白卿言了。

李之節沉住氣，克制怒火開口道：「戰場刀槍無眼，難不成貴國鎮國王將十七子帶上南疆戰場，只打算讓十七子領功，不打算讓十七子捨命建業的？白將軍在兩國和談之際……動輒揚言要踏平我西涼國土，到底是因自家血脈死於戰場欲用晉國銳士尋私仇，還是為天下百姓，白將軍自己心裡清楚！」

「兩軍交戰，雲破行若是戰場上光明磊落殺盡我白家血脈我白卿言認了！可他將我幼弟斬首不算……還剖腹辱屍，這也是刀槍無眼?!」她立於燈下，望著李之節與李天馥，冷冽道，「你西涼率先挑釁，如今是敗軍之國，既前來屈膝求和卻不反躬自省，強詞奪理顛倒黑白，左一句私仇右一句殺神，即是如此……我白卿言若不尋私仇，不喜好殺戮，反倒是對不起炎王與西涼公主這番美意！」

「你……」李天馥瞪著白卿言，氣得眼淚差點兒都忍不住。

只聽白卿言冷聲道：「我白家諸子皆葬身南疆，白家多了二十三口棺材！今日若是西涼不能賠我晉國二十三座城池！不能交出西涼輔國大將軍雲破行三族內的二十三個男丁來任我斬頭剖腹！我白卿言就是違背太子、陛下之命，也要帶白家軍殺入雲京，讓西涼皇室與雲家九族陪葬！以告慰我白家諸子英靈！屆時還請雲京諸位洗淨脖子，別汙了我白家軍將士的寶刀！」白卿言此話張狂至極，甲冑泛著森森寒光，修羅血池中廝殺的煞氣迫得人脊柱生寒，不敢逼視。

「你白家二十三口棺材又怎麼了？我父皇……西涼的皇帝，難道不是死在你們晉國刺客的手中?!你們晉國拿什麼賠我們西涼的皇帝！」李天馥聲嘶力竭喊道，滿腹悲憤，滿腹的屈辱委屈，「拿什麼賠我的父皇！」

白卿言心下一鬆，西涼公主還是忍不住說出來了！之前她步步相逼，可李之節卻咬死不曾順勢將小九行刺說出來為西涼扳回一局，她心中一直不安。

現在，既然李天馥開了頭，就看李之節要如何說這刺客之事。

若他說刺客已死，那沈青竹等人便需即刻救出小九，且刻不容緩。若他說刺客被抓，那……如何將人換回來，就是太子與議和使臣之事了。

李之節閉了閉眼，沒料到公主李天馥最終沒有沉住氣。

「公主殿下這話好笑，既然公主說是我晉國人刺殺西涼皇帝，刺客何在？」白卿言一雙幽如古井的眸子深深望著李天馥。

「刺客已當場斃命……」李之節放緩了語氣，「只是當時那刺客身著晉國衣衫，所以公主殿下誤以為是晉國刺客，此事我西涼還正在詳查！正如白將軍所說……我們西涼是來屈膝求和的，若是因為此事鬧出攀誣晉國的笑話來，怕是又少不了賠償。之所以一開始未說此事，只因本王也是在等調查結果。」

聞言，白卿言眸子暗了暗，這李之節果然是想將小九捏在手心裡以作圖謀！

她轉過身朝向一身西涼宮婢裝扮的沈青竹做了個「帶虎鷹營救九」的手勢，沈青竹略略頷首，悄無聲息從大帳中退了出去。

既然已經知道李之節扣下小九別有用心，那就不能讓李之節再將小九攥在手裡！李之節不打算將小九作為和談明面兒上的籌碼，自然也不會將小九帶在身邊，那就只能留於秋山關內。

而兩國使臣選在兩軍駐紮中間之地議和，為保萬全……太子殿下帶來了五千精銳，還有虎鷹營跟隨，西涼必定也是精兵盡出。

若此時沈青竹在秋山關毫無防備的情況下，帶虎鷹營救小九，等消息傳過來李之節也無回天之力了。畢竟是他自己親口說刺客當場斃命，難不成還能當著太子的面兒反口……說刺客是小九不成?!即便是李之節真的說了，兩國正處於議和之時，都是各自為國爭利逞口舌，太子是晉國的太子……又怎麼會真信西涼炎王李之節的話。

心中有了底氣，她冷笑著跪坐在自己席位上，望著李之節。她要做的……便是在這裡拖住西涼議和隊伍。

她開口：「所以，西涼公主這還是信口開河啊！難不成……這也是西涼的傳統？西涼就打算如此胡亂攀扯，以信口開河之言來與我晉國討價還價說談和的？」

李之節回頭看了眼已經掉眼淚的李天馥，知道今日原本想讓太子看中公主李天馥美貌之事怕是無戲了，公主李天馥性情衝動又被嬌慣壞了，留在這裡只會添亂。

他歎氣捏了捏李天馥的細腕，吩咐道：「先送公主回秋山關，公主累了！」

白卿言手心一緊，慢條斯理開口：「慢！」

「你還想幹什麼?!」李天馥憤怒尖細的聲音帶著濃重哭腔。

「如今議和帳內兩國劍拔弩張，白卿言是小人，我晉國儲君在此，不免擔心炎王送公主回秋山關是為調兵遣將困我晉國太子殿下，以此作為議和籌碼！」

「你……」

李天馥本欲發作，卻又被李之節攔下：「敗軍之國，豈敢啊！若白將軍真的如此擔憂，那公主在此落座便是！」

李之節對李天馥行禮，壓低了聲音道：「公主，委屈委屈吧！兩國議和向來是口舌之上你來我往，公主切勿惱火讓晉人抓住口實，再生戰端啊。」

「生戰端就生戰端！怕他晉人不成！我西涼國富兵強不過輸了這一次而已，我西涼有的是血性男兒，傾全國之力與他晉國一戰，不是他死就是我活！」李天馥眸子裡全都是紅血絲，胸口起伏劇烈，全身都在顫抖。

「公主這話好笑，不是他死就是我活？這意思是……反正左右都是晉國死，你就是不死?!」柳如士抄著袖子冷笑一聲，「你西涼傾全國之力，我大晉只依仗白將軍所率之軍！既然西涼公主如此自信，那便煩勞白將軍與諸位將士再戰，等打到西涼雲京……我等再來談也不遲！」

「你！」李天馥抄起桌上的酒杯就要砸柳如士。

「公主殿下！」李之節抓住李天馥手中酒杯，壓低了聲音道，「不日……臣定將這分委屈數倍還與白卿言，還望公主大局為重，一會兒就當什麼都沒聽見什麼都沒看見！殿下要信臣！如今的西涼打不起！打了……女帝的皇位就保不住了！」

李天馥心中沖天翻湧的情緒……終還是因為李之節這句話被壓下來。

她沉默良久，儘管心中屈辱無比，還是按李之節所言坐了下來。

「公主放心，關乎西涼，臣心中有數！」李之節示意李天馥安心。

「戰與否，還望炎王與西涼議和使臣給句話，別再用那些信口開河之言，戲弄我晉國！否則西涼血流成河後，我等再詳說議和之事。」柳如士緩緩道。

李之節看著柳如士英俊清秀的模樣，只覺這柳大人不如來時那麼好看了。

「今日，本王備下美酒佳餚，本是意圖向晉國示好，不成想竟然鬧出這麼多不愉快！」李之節陪著笑臉倒是能屈能伸，他坐下拿起鐵骨扇在手心裡拍了拍喚人進來，「快！將白將軍面前的桌子扶起來，給白將軍重新上酒上菜！本王敬各位一杯，權當賠罪！」

大約是李之節長相俊美氣度不凡的緣故，他態度軟下來，晉國議和使臣臉色也都緩和了不少。

柳如士卻不買面子，只想趁熱打鐵：「賠罪不必！還請炎王拿出西涼議和盟約，將此事儘快敲定的好！」既然是西涼求和，必然是西涼要先呈上議和條件。議和之事，兩國之間必定要討價還價扯皮，最終敲定不會那麼容易，越早開始議和之事，就能越早將南疆之事了結。

李之節點了點頭，讓人呈上竹簡給太子和大理寺少卿柳如士一人一份。

「我西涼願割讓八座城池，賠付晉國開拔軍資！美女、珠寶……也已經都在路上，只要盟約簽訂，便可悉數送往晉國！」李之節緩緩說著議和盟約上的內容。

「二十三城池，一城都不能少！」柳如士一目十行看完，合了手中竹簡擱在一旁，從袖口掏出一張精緻的羊皮地圖。跟在柳如士身後的護衛，立刻拿出筆墨，柳如士大筆一揮，十分豪氣將西涼銅古山以南地區全部圈入晉國之土後，讓護衛將羊皮地圖拿過去給李之節看。

「以銅古山為界，以北……包括秋山關、白龍城、中山城在內的二十三城，全數歸於我大晉！西涼除卻要賠付我晉軍開拔之資之外，還要賠付此次我軍傷亡兵士的撫恤金！」柳如士挺直脊背端坐，繃著臉獅子大開口，「除此之外，我大晉數十萬白家軍乃是我大晉引以為傲之悍勇之軍，他們的撫恤金當是普通軍士的十倍之數，此事不容商議！另外你西涼要依我晉國白將軍所言，交出西涼輔國大將軍雲破行三族內的二十三個男丁，任白將軍斬頭剖腹報仇！」

讓西涼交出雲破行三族內二十三個男丁，不過是為了向西涼要更多好處的一個說法而已。雲破行如今已經是西涼輔國大將軍，若真交出三族二十三個男丁任白卿言砍殺，西涼顏面何存?!且，就算是西涼敢送來，白卿言也不能真殺，否則就真要將白家的聲名毀了。

白卿言只是沒有想到，柳如士竟然還會為白家軍討要十倍之數的撫恤金。

李之節垂眸看著羊皮地圖，握著鐵骨扇的手骨節泛白，溫潤笑道：「晉國如此，未免胃口太大了吧？」

「炎王莫不是忘了，是誰先興兵犯我晉國！這會兒來談胃口大？西涼動我晉國的心思犯我大晉邊境之時，胃口……難道就不大嗎?!」柳如士作為戰勝國的議和使臣，氣度極為傲慢，「西涼女帝初登大寶，龍椅還沒有坐熱，西涼境內蠢蠢欲動者甚多！西涼求和，是我晉國陛下與太子仁善……才給西涼女帝一個喘息之機，若西涼不想要，我晉國絕不介意在西涼渾水中走一遭！」

柳如士雖然是個酸儒，但是對西涼國內之事倒是頗有見地。李之節有一下沒一下敲著手中鐵骨扇，眉目含笑和和氣氣，心底卻凜然陡生。看起來，晉國這是一點兒迴旋餘地都不給西涼。不過這位柳大人話卻沒錯，是西涼先出兵攻晉，又是西涼此時內憂迫在眉睫！李之節暗中思量，要不要將白家之子拿出來作為一個交換條件？畢竟他手中的白家之子是白家僅存的男丁了。

李之節不免又想到了陸天卓，他已經答應了陸天卓用這個白家子當做誘餌，伏殺白卿言……為他義父龐平國將軍復仇。他之所以答應陸天卓並非全然因為兩人之間情誼，而是李之節也覺得白卿言對西涼的威脅比白威霆更甚。

今日見到白卿言，李之節便更加肯定。白卿言身上不論是殺氣還是戾氣都太大，再回想雲破行將軍說……此女算無遺漏，亦帥亦將！將來一旦西涼大晉有戰，此人將會是西涼最難纏的勁敵。

李之節陷入兩難之中……若將白家子用於和談之中，那西涼與大晉有了討價還價的餘地，卻要錯失伏殺白卿言的機會。若不用於和談之中，那就得接受大晉開的漫天要價。

「晉國如此胃口，就不怕……我西涼帶著金銀珠寶去求大晉東側的戎狄或是大樑，屆時戎狄大樑出兵一同伐晉，也夠晉國喝一壺吧！況且這位柳大人也說了，你們晉國依仗的是白將軍，可白將軍一人也分身乏術啊！」李之節笑著開口，「不如各退幾步，議和結束，我們兩國也好各自安生。」

「炎王不必替我晉國憂心，在來議和之前，我晉國陛下已經派使臣與大樑、戎狄簽訂了互不相犯的盟約，盟約還正熱呼呢！更何況……我大晉可不僅僅只有白將軍這一將可用！」

柳如士笑著抬手示意李之節看向張端睿方向：「這位，便是在甕山之戰中……將西涼十幾萬大軍射成刺蝟的張端睿將軍！我晉軍之中，還有驍勇的甄則平、石攀山將軍！還有白家軍程遠志將軍、沈昆陽將軍、衛兆年將軍！這些……都是你們西涼耳熟能詳的將領吧？」

柳如士唇角帶著一絲輕蔑冷笑：「再說白家……我晉國鎮國王府白家，除卻白將軍白卿言之外，此次白家四姑娘也同白將軍一起上了戰場，殺得你西涼大軍片甲不留！更別說……白家早就在戰場廝殺過的白家二姑娘、白家三姑娘！她們各個智謀無雙，承襲鎮國王白威霆風骨，生為民，死殉國！不戰死，不卸甲！炎王啊……你真以為西涼殺盡了白家男子，白家就無人了嗎？看看我們白將軍你就該知道，白家的女子各個巾幗不讓鬚眉，各個是將帥之才！你還怕我大晉無人能戰?!」每每說起白家軍，說起白威霆，柳如士便無比推崇敬仰，崇敬之情溢於言表。

李之節早就聽聞，大晉鎮國公府白家，不論兒郎女子年滿十歲皆需上沙場歷練。

雖說柳如士此言或許有誇大其詞的成分在，可盡是實言。

聽聞白家二姑娘已嫁作人婦，所以此次並未出征，萬一他殺了白卿言，反而激怒晉國激怒白家，若是白家再冒出幾個白卿言一般的人物和西涼死戰呢？眼下西涼是真戰不起啊！

他目光落在眸色夾霜裹雪的白卿言身上：「雲將軍乃是我西涼輔國將軍，從三族之中挑選二十三位男丁交至白將軍之手，我西涼絕不能答應，還望白將軍體諒！但白將軍所言雲將軍處置白家第十七子的手段是有過失，我西涼願賠付銀兩為小將軍修建陵園，不知白將軍覺得可否？」

柳如士看向白卿言，似乎在詢問白卿言的意思，白家男兒盡死白卿言又是白家嫡長女，事關白家自然要白卿言首肯。

白卿言頷首。

柳如士這才道：「好，修建陵園的一應費用，我會命人合算清楚，請西涼一次性賠與白家！」

「這是自然！」李之節頷首。

李天馥聽得心中竄火不已，卻難得沉住氣沒有嚷嚷開來，只淡淡往柳如士的方向看了眼，便垂眸凝視自己帕子上繡的青竹葉，。

李之節說的對，西涼不能再戰，她已經攪黃了李之節將她送入晉國太子府的意圖，既達到自己的目的就要懂得見好就收，否則真要因為她兩國和談崩裂，即便是最後不用和親回到西涼，怕母后也容不下她了。此生李天馥想要的很簡單，她不願捲入到王公貴族後宅或是後宮爭鬥之中，她只想當一個閒散富貴人，身邊有陸天卓相伴一生就夠了。

什麼身為公主的使命，什麼誕下有西涼血統的他國帝王，又和她李天馥有什麼關係！

正說著，突然有一西涼兵士從帳外小跑進來，以手掩唇在李之節耳邊耳語，李之節眸子瞇了瞇擺手示意那兵士立在一旁，打開手中鐵骨扇輕笑一聲：「太子殿下，我等在此議和……殿下卻安排女婢混入議和大帳中，又殺我西涼一兵士跑向晉軍駐紮的方向，這是為何啊？」

那西涼兵士是陸天卓派來的，陸天卓今日之所以沒有出現在帳中，是因為他剛才正立在高處監視晉軍的一舉一動，思考如何設伏才能殺了白卿言。

可一柱香之前，他看到沈青竹從大帳內出，脫了一身西涼奴婢的衣裳一襲黑衣身手矯健，他派人前去詢問沈青竹，不成想沈青竹竟出手殺人之後直奔晉軍駐紮之處。

陸天卓藏於暗處頓時心驚肉跳，他竟不知何時晉國的人居然混到了他們西涼議和隊伍中。雖然是個不起眼的女婢，可那女婢身手卓絕，關鍵時候出手殺人毫不手軟，不得不防。陸天卓這才派人通稟炎王，讓炎王隨機應變，他單槍匹馬跟隨而去……想看看大晉到底要幹什麼。

白卿言不動聲色垂眸，婢女？晉軍方向？想來是沈青竹的行蹤被發現了。

白卿言抬眼，緩緩開口：「炎王這話好笑啊，我國太子帶我等前來，除了白卿言一人之外並無女子，你們西涼跑了女婢就栽贓是我們太子殿下安排，我若說你們西涼女婢跑去我們晉國駐紮的方向意圖刺探我方，炎王又怎麼說？莫非有意拖延議和？」

太子被李之節問的莫名其妙，聽了白卿言的話真以為李之節這是故意拖延，便道：「炎王這話是何意？拿賊拿贓啊……這般信口開河，是不想和談了嗎？」

「若是炎王派去刺探你方的女婢！炎王何苦說出來？」李天馥實在忍不住開口道。

「那可不好說，西涼犯我大晉殺我大晉子民，西涼公主卻口口聲聲稱白將軍殺你西涼降俘，賊喊捉賊這事兒，你們西涼連公主都幹了，更何況是其他人！」柳如士淡淡冷笑。

「柳大人，議和說事，乃是男人之間的事，柳大人不要牽扯我西涼公主！」李之節臉色微沉。

「那便請炎王安撫好你國公主，不要在議和之時無事生非，信口胡言！」白卿言聲音冷淡。

柳如士是男人李之節還能用男女之別與柳如士辯上一辯，可白卿言是個女人，她說出這番話來，李之節只能點頭。

「太子殿下……」李之節朝太子方向拱了拱手，「既然，我西涼覺得是大晉派女婢混入我議和隊伍中，大晉認為是我方所為，不如……今日議和到此為止，明日兩國再談。」

「原來，這才是炎王之意啊！胡亂攀扯出一個什麼莫須有的女婢，只是想拖延時間做準備，怎麼……明日炎王想怎麼談？大兵壓境？」白卿言必需將李之節拖延在這裡才行。

李之節臉色微變，他的確是拿不出證據，看大晉這架勢今日就要壓著他將議和盟約談好才肯離去啊。「天色已晚，明日再談也是一樣的！」李之節望著太子笑道，「殿下您說是不是？」

太子端起手邊茶杯徐徐吹了一口氣道：「今日前來赴宴的時辰，是炎王定下的，這會兒又說天色已晚，炎王啊……你是覺得孤閒得慌嗎？」

李之節：「……」罷了，左右有陸天卓盯著，若有事他定會來報。且如今晉國是戰勝之國，難不成還真能不顧列國側目將他一個小小炎王與西涼嫡公主斬殺在這裡嗎？

晉國不會做這麼蠢的事情，更何況晉國此次前來赴約議和的這一群人，看起來可沒有一個傻子。

大帳內，議和還在繼續。西涼、晉國，兩國議和使臣互相掰扯，討價還價爭論不休。

而距此不足半裡地的晉軍駐紮之處，篝火搖曳。

陸天卓謹慎，跟了沈青竹一段路，見有晉軍哨兵便不敢再往前，心中十分疑惑。

沈青竹順利聯繫到肖若江，又見到了白錦稚，當白錦稚知道白卿雲還活著的時候激動的哭出聲來：「真的?!我九哥還活著！」

沈青竹頷首。

白卿雲是白錦稚父親白岐鈺的庶子，白錦稚的庶兄。

「四姑娘，救人要緊！先去見沈良玉將軍！」肖若江道。

得知沈青竹奉命來調虎鷹營前往秋山關救人，白錦稚沒敢耽擱，二話不說便帶著沈青竹去見沈良玉。

沈良玉驟然知道白家少年將軍白卿雲還活著，激動的頭髮都豎起來了。

沈青竹曾經是小白帥護衛隊隊長，隨同小白帥出生入死，故而沈良玉對沈青竹的話深信不疑。

「我奉大姑娘之命，帶虎鷹營前去救人！」沈青竹五官肅穆，眸色涼薄如霜，「但我的意思是必需要掩人耳目悄悄帶人走，救出九公子也絕不能送回晉軍軍營，我和肖若海會護送九公子回鳳城安置，沈將軍帶人回幽華道，最好能做到神不知鬼不覺！若真的被人發現了……便說是奉了大姑娘之命，前去秋山關刺探情況，對救人之事定要絕口不提。」

肖若海與董家死士此時就在秋山關內，緊緊跟著李之節押送白卿雲的人馬。

剛才議和大帳之中，白卿言分明是等李之節不打算用白卿雲議和之後，才讓沈青竹帶虎鷹營救人的！沈青竹跟隨白卿言多年，兩人默契十足，沈青竹自然知道白卿言為何非要等李之節表態了「刺客」生死之後才下令，也就自然不能將九公子帶回幽華道，讓太子知道九公子還活著。

虎鷹營調動最好也做到無聲無息，否則虎鷹營動向一旦被太子知道，難免給大姑娘添麻煩。

既然白卿言命沈青竹前來帶虎鷹營去救人，沈良玉必然聽從沈青竹的，他抱拳稱是，挑選了二十多個虎鷹營精銳，避開耳目不聲不響帶人同沈青竹離開。

肖若江沒有隨沈青竹同行，他得留在這裡為沈良玉等人作掩護，再者白卿言身邊不能沒有自己人用！但救人自然是高手越多越好，他作主將手中的董家死士分與了一半給沈青竹，又派了兩人快馬直奔鳳城接洪大夫過來。

九少是殺了西涼皇帝的刺客，想必已經受過刑，定然需要大夫。

這世上肖若江知道的大夫裡……絕沒有比洪大夫更厲害的。

陸天卓一個人守在晉軍駐紮之地的南面，完全未曾留意到已經從北面繞山路直奔秋山關的沈青竹、沈良玉一行人。他望著篝火旺盛的晉軍駐地，細細回想剛才那個悄悄混進晉軍裡的婢女。

他們議和隊伍裡的婢女可都是他從西涼挑選的，他見過那個婢女，確信那個婢女是他挑選的絕對沒有錯！難不成，那個婢女是晉國早就安插在西涼的暗樁，可她為何突然冒出來前往晉軍駐紮地？還要用那樣遮遮掩掩人耳目的方式？說不通啊……

突然，陸天卓瞳孔一縮，難道是為了被他們活捉的白家之子?!可是……可能嗎？炎王與他嚴防死守，那白家子不曾隨議和隊伍一同出發，即便那個女婢是暗樁……她怕也無從得知白家之子的事情吧！

畢竟當初白家子行刺之後身受重傷一躍從城牆跳下護城河，所有人都以為那刺客已經屍骨無存，是他認出那少年同白威霆第三子白岐鈺長的極為相似，偷偷救下了那刺客，打算將來好利用一番。

那刺客還活著的事情，除了他與炎王李之節絕無第三人知曉。

陸天卓心中一團亂麻，覺得哪裡不對……卻又理不出到底是哪裡不對。他是不是得請炎王派人回去防備有人營救那個白家子？

風口中，隱身在樹後的陸天卓閉了閉眼，冷靜下來……端看白卿言與雲破行一戰，就知白卿言足智多謀，萬一這是白卿言布局設套，為的就是試探出白家子的位置呢？

陸天卓想了想，那便派人回去在秋山關布防，嚴防有人出入關卡。思及此，陸天卓立刻返回正在議和之地，悄悄進入爭吵激烈的議和大帳，在李之節耳邊耳語。

李之節對陸天卓搖了搖頭，示意陸天卓坐在一旁。

入了這大帳，晉國的人怕是不會讓陸天卓離開的，除非這次議和之事敲定。

陸天卓微怔，隨即頷首規規矩矩坐至李之節身後。

李天馥看也不看陸天卓，垂眸擺弄著自己的帕子，她就這麼一會兒功夫已經喝了好幾杯茶，聽兩國議和使臣吵來扯去就是那麼幾句，頭都要炸了。

此次議和，西涼女帝給了李之節十分大的權力，女帝告訴李之節……不論如何不能再戰，只要晉國出的條件李之節認為能接受，便可以代女帝直接答應，這是西涼議和使團全都知道的事。

兩國議和使臣一直吵到丑時末，終於將議和之事敲定。

西涼將包含秋山關、中山城、白龍城在內的二十座城池全數割讓給晉國，從此西涼秋山關天險盡歸大晉所有！西涼賠付晉國此次大戰所耗費軍資兩倍之數，還要賠償晉軍撫恤金，白家軍撫恤金高於普通晉軍十倍之數，更要承擔白家十七子修建陵園的一應費用。

如此，西涼元氣大傷。可西涼只能以此結束外患，好騰出手腳來整理西涼國內亂，收拾那些不服女帝……包藏禍心的宵小之徒。

兩國使臣簽字，蓋印。

太子拿到兩國簽訂的盟書眼底眉梢全都是笑意：「如此，我兩國便化干戈為玉帛，望西涼能在王爺與公主隨我等入大都之前……便能將這二十城交割清楚，我兩國才能再無戰事永結盟好。」

李之節聽出太子話中有話，這是擔心他們西涼拖延抵賴，他只覺這晉國太子太過小心了，畢竟他們西涼內亂未平，哪有精力再和大晉糾纏這些。若非內亂，他們西涼又哪需這般折節求和，打就是了！這所謂和談，不過是晉國恃強凌弱，西涼跪地求和罷了。

幽華道與秋山關上空，繁星明月，夜風寒涼而清爽，一出帳便迎面撲來，讓人立時清爽不少。

白卿言心中略有不安抬頭望著漫天繁星，不知沈青竹是否已經將人救出。

只希望祖父、父親各位叔父和弟弟們在天有靈，一定要保佑沈青竹與虎鷹營將小九救出來！

李之節恭恭敬敬將晉國太子送上馬車，轉頭又笑著對白卿言道：「沒想到白將軍征戰殺伐是好手，口舌也厲害得很啊！」

「征戰殺伐也好，口舌之利也罷！都是為國謀利而已。」白卿言說完對李之節抱拳，一躍上馬。

李之節雙手抱拳，一副風流倜儻的貴族公子模樣淺淺對白卿言頷首行禮：「此次盟約簽訂，隨後本王要同平陽公主隨太子與白將軍一行前往大都，這一路還請白將軍多多照顧。」

「炎王客氣。」

目送晉國的議和使團離去，李之節這才露出一副疲憊之態。他收斂了臉上笑意瞇著桃花眼，想起剛才大帳內議和之時，那個白卿言雖然不聲不響，卻會在關鍵時候開口說那麼一兩句，大大助長晉國氣焰，這才讓大晉的議和使臣柳如士把條件提的如此之高。

陸天卓說的對，白卿言的確不能留啊！可惜了……那麼驚豔絕倫的一個傲骨美人兒，若不是為了西涼他是真的捨不得那樣的美人兒死。

「回吧！」李之節轉身朝馬車方向走去，壓低了聲音對陸天卓道，「我們隨後要隨晉國太子入晉，你小心藏好那位白家子，弄清楚到底是白家第幾子！這樣……我們才能給那位白將軍一個說法，引她上鉤，伺機殺之。」

跟在李之節身後的陸天卓神色凝重：「王爺，今日那個女婢之事多有蹊蹺！我剛才清點人數的確是少了一個叫千舟的婢女，王爺還是速速趕回秋山關，以防晉國有什麼動作！」

「盟約已經簽訂，晉國占盡了便宜，哪裡還會有什麼動作，怕是那個叫千舟的婢女是晉國密探，藉機回國罷了！回頭好好查一查這個婢女的來歷，接觸過什麼人，都知道些什麼事！」李之節說完，上了馬車。

「是！」陸天卓躬身稱是。

目送李之節的馬車離開，陸天卓從僕人手中接過韁繩，可還不等他上馬，李天馥身邊的貼身宮婢便匆匆而來，對陸天卓行禮後道：「陸大人，公主請您過去泡茶。」

陸天卓握著韁繩的手一緊，沉默片刻將手中的韁繩遞給僕從：「是！」

西涼公主奢華的香車內，李天馥斜倚著團枕，笑望著正在為她沏茶的陸天卓道：「想必不等我到晉國大都，刁蠻任性無知愚蠢又恨晉之名……便會傳遍大都，我看晉國哪個皇室貴族還願意娶我！如此……我就能同你一起回雲京，我會讓皇姐封我一個王爺！到時候你來我身邊，我們做一對神仙眷侶！」

李天馥語氣嬌俏帶著幾分洋洋得意，或是因為談及同陸天卓的未來，一雙眼睛明亮如水，充滿對來日希冀。

馬車四角懸掛的琉璃宮燈隨馬車行進而搖晃，陸天卓沉默不語，姿態優雅嫻熟為李天馥泡茶。他無法告訴李天馥，此次意圖設計伏殺白卿言，他是沒有打算活著回來。

李天馥不滿，隨手抽出倚著的團枕丟向陸天卓：「和你說話呢！」

幸虧陸天卓眼疾手快接住團枕，否則定要打翻熱水。

李天馥視線落在陸天卓肩膀上，有些心虛又很是心疼：「還很疼嗎？」

陸天卓將團枕放在一旁，搖頭溫潤笑了笑，將泡好的香茶恭敬遞給李天馥：「茶泡好了，公主若無其他吩咐，奴便退下了！」

「你給我坐著！」李天馥眼眶又紅了，她咬著下唇，「你就這麼厭惡我？和我多待一刻都不行嗎？」

陸天卓端坐於木案一頭，深沉視線望著李天馥，終是不忍心歎了口氣，垂眸道：「公主若是乏了便瞇一會兒，到了……奴叫殿下。」

李天馥負氣躺下轉過身去不看陸天卓，胡亂扯了一條白絨毯子蓋上，眼淚跟斷了線似的委屈往下淌，死死咬著唇不讓自己哭出聲。

STORY 073

女帝 卷二

作者 千樺盡落
主編 汪婷婷
編輯協力 謝翠鈺
企劃 陳玟利
美術設計 卷里工作室 季曉彤

董事長 趙政岷
出版者 時報文化出版企業股份有限公司
108019台北市和平西路三段二四〇號七樓
發行專線——（〇二）二三〇六六八四二
讀者服務專線——〇八〇〇二三一七〇五
（〇二）二三〇四七一〇三
讀者服務傳真——（〇二）二三〇四六八五八
郵撥——一九三四四七二四時報文化出版公司
信箱——一〇八九九 臺北華江橋郵局第九九信箱

時報悅讀網 http://www.readingtimes.com.tw
法律顧問 理律法律事務所 陳長文律師、李念祖律師
印刷 勁達印刷有限公司
一版一刷 二〇二四年四月二十六日
定價 新台幣三五〇元
缺頁或破損的書，請寄回更換

時報文化出版公司成立於一九七五年，
並於一九九九年股票上櫃公開發行，於二〇〇八年脫離中時集團非屬旺中，
以「尊重智慧與創意的文化事業」為信念。

女帝 / 千樺盡落作 . -- 一版 . -- 臺北市：時報文化出版企業股份有限公司 , 2024.04-
冊； 14.8×21 公分 . -- (Story ; 73-)
ISBN 978-626-396-158-6(卷 2 : 平裝). --

857.7 113004813

Printed in Taiwan